Iluminadas

Lauren Beukes

Iluminadas

Tradução de
Mauro Pinheiro

Copyright © 2013 Lauren Beukes

TÍTULO ORIGINAL
The Shining Girls

PREPARAÇÃO
Clarissa Peixoto

REVISÃO
Cristiane Pacanowski | Pipa Conteúdos Editoriais
Milena Vargas
Suelen Lopes
Thais Entriel

DIAGRAMAÇÃO
Julio Moreira | Equatorium Design

DESIGN DE CAPA
HarperCollins Publishers Ltd 2013

LETTERING DE CAPA
Craig Ward | www.wordsarepictures.co.uk

ADAPTAÇÃO DE CAPA
Aline Ribeiro | alineribeiro.pt

CIP-BRASIL. CATALOGAÇÃO NA PUBLICAÇÃO.
SINDICATO NACIONAL DOS EDITORES DE LIVROS, RJ.

B466i

    Beukes, Lauren, 1976-
        Iluminadas / Lauren Beukes ; tradução Mauro Pinheiro. -
[2. ed.]. - Rio de Janeiro : Intrínseca, 2022.
        400 p. ; 21 cm.

    Tradução de: The shining girls
    ISBN 978-65-5560-475-7

        1. Ficção sul-africana. I. Pinheiro, Mauro. II. Título.

22-76382   CDD: 828.99363
                                 CDU: 82-3(680)

Meri Gleice Rodrigues de Souza - Bibliotecária - CRB-7/6439

[2022]

Todos os direitos desta edição reservados à
EDITORA INTRÍNSECA LTDA.
Rua Marquês de São Vicente, 99, 6º andar
22451-041 – Gávea
Rio de Janeiro – RJ
Tel./Fax: (21) 3206-7400
www.intrinseca.com.br

Para Matthew

HARPER
17 de julho de 1974

Ele amassa o pônei de plástico laranja dentro do bolso de seu casaco de tweed. A mão está suada. É pleno verão, quente demais para as roupas que está vestindo. Mas ele aprendeu a usar um uniforme para esses casos: calça jeans, em especial. Seus passos são largos; um homem que caminha porque precisa chegar a algum lugar, apesar do pé manco. Harper Curtis não é um vadio. E o tempo não espera por ninguém. Exceto quando quer.

A menina está sentada no chão com as pernas cruzadas; seus joelhos descobertos, brancos e ossudos como o crânio de um pássaro, sujaram-se de grama. Ela ergue a cabeça ao ouvir o som de botas pisando no chão de cascalho — por tempo suficiente apenas para que ele repare que seus olhos são castanhos, sob o emaranhado dos cachos sujos, antes que ela o ignore e volte a se concentrar no que estava fazendo.

Harper fica decepcionado. Ao se aproximar, tinha imaginado que os olhos dela talvez fossem azuis; a cor do lago na sua parte mais profunda, onde o litoral some de vista e parece que você está no meio do oceano. Marrom é a cor do lodo quando se agita na superfície e não dá para ver droga nenhuma.

— O que você está fazendo? — pergunta ele, tentando dar um tom alegre à voz.

Ele se agacha ao lado dela na grama. Na verdade, nunca viu uma criança com um cabelo tão estranho. Como se ela tivesse sido surpreendida em meio a um redemoinho de poeira que lançasse todo tipo de imundície ao redor. Um monte de latas enferrujadas, uma roda quebrada de bicicleta largada a seu lado com os raios espetados para fora. Sua atenção está voltada para uma xícara rachada, emborcada de forma que as flores prateadas da borda ficam ocultas pela grama. A alça está quebrada, sobram apenas dois tocos ásperos.

— Está na hora do chá, querida? — Ele tenta outra vez.

— Não está na hora do chá — murmura ela, a boca sob a gola em formato de pétalas de sua camisa xadrez.

Crianças sardentas não deviam ser tão sérias. Não combina com elas.

— Tudo bem — diz ele. — De qualquer maneira, eu prefiro café. Posso tomar uma xícara, senhora? Café puro com três torrões de açúcar? — Ele tenta pegar a xícara de porcelana rachada e a menina grita, dando-lhe um tapa na mão. Um zumbido intenso e irritado escapa de debaixo da xícara emborcada.

— Nossa! O que tem aí dentro?

— *Não* é hora do chá! Aqui é um circo!

— É mesmo? — Ele abre um sorriso bobo de quem não se leva muito a sério. Mas sua mão arde no local em que ela bateu.

Ela o observa, desconfiada. Não quanto a quem ele possa ser ou o que poderá lhe fazer. Mas porque se irrita ao ver que ele não entende. Olhando cautelosamente ao redor, ele começa a compreender: seu circo caindo aos pedaços. O picadeiro traçado com os dedos na terra, uma corda bamba feita a partir de um canudinho amassado estendido entre duas latas de refrigerante, a roda-gigante é a roda empenada da bicicleta, parcialmente apoiada contra um arbusto com uma pedra para mantê-la no lugar, e pessoas de papel retiradas de uma revista amontoadas entre dois raios da roda.

Não lhe escapa o fato de que a pedra que servia de apoio cabe perfeitamente em sua mão. Ou como poderia, sem dificuldades, enfiar um daqueles aros bem no meio dos olhos da menina, como se fossem de gelatina. Ele aperta forte o pônei de plástico no bolso. O zumbido furioso vindo de dentro da xícara tem a mesma vibração que pode sentir ao longo das vértebras, descendo até a virilha.

A xícara se mexe e a garota a retém com a mão.

— Uau! — Ela começa a rir, quebrando o encanto.

— Uau, mesmo. Tem um leão aí dentro? — Ele a cutuca no ombro e ela esboça um sorriso, um breve sorriso. — Você é domadora de animais? Vai fazer ele saltar em círculos de fogo?

Ela sorri outra vez e as sardas sobem pelas maçãs rosadas do rosto, revelando dentes muito brancos.

— Nada disso, Rachel disse que eu não posso brincar com fósforos. Não depois do que aconteceu da última vez.

Ela tem um dente canino torto, parcialmente sobreposto ao incisivo. E o sorriso compensa amplamente os olhos castanhos como água estagnada, porque agora ele pode ver o brilho por trás deles. Isso lhe provoca uma sensação de angústia. E ele lamenta por ter duvidado da Casa. É ela mesmo. Uma delas. Suas garotas iluminadas.

— Meu nome é Harper — diz ele, ofegante, estendendo a mão em sua direção. Ela precisa trocar de mão para poder manter a xícara no lugar.

— Você é um estranho?

— Agora não sou mais, certo?

— Eu me chamo Kirby. Kirby Mazrachi. Mas vou trocar para Lori Star quando tiver idade para isso.

— Quando você for para Hollywood?

Ela arrasta a xícara para bem perto, levando o inseto preso ali a um novo nível de ultraje, e ele se dá conta de que cometeu um erro.

— Tem certeza de que você não é um estranho?

— Estou falando do circo, sabe? O que Lori Star vai fazer? Saltar num trapézio? Montar num elefante? Ser uma palhaça?

— Ele passa o dedo indicador sobre o lábio superior da menina.

— A mulher de bigode?

— Nãoooooo. — Ela reage sorrindo, para seu alívio.

— Domadora de leões? Lançadora de facas? Engolidora de fogo?

— Vou ser equilibrista. Estou treinando. Quer ver? — Ela começa a se levantar.

— Não, espere — diz ele, em repentino desespero. — Posso ver seu leão?

— Não é um leão de verdade.

— Isso é o que você diz.

— Tudo bem, mas você precisa ser muito cuidadoso. Não quero que ele fuja voando.

Ela dá uma leve inclinada na xícara. Ele abaixa a cabeça até o chão, forçando a vista. O odor de grama amassada e terra escura é reconfortante. Alguma coisa está se movendo sob a xícara. Pernas peludas, relances de amarelo e preto. As antenas surgem pela brecha. Kirby se sobressalta e abaixa a xícara bruscamente.

— É uma senhora abelha — diz ele, sentando-se de novo.

— Eu sei. — Ela está orgulhosa de si mesma.

— Você a deixou bem irritada.

— Acho que ela não quer fazer parte do circo.

— Posso mostrar uma coisa para você? Mas precisa confiar em mim.

— O que é?

—Você quer uma equilibrista para a corda bamba?

— Não, eu...

Mas ele já havia levantado a xícara e pegado a abelha agitada, prendendo-a com a mão. Quando arranca as asas, o som abafado é igual ao do talo de uma cereja estragada sendo retirado, como aquelas que ele tinha passado uma temporada colhendo em Rapid City. Ele andara por todos os cantos do maldito país, caçando trabalho como uma cadela no cio. Até encontrar a Casa.

— O que está fazendo? — grita ela.

— Agora, só precisamos de um pouco de papel mata-moscas para estender entre as duas latinhas. Um inseto velho e grande como este deve ser capaz de soltar as patas, mas o papel é grudento o bastante para impedir que ele caia. Você tem papel mata-moscas?

Ele põe a abelha sobre a borda da xícara. O inseto se agarra à extremidade.

— Por que você *fez* isso? — Ela bate no braço dele, uma série de tapas com a mão aberta.

Isso o deixa confuso.

— Não estamos brincando de circo?

—Você estragou tudo! Vá embora! Vá embora, vá embora, vá embora. — Ela repete sem parar, no ritmo de cada tapa, como se fosse um mantra.

— Pare! Pare com isso! — diz ele rindo, mas ela continua batendo, até que ele segura a mão dela. — Estou falando sério. Pare com essa porra agora, mocinha.

— Não fale palavrão! — protesta ela aos berros e logo cai no choro.

Isso não está saindo como ele planejou, se é que ele consegue planejar algum desses primeiros encontros. A imprevisibilidade das crianças o cansa. É por essa razão que ele não gosta de menininhas, é por isso que espera até que cresçam. Mais tarde, a história será diferente.

— Tudo bem, sinto muito. Não chore, está bem? Tenho uma coisa para você. Por favor, não chore. Olhe.

No desespero, ele pega o pônei laranja, ou pelo menos tenta. A cabecinha ficou presa no bolso e é preciso arrancá-la.

— Aqui está.

Ele o empurra na direção dela, desejando que a menina o pegue. Um dos objetos capazes de conectar tudo. Foi por isso mesmo que o trouxe? Por um breve instante, é tomado pela incerteza.

— O que é isso?

— Um pônei, não está vendo? Um pônei não é melhor do que uma abelha boba e grande?

— Ele não está vivo.

— Eu sei disso. Mas que saco! Apenas fique com ele, está bem? É um presente.

— Eu não quero isso — diz ela, começando a fungar.

— Tudo bem, não é um presente, é um depósito. Você o guarda em segurança para mim. Como o banco faz quando você deixa seu dinheiro lá.

O sol começa a baixar. Faz calor demais para usar casaco. Ele mal consegue se concentrar. Só quer que aquilo acabe. A abelha cai da xícara e fica de cabeça para baixo, com as patas se agitando no ar.

— Acho que concordo.

Isso já o deixa mais calmo. Tudo está como deveria.

— Agora, guarde-o em segurança, está bem? É muito importante. Eu volto para pegá-lo. Está entendendo?

— Por quê?

— Porque preciso dele. Quantos anos você tem?

— Seis anos e nove meses. Quase sete.

— Isso é ótimo. De verdade. É isso aí. Girando, girando, como sua roda-gigante. Volto a ver você quando estiver crescida. Tome cuidado, está bem, minha querida? Eu voltarei.

Ele se levanta, limpa as mãos na calça. Depois se vira e sai andando rápido, sem olhar para trás, mancando discretamente. Ela o observa atravessar a rua e seguir em direção à ferrovia, até desaparecer atrás das árvores. Então olha para o brinquedo de plástico, úmido por causa das mãos dele, e grita:

— Ah, é? Mas eu não quero esse cavalo idiota!

Ela o lança ao chão e ele ricocheteia uma vez, indo parar ao lado da roda-gigante. Os olhos pintados e inexpressivos do pônei fixam a abelha, que agora está na posição certa e se arrasta sobre a terra, afastando-se.

Mas ela vai pegá-la mais tarde. Claro que vai.

HARPER
20 de novembro de 1931

A areia cede sob seus pés, mas não é areia, é lama gelada e asquerosa que atravessa os sapatos e encharca as meias. Harper trageja em voz baixa, pois não quer que os homens o ouçam. Estão gritando uns com os outros no escuro: "Você o viu? Você o pegou?" Se a água não estivesse tão gelada, ele se arriscaria a nadar para escapar. Mas já está tremendo bastante por causa do vento soprando do lago, que o enregela e atormenta ao atravessar sua camisa; abandonou o casaco no bar clandestino, coberto com o sangue daquele borra-botas.

Ele avança com dificuldades até a margem, encontrando um atalho entre o lixo e as madeiras podres, o lodo sugando cada passo seu. Agacha-se atrás de um barraco à beira d'água, feito a partir de embalagens presas com papelão de alcatrão. A luz do poste se infiltra através das fendas e das brechas entre o papelão, fazendo tudo brilhar. Ele não entende por que as pessoas constroem barracos tão perto do lago, como se achassem que o pior já aconteceu e nada mais fosse se degradar. Como se as pessoas não continuassem defecando nos baixios. Como se a água não fosse transbordar com as chuvas e todo o maldito e fedorento cortiço de Hooverville não pudesse ser arrastado para longe. A morada dos homens esquecidos, a desgraça infiltrada em seus ossos. Ninguém sentiria falta deles. Assim como ninguém sentiria falta daquela porra do Jimmy Grebe.

Ele não estava esperando que Jimmy reagisse daquele jeito. Não teria chegado àquele ponto se o canalha tivesse optado por uma luta limpa. Mas ele era gordo, estava bêbado e desesperado. Incapaz de acertar um soco, partiu para os testículos de Harper. E ele pôde sentir os dedos grossos do filho da puta agarrarem sua calça. Se um homem quer brigar de modo desleal, é preciso ser ainda mais desleal com ele. Não era culpa de Harper se o caco de vidro cortou uma artéria. Ele estava visando o rosto.

Nada disso teria acontecido se aquele tuberculoso imundo não tivesse tossido em cima das cartas. Grebe limpara o escarro sanguinolento com a manga da camisa, certo, mas todo mundo sabia que ele tinha uma doença devastadora e estava contagiando o próprio lenço. Enfermidade e ruína, os nervos despedaçados dos homens. É o fim dos Estados Unidos da América.

Tente dizer isso ao "prefeito" Klayton e seu bando de vigilantes sacanas, todos pomposos, como se o lugar lhes pertencesse. Mas aqui não existe lei. Assim como não existe dinheiro. Ou respeito por si mesmo. Os sinais são visíveis; não só aqueles em que se lê "obra embargada". Vamos encarar as coisas como elas são, ele pensa, o país sabia que isso ia acontecer.

Uma faixa de luz pálida varre a praia, demorando-se nas marcas de seus rastros pela lama. Mas então uma lanterna se move iluminando outra direção, e a porta do barraco se abre, derramando luz lá fora. Uma mulher muito magra aparece, seu rosto está contorcido e cinzento sob a luz do querosene, como o de todo mundo por ali, como se as tempestades de poeira pudessem varrer todos os vestígios do caráter das pessoas, assim como suas colheitas.

Ela está usando um casaco de tweed escuro três vezes maior que ela, o tecido envolve seus ombros esqueléticos como um xale. Lã grossa. Parece aconchegante. Ele sabe que irá tomá-lo dela mesmo antes de se dar conta de que a mulher é cega. Seus olhos inexpressivos. O hálito de repolho e os dentes pútridos. Ela estende a mão para tocá-lo.

— O que é isso? — pergunta ela. — Por que estão gritando?

— Cães raivosos — responde Harper. — Eles estão caçando. A senhora deveria voltar para dentro.

Ele poderia pegar o casaco dela e ir embora. Mas ela poderia berrar. Reagir.

A mulher segura a camisa dele.

— Espere — diz ela. — É você? É você, Bartek?

— Não, senhora. Não sou eu. — Ele tenta afastar os dedos dela. A voz da mulher parece tomada pela urgência. Do tipo que chama a atenção.

— É você. Tem que ser você. Disseram que você viria. — Ela está quase histérica. — Disseram que você viria...

— Calma, está tudo bem — responde Harper.

Sem o menor esforço, ele consegue esticar o braço e agarrar o pescoço dela, empurrando-a para trás com o peso do corpo. Só para acalmá-la, diz a si mesmo. É difícil berrar com a traqueia apertada. Os lábios projetados para fora. Os olhos esbugalhados. A garganta dela incha, num protesto. As mãos da mulher agarram com força a camisa dele, como se ela estivesse torcendo roupas, mas logo depois seus dedos de ossos frágeis se soltam e ela se inclina contra a parede. Ele se curva com ela, ajudando-a a sentar-se devagar, enquanto remove o casaco de seus ombros.

Um menino o observa do lado de fora do barraco, os olhos tão arregalados que parecem capazes de engoli-lo por completo.

— O que você está olhando? — Harper repreende o menino, vestindo o casaco. É grande demais para ele, mas não importa. Alguma coisa chocalha no bolso. Moedas, se tiver sorte. Mas acabará sendo bem mais que isso.

— Entre e vá buscar água para sua mãe. Ela está mal.

O menino o encara e, depois, sem mudar de expressão, abre a boca e solta um berro assustador, atraindo as malditas lanternas. Os fachos de luz varam a porta e recaem sobre a mulher estendida no chão, mas Harper já saiu correndo. Um dos companheiros de Klayton, ou quem sabe até mesmo o autoproclamado prefeito, grita.

— Ali!

E os outros homens se precipitam para a praia atrás dele.

Ele atravessa o labirinto de tendas e barracos montados desordenadamente, apoiados uns sobre os outros, sem sequer terem espaço para que um carrinho de mão passe entre eles. Insetos têm mais juízo, ele pensa ao desviar na direção da Randolph Street.

Ele não espera que as pessoas ajam como cupins.

Pisando sobre uma lona, ele cai dentro de um poço da largura de uma caixa de piano escavado na terra, porém bem mais profundo, onde alguém instalou um simulacro de casa e simplesmente pregou um toldo por cima.

A queda é brutal, seu calcanhar esquerdo bate contra o estrado de uma cama de madeira com um som metálico, como o de uma corda de violão que arrebenta. O tombo o faz esbarrar na ponta de um fogão improvisado, que se choca contra seu peito, deixando-o sem ar. Parece que uma bala atravessou seu tornozelo, embora não tenha ouvido tiro algum. É incapaz de recuperar o fôlego para gritar e acaba ficando imerso sob a lona que caiu por cima dele.

Eles o encontram ali, debatendo-se com o tecido e maldizendo o canalha que não teve o material ou a habilidade para construir um barraco decente. Os homens se reúnem no alto do buraco, silhuetas malévolas atrás do foco de suas lanternas.

—Você não pode vir aqui e fazer o que bem entender — diz Klayton, em seu tom de pregação dominical.

Harper, enfim, consegue voltar a respirar. Cada inalação dói como um ponto de sutura em seu flanco. Com certeza quebrou uma costela, e algo pior aconteceu com seu pé.

—Você precisa respeitar seu vizinho e seu vizinho deve respeitar você — continua Klayton.

Harper já o ouviu dizer essa frase nas reuniões comunitárias, falando sobre como eles precisavam se esforçar e se relacionar bem com os comerciantes locais. Os mesmos que mandavam as autoridades colarem avisos de advertência em todos os barracos e cabanas, informando que tinham sete dias para desocupar o terreno.

— É difícil ter respeito quando se está morto. — Harper ri, embora na verdade o som se pareça mais com um arquejo e o faça sentir uma dor terrível. Ele pensava que pudessem estar empunhando espingardas, mas isso parece improvável, e somente quando uma das lanternas se afasta de seus olhos ele vê que estão armados com canos e martelos. A dor volta a se abater sobre ele.

—Você deveria me entregar para os homens da lei — diz ele, esperançoso.

— Não — responde Klayton. — Eles não têm nada a fazer aqui. — Ele move sua lanterna. — Tirem o homem daí, rapazes. Antes que o chinês Eng volte para seu buraco e encontre esse lixo ocupando o lugar.

E, então, mais um indício, claro como o dia que começa a surgir no horizonte além da ponte. Antes que os cretinos acatem as ordens de Klayton e comecem a descer os três metros para pegá-lo, começa a chover, gotas finas, frias e cortantes. E ouvem-se berros do outro lado do terreno.

— Polícia! É uma batida!

Klayton se vira e argumenta com seus homens. Parecem hienas com seu balbucio e seus gestos, até que um jato flamejante arde em meio à chuva, iluminando o céu e pondo fim à conversa deles.

— Ei, não mexa nisso... — Um grito é ouvido da direção da Randolph Street. Seguido por outro. — Eles têm querosene!

— O que você está esperando? — pergunta Harper, calmamente, sob a chuva e a gritaria.

— Não saia daí. — Klayton aponta seu cano contra ele enquanto os outros vultos se dispersam. — Ainda não terminamos com você.

Harper se arrasta sobre os cotovelos. Depois de se inclinar para a frente, ele agarra um pedaço de lona ainda preso a um prego no alto e o puxa, temendo o inevitável, mas ele resiste.

Lá em cima, pode distinguir o tom ditatorial da voz do prefeito sobre a confusão, berrando com alguém que não dá para ver.

—Vocês têm um mandado judicial para isso? Acham que podem simplesmente vir até aqui e incendiar as casas das pessoas, depois de já termos perdido tudo?

Harper segura uma dobra espessa do tecido e consegue se içar. Seu tornozelo bate contra a parede de terra e um relâmpago de dor, celestialmente brilhante, ofusca sua vista. Sente vontade de vomitar e tosse, cuspindo um longo catarro tingido de sangue. Ele se segura na lona, piscando sem parar, com manchas negras brotando em sua visão, até conseguir enxergar outra vez.

A lona protesta com um agourento som de fragilidade, ameaçando deixá-lo tombar novamente no maldito buraco. Mas o encerado resiste e ele consegue sair dali, sem sequer se importar com os pregos arranhando seu peito.

Ele fica ali deitado, com o rosto na lama, a chuva tamborilando contra seu corpo. Os gritos se afastaram, embora ainda haja fumaça no ar e a luz de meia dúzia de incêndios se mescle ao alvorecer cinzento. Um fragmento de música se propaga pela madrugada, escapando talvez de uma das janelas dos apartamentos em que moradores se divertem com a manifestação.

Harper se arrasta de bruços pelo lodaçal, a dor faz surgir luzes chamejantes dentro de seu crânio — talvez até sejam reais. Ele encontra um pedaço pesado de madeira do tamanho certo para se apoiar e consegue se erguer, começando a mancar.

Seu pé esquerdo está imprestável, e ele o arrasta, mas continua avançando em meio à chuva e à escuridão, afastando-se do cortiço em chamas.

Tudo tem uma razão para acontecer. É porque ele é obrigado a partir que acaba encontrando a Casa. É porque ele pegou o casaco que agora tem a chave.

KIRBY
18 de julho de 1974

É aquela hora da manhã bem cedo, quando a escuridão parece densa; os trens pararam de circular e o trânsito diminuiu gradualmente, mas os pássaros ainda não começaram a cantar. A noite foi escaldante. Aquele tipo de calor grudento que atrai todos os insetos. Mariposas e outras traças voadoras atingem as lâmpadas da varanda num ritmo irregular. Um mosquito zumbe próximo ao teto.

 Kirby está na cama, acordada, afagando a crina de náilon do pônei e escutando o silêncio da casa vazia, gemendo como um estômago faminto. "Está na mesa", grita Rachel. Mas Rachel não está lá. E é tarde, ou cedo, e Kirby não comeu nada desde aqueles cereais estragados, há muito tempo, e pode escutar sons que nada têm a ver com uma mesa sendo posta.

 Kirby sussurra para o pônei: "É uma casa velha. Foi só o vento." Exceto que a porta da varanda está trancada e não deveria bater. As madeiras do piso não deviam estalar como se estivessem sob o peso de um ladrão avançando com cuidado até seu quarto, carregando um saco preto para enfiá-la nele e levá-la para longe. Ou talvez seja a boneca viva da série de terror da TV, que ela não deveria assistir, andando na ponta de seus pés de plástico.

Kirby se livra dos lençóis. "Vou ver o que é, está bem?", ela diz ao pônei, porque a ideia de aguardar que o monstro venha é insuportável. Na ponta dos pés, ela se aproxima da porta, com flores exóticas e sinuosas trepadeiras pintadas pela mãe quando se mudaram, quatro meses antes, e prepara-se para batê-la contra qualquer pessoa (ou coisa) que suba pela escada.

Ela se põe atrás da porta como quem usa um escudo, os ouvidos atentos, raspando com os dedos a textura áspera da tinta. Já arrancou um pedaço do lírio da porta. A ponta de seus dedos está formigando. O silêncio ressoa em sua cabeça.

— Rachel? — sussurra Kirby, muito baixo para que, além do pônei, alguém possa ouvir.

Uma batida, bem perto dela, seguida de um baque e do som de algo se quebrando.

— Merda!

— Rachel! — chama Kirby, um pouco mais alto. Seu coração pulsa no ritmo de um trem.

Segue-se uma longa pausa. E, então, a voz da mãe:

—Volte para a cama, Kirby, estou bem.

Kirby sabe que ela não está nada bem, mas pelo menos não é a boneca falante e assassina.

Ela para de arrancar a tinta e segue até o corredor, desviando dos cacos de vidro que parecem diamantes espalhados entre as rosas mortas, folhas murchas e pétalas esponjosas dentro de uma poça de água suja do vaso. A porta foi deixada entreaberta para ela.

A cada vez que se mudam, a casa é mais velha e miserável que a anterior, embora Rachel pinte as portas e os armários, e algumas vezes até o chão, para se sentirem mais à vontade. Elas escolhem juntas as ilustrações no grande livro de arte cinzento de Rachel: tigres, unicórnios, santos ou moças negras com flores no cabelo. Kirby usa os quadros para se lembrar de onde elas estão. *Esta* casa tem os relógios que derretem na cozinha, em cima do fogão, o que significa que a geladeira fica à esquerda e o banheiro, sob a escada. Mas, embora a disposição de cada casa seja diferente, e às vezes elas tenham um pátio, em geral o quarto de Kirby tem um armário e, quando tem sorte, prateleiras; o quarto de Rachel é o único a permanecer igual.

Ela gosta de pensar nele como o discreto tesouro de um pirata. (Não é discreto, é secreto, sua mãe a corrige, mas Kirby o imagina como uma baía misteriosa e mágica, na qual se pode chegar, se tiver sorte e o mapa for exato.)

Vestidos e xales espalham-se pelo quarto como se fossem obra de uma princesa cigana e pirata num acesso de raiva. Uma coleção de bijuterias pendurada nos arabescos de um espelho oval é a primeira coisa que Rachel instala sempre que se mudam para um novo lar, inevitavelmente machucando o dedo com o martelo. Às vezes se fantasiam, e Rachel cobre Kirby com todas as pulseiras e tecidos e a chama de "minha pequena árvore de Natal", muito embora sejam judias, ou metade judias.

Há um ornamento de vidro colorido pendendo da janela que lança um arco-íris de tonalidades no cômodo sob o sol vespertino, iluminando a mesa empenada de Rachel e os desenhos nos quais está trabalhando.

Quando Kirby era bebê e elas ainda moravam na cidade, Rachel colocava o cercadinho em volta de sua mesa, assim Kirby podia engatinhar pelo aposento sem incomodá-la. Ela costumava fazer desenhos para revistas femininas, mas agora "meu estilo está fora de moda, querida. O mercado é inconstante". Kirby gosta do som da palavra. *Inconstante, estante, instante, restante.* E gosta de ver o desenho que a mãe fez da garçonete piscando e equilibrando duas pilhas de panquecas com manteiga escorrendo, quando elas passam pela Doris's Pancake House, na esquina.

Mas o ornamento de vidro está frio e morto agora, e o abajur ao lado da cama foi coberto por um lenço amarelo, o que dá um ar doentio ao quarto. Rachel está deitada na cama com um travesseiro sobre o rosto, ainda totalmente vestida, de sapatos e tudo o mais. Seu peito arfa sob o vestido de renda preto, como se estivesse com soluços. Kirby para na soleira da porta, desejando que a mãe note sua presença. Sua cabeça parece estar entupida de palavras que não sabe como dizer.

— Seus sapatos estão em cima da cama. — É tudo o que consegue falar.

Rachel ergue o travesseiro do rosto e olha para a filha com olhos inchados. Sua maquiagem deixou uma mancha preta no travesseiro.

— Sinto muito, querida — diz ela com um sorriso que mostra os dentes.

"Dentes" faz Kirby pensar em dentes lascados, que foi o que aconteceu com Melanie Ottesen quando ela caiu da corda à qual se segurava. Ou copos lascados, nos quais não é mais seguro beber água.

—Você precisa tirar os sapatos!

— Eu sei, meu amor — suspira Rachel. — Não precisa gritar.
— Ela retira os sapatos de salto com os dedos dos pés e os deixa cair no chão. Em seguida, deita-se de bruços. —Você pode coçar minhas costas?

Kirby sobe na cama e senta-se com as pernas cruzadas. O cabelo da mãe recende a cigarro. Ela percorre com as unhas os desenhos ondulados da renda.

— Por que você está chorando?
— Não estou chorando de verdade.
— Está sim.

A mãe suspira.

— É só aquele período do mês, só isso.
— É o que você sempre diz. — Kirby fica aborrecida, mas depois, como se tivesse refletido bem, continua: — Eu tenho um pônei.
— Não tenho como comprar um pônei para você. — A voz de Rachel soa distraída.
— Não, eu já tenho um pônei — reage Kirby, exasperada. — É laranja. Tem borboletas no rabo e olhos castanhos, pelo louro e... parece que está um pouco tonto.
Sua mãe olha para ela sobre o ombro, assustada com o que ouve.
— Kirby! Você roubou alguma coisa?
— Não! Foi um presente. Eu nem queria.
— Então, está bem.
Sua mãe esfrega os olhos com o dorso da mão, deixando neles uma mancha semelhante a uma máscara de ladrão.
— Então, posso ficar com ele?
— Claro que pode. Você pode fazer quase tudo o que quiser. Especialmente com presentes. Até mesmo quebrá-los em milhões de pedaços.
Como o vaso no corredor, pensa Kirby.
— Ok — diz ela, séria. — Seu cabelo está com um cheiro estranho.
— Olhe só quem está falando! — O riso da mãe é como um arco-íris espalhando cores dentro do quarto. — Quando foi a última vez que você lavou o seu?

Harper
22 de novembro de 1931

O Hospital da Misericórdia não merece esse nome.

— Você pode pagar? — pergunta a mulher com aparência exausta na recepção, através de uma pequena abertura no vidro. — Pacientes pagantes ficam na frente da fila.

— Quanto tempo é preciso esperar? — indaga Harper.

A mulher inclina a cabeça na direção da sala de espera. Não resta lugar para sentar. Há pessoas agachadas ou deitadas no chão, muito doentes ou muito cansadas para aguardarem em pé. Umas olham para cima, esperançosas ou irritadas, ou com alguma mistura insustentável das duas coisas estampada no rosto. O restante tem o mesmo ar de resignação daqueles cavalos de tração com as costelas tão pronunciadas quanto as estrias e os sulcos na terra escura pela qual arrastam o arado. Um cavalo assim é melhor sacrificar.

Ele vasculha o bolso do casaco roubado em busca da nota amassada de cinco dólares que achou ali dentro, junto com um alfinete, três moedas de dez centavos, duas de vinte e cinco e uma chave, usada e com aparência familiar. Ou talvez ele tenha se acostumado com aquele aspecto desgastado.

— Isso basta para a *misericórdia*, querida? — pergunta ele, enfiando a nota pela pequena abertura no vidro.

— Basta.

Ela sustenta seu olhar a fim de deixar claro que não tem vergonha de cobrar, muito embora o ato em si diga o contrário.

Ela toca uma campainha e uma enfermeira vem buscá-lo, os tamancos de borracha estalando no chão de linóleo. E. Kappel é o nome escrito no seu crachá. É bonita, dentro do padrão estético comum, bochechas rosadas, os cachos avermelhados bem cuidados escapando sob a touca branca. Exceto pelo nariz, que é demasiadamente arrebitado, dando-lhe a aparência de um focinho. Como uma porquinha, ele pensa.

—Venha comigo — diz ela, irritada com a presença dele. Já catalogando-o com tantos outros integrantes da escória humana.

Virando-se, ela sai andando rápido e ele precisa apressar-se para acompanhá-la. A cada passo, sente uma fisgada forte nos quadris, mas está determinado a seguir em frente.

Cada setor que atravessam está no limite da capacidade, às vezes há duas pessoas num só leito, deitadas de forma invertida. Todas aquelas doenças se espalhando.

Os hospitais de campanha são ainda piores, ele pensa. Homens dilacerados empilhados em macas ensanguentadas em meio ao fedor de queimaduras e feridas pútridas, merda, vômitos e suores rançosos de febre. Os gemidos incessantes como um coral macabro.

Volta a lembrar daquele rapaz do Missouri, com sua perna mutilada. Ele não parava de berrar, impedindo a todos de dormir, até Harper se esgueirar para perto dele, como se quisesse reconfortá-lo. Mas o que fez de fato foi enfiar sua baioneta na coxa do imbecil, acima da carne destroçada e sangrenta; depois, com precisão, torceu-a, seccionando a artéria. Exatamente como praticara nos bonecos de palha dos treinamentos. Perfure e torça. Um ferimento nas entranhas sempre acaba por derrubar um homem. Harper sempre considerou esse método mais pessoal do que balear alguém, preferindo ir direto para cima. Isso tornava a guerra mais suportável.

Nenhuma chance de isso acontecer ali, ele supõe. Mas existem outras maneiras de se livrar de pacientes problemáticos.

—Vocês deviam usar aquela garrafinha preta com uma caveira no rótulo — diz Harper para irritar a enfermeira bochechuda. —Vão agradecer muito por isso.

Ela faz uma expressão de desprezo e entra pela porta que leva às enfermarias particulares, quartos limpos para um só paciente, em sua maioria vazios.

— Não me provoque. Este hospital se transformou num asilo pestilento. Tifo, infecções. Um veneno seria uma bênção. Mas não deixe os cirurgiões ouvirem você falar sobre garrafinha preta.

Através de uma porta aberta, ele vê uma moça deitada na cama cercada de flores. Parece uma estrela de cinema, ainda que faça mais de uma década que Charles Chaplin tenha trocado Chicago pela Califórnia, levando consigo toda a indústria cinematográfica. O cabelo da moça está molhado de suor, com os cachos úmidos e louros envolvendo seu rosto, ainda mais pálido por conta da luminosidade lívida do inverno que invade as janelas. Enquanto ele hesita, no corredor, os olhos dela se abrem um pouco. Ela se senta parcialmente no leito e lhe lança um sorriso radiante, como se o estivesse esperando, como se ele fosse bem-vindo se quisesse sentar-se a seu lado e conversar um pouco.

A enfermeira Kappel não quer saber de nada disso. Conduzindo-o pelo cotovelo, ela o afasta dali.

— Não é hora de ficar aí, babando. A última coisa que essa danada precisa é de mais um admirador.

— Quem é ela? — Ele olha para trás.

— Ninguém. Uma moça que dança nua. A idiota, coitada, se envenenou ingerindo rádio. Ela usa essa substância química no corpo durante as apresentações, para brilhar no escuro. Não se preocupe, ela vai ter alta em breve e você vai poder vê-la quando quiser. Vê-la *por inteiro*, pelo que ouvi dizer.

Ela o apressa até a porta do consultório médico, cujas paredes são de um branco cintilante e dolorosamente antisséptico.

— Agora, sente-se aí e vamos ver como você se machucou.

Ele sobe desajeitadamente sobre a mesa de exame. Ela contorce o rosto em intensa concentração, cortando os trapos imundos que ele amarrou em torno do calcanhar, firme como um estribo, para suportar a dor.

— Você é meio estúpido, sabia? — O sorrisinho no canto de sua boca mostra que ela sabe que pode se sair melhor falando com ele desse jeito. — Por que esperou tanto para vir até aqui? Achou que isso iria melhorar sozinho?

Ela tem razão. Não ajudava nada o fato de ter dormido ao relento nas duas noites anteriores, acampando à soleira das portas, deitado em cima de um papelão e usando um casaco roubado como cobertor, porque não é possível voltar para seu barraco; Klayton e seus patetas podem estar esperando por ele com pedaços de cano e martelos nas mãos.

As lâminas límpidas da tesoura vão cortando o pano amarrado, que deixou marcas brancas em seu pé inchado como um presunto assado. E agora, quem é o porquinho? A maior estupidez, ele pensa amargurado, é lutar uma guerra e voltar sem sequer um trauma permanente, e, depois, ficar aleijado por cair dentro de um buraco que servia de esconderijo para um vagabundo.

O médico irrompe na sala, um homem mais velho com uma barriga avantajada, o cabelo grisalho eriçado sobre as orelhas, feito uma juba.

— E qual é a queixa hoje, senhor? — A pergunta não é menos paternalista do que o sorriso que a acompanha.

— Por incrível que pareça, eu não estava dançando numa boate.

— E tampouco poderá fazê-lo tão cedo, pelo visto — diz o médico, ainda sorrindo, enquanto levanta o pé inchado e tenta flexioná-lo com as mãos. Ele se esquiva habilmente, de forma muito profissional, quando Harper urra de dor e quase lhe acerta um chute.

— Faça isso outra vez, camarada, e pode ter certeza de que vai ganhar um murro na orelha — diz o médico, forçando um sorriso. — Pagando a consulta ou não.

Agora, quando o médico flexiona duas vezes o pé para cima e para baixo, Harper trinca os dentes e cerra os punhos para se conter.

— Você consegue mover seu dedão sozinho? — pergunta o médico, observando com atenção. — Ótimo. É um bom sinal. Melhor do que pensei. Muito bem. Você está vendo? — diz ele, dirigindo-se à enfermeira, apertando os dedos contra o recuo acima do calcanhar e arrancando um gemido de Harper. — É aqui que o tendão devia se conectar.

— Pois é — concorda a enfermeira, tocando no seu pé. — Dá para sentir.

— O que isso quer dizer? — pergunta Harper.

— Quer dizer que você precisaria passar alguns meses deitado num leito de hospital, camarada. Mas tenho o palpite de que isso não está a seu alcance.

— A menos que seja de graça.

— Ou que tenha patrocinadores preocupados, prontos a financiar sua convalescença, como a moça que ingeriu rádio. — O médico dá uma piscadela. — Podemos também engessar seu pé e deixá-lo ir embora com uma muleta. Mas um tendão rompido não se cura sozinho. Vai precisar ficar pelo menos seis semanas sem botar o pé no chão. Posso recomendar um sapateiro que é especialista em calçados médicos. Ele poderá elevar o calcanhar, o que ajudará um pouco.

— Como é que vou fazer isso? Tenho que trabalhar. — Harper se irrita com o tom choroso da própria voz.
— Todos estamos passando por dificuldades financeiras, Sr. Harper. Vá falar com o pessoal da administração do hospital. Tente fazer o que for possível. — Ele se cala, pensa um pouco e pergunta. — Acho que o senhor não tem sífilis, tem?
— Não.
— Que pena! Estão iniciando uma pesquisa no Alabama que poderia pagar todos os procedimentos médicos, se você fosse sifilítico. Se bem que também seria preciso ser negro.
— Não. Também não sou negro.
— Sinto muito — diz o médico, dando de ombros.
—Vou poder andar?
— Claro que sim. Mas, em seu lugar, eu não começaria a dançar ao primeiro acorde de uma música de Gershwin.

Harper sai mancando do hospital, o tronco enfaixado, o pé no gesso, seu sangue repleto de morfina. Ele enfia a mão no bolso para ver quanto dinheiro lhe resta. Dois dólares e uns trocados. Mas, então, seus dedos tocam a chave denteada e algo é acionado em sua cabeça, como um interruptor. Talvez sejam os remédios. Ou talvez algo que sempre esteve esperando por ele.

Jamais havia notado o zumbido dos postes de luz, uma baixa frequência que vem se alojar atrás de seus globos oculares. E embora seja de tarde e as luzes estejam apagadas, elas parecem acender quando ele passa. O zumbido para até ele alcançar o poste seguinte. *Por aqui.* E ele pode jurar que é capaz de ouvir uma música tocando, uma voz distante chamando-o como uma estação de rádio que precisa ser sintonizada. Segue o caminho do zumbido dos postes de luz, cada vez mais rápido, apesar de a muleta dificultar seu avanço.

Ele entra na State Street, que o leva pela área de West Loop até os desfiladeiros de concreto da Madison Street, com seus arranha-céus dos dois lados da rua. Passa pela Skid Row, onde poderia, com dois dólares, pagar uma cama para descansar. Mas o zumbido dos postes de iluminação o levam adiante, para o Black Belt, onde clubes de jazz e cafés decadentes dão lugar a casas miseráveis, umas sobre as outras, com crianças maltrapilhas brincando na calçada e velhos que enrolam os próprios cigarros sentados nos degraus, observando-o com um olhar sinistro.

As ruas vão ficando cada vez mais estreitas e os prédios se sustentam uns nos outros, lançando sombras frias sobre as calçadas. Uma mulher começa a rir num dos apartamentos no alto, um som áspero e desagradável. Para onde quer que olhe, ele vê sinais. As janelas quebradas dos imóveis, cartazes escritos à mão nas vitrines de lojas abandonadas: "Comércio fechado", "Fechado até segunda ordem", um deles dizendo apenas "Sinto muito".

Uma viscosidade salgada vem do lago junto com o vento, que atravessa a tarde desolada e se instala sob seu casaco. À medida que ele avança pelo bairro de armazéns, as pessoas vão sumindo, até desaparecerem por completo e, na ausência delas, a música cresce, suave e melancólica. Enfim ele consegue distinguir a melodia. "Somebody from Somewhere", de George Gershwin. E a voz sussurra com urgência: *Continue em frente, Harper Curtis.*

A música o leva até os trilhos da estrada de ferro, mergulhando no West Side e chegando a um alojamento de operários indistinguível dos outros imóveis de madeira da rua, encostados uns aos outros com a pintura descascando, vitrines cobertas de tapumes e um aviso pregado nas tábuas cruzadas fixadas nas portas de entrada: "Interditado pela Prefeitura de Chicago." Votem no presidente Hoover, homens de fé. A música vem de trás da porta do número 1.818. Um convite.

Ele enfia o braço sob as tábuas e tenta abrir a porta, mas está trancada. Harper fica parado no degrau, tomado por uma sensação de inevitabilidade. A rua está desolada e deserta. Os outros prédios foram interditados com tapumes e alguns apartamentos se ocultam atrás de cortinas cerradas. Ele pode ouvir o trânsito a um quarteirão dali e um vendedor de amendoins. "Amendoim quentinho. Compre agora!", mas o som parece abafado, como se atravessasse cobertores que envolvem sua cabeça. Ao passo que a música soa como um estilhaço que perfura seu crânio: *A chave*.

Ele põe a mão no bolso do casaco, temendo tê-la perdido. Sente-se aliviado ao encontrá-la. É de bronze e tem a marca Yale & Towne. Cabe dentro da fechadura. Tremendo, ele tenta girá-la. Funciona.

A porta se abre para a escuridão, e por um longo e terrível instante ele fica imóvel diante de todas as possibilidades. E então ele se agacha sob as tábuas, passa a muleta pela brecha de um jeito atrapalhado, e entra na Casa.

Kirby
9 de setembro de 1980

É um daqueles dias frios e claros, de fim de outono. As árvores parecem hesitar diante da nova estação; suas folhas têm tons de verde, amarelo e marrom ao mesmo tempo. A um quarteirão de distância, Kirby pode perceber que Rachel está doidona. Não só pelo cheiro adocicado que paira dentro de casa (muito evidente), mas pelo modo agitado com que anda pelo pátio, remexendo alguma coisa que caiu no matagal. Tokyo pula e late sem parar ao redor dela. Não era para Rachel estar em casa. Deveria estar com um de seus hóspedes, ou "uóspidi", como Kirby dizia quando era mais nova. Tudo bem, um ano atrás.

Durante semanas, ela se perguntou se esse hóspede era seu pai, e se Rachel estava se preparando para apresentá-lo, até o dia em que Gracie Tucker, na escola, lhe contou que hóspede era como as prostitutas chamavam os clientes, e que era isso que sua mãe era. Ela não sabia o que era uma prostituta, mas fez o nariz de Gracie sangrar; e esta, por sua vez, arrancou-lhe um bocado de cabelo.

Rachel achou aquilo divertido, embora Kirby estivesse com o couro cabeludo vermelho por causa do puxão. Ela não tinha intenção de rir, de verdade, "mas isso *é* muito engraçado". Então, explicou para Kirby da maneira como sempre fazia, ou seja, não explicou coisa alguma.

— Uma prostituta é uma mulher que usa o corpo para tirar vantagem da vaidade dos homens — disse ela. — E um hóspede ajuda a revitalizar o espírito.

Mas a verdade era bem diferente daquilo. Uma prostituta faz sexo por dinheiro, e um hóspede está tirando férias da vida real, que é a última coisa de que Rachel precisa. Menos férias e mais vida real, mãe.

Ela assobia, chamando Tokyo. Cinco breves notas agudas, suficientemente distintas para diferenciá-las do modo como todo mundo chama seus cães no parque. Ele vem saltitando, feliz como só um cachorro pode ser. "Um puro vira-lata", é assim que Rachel gosta de descrevê-lo. Ele é inquieto, tem o focinho comprido, o pelo malhado de branco e marrom bem clarinho, e anéis cor de creme em volta dos olhos. Chama-se Tokyo porque, quando crescer, Kirby vai se mudar para o Japão, tornar-se uma famosa tradutora de haicais, beber chá verde e colecionar espadas samurais. ("De qualquer maneira, é melhor do que chamá-lo de 'Hiroshima'", diz sua mãe.) Ela até já começou a escrever seus próprios haicais. Um é assim:

A nave decola
eu quero ir para longe
estrelas esperam.

O outro é assim:

Ela sumiria

*dobrada em origami
nos próprios sonhos.*

Rachel sempre aplaude com entusiasmo quando Kirby lê um novo poema. Mas a menina desconfia de que se copiasse palavras aleatórias das embalagens de cereais sua mãe a felicitaria com a mesma animação, especialmente quando está doidona, o que é cada vez mais frequente nos últimos dias.

Ela culpa o hóspede. Ou seja lá qual for seu nome. Rachel não quer lhe dizer. Como se ela não ouvisse o carro estacionar na porta às três da manhã, ou as conversas sussurradas, ininteligíveis porém tensas, antes de a porta ser batida e sua mãe tentar entrar na ponta dos pés para não acordá-la. Como se ela não se perguntasse de onde vem o dinheiro do aluguel. Como se esse tipo de coisa já não estivesse acontecendo há *anos*.

Rachel espalhou todas as suas pinturas, mesmo aquela grande de Lady Shalott em sua torre (a preferida de Kirby, ainda que ela não admita), que normalmente fica guardada no armário com as vassouras e as outras telas que sua mãe começa, mas nunca consegue terminar.

— Vamos fazer um bazar? — pergunta Kirby, embora saiba que vai irritar Rachel.

— Ah, meu amor...

Sua mãe lhe dirige aquele meio-sorriso que costuma dar quando está decepcionada com Kirby, e parece ser este o caso o tempo todo, nos últimos dias. Em geral, quando ela diz certas coisas, Rachel insiste que não são para sua idade. "Você está perdendo seu encantamento infantil", ela comentou duas semanas antes, com uma severidade na voz que dava a entender que aquela era a pior coisa do mundo.

Estranhamente, quando Kirby se mete em encrencas de verdade, Rachel parece não se importar. Se, por exemplo, arruma uma briga na escola ou põe fogo na caixa de correio do Sr. Partridge para se vingar por ele ter se queixado de Tokyo, que desenterrou suas flores. Nessas horas, Rachel a repreende, mas Kirby sente que ela está satisfeita. Sua mãe chega a simular um escândalo, ambas gritando uma com a outra, alto o bastante para que o fariseu fofoqueiro da casa ao lado as ouça através das paredes. Sua mãe berra "Você não entende que é um crime federal interferir no serviço postal dos Estados Unidos?", antes de começarem a rir, tentando sufocar as gargalhadas com a mão na boca.

Rachel aponta para uma pintura em miniatura posicionada, justamente, entre os pés descalços. Suas unhas estão pintadas com uma cor laranja berrante que não lhe cai bem.

—Você acha este aqui muito *violento*? — pergunta Rachel. — Ficou vermelho demais, não?

Kirby não entende o que a mãe quer dizer. Ela se esforça para distinguir as pinturas de Rachel. São todas de mulheres pálidas com longos cabelos esvoaçantes, olhos salientes e pesarosos, grandes demais para a cabeça, em paisagens turvas onde predominam os verdes, os azuis e os tons de cinza. De vermelho não têm nada. A arte de Rachel a faz pensar no que lhe disse seu professor de ginástica, quando ela não conseguia subir no aparelho do cavalo com alças. "Pelo amor de Deus, pare de se esforçar tanto!"

Kirby hesita, incerta sobre o que dizer no caso de ela se aborrecer.

— Acho que está bom assim.

— Ah, mas "bom" não quer dizer nada! — exclama Rachel, agarrando as mãos de Kirby e a puxando para dançar um foxtrote sobre as pinturas. — Bom é a exata definição da mediocridade. É algo gentil. Socialmente aceitável. Precisamos viver com mais brilho e profundidade, sem nos contentarmos com o que é *bom*, querida!

Kirby se livra de suas mãos e fica olhando para aquelas moças tristes tão lindas, com seus membros raquíticos como os de um louva-a-deus.

— Hum... — diz Kirby. — Você quer ajuda para guardar as pinturas?

— Oh, querida...

Sua mãe lhe diz isso com tanta piedade e desdém que Kirby não consegue suportar. Ela corre para dentro, sobe os degraus da entrada, esquecendo-se de lhe contar sobre o homem de cabelo grisalho, calça jeans bem acima da cintura e um nariz torto de boxeador, que estava à sombra do plátano, perto do posto de gasolina Mason, bebendo Coca-Cola numa garrafa com canudo e a observando. O jeito como ele olhava para ela provocou-lhe um frio na barriga, como se estivesse numa montanha-russa, a impressão de que alguém está arrancando suas tripas.

Quando ela acenou vigorosamente, alegre demais, para ele, *Ei, senhor, estou vendo que está olhando para mim, seu bobão*, ele acenou em resposta. E ficou com a mão no alto (era de dar arrepios) até ela dobrar a esquina da Ridgeland Street, evitando seu atalho habitual pelo beco e correndo para sair do alcance de seus olhos.

HARPER
22 de novembro de 1931

É como voltar a ser um menino, invadindo sorrateiramente as casas das fazendas vizinhas. Sentar à mesa da cozinha numa residência sossegada, deitar entre os lençóis limpos da cama de alguém, remexer nas gavetas. Os objetos das outras pessoas contam seus segredos.

Ele sempre conseguia descobrir se havia alguém em casa; agora e todas as vezes em que arrombara casas abandonadas desde então, à procura de comida ou de alguma quinquilharia esquecida para empenhar. Uma casa vazia produz certa sensação. Plenitude de ausências.

Esta Casa abre tantas perspectivas que chega a lhe arrepiar os pelos dos braços. Há alguém ali com ele. E não é aquele corpo morto estendido no corredor.

O candelabro no alto da escada lança um brilho suave sobre o piso de madeira escura, cintilando com a cera recente. O papel de parede é novo, um modelo verde-escuro com losangos cor de creme, cujo bom gosto até Harper é capaz de perceber. À sua esquerda, uma cozinha moderna e reluzente parece ter saído do catálogo da Sears, com armários em melamina, um fogão novinho em folha, uma geladeira, uma chaleira sobre o fogão, tudo à mão. Esperando por ele.

Movendo sua muleta sobre a poça de sangue que cobre o chão como um tapete, ele avança mancando para ver melhor o homem morto. Tem na mão a coxa de um peru semicongelado, a carne cinzenta e rosada, cheia de manchas de sangue coagulado. O homem caído é um tipo atarracado, com camisa social e suspensórios, calça cinza e sapatos finos. Sem casaco. Seu rosto está esmagado como um melão, mas ainda sobrou o bastante para ver suas bochechas fartas com a barba de alguns dias, os olhos azuis injetados, arregalados no meio da massa disforme da cabeça, totalmente horrorizados.

Sem casaco.

Harper passa claudicante pelo cadáver, seguindo a música até a sala de estar, meio que esperando ver o proprietário da casa sentado numa poltrona estofada em frente à lareira, o atiçador de brasa que usou para amassar a cabeça do homem em seu colo.

A sala está vazia. Embora o fogo esteja aceso. E *há* um atiçador ao lado do cesto abarrotado de lenha, como se premeditasse sua chegada. O som sai de um gramofone de cor vinho e dourada. Na etiqueta do disco está escrito "Gershwin". Evidente. Pelas brechas das cortinas, pode ver os compensados de madeira pregados sobre as janelas, bloqueando a luz do dia. Mas por que esconder o lugar atrás de janelas cobertas de tapumes e um aviso de interdição? *Para evitar que outras pessoas o encontrem.*

Um decantador de cristal com uma bebida cor de mel foi colocado ao lado de um único copo na mesinha. Encontra-se sobre um paninho de renda. Isso vai ter que servir, pensa Harper. E ele terá que fazer alguma coisa em relação ao corpo. Bartek, ele conclui, recordando o nome que a mulher cega dissera antes de ele sufocá-la.

Bartek não pertence a este lugar, diz a voz em sua cabeça. Mas Harper, sim. A Casa estava esperando por ele. Ela o chamou até aqui com um propósito. A voz em sua cabeça está sussurrando a palavra *lar*. E é isso mesmo o que ele sente, uma sensação que nunca experimentou no lugar miserável onde cresceu nem nos cortiços e barracos nos quais morou durante toda a sua vida adulta.

Ele apoia a muleta na poltrona e se serve de um copo de bebida. As pedras de gelo estalam quando ele as gira. Estão só um pouco derretidas. Ele bebe um longo gole, fazendo com que se espalhe pela boca, deixando arder em sua garganta. Canadian Club. Excelente produto contrabandeado; ele faz um brinde no ar. Já faz muito tempo desde que pôde beber alguma coisa que não deixasse o ressaibo rústico de ácido fórmico. Faz muito tempo que ele não se senta numa poltrona confortável.

Ele resiste a ela, muito embora sinta dores na perna de tanto andar. Seja qual for a febre que o afeta, ela continua ardendo. *Ainda tem mais, bem por aqui, senhor,* como um pregoeiro de parque de diversões. *Suba aqui, não perca isso. Está esperando por você. Continue em frente, em frente, Harper Curtis.*

Harper sobe os degraus, segurando-se no corrimão tão encerado que as marcas da mão ficam impressas na madeira. Impressões fantasmagóricas que logo começam a sumir. É preciso que faça um grande movimento com o pé a cada vez, arrastando a muleta atrás de si. O esforço o deixa ofegante.

Ele avança com dificuldade pelo corredor. Passa mancando pelo banheiro, onde há uma bacia manchada de sangue para combinar com a toalha rosa encharcada e retorcida, pingando sobre os ladrilhos em preto e branco do chão. Harper não dá atenção a isso, ou à escada que leva até o sótão, tampouco ao quarto de hóspedes com a cama cuidadosamente preparada, mas com o travesseiro amassado.

A porta que leva ao quarto principal está fechada. Faixas de luz riscam o chão, passando pela brecha inferior. Ele põe a mão na maçaneta achando que estaria trancada. Mas ela se abre com um estalido e ele empurra a porta com a ponta da muleta. Diante de si, um quarto banhado, inexplicavelmente, pela luminosidade de uma tarde de verão. A mobília é escassa. Um armário em nogueira e uma cama de ferro trabalhado.

A claridade brusca que vem lá de fora o faz piscar e ele a vê se transformando em grossas nuvens e riscos prateados de chuva, em seguida, num pôr do sol tingido de tons vermelhos, como um zootrópio de má qualidade. Mas, em vez de ver um cavalo a galope ou uma moça removendo suas meias com sensualidade, é como se todas as estações do ano passassem à sua frente. Ele não consegue suportar. Vai até a janela e fecha as cortinas, mas não sem antes olhar rapidamente a paisagem lá fora.

As casas do outro lado da rua se *transformam*. A tinta se vai, surgem outras cores no lugar, que desbotam novamente através da neve e do sol e se turvam com a debandada das folhas caídas na rua. As janelas estão quebradas, cobertas de tapumes, enfeitadas com vasos de flores que vão ficando marrons e fenecem. O terreno vazio está coberto de mato e cimento, a grama cresce através das fendas em tufos selvagens, o lixo se congela, o lixo é removido, e volta junto com um emaranhado de palavras agressivas nos muros, com cores fortes. No chão, aparece uma marca de jogo de amarelinha, que desaparece sob uma chuva de granizo, que se desloca para outro lugar, serpenteando sobre o concreto. Um sofá apodrece através das estações e depois pega fogo.

Ele fecha as cortinas com força, se vira e vê. Finalmente. Seu destino decifrado naquele quarto.

Cada parede foi desfigurada. Há artefatos instalados, pregados ou amarrados com um fio. Eles parecem se agitar de um modo que pode sentir nas raízes dos dentes. Tudo conectado por linhas que foram desenhadas e redesenhadas, com giz, tinta, ou com a ponta de uma faca sobre o papel de parede. *Constelações*, diz a voz dentro de sua cabeça.

Há nomes rabiscados ao lado deles. Jinsuk. Zora. Willy. Kirby. Margo. Julia. Catherine. Alice. Misha. Nomes estranhos de mulheres que ele não conhece.

Mas acontece que os nomes estão escritos com a caligrafia do próprio Harper.

Isso basta. É a concretização. Como uma porta se abrindo no interior. A febre aumenta e às vezes urra através dele, cheia de desprezo, ira e fogo. E ele vê o rosto das garotas iluminadas e sabe como elas devem morrer. O grito dentro de sua cabeça: *Mate-a. Acabe com ela.*

Cobrindo o rosto com as mãos e largando a muleta, ele recua e cai pesadamente sobre a cama, que range sob seu corpo. Sua boca está seca. Sua mente, cheia de sangue. Pode ouvir os objetos tamborilando. Pode ouvir o nome das garotas como o coro de um hino. A pressão aumenta dentro de sua cabeça até se tornar insuportável.

Harper tira as mãos do rosto e se força a abrir os olhos. Ele se levanta, equilibrando-se na cabeceira da cama, e avança vacilante até a parede, onde os objetos pulsam e tremulam, plenos de expectativa. Deixa-se guiar por eles, estendendo a mão. Um deles parece, de certa forma, mais afiado. Ele o incomoda, assim como uma ereção, com propósitos irrefutáveis. É preciso encontrá-lo. E a menina que vem com ele.

É como se tivesse passado a vida inteira numa bruma ébria, mas agora o véu foi arrancado. É um momento de pura clareza, como quando está transando, ou no instante em que abriu a garganta de Jimmy Grebe. *Como se dançasse coberto de tinta fosforescente.*

Ele pega um pedaço de giz sobre a cornija e escreve no papel de parede ao lado da janela, porque ali ainda há espaço para isso, e é como uma obrigação. Ele escreve "Garota Vaga-Lume" em sua caligrafia pontuda e inclinada, sobre o fantasma da palavra, que já está ali.

KIRBY
30 de julho de 1984

Ela parecia estar dormindo. À primeira vista. Se você olhasse com os olhos semiabertos para os raios de sol atravessando as folhas. Se imaginasse que o tom de sua blusa era de um marrom desbotado. Se não prestasse atenção às moscas, grandes como varejeiras.

Um braço está jogado casualmente sobre a cabeça, que ficou voltada para o lado, como se prestasse atenção em algo. Os quadris dela estão inclinados, as pernas dobradas. A serenidade da posição não corresponde ao estado deplorável de seu abdômen.

Aquele braço indolente que lhe dá uma aparência tão romântica, deitada entre pequenas flores silvestres azuis e amarelas, traz as marcas de feridas defensivas. As incisões na articulação do meio de seus dedos, até o osso, indicam que ela provavelmente tentou agarrar a faca do agressor. Os dois últimos dedos da mão direita estão parcialmente cortados.

A pele da testa foi rasgada sob o impacto de vários golpes de um objeto contundente, possivelmente um taco de beisebol. Mas é possível que tenha sido o cabo de um machado ou mesmo um galho de árvore pesado, mas nada disso foi encontrado na cena do crime.

Os esfolamentos em seus pulsos indicariam que suas mãos foram atadas, embora o que as amarrava tenha desaparecido. Provavelmente um arame, visto como penetrou na pele. O sangue formou uma crosta preta sobre seu rosto, como uma membrana fetal. Ela foi fendida do esterno até a pélvis, na forma de uma cruz invertida, o que levará alguns grupos dentro da polícia a suspeitarem de satanismo, antes de atribuir o ato a alguma gangue, especialmente pelo fato de o estômago ter sido removido. O órgão foi encontrado perto dali, dissecado, o conteúdo espalhado pela grama. Suas tripas foram penduradas nas árvores, como se fossem enfeites macabros. Já estão secas e cinzentas quando os policiais afinal isolam a área. Isso sugere que o assassino teve tempo. Que ninguém a ouviu gritar por socorro. Ou que ninguém respondeu ao apelo.

Constam também como prova:

Um tênis branco com uma grande mancha de lama na lateral, como se ela tivesse escorregado na terra enquanto corria antes de perdê-lo. Foi encontrado a dez metros do corpo. Era igual ao que ela ainda tinha no pé, que estava sujo de respingos de sangue.

Uma camiseta de alças finas, cortada ao meio, que um dia fora branca. Um short jeans desbotado, manchado de sangue. E também urina e fezes.

Dentro de sua sacola de livros: um manual escolar (*Métodos fundamentais de economia matemática*), três canetas (duas azuis e uma vermelha), um marcador de texto (amarelo), um batom cor de uva, um rímel, meio pacote de chicletes (marca Wrigley de hortelã, três unidades restantes), um estojo de pó compacto dourado e quadrado (o espelho está rachado, o que pode ter ocorrido durante a agressão), uma fita cassete preta, com "*Janis Joplin – Pearl*" escrito à mão na etiqueta, as chaves da porta da frente da sede da fraternidade Alpha Phi, uma agenda com as datas de entrega dos trabalhos, uma consulta marcada com a equipe de Planejamento Familiar, os aniversários dos amigos e vários números de telefone que a polícia verificará um por um. Enfiada entre as páginas da agenda, um aviso da biblioteca sobre um livro que ainda não foi devolvido.

Os jornais alegam que essa foi a agressão mais violenta na região nos últimos quinze anos. A polícia segue todas as pistas e encoraja firmemente testemunhas a se manifestarem. Eles têm muitas esperanças de que o assassino seja identificado com agilidade. Um homicídio tão horrível deve ter tido precedentes.

Kirby não tomou conhecimento de nada. Na época, ela andava preocupada com Fred Tucker, o irmão de Gracie, um ano e meio mais velho, que tentara enfiar seu pênis dentro dela.

— Não quer entrar — diz ele com o peito ofegante.

— Então tente com *mais força* — sussurra Kirby.

—Você não está me ajudando!

— O que mais você quer que eu faça? — pergunta ela, exasperada.

Está usando um dos sapatos pretos de salto alto de Rachel, uma camisola de tecido fino nas cores creme e dourado que pegara de uma loja Marshall Field três dias antes, jogando o cabide de plástico bem atrás da prateleira. Ela arrancara algumas rosas do Sr. Partridge para espalhar as pétalas sobre o lençol. Roubara preservativos da gaveta da mesinha de cabeceira da mãe, assim Fred não precisaria comprá-los e não correria o risco de ficar constrangido. Certificara-se de que Rachel não voltaria para casa à tarde. Ela até andara praticando, treinando com o dorso da própria mão. O que se revelara tão eficaz quanto fazer cócegas em si mesma. Por isso é necessário outros dedos, outras línguas. Somente com outra pessoa é possível fazer com que pareça verdadeiro.

— Pensei que você já tivesse feito isso antes.

Fred se deixa cair sobre os cotovelos, seu peso sobre ela. É bem pesado, apesar de seus quadris ossudos e sua pele escorregadia de suor.

— Eu só disse isso para você não ficar nervoso. — Kirby estica o braço, tentando apanhar os cigarros de Rachel sobre a mesinha de cabeceira.

— Você não devia fumar.

— É mesmo? E você não devia estar fazendo sexo com uma menor de idade.

— Você tem dezesseis anos.

— Só vou completar no dia oito de agosto.

— Caramba — diz ele, saindo de cima dela, apressado.

Ela o observa mover-se inquieto pelo quarto, nu, exceto pelas meias e o preservativo, seu pênis ainda bravamente ereto e pronto para a ação, e dá um longo trago no cigarro. Ela nem gosta de cigarro, mas até que pega bem, um acessório para disfarçar. Kirby preparou uma receita: duas partes tomando o controle sem transparecer que está tentando fazê-lo, e três partes fingindo que, no fundo, isso não tem importância alguma. Afinal, não é tão importante se está ou não perdendo a virgindade com Fred Tucker. (É, sim, *realmente* importante.)

Ela admira a marca de batom que deixou no filtro do cigarro e reprime o acesso de tosse que a incomoda, querendo sair.

— Relaxa, Fred. É para ser divertido — diz ela, parecendo tranquila, enquanto o que quer dizer é: *Tudo bem, acho que amo você.*

— Então, por que estou me sentindo como se estivesse sofrendo um ataque cardíaco? — responde ele, com a mão no peito. — Talvez nós devêssemos ser apenas amigos?

Ela se sente mal por ele. E por si mesma também.

— Você quer assistir a um vídeo? — pergunta ela.

E é o que fazem. Depois, acabam se acariciando de modo desajeitado no sofá, beijando-se durante uma hora e meia, enquanto, na tela, Matthew Broderick tenta salvar o mundo com seu computador. Os dois nem sequer percebem quando a fita chega ao fim, porque os dedos dele estão dentro dela e sua boca arde contra a pele dele. Ela sobe em cima dele e isso a machuca, o que ela esperava, e é agradável, o que ela desejava, mas não é nada estupendo e, em seguida, eles se beijam e fumam de novo.

— Não foi assim que eu pensei que seria — diz ele, tossindo.

Tampouco um assassinato.

O nome da garota morta era Julia Madrigal. Tinha vinte e um anos. Estudava em Northwestern. Economia. Gostava de caminhadas e de hóquei, porque nascera em Banff, no Canadá, e de frequentar os bares ao longo da Sheridan Road com amigos, porque os de Evanston não tinham bebida alcóolica.

Ela tinha a intenção de se inscrever como voluntária para gravar trechos de livros para a associação dos alunos cegos, mas nunca o fez, da mesma forma que comprara um violão e só aprendera um acorde. *Estava* se candidatando a presidente da irmandade. Diziam que seria a primeira mulher a ocupar o cargo de CEO na Goldman Sachs. Planejara ter três filhos, uma bela casa e um marido que fizesse algo interessante — cirurgião, corretor ou qualquer coisa assim. Diferente de Sebastian, que era um rapaz agradável para passar o tempo, mas não exatamente feito para casar.

Ela falava com tom de voz muito alto, especialmente nas festas. Como seu pai. Seu senso de humor tendia para o grosseiro. Suas risadas eram notórias, dependendo do ponto de vista. Era possível ouvi-la do outro lado do alojamento do Alpha Phi. Mas era aquele tipo de garota impossível de reprimir, a menos que a esfaqueassem e esvaziassem seu crânio.

Sua morte vai chocar todas as pessoas que conheceu, e algumas que não conheceu.

Seu pai nunca mais vai se recuperar. Vai emagrecer até se tornar uma paródia do corretor imobiliário expansivo e obstinado, capaz de arrumar briga num churrasco por causa de um jogo. Ele perderá todo o interesse em vender casas. Vai ficar olhando para os espaços vazios na parede entre os retratos da família perfeita, para os acabamentos de reboco entre os ladrilhos no banheiro da suíte. Mas aprenderá a fingir e reprimir a tristeza. Em casa, começará a cozinhar. Aprenderá sozinho a culinária francesa, embora todos os pratos lhe pareçam insípidos.

Sua mãe sufocará o sofrimento: um monstro que ela manterá enjaulado no peito e que só poderá ser domado com vodca. Não vai comer o que seu marido cozinha. Quando se mudarem de volta para o Canadá, para uma casa menor, ela passará a ocupar o quarto de hóspedes. Por fim, já não esconderá mais as garrafas. Quando seu fígado parar de funcionar, vinte anos mais tarde, ele se sentará a seu lado num hospital de Winnipeg e afagará sua mão, recitando as receitas que tem na memória, como se fossem uma fórmula científica, porque não haverá mais nada a dizer.

A irmã dela se mudará para o mais longe possível, e continuará se deslocando, primeiro dentro do mesmo estado, depois pelo país afora e então no exterior, tornando-se *au pair* em Portugal. Ela não se sairá muito bem. Não vai conseguir se afeiçoar às crianças. Terá medo de que algo lhes aconteça.

Depois de um interrogatório de três horas, Sebastian, que vinha saindo com Julia havia seis semanas, tem seu álibi confirmado por uma testemunha e pelas marcas de graxa no short. Estava consertando uma moto Indian 1974 na garagem, com a porta aberta, totalmente visível da rua. Comovido por essa experiência, ele interpretará a morte de Julia como um sinal de que está desperdiçando sua vida estudando numa escola de administração. Vai se unir a um movimento estudantil antiapartheid e fará sexo com as moças do grupo. Seu passado trágico vai se aderir a ele como feromônios, tornando-o irresistível para as mulheres. Até ganhará trilha sonora: "Get It While You Can", de Janis Joplin.

Sua melhor amiga ficará deitada, acordada à noite, sentindo-se culpada porque, apesar de seu choque e tristeza, ela estabeleceu uma estatística sobre a morte de Julia que significa que ela mesma tem oitenta e oito por cento menos chances de morrer da mesma forma.

Em outra parte da cidade, uma menina de onze anos que acabou de ler sobre o caso, e que só viu uma vez a fotografia de Julia como oradora oficial no anuário da escola, tentará parar de sofrer com isso, e com a vida em geral, precisamente com um estilete sobre a pele macia na parte interna do braço, acima da manga de sua camiseta, onde o ferimento não pode ser visto.

E, cinco anos depois, será a vez de Kirby.

HARPER
24 de novembro de 1931

Ele dorme no quarto de hóspedes com a porta bem fechada para se proteger dos objetos, mas eles conseguem se insinuar em seu cérebro, insistentes como picadas de mosquitos. Depois do que parecem ter sido dias de sonhos febris e fragmentados, ele se esforça para sair da cama e consegue descer a escada com dificuldade.

Sua cabeça parece pesada como um pedaço de pão encharcado de aguarrás. Sua voz sumiu, afogada naquela claridade causticante. Os totens saem a fim de agarrá-lo, quando ele passa mancando pelo Quarto. Ainda não, pensa. Ele sabe o que é preciso fazer, mas, naquele exato instante, seu estômago está se revoltando por estar vazio.

A geladeira está vazia, exceto por uma garrafa de champanhe francês e um tomate que começa aos poucos a entrar em decomposição, assim como o corpo na sala. Ele está ficando esverdeado com as primeiras emanações de um cheiro pútrido, mas os membros, rígidos como pedra dois dias antes, começam a ficar macios, flácidos. Por isso fica mais fácil virar o cadáver para pegar o peru. Ele nem precisa quebrar um osso para soltá-lo das mãos do cadáver.

Harper lava a crosta de sangue da ave com água e sabão. Em seguida, põe para ferver com duas batatas que encontra numa gaveta da cozinha. Evidentemente, o Sr. Bartek não tinha esposa.

O único disco que consegue encontrar é o que já está no gramofone, então ergue o braço e põe as mesmas músicas para lhe fazer companhia. Ele come avidamente, sentado diante da lareira, renunciando aos talheres para despedaçar a carne com as mãos. Engole os pedaços com uísque, o copo até a borda, sem fazer questão de gelo. Sente-se bem, barriga cheia, o efeito da bebida na cabeça e a música de gosto duvidoso parecem acalmar os objetos.

Quando o decantador de cristal fica vazio, ele apanha o champanhe e o bebe diretamente da garrafa, até o fim. Senta-se, completamente bêbado, os restos do peru jogados no chão a seu lado, ignorando o ruído do gramofone, a agulha estalando à toa no final do disco, até sentir vontade de urinar e, com relutância, se levantar.

Ele esbarra no sofá a caminho do banheiro, os pés de madeira se arrastam no chão, puxando o tapete, e a quina de uma velha mala azul aparece, escondida embaixo do sofá.

Ele se apoia no encosto e se curva, puxando a mala pela alça, tentando erguê-la sobre as almofadas do sofá para dar uma boa olhada. Mas porque já bebeu e está com os dedos lambuzados, ela escorrega de suas mãos e cai, revelando seu conteúdo no chão: maços de dinheiro, um punhado de fichas vermelhas e amarelas de pôquer e um livro de capa preta repleto de papéis coloridos.

Harper solta um palavrão e se ajoelha, seu primeiro instinto é por tudo de volta na mala. Os maços são grossos como os de cartas de baralho. Cédulas de cinco, dez, vinte e cem dólares, atadas com uma fita elástica, e uma série de notas de cinco mil dólares enfiadas no forro rasgado. Nunca viu tanto dinheiro assim. Não foi à toa que alguém esmagou a cabeça de Bartek. Mas por que então não o procuraram? Apesar da névoa etílica, sabe que isso não faz sentido.

Ele examina as cédulas com mais cuidado. Estão organizadas por valor, mas separadas em maços, com diferenças sutis um do outro. É o tamanho, ele avalia, tocando as notas. O papel, a cor da impressão, pequenas alterações nos arranjos das imagens e do texto. Leva algum tempo até conseguir identificar a principal diferença. As datas de emissão estão erradas. *Como a vista de fora da janela*, ele reflete e logo em seguida tenta desfazer o pensamento. Talvez esse Bartek fosse um falsificador, deduz. Ou um cenógrafo.

Ele olha os papéis coloridos. Canhotos de apostas. As datas vão de 1929 até 1952. Hipódromo de Arlington, Hawthorne, Lincoln Fields, Washington Park. Todos ganhadores. Nada absurdo, pois os ganhos elevados demais, frequentes demais, acabam atraindo o tipo indesejável de atenção, conclui Harper, especialmente na cidade de Al Capone.

Cada canhoto tem um registro dentro do livro preto de contabilidade, o valor, a data e a fonte escritos cuidadosamente com letra de fôrma. Todos os dados dos canhotos estão na coluna de lucros, cinquenta dólares aqui, mil e duzentos ali. Exceto um. No qual há um endereço. O número da casa 1.818, ao lado de um número escrito em vermelho: seiscentos dólares. Ele percorre o livro, buscando os dados correspondentes. O título de propriedade da casa. Registrada em nome de Bartek Krol. Em 5 de abril de 1930.

Harper se agacha, passando o polegar pelas extremidades das notas de dez. Talvez o louco seja *ele*. De qualquer modo, achou algo formidável, e isso explica por que o Sr. Bartek estava tão ocupado para fazer compras no mercado. Uma pena que sua maré de sorte tenha acabado. Sorte de Harper. Ele era mesmo um jogador.

Olha para a bagunça no corredor. Terá que fazer algo em relação a isso antes que fique um nojo. Quando voltar. Está ansioso para ir lá fora. Conferir se tem razão.

Harper se veste com roupas que encontra penduradas no armário. Um par de sapatos pretos. Uma calça jeans de trabalho, uma camisa de botões. Exatamente do seu tamanho. Olha de novo para a parede dos objetos, a fim de se certificar. O ar ao redor do cavalo de plástico parece se agitar, tremular. O nome de uma das garotas pode ser lido com mais facilidade que os outros. Está resplandecente. Ela estará esperando por ele. Lá fora.

No andar térreo, ele para ao lado da porta da frente, movendo seu punho direito com vigor, como um boxeador se aquecendo para desferir um soco. Tem um objetivo em mente. Ele verificou três vezes e a chave se encontra em seu bolso. Está pronto agora, ele pensa. Acha que sabe como funciona. Será como o Sr. Bartek. Cauteloso. Astuto. Não irá longe demais.

Ele põe a mão na maçaneta. A porta se abre para a luz, ofuscante como um rojão num porão escuro, rasgando as tripas de um gato.

E Harper dá um passo, ingressando em outro tempo.

KIRBY
3 de janeiro de 1992

— Você devia arrumar outro cachorro — diz a mãe dela, sentada na mureta, de onde se pode ver o lago Michigan e a praia congelada. Sua respiração se condensa no ar a sua frente como balões de histórias em quadrinhos. A previsão é de que haverá mais neve, mas o céu não parece concordar.

— Não — responde Kirby, distraída. — Para que eu vou querer um cachorro?

Ela está catando despreocupadamente galhos finos e os quebrando em pedaços menores até não poder mais parti-los. Nada é infinitamente redutível. É possível partir um átomo, mas não se pode transformá-lo em vapor. As coisas permanecem. Agarram-se a nós, mesmo quando estão partidas. Uma hora ou outra é preciso catar os cacos. Ou ir embora. Não olhar para trás.

— Oh, querida... — Ela não suporta esses suspiros de Rachel; eles a fazem ter vontade de provocá-la.

— Um bicho peludo, fedorento, toda hora pulando para lamber seu rosto. Nojento!

Kirby faz uma careta. Elas sempre acabam presas à mesma velha cilada. Desdenhosamente familiar, mas também reconfortante, de certa maneira.

Ela tentou ficar longe por um tempo, depois do que aconteceu. Abandonou os estudos — embora tenham lhe oferecido permissão para se ausentar —, vendeu o carro, fez as malas e se foi. Não chegou muito longe. Apesar de a Califórnia lhe parecer tão estrangeira quanto o Japão. Como se saísse de uma série de televisão, mas com as risadas fora de sincronia. Devia ser ela; muito deprimida e confusa para San Diego e não suficientemente confusa, ou confusa do modo errado, para Los Angeles. Ela deveria ter sido tragicamente fragilizada, mas não demolida. É preciso que você mesma faça o corte para deixar a dor sair. Conseguir alguém para fazê-lo por você é trapacear.

Devia ter seguido adiante, ido para Seattle ou Nova York. Mas acabou voltando ao ponto de partida. Talvez tenha sido por conta de todas aquelas mudanças quando era criança. Talvez a família exerça uma atração gravitacional. Talvez ela só precisasse voltar à cena do crime.

Houve uma agitação por causa do ataque que sofreu. O pessoal do hospital não sabia onde colocar todas as flores que recebia, algumas vindas de pessoas totalmente desconhecidas. Embora metade delas fosse buquês de condolência. Ninguém esperava que ela se recuperasse e os jornais se enganaram.

As primeiras cinco semanas foram muito movimentadas e as pessoas se desesperavam, querendo fazer algo por ela. Mas as flores murcham, e a atenção acaba. Ela saiu da UTI. Depois recebeu alta. As pessoas tocaram sua vida e ela deveria fazer o mesmo, pouco importava se não podia se virar na cama sem acordar cheia de dores. Ou então ficava paralisada com a agonia, aterrorizada pela ideia de quebrar alguma coisa se os anestésicos perdessem o efeito no momento em que ela estivesse pegando o xampu.

A ferida infeccionou. Precisou voltar para o hospital por mais três semanas. Sua barriga inchou como se fosse parir um alienígena. "Um Xenomorfo que se perdeu", ela brincou com o médico, o mais recente de uma série de especialistas. "Como naquele filme, *Alien, o Oitavo Passageiro*." Ninguém entendia suas piadas.

Com o passar do tempo, foi perdendo os amigos. Os mais antigos não sabiam o que dizer. Os relacionamentos caíram entre as fissuras do silêncio incômodo. Se a aversão provocada por seus ferimentos não os abalava a ponto de calá-los, ela sempre podia falar sobre as complicações que resultaram em matéria fecal vazando da cavidade intestinal. Não era de surpreender que as conversas acabassem mudando de rumo. As pessoas desviavam do assunto, atenuavam sua curiosidade, achando que estavam agindo corretamente, quando, na verdade, o que ela precisava mais do que tudo era conversar. Colocar seus podres para fora.

Os novos amigos eram como turistas; apareciam só para olhá-la com um ar embasbacado. Era negligência, ela sabia, mas era tão mais fácil deixar as coisas assim. Às vezes bastava não retornar um telefonema. Os mais persistentes, ela precisava ignorar repetidas vezes. Eles ficavam desconcertados, furiosos, magoados. Alguns deixavam recados coléricos, ou pior, mensagens tristes, em sua secretária eletrônica. Por fim ela acabou desligando o aparelho e o jogou fora. Acredita que tenha sido um alívio para eles, afinal. Ser amigo dela era como viajar para uma ilha tropical para se divertir um pouco ao sol e ser sequestrado por terroristas. O que acontecera mesmo, lera no jornal. Ela lê bastante sobre traumas. Histórias de sobreviventes.

Kirby estava fazendo um favor aos amigos. De vez em quando ela gostaria de poder fazer o mesmo em relação a seus planos de escapar. Mas está presa ali, refém da própria cabeça. Será que é possível provocar a Síndrome de Estocolmo em si mesma?

— E então, mamãe?

O gelo no lago se move e estala melodiosamente, como um móbile feito de cacos de vidro.

— Oh, querida...

— Eu posso reembolsá-la em dez meses, no máximo. Já bolei um planejamento.

Ela enfia a mão na mochila para pegar uma pasta. Criou uma planilha colorida, com uma tipologia elegante que parece escrita à mão. Afinal de contas, sua mãe é designer. Rachel examina a planilha com interesse, como se analisasse um portfólio de arte e não uma proposta orçamentária.

— Já terminei de pagar a maior parte dos gastos das viagens no cartão de crédito. Estou pagando cento e cinquenta por mês e mais mil dólares do crédito estudantil, portanto, isso é totalmente viável. — A faculdade não abonou sua dívida. Ela se expressa de maneira confusa, mas não consegue suportar a tensão. — E, na verdade, não é tanto assim por um detetive particular.

Normalmente, setenta e cinco dólares por hora, mas ele disse que faria por trezentos a diária, mil e duzentos por semana. Quatro mil dólares por mês. Ela fizera um orçamento para três meses, embora o detetive tenha dito que é possível determinar se vale a pena continuar ao fim de um mês. Um preço baixo para descobrir. Para achar o babaca. Principalmente agora que a polícia parou de falar com ela. Porque, aparentemente, não é muito saudável ou útil se importar demais com o seu caso.

— É bem interessante — diz Rachel, com educação, ao fechar a pasta e tentar devolvê-la.

Mas Kirby não a pega. Suas mãos estão ocupadas partindo gravetos. Estalidos. Sua mãe coloca a pasta sobre a mureta entre elas. A neve logo encharca o papelão.

— A umidade dentro de casa está cada vez pior — diz Rachel, mudando de assunto.

— Esse é um problema do proprietário, mãe.

— Você sabe como é o Buchanan. — Rachel solta uma risada irônica. — Nem se a casa estivesse vindo abaixo ele faria alguma coisa.

— Talvez você devesse demolir algumas paredes para ver. — Kirby não consegue dissimular a amargura na voz. É um barômetro interior que lhe permite aguentar as bobagens da mãe.

— Vou mudar meu ateliê para a cozinha. Lá é mais claro. Acho que estou precisando de mais luz agora. Você acha que eu tenho oncocercose?

— Eu já falei para você largar aquele livro médico. Você não pode se autodiagnosticar, mãe.

— Parece improvável. Não entrei em contato com parasitas do rio. Pode se tratar também de distrofia de Fuchs, eu acho.

— Ou, talvez, você esteja apenas envelhecendo e precise encarar isso — rebate Kirby. Mas sua mãe parece tão triste e perdida que ela releva. — Posso vir até aqui para ajudar. Poderíamos dar uma olhada no porão, achar algo para vender. Aposto que algumas daquelas coisas valem uma fortuna. Só aquele velho estojo de gravuras deve valer uns dois mil dólares. Você poderia fazer uma boa grana. E se você tirasse alguns meses de folga? Poderia terminar o *Pato morto*.

A obra em andamento de sua mãe é, morbidamente, a história de um patinho intrépido que viaja pelo mundo perguntando às coisas mortas como foi que vieram a morrer. Uma amostra:

— *E como você morreu, Sr. Camaleão?*
— *Pois é, Pato, eu fui atropelado por um caminhão.*
Eu estava atravessando a rua sem olhar
Agora, virei petisco e os corvos vão me devorar.
Isso é horrível. Estou tão infeliz.
Mas estou contente pelo que fiz.

Sempre acaba do mesmo jeito. Todos os bichos morrem de um jeito diferente e horrível, mas sempre dão a mesma resposta, até o Pato morrer também e pensar que está infeliz, mas contente com o que fez. É o tipo de humor negro e pseudofilosófico que provavelmente faria sucesso numa edição para crianças. Como aquele livro bobo sobre a árvore que se sacrifica e se sacrifica até se tornar um banco podre de madeira cheio de rabiscos. Kirby sempre detestou essa história.

Isso nada tem a ver com o que aconteceu com ela, segundo Rachel. É sobre os Estados Unidos e como as pessoas acham que a morte é algo contra o qual é preciso lutar, o que é estranho para um país cristão que acredita na vida após a morte.

Ela está apenas tentando mostrar que se trata de um processo natural. Não importa aonde você vá, o resultado é sempre o mesmo.

É o que ela diz. Mas começou a escrever a história quando Kirby ainda estava na UTI. E, depois, rasgou tudo, páginas e páginas de ilustrações adoravelmente horrendas, e começou outra vez. E continuou sem cessar com essas histórias de lindos animais mortos, mas nunca as terminava. E olha que um livro infantil não precisa ser muito longo.

— Posso entender isso como um não, então?

— Eu só acho que não é uma maneira proveitosa de usar seu tempo, querida — diz Rachel, afagando-lhe a mão. — A vida é feita para vivermos. Faça algo de útil. Volte para a faculdade.

— Claro. Isso é útil.

— Além disso — diz Rachel, o olhar sonhador na direção do lago —, eu não tenho dinheiro.

É impossível afastar sua mãe, pensa Kirby, deixando o pó dos gravetos cair de seus dedos dormentes na neve. O comportamento padrão dela é se ausentar.

MAL
29 de abril de 1988

Malcolm nota imediatamente a presença do cara branco. Não que carência de melanina seja algo raro naquelas bandas. Em geral os brancos passam de carro, e mal param tempo suficiente para comprar heroína. Mas há também os que vêm caminhando, desde os muito viciados de olhos amarelados, pele arrepiada e mãos trêmulas como as de um velho, até a jovem advogada em trajes elegantes, chegando do centro da cidade e tendo que esperar pacientemente como todos os outros às terças-feiras e, ultimamente, aos sábados também. Neste ponto, as ruas são igualitárias. Mas nenhum deles costuma ficar por aqui depois disso.

Aquele homem ali em pé, bem nos degraus de um imóvel abandonado, como se fosse seu. Talvez seja. Há rumores por aí de que estão pensando em aburguesar Cabrini, mas é preciso ser um porra-louca do cacete para tentar isso em Englewood, *esse* buraco decadente.

Mal não entende por que eles ainda se dão o trabalho de cobrir os imóveis com tapumes. Todos já tiveram roubados seus canos, maçanetas e qualquer outra coisa vitoriana que pudesse existir. Janelas quebradas, pisos podres e gerações inteiras de ratos vivendo uns sobre os outros; vovô rato, vovó rata, mamãe e papai ratos e os bebês ratinhos. Então, só mesmo os viciados sem um tostão usam esses apartamentos para picar a própria veia. O local é caótico. E, neste bairro, isso quer dizer alguma coisa.

Não é um corretor imobiliário, ele imagina, observando o homem descer até a calçada esburacada, seus sapatos se arrastando sobre o jogo de amarelinha. Mal já tomou sua dose, a droga repousa dentro das tripas, transformando-as em cimento. Isso o deixará ligado o dia todo, então ele dispõe de todo o tempo do mundo para observar um branquelo que age de maneira estranha.

O indivíduo atravessa o terreno, dá voltas em torno dos restos de um sofá velho e caminha sob a armação enferrujada que costumava sustentar a cesta de basquete antes de alguém arrancá-la. O nome disso é autossabotagem. Fodendo com o que é seu.

Tampouco é um policial, pelo jeito de se vestir. E se veste mal, calça bem larga e um casaco de tweed fora de moda. Aquela muleta debaixo do braço significa com certeza que andou se metendo no lugar errado e pagou por isso. Já deve ter vendido a bengala que lhe deram numa loja de penhor e agora tem que andar com a ajuda daquela coisa velha. Ou então o cara nem foi para o hospital, porque está escondendo alguma coisa. Há algo estranho a respeito dele.

Ele é interessante. Quem sabe até um possível cliente. Pode ser o esconderijo do cara. Fugindo da Máfia. Porra, da ex-mulher! Ótimo lugar para se entocar. Pode ser que tenha alguma grana metida dentro de um daqueles velhos ninhos de rato. Mal espia a fileira de casas e especula. Ele poderia dar uma olhada enquanto o branquelo estiver fora dali. Subtrair qualquer coisa de valor que possa estar lhe causando problemas. Esta seria a atitude mais sábia. Provavelmente lhe faria um favor.

Mas ao olhar para as casas, tentando imaginar de qual ele deve ter saído, Mal sente-se estranho. Pode ser o calor emanando do asfalto, deixando tudo trêmulo. Não chega a ser uma vibração intensa, mas quase. Deveria ter pensado melhor antes de comprar mercadoria das mãos de Toneel Roberts. Aquele sujeito anda malhando a droga, então bem que poderia estar também misturando algo ali. Ele sente um aperto no estômago, como se alguém o pressionasse com a mão. Um breve lembrete de que não comeu nada nas últimas quatorze horas e um indício, isso mesmo, de que a droga foi diluída. Enquanto isso, o Sr. Possível Cliente desce a rua, acenando sorridente para os moleques na esquina que gritam algo para ele. Não, a ideia não é boa, ele pensa. Pelo menos por ora. Melhor esperar até o branquelo voltar e ele poder lhe dar uma boa conferida. Neste momento, é o chamado da natureza.

Ele o alcança dois quarteirões mais adiante. Pura sorte. Embora ajude o cara estar olhando para a TV na vitrine de uma loja, tão hipnotizado que Mal se preocupa achando que ele pode ter percebido alguma coisa. O estranho nem se dá conta de que está obstruindo a passagem das pessoas. Talvez seja alguma notícia importante. A porra da Terceira Guerra Mundial estourou. Ele se aproxima devagar para ver, da forma mais inocente possível.

Mas o Sr. Possível Cliente está assistindo aos comerciais. Um após o outro. Molho de macarrão. Óleo de cozinha. Michael Jordan comendo cereais Wheaties. Como se nunca tivesse visto alguém comendo cereais.

— Ei, você está bem, cara? — pergunta, sem querer perdê-lo de vista novamente, porém ainda inseguro para dar-lhe um tapinha no ombro. O homem se vira com um sorriso tão cruel que Mal quase perde a coragem.

— Isso é incrível — diz o homem.

— Pô, cara, você deveria experimentar os da marca Cheerios. Mas você está no meio do caminho. Deixe espaço para as pessoas passarem, tá legal?

Gentilmente, ele o afasta do caminho de um garoto que passa de patins. O homem fica olhando para ele.

— Um garoto branco usando dreads — concorda ele, ou pensa que concorda. — Nunca vi isso. E olha aquela ali.

Mal finge cutucar seu braço, sem de fato encostar nele, para indicar uma garota com seios que devem ter sido enviados diretamente por Deus, balançando debaixo da camiseta. Mas o homem mal olha para ela.

Mal sente que está perdendo contato.

— Não é seu tipo, né? Tudo bem, cara. — Em seguida, sentindo a heroína roendo suas entranhas, diz: — Você tem um dólar para me arrumar?

O homem parece vê-lo pela primeira vez. Mas tampouco é um daqueles olhares de cima a baixo de homem branco. Como se visse seu próprio âmago.

— Claro — responde ele, enfiando a mão no bolso do casaco e retirando um maço de notas presas por uma fita elástica. Apanha uma delas e lhe entrega, olhando com a mesma intensidade de um novato tentando vender bicarbonato de sódio no lugar de droga de verdade, o que leva Mal a desconfiar antes mesmo de olhar para a nota.

— Porra, você tá de sacanagem comigo? — Ele franze a testa, olhando para a nota de cinco mil dólares. — O que vou fazer com isso? — Mal começa a duvidar de todo aquele seu plano maldito. O cara é doido.

— Esta é melhor? — diz o homem, com uma nota de cem dólares, esperando uma reação.

Mal sente vontade de não demonstrar satisfação, mas, caramba, quem sabe ele não lhe dará outra se conseguir o que está procurando? Seja lá o que for.

— Aí, sim. É o bastante.

— O cortiço de Hooverville ainda fica depois do Grant Park?

— Não tenho a menor ideia do que você está falando, cara. Mas, se me der mais uma dessas, eu procuro com você por todo o parque, até a gente encontrar.

— Não precisa, basta me dizer como chegar lá.

— Pegue a linha verde. Ela vai levar você até o centro da cidade — diz ele, apontando para a ferrovia suspensa, visível entre os prédios.

—Você foi de grande ajuda — diz o homem. E, para surpresa de Mal, ele enfia o maço de dinheiro de novo no bolso e se vai, mancando.

— Ei, espere. — Ele precisa dar uma corridinha para alcançá-lo. —Você não é desta cidade, é? Posso ser seu guia. Mostrar a paisagem. Arrumar uma bocetinha para você. É só escolher, cara. Posso cuidar de você, está me entendendo?

O homem vira-se para ele, a expressão cordial, como se fosse lhe dar a previsão do tempo.

— É melhor parar com isso, senão eu acabo com você aqui mesmo na rua.

Não soa como papo furado. É fato. Como amarrar os cadarços dos sapatos. Mal fica paralisado e o deixa partir. Não está nem aí. Cara doido. Melhor não se envolver com essa gente.

Ele observa o Sr. Possível Cliente descer a rua, mancando, e balança a cabeça, olhando para aquela cédula ridiculamente falsa. Vai guardar como lembrança. E, talvez, depois vá até as casas abandonadas e dê uma olhada por lá, enquanto o homem estiver fora. Seu estômago se contorce quando pensa nisso. Ou talvez não. Não enquanto estiver cheio da grana. Vai cuidar um pouco de si mesmo. Mescalina. Nada daquela merda do Toneel. Talvez até compre um pouco para o Raddison, se o vir por aí. Por que não? Ele está se sentindo generoso. É bom que isso dure.

Harper
29 de abril de 1988

O que mais incomoda Harper é o barulho. Pior do que se agachar na lama negra e viscosa das trincheiras, temendo o gemido agudo que anunciava a próxima rajada da artilharia, o baque surdo de bombas distantes, os tanques rangendo como trovões. O futuro não é tão ruidoso quanto a guerra, mas é implacável com sua própria e terrível manifestação de fúria.

A densidade demográfica é surpreendente. Casas, prédios e pessoas amontoados uns em cima dos outros. E carros. A cidade foi reformulada em torno deles. Existem prédios inteiros construídos para servirem de estacionamento, em níveis superpostos. Eles passam ligeiros, rápidos demais, ruidosos demais. Os trilhos da ferrovia que trouxeram o mundo todo para Chicago estão silenciosos, dominados pelo rugido da via expressa (uma expressão que só aprendeu depois). O rio agitado de veículos continua correndo sem que ele consiga imaginar de onde vem.

Enquanto caminha, vê relances sombrios da antiga cidade subterrânea. Cartazes pintados que desbotaram. Uma casa abandonada que se transformou num prédio interditado por tapumes. Um terreno tomado pelo mato onde costumava haver um depósito. Declínio, mas também renovação. Um amontoado de lojas comerciais onde antes havia um terreno baldio.

As vitrines são desnorteantes. Os preços, absurdos. Ele entra numa loja de conveniência e sai em seguida, perturbado pelos corredores brancos e as luzes fluorescentes, e pelo excesso de comida enlatada e em embalagens com fotografias coloridas alardeando seu conteúdo. Isso tudo lhe dá náuseas.

É tudo estranho, mas não inimaginável. Tudo extrapola. É possível acessar uma sala de concertos com um gramofone, pode-se colocar um projetor dentro de uma tela acesa na vitrine, algo tão comum que nem sequer atrai o público. Mas algumas coisas são absolutamente inesperadas. Ele fica em transe diante das escovas de um posto de lavagem de carros que se agitam e deslizam sobre os veículos.

As pessoas continuam as mesmas. Prostitutas e vagabundos, como o sem-teto de olhos esbugalhados que o tomou por otário. Ele o dispensou, mas não antes de conseguir confirmar algumas de suas suposições sobre datas, dinheiro e em que lugar ele está. Ou em que época. Ele toca com os dedos a chave em seu bolso. Seu atalho de volta. Se quiser partir.

Seguindo o conselho do rapaz, ele embarca no trem suspenso em Ravenswood, que é praticamente o mesmo de 1931, apenas mais rápido e menos perigoso. O trem sacode nas curvas de tal forma que Harper se segura na barra, mesmo estando sentado. Na maior parte das vezes, os passageiros desviam o olhar. Alguns se afastam dele. Duas garotas vestidas como putas riem e apontam para ele. São suas roupas, ele se dá conta. As pessoas se vestem com cores mais vivas e tecidos que de algum modo parecem mais brilhantes e mais vulgares, como aqueles sapatos com cadarços. Mas quando ele começa a avançar no vagão em direção a elas, o sorriso desaparece e elas saltam na parada seguinte, sussurrando alguma coisa. Ele não tem qualquer interesse nelas.

Harper sobe a escada até a rua, sua muleta batendo contra o metal, atraindo o olhar piedoso de uma mulher negra uniformizada, que nem por isso tenta ajudá-lo.

Em pé sob as colunas da ferrovia suspensa, ele percebe que os neons do centro da cidade ficaram dez vezes mais fortes. *Olhe aqui, não, aqui*, dizem aqueles letreiros brilhantes. A distração dita a ordem e o caminho.

Bastam alguns minutos para perceber como funcionam as luzes na faixa de pedestres. O homenzinho verde e o vermelho. Sinalização feita para crianças. E toda essa gente não é exatamente isso, com seus brinquedos, sua algazarra e sua afobação?

Ele nota que a cidade mudou de cor, do branco e creme encardidos passou para uma centena de tons de marrom. Como ferrugem. Como excremento. Harper caminha até o parque para ver com os próprios olhos se o cortiço de Hooverville realmente desapareceu sem deixar vestígios.

A visão que se tem da cidade ali é desalentadora, a silhueta dos prédios em contraste com o céu é falsa, torres cintilantes tão altas que são engolidas pelas nuvens. Como uma visão do inferno.

Os carros e o amontoado de gente o faz pensar num enxame de besouros devorando as árvores em seu caminho. Essas árvores, cheias de cicatrizes deixadas por esses insetos, acabam morrendo. Como todo este lugar pestilento morrerá, caindo sobre si mesmo à medida que a podridão prolifera. Talvez ele o veja desmoronar. Não seria ótimo?

Mas agora ele tem um objetivo. E isso inflama seus pensamentos. Sabe aonde deve ir, como se já tivesse passado por ali antes.

Ele embarca em outro trem, descendo pelos intestinos da cidade. O ruído dos trilhos é mais forte dentro dos túneis. Feixes de luzes artificiais atravessam as janelas, recortando o rosto das pessoas em momentos fragmentados.

Enfim, ele chega a Hyde Park, onde a universidade criou um nicho de ricos de bochechas rosadas em meio à rústica classe operária, esmagadoramente negra. A perspectiva o deixa ansioso.

Ele toma um café na lanchonete grega da esquina, café com três torrões de açúcar. Em seguida, caminha em meio às residências até encontrar um banco para sentar-se. Ela está ali, em algum lugar. Como deveria.

Com os olhos semicerrados, ele inclina a cabeça e finge aproveitar os raios de sol, assim não fica parecendo que está examinando o rosto de todas as moças que passam por ele. Cabelos brilhantes, olhos luminosos sob pesada maquiagem e penteados esvoaçantes. Elas exibem seu privilégio como se isso fosse algo que se calçasse de manhã com as meias. Isso tira o vigor delas, Harper pensa.

E então ele *a* vê, saindo de um carro branco com a porta amassada que estacionou na entrada de um prédio a menos de quatro metros do banco em que está. O choque ao reconhecê-la lhe percorre a espinha até a medula. Como amor à primeira vista.

Ela é bem pequena. Chinesa ou coreana, usa calça jeans com manchas brancas, cabelo preto amassado numa forma que lembra um algodão-doce. Ela abre a mala do carro e começa a descarregar caixas de papelão no chão, enquanto sua mãe sai do veículo com dificuldade para ajudá-la. Mas é evidente que, mesmo com o esforço que faz e os risinhos irritados que dá ao segurar uma caixa que se abre embaixo por conta do peso dos livros, ela é de outra espécie, diferente daquelas moças vazias e sem graça que andou vendo. Ela é cheia de *vida*, estalando como um chicote no ar.

Harper nunca limitou seu apetite a mulheres de um determinado tipo. Alguns homens preferem moças com cintura fina, ou ruivas, ou com nádegas volumosas onde se possa enfiar os dedos, mas ele sempre pegou o que conseguia, a maioria das vezes pagando por isso. A Casa exige mais. Ela quer *potencial*, ela reivindica o fogo em seus olhos e o apaga. Harper sabe como fazer isso. Precisará comprar uma faca. Tão afiada quanto uma baioneta.

Ele se recosta e começa a enrolar um cigarro, fingindo apreciar a briga entre os pombos e as gaivotas pelos restos de um sanduíche arrancado de uma lata de lixo, cada pássaro por si. Não olha para a moça e sua mãe fazendo estardalhaço e carregando as caixas de papelão para dentro. Mas pode ouvir tudo, e, mesmo com os olhos a contemplar os próprios sapatos, consegue vê-las de soslaio.

— Ok, esta é a última — diz a garota, a garota de Harper, retirando uma caixa parcialmente aberta da mala do carro. Ela vê algo no interior e enfia o braço apanhando uma boneca surpreendentemente nua, segurando-a pelo tornozelo.

— Omma!

— O que é agora? — pergunta sua mãe.

— Omma, eu disse para deixar isso para o Exército da Salvação. O que vou fazer com toda essa tralha?

— Você adora essa boneca — a mãe a repreende. — Você deve guardá-la. Para meus netos. Mas ainda não. Primeiro encontre um bom rapaz. Um médico ou um advogado, já que você está estudando sociopatia.

— Sociologia, Omma.

— Falando nisso... Você está procurando encrenca, indo para esses lugares perigosos.

—Você está exagerando. É onde as pessoas vivem.

— Sei. Pessoas ruins, com armas. Por que você não estuda cantores de ópera? Ou garçons? Ou médicos. É uma boa maneira de conhecer médicos simpáticos, eu acho. Eles não são suficientemente interessantes para seus estudos? Em vez de visitar essas habitações populares?

— Talvez eu devesse estudar as semelhanças que existem entre mães coreanas e mães judias? — Ela enlaça os dedos distraidamente no longo cabelo louro da boneca.

— Talvez merecesse um tapa na cara por ser grosseira com a mulher que criou você! Se sua avó a ouvisse falando desse jeito...

— Sinto muito, Omma — diz a moça, timidamente. Ela observa os cachos da boneca enrolados em seus dedos. —Você se lembra daquela vez em que eu tentei tingir o cabelo da minha Barbie de preto?

— Com graxa para sapatos! Teve que jogar a boneca no lixo.

—Você não se sente incomodada? A homogeneidade dos desejos?

Sua mãe faz um gesto de impaciência com a mão.

—Você e seu belo discurso acadêmico. Já que isso a incomoda tanto, então leve Barbies negras para as crianças com quem você trabalha nos projetos sociais.

— Não é uma má ideia, Omma — responde ela, jogando a boneca dentro de uma caixa.

— Mas não use graxa de sapato!

— Nem brincando.

Ela se inclina sobre a caixa que tem nos braços para beijar a mulher mais velha no rosto. Sua mãe a rechaça, embaraçada com a demonstração de afeto.

— Seja boazinha — diz a mãe, entrando no carro. — Estude bastante. Nada de rapazes. A menos que seja um médico.

— Ou advogado. Eu entendi. Tchau, Omma. Obrigada pela ajuda.

A moça acena várias vezes à medida que a mulher sai com o carro na direção do parque, depois deixa os braços caírem ao ver o veículo dar meia-volta com descuido e retornar. Sua mãe abaixa o vidro.

— Já ia esquecendo um monte de coisas importantes. Não esqueça o jantar sexta à noite. E tome seu Hahn-Yahk. Telefone para sua avó para lhe contar que você finalmente se mudou. Vai conseguir se lembrar de tudo isso, Jin-Sook?

— Vou, sim. Não se preocupe. Tchau, Omma. Sério, pode ir.

Ela espera o carro partir. Quando ele dobra a esquina, ela olha com desamparo para a caixa de papelão em seus braços e depois a coloca ao lado da lata de lixo, antes de entrar no prédio.

Jin-Sook. Seu nome injeta uma descarga de calor no corpo inteiro de Harper. Poderia pegá-la agora. Estrangulá-la no corredor. Mas há testemunhas. E ele sabe que existem regras. Agora não é o momento.

— Ei, cara — diz um rapaz de cabelo cor de areia, de um modo não muito amistoso, em pé diante dele, com a petulância casual que lhe permite sua estatura. Está usando uma camiseta com um número estampado e uma calça cortada na altura dos joelhos, com a barra desfiada. — Você vai ficar aí o dia todo?

— Vou acabar de fumar meu cigarro — responde Harper, deixando a mão cair no colo para esconder uma ereção parcial.

— Acho melhor você se apressar. Os seguranças do campus não gostam de ver gente à toa por aqui.

— É uma cidade livre — diz ele, embora não faça a mínima ideia se ela o é de fato.

— É mesmo? Pois é melhor você não estar mais aqui quando eu voltar.

— Estou indo.

Harper dá um longo trago, como se quisesse provar sua intenção, sem se mover um centímetro.

Isso basta para apaziguar o jovem macho, que move a cabeça em reconhecimento e sai caminhando na direção das lojas, dando mais uma olhada para trás. Harper joga fora seu cigarro e começa a andar lentamente, fingindo ir embora. Mas, então, para ao lado da lata de lixo onde *Jin-Sook* largou a caixa de papelão.

Ele se agacha ao lado da caixa e começa a remexer a mistura de brinquedos. É por isso que está ali. Está seguindo um mapa. Todas as peças têm que ser postas no lugar certo.

Ele acha o pônei com os pelos amarelos no momento em que *Jin-Sook* (o nome soa como música em sua cabeça) surge pela porta do prédio, correndo de volta até a caixa, parecendo se sentir culpada.

— Oi. Sinto muito, eu mudei de ideia. — Ela chega se desculpando e, em seguida, confusa, ergue a cabeça. Bem perto, ele nota que ela está usando um único brinco, uma chuva de estrelas azuis e amarelas sobre correntes prateadas. Seus movimentos fazem as estrelas cintilar. — Essas coisas são minhas — diz ela, num tom de acusação.

— Eu sei. — Ele se despede com um sorriso zombador e começa a se afastar, mancando com a muleta. —Vou trazer outra coisa para você no lugar disso.

Ele o faz, mas somente em 1993, quando ela já é uma assistente social experiente no Departamento de Habitação de Chicago. Ela será sua segunda vítima mortal. E a polícia não encontrará o presente que ele lhe deixa. Tampouco tomará conhecimento da figurinha de beisebol que ele toma para si.

Dan
10 de fevereiro de 1992

O tamanho e o estilo dos caracteres do *Chicago Sun-Times* são feios. Assim como o prédio onde se localiza o jornal, um edifício monstruoso de poucos andares cercado de torres arrojadas na margem do rio Chicago, na cidade de Wabash. Na verdade, não passa de um fim de mundo. Todas as mesas ainda são daquele metal pesado e velho da Segunda Guerra com os espaços para as máquinas de escrever ocupados por computadores. Há tinta incrustada nas passagens de ventilação, por causa das prensas da gráfica que sacodem o prédio todo quando estão em funcionamento. Alguns repórteres têm tinta na veia. O pessoal do *Sun--Times* carrega tinta nos pulmões. De vez em quando, alguém se queixa ao Departamento de Saúde e Segurança no Trabalho.

Existe orgulho na feiura. Especialmente em comparação à torre do *Tribune*, do outro lado, com seus torreões e pilares neogóticos, como uma catedral das notícias. O *Sun-Times* dispõe de um espaçoso escritório aberto com todas as mesas encostadas umas às outras, posicionadas em torno do editor de notícias locais. As seções de variedades e esportes ficam afastadas, no fundo. Reina uma desordem ruidosa. Pessoas gritando umas com as outras, o rádio da polícia chiando. Há televisores ligados e telefones tocando, além dos apitos dos aparelhos de fax que trazem notícias frescas. O *Tribune* tem *cubículos*.

O *Sun-Times* é o jornal da classe operária, dos policiais, dos lixeiros. O *Tribune* é o periódico dos milionários e dos professores, que moram nos subúrbios abastados. É Zona Sul contra Zona Norte, e nada têm em comum. Até começar a temporada dos estagiários, quando os filhos mimados vindos das faculdades caras e com boas relações chegam à redação.

— Eles chegaram! — berra Matt Harrison num tom monótono, caminhando entre as mesas com os jovens de olhos brilhantes seguindo seus passos como patinhos atrás da mãe. — Aqueçam as fotocopiadoras! Preparem os arquivos! Deixem prontos os pedidos de café!

Dan Velasquez resmunga e se deixa afundar atrás do computador, ignorando o grasnar daqueles patinhos, empolgados demais por se encontrarem dentro de uma redação de verdade. Ele nem sequer devia estar ali. Não há razão para que venha até o escritório. Nunca.

Mas seu editor quer encontrá-lo pessoalmente para falar sobre os planos de cobertura da próxima temporada esportiva, antes de voar até o Arizona para os treinos da primavera. Como se isso fizesse alguma diferença de fato. Torcer pelos Cubs no beisebol é manter o otimismo e ir contra todas as probabilidades e a lógica. Um caso de real fidelidade. Talvez ele possa dizer isso. E conseguir mostrar o que pensa ao editor. Ele tem insistido com Harrison para deixá-lo escrever uma coluna em vez de falar de jogos o tempo todo. É onde estão os grandes artigos: nas colunas de opinião. Pode-se usar os esportes (ou filmes, caramba!) como alegoria para o estado do mundo. Pode-se acrescentar uma percepção mais profunda ao discurso cultural. Dan busca dentro de si esse tipo de percepção. Ou pelo menos uma opinião. Ele se sente desprovido disso.

— Velasquez, estou falando com você — diz Harrison. — Já preparou seu pedido de café?

— O quê? — Ele espia por sobre os óculos, novos bifocais que o confundem tanto quanto o novo processador de texto. Qual era o problema com a Atex? Ele *gostava* da Atex. Caramba, ele gostava de sua máquina de escrever Olivetti. E de seus malditos óculos antigos.

— Sua nova estagiária. — Harrison faz um gesto de apresentação na direção de uma jovem que parece ter saído do jardim da infância, e, é claro, tem o cabelo desordenado, com pontas para todos os lados, uma echarpe colorida enrolada no pescoço combinando com as luvas sem dedos, uma jaqueta preta contendo mais zíperes do que seria concebivelmente prático, e, o que é pior, um brinco no nariz. Ela imediatamente o deixa irritado.

— Ah, não. Nada disso. Não trabalho com estagiários.

— Ela pediu você. Nominalmente.

— Mais uma boa razão para eu recusar. Olhe para ela, sequer gosta de esportes.

— É um imenso prazer conhecê-lo — diz a moça. — Meu nome é Kirby.

— Isso não é relevante para mim, porque nunca mais voltaremos a nos falar. Eu nem deveria estar aqui. Finja que eu não estou.

— Boa tentativa, Velasquez — diz Harrison, piscando o olho. — Ela é toda sua. Não lhe faça nada litigiosamente ofensivo.

Ele depois se afasta para distribuir os demais estagiários entre os diversos repórteres mais qualificados e mais desejosos de trabalhar com os jovens.

— Sádico! — exclama Dan ao vê-lo afastar-se e, em seguida, vira-se para ela com má vontade. — Ótimo. Bem-vinda. Puxe uma cadeira, então. Imagino que você não tenha uma opinião sobre a escalação dos Cubs nesta temporada.

— Sinto muito. Eu não curto esportes. Não leve a mal.

— Eu sabia.

Velasquez olha o cursor piscando em sua tela. Parece zombar dele. Com o papel, pelo menos, era possível rabiscar, ou escrever alguma coisa, ou amassar e jogar na cabeça do redator-chefe. Essa tela de computador é inexpugnável. Assim como a cabeça do redator-chefe.

— Estou muito mais interessada em crimes.

Ele gira lentamente sua cadeira de rodinhas para encará-la.

— É mesmo? Bem, tenho más notícias para você. Eu faço cobertura de beisebol.

— Mas já trabalhou com homicídios — insiste a moça.

— É. Assim como eu costumava beber, fumar, comer bacon e ainda não tinha a porra de um stent dentro do peito. Tudo isso é consequência direta do tempo em que trabalhei com homicídios. Melhor esquecer isso. Aqui não é um lugar para uma aspirante a punk hardcore como você.

— Não oferecem estágio na seção de homicídios.

— E por uma boa razão. Imagine, crianças como você correndo pela cena do crime. Meu Deus!

— E, por isso, você foi o mais perto que pude chegar. — Ela encolhe os ombros. — Além disso, você cobriu o meu assassinato.

Ele fica desconcertado. Mas só por um instante.

— Tudo bem, garota. Se estiver falando sério sobre cobertura de assassinatos, a primeira coisa que precisa fazer é entender direito a terminologia. Você deve ter passado por uma "tentativa de homicídio". E, pelo visto, não muito eficaz. Certo?

— Não é bem assim.

— *Qué cruz*. — Ele finge arrancar o cabelo. Não que tenha sobrado muito. — Então relembre-me qual dos vários homicídios de Chicago teria a ver com você.

— Kirby Mazrachi — responde ela, e tudo retorna à mente dele ao vê-la remover a echarpe e revelar a cicatriz brutal no pescoço, onde o maníaco a cortou, talhando a carótida mas sem a romper, se sua lembrança do relatório médico estiver correta.

— Que merda! — diz ele.

Ele havia interrogado a testemunha, um pescador cubano cujas mãos tremeram durante toda a entrevista, embora Dan o tenha achado um tanto cínico, pois, ao ser entrevistado pela equipe de notícias da televisão, ele se recompôs imediatamente.

O homem descreveu como a vira sair cambaleando do bosque, o sangue jorrando do pescoço, um pedaço de seu intestino rosado e cinzento proeminente sob a camiseta rasgada, carregando o cão nos braços. Todo mundo teve certeza de que ela ia morrer. Alguns jornais chegaram a informar seu falecimento.

— Sei — fala ele, impressionado. — Então, você quer elucidar o caso? Levar o assassino à justiça? Quer bisbilhotar os arquivos?

— Não. Eu quero ver as outras.

Ele se encosta na cadeira, que range precariamente. *Bastante* impressionado. E nem um pouco intrigado.

—Vou dizer uma coisa, garota. Telefone para Jim Lefebvre e peça a opinião dele sobre esses rumores de que vão dispensar o Bell do time e eu verei o que posso fazer em relação a essas *outras*.

Harper
28 de dezembro de 1931

CHICAGO STAR

Garota Vaga-Lume surpreendida em dança mortal
Edwin Swanson

CHICAGO, IL. — No momento em que este texto está sendo redigido, a polícia varre a cidade atrás do assassino de Jeanette Klara, também conhecida como Garota Vaga-Lume. A jovem dançarina francesa ganhou notoriedade na cidade por saltitar nua atrás de leques de plumas, véus diáfanos, enormes balões de ar e outros objetos. Ela foi encontrada nas primeiras horas da manhã de domingo cruelmente assassinada num beco, nos fundos do Kansas Joe's, um dos diversos teatros especializados no atendimento de clientes de moral duvidosa.

Sua morte prematura pode, contudo, ter sido uma bênção comparada à inevitável alternativa de um fim lento e doloroso.

A Srta. Klara vinha sendo acompanhada por médicos em decorrência da suspeita de que sofria de envenenamento por rádio, causado pelo pó que a iluminava como um vaga-lume e era friccionado em seu corpo antes de cada apresentação.

"Estou cansada de ouvir vocês perguntarem sobre esse rádio", declarou ela numa entrevista à imprensa realizada em seu leito no hospital, semana passada, negando de maneira animada a história que tem sido amplamente divulgada sobre as jovens intoxicadas por substâncias radioativas enquanto pintavam com tinta luminosa os mostradores dos relógios numa fábrica em Nova Jersey. Cinco mulheres que foram arrasadas pela irradiação, que infectara primeiro seu sangue e então seus ossos, processaram a US Radium pedindo uma indenização de um milhão duzentos e cinquenta mil dólares. Depois de um acordo, elas receberam dez mil dólares cada uma e uma pensão anual de seiscentos dólares. Mas elas morreram, uma a uma, e não há registros que demonstrem que qualquer uma delas tenha considerado que estavam sendo bem pagas para morrer.

"Bestêrrá", disse a Srta. Klara, batendo na dentição branca como pérolas com as unhas vermelhas. "Meus dentes parrecem estar caindo? Non estou morrendo. Non estou nem doente."

Mas ela admitiu que encontrava "bolhinhas" em seus braços e pernas, e disse à sua empregada para apressar-se em preparar um banho logo após cada espetáculo, pois a sensação era de que a pele estava "pegando fogo".

Porém, ela não demonstrou interesse em falar sobre tais assuntos quando a visitei no quarto particular do hospital, repleto de buquês de azaleias, aparentemente enviados por admiradores. Ela pagara pelo melhor tratamento médico (e no hospital havia rumores de que por alguns buquês também) com rendimentos provenientes de suas apresentações no palco.

Em vez disso, ela me mostrou um par de finíssimas asas de borboleta que bordara com lantejoulas e pintara com rádio para usar como fantasia num novo número que estava elaborando.

Para compreendê-la, é preciso conhecer sua moeda. A ambição de todo artista é dar origem a uma especialidade, algo capaz de impregnar legiões de imitadores ou, pelo menos, que se refiram a ele como sendo o primeiro a fazer aquilo. Para a Srta. Klara, tornar-se a Garota Vaga-Lume era um modo de se elevar acima da mediocridade competitiva que destrói até a mais ágil e harmoniosa das dançarinas. "E, agorra, vou ser a Borboletá Radiante", disse ela.

A dançarina declarou sentir falta de um namorado. "Eles ouvem essas histórrias de tinta e acham que vão ser envenenadôs. Por favor, diga a eles em seu journal que estou intoxicada, mas non sou venenosá."

Apesar de ter sido advertida pelos médicos de que a radiação penetrava em seu sangue e seus ossos, e que ela podia até vir a perder uma das pernas, a adorável provocadora que já atuou na Folies Bergère, em Paris, e (um pouco mais vestida) no teatro Windmill, em Londres, antes de tomar de assalto os Estados Unidos, disse que "continuarria dançando até o dia de minha morte".

Suas palavras se revelaram dramaticamente proféticas. A Garota Vaga-Lume realizou sua última apresentação sábado à noite no Kansas Joe's, com direito a bis. Sua última aparição foi o tradicional beijo de adeus para Ben Staples, o leão de chácara da boate, que cuidava da porta dos fundos, protegendo-a de fãs muito entusiasmados.

Seu corpo foi encontrado nas primeiras horas de domingo por uma maquinista, Tammy Hirst, ao voltar para casa após seu expediente noturno, que disse ter sido atraída por um brilho estranho dentro do beco. Ao ver o cadáver mutilado da jovem dançarina, ainda com as tintas sob o casaco, a Srta. Hirst se dirigiu ao posto policial mais próximo, onde informou, aos prantos, o local em que se achava o corpo.

★ ★ ★

Muitas testemunhas o viram no bar naquela noite. Mas Harper não se surpreende com a leviandade das pessoas. Eram, em grande parte, gente da alta sociedade se divertindo por uma noite com as classes inferiores. Estavam em companhia de um desanimado policial fora de serviço que ganhava algum extra em seus dias de folga como guarda-costas, mostrando as atrações para eles, fazendo com que saboreassem um gosto de pecado e devassidão na área conhecida como Black and Tan por causa de sua diversidade étnica. Engraçado que *essas coisas* nunca aparecessem nas páginas dos jornais.

Era fácil para ele manter-se discreto no meio daquela multidão, mas deixara a muleta do lado de fora. Achou que tinha sido uma boa decisão. Os olhares das pessoas costumavam se desviar dele. Pareciam subestimá-lo. Mas, dentro do bar, teria sido um detalhe que marcaria a memória.

Ele se manteve recuado, bebendo devagar o que diziam ser um gim que escapara à Lei Seca, servido em xícaras de porcelana, de modo que o bar pudesse reivindicar inocência em caso de batida policial.

Os ricos se aglomeravam em volta do palco, excitados por estarem lado a lado com a ralé, desde que não se aproximassem demais, ou sem permissão expressa. Era para isso que o policial estava ali. Eles urravam e assobiavam para que o espetáculo começasse logo e acabaram ficando ainda mais agressivos quando, no lugar de *Miss Jeanette Klara — A Garota Radiante da Noite, A Estrela Mais Brilhante do Firmamento, A Luminosa Amante da Luxúria, Só Esta Semana —*, uma garota chinesa vestindo um modesto pijama de seda bordado apareceu e se sentou com as pernas cruzadas na beirada do palco, atrás de um instrumento de madeira e cordas. Mas quando a luz baixou, até mesmo o mais bêbado e barulhento dos elegantes rapazes se calou extasiado.

A moça começou a tanger as cordas do instrumento, criando uma melodia fanhosa, sinistra em seu exotismo. Então, uma sombra surgiu entre os espirais de tecido engenhosamente instalados no palco, vestida da cabeça aos pés como um árabe. Seus olhos cintilaram por um instante, captando a luz exterior ao abrirem a porta para um retardatário entrar com a autorização do porteiro atarracado. Impassível e selvagem como o olhar de um animal, pensou Harper, lembrando-se da época em que ele e Everett costumavam ir de carro para Yankton antes do amanhecer a fim de apanhar mercadorias na fazenda em Red Baby.

Metade da plateia nem sequer se deu conta de que havia alguém ali, até que, movida por uma indetectável alteração na música, a Garota Vaga-Lume removeu uma longa luva, revelando um braço desencarnado e incandescente. Os espectadores prenderam a respiração e uma mulher perto do palco soltou um gritinho de puro deleite, assustando o policial, que virou o pescoço para ver se não haviam cometido alguma impropriedade.

O braço serpenteava e a mão contorcia-se e girava numa dança sensual bastante singular. Movendo-o de modo provocante em torno do manto preto, ela expunha brevemente um ombro de menina, um contorno da barriga, um flash de seus lábios pintados, cintilando como vaga-lumes. Em seguida, ela removeu a outra luva e a atirou para a plateia. Agora havia dois braços brilhando, expostos a partir dos cotovelos, contorcendo-se sensualmente, aliciando os espectadores: *cheguem mais perto*. E eles obedeciam, como crianças, se amontoando em torno do palco, lutando para conseguir o melhor ângulo de visão e lançando a luva para o alto, passando-a de mão em mão, como se fosse um brinde de festa. Acabou caindo aos pés de Harper, uma coisa amarrotada com marcas de tinta de rádio, parecendo vísceras.

— Ei, você. Nada de levar como lembrança — disse-lhe o enorme porteiro, arrancando-a de suas mãos. — Me dê isso aqui. Pertence à Srta. Klara.

No palco, as mãos deslizaram até o capuz e o retiraram, liberando cachos alvoroçados e revelando um rosto de beleza penetrante, as curvas dos lábios e os imensos olhos azuis sob cílios esvoaçantes, salpicados de tinta para brilharem também. Uma bela cabeça decapitada flutuando de modo feérico sobre o palco.

A Srta. Klara balançou os quadris, torcendo os braços sobre a cabeça, aguardando o suspense de um declive na melodia e o som agudo dos címbalos entre seus dedos antes de retirar outra peça de roupa, como uma borboleta se livrando do invólucro do casulo. Mas aquele movimento o fazia lembrar mais o de uma cobra contorcendo-se para sair da pele.

Ela usava asas delicadas por baixo, e um traje ornamentado com segmentos como o corpo dos insetos. Agitando os dedos, piscou os imensos olhos, caindo numa posição contorcida entre as dobras do tecido feito uma mariposa agonizante. Quando se reergueu, seus braços estavam dentro de mangas de gaze e ela começou a rodopiar. Em cima do bar, um projetor ganhou vida, lançando silhuetas indistintas de borboletas sobre o tecido diáfano. Jeanette se transformou numa criatura arrebatada e arisca em meio a um redemoinho de insetos ilusórios. Harper afagou a faca dobrável dentro do bolso.

— Obrrigadá, obrrigadá! — agradeceu ela ao final, com sua voz de garotinha, em pé no palco, vestida de tinta e sapatos altos, os braços cruzados sobre os seios, como se todos já não tivessem visto o que havia para se ver. Ela lançou para a plateia um beijo de gratidão, revelando nesse momento os mamilos rosados que receberam um ruidoso aplauso. Seus olhos se arregalaram e ela soltou um sorriso sedutor, cobrindo-os rapidamente, fazendo-se de tímida antes de sair de cena, lançando longe os sapatos. Um instante depois, ela voltou e percorreu o palco, os braços erguidos e abertos, triunfante, o queixo empinado, os olhos resplandecentes, exigindo que olhassem para ela, que se saciassem.

Tudo isso só lhe custou o equivalente a uma caixa de caramelos, ligeiramente amassada por ter ficado sob o casaco a noite toda. O porteiro estava distraído, cuidando de uma dama da alta sociedade que vomitava copiosamente nos degraus da frente enquanto seu marido e os amigos zombavam dela.

Ele a estava aguardando quando ela apareceu pela porta dos fundos da boate, carregando sua bolsa de acessórios. Ela se curvava de frio, protegendo-se com um casaco espesso, abotoado sobre a fantasia repleta de lantejoulas, seu rosto marcado pelo suor que escorria sob a tinta da maquiagem que ela mal se dera o trabalho de remover. Sob a luz, sua face parecia fatiada em relevos pronunciados, encovando as maçãs do rosto. Parecia frágil e exausta, sem o menor vestígio da verve exibida no palco, e, por um instante, Harper duvidou. Mas então ela viu o presente que ele lhe trouxera e uma ansiedade delicada iluminou seu rosto. Ela nunca esteve tão nua, pensou Harper.

— Para mim? — perguntou, tão encantada que esquecera de seu sotaque francês. E, recuperando-se imediatamente, ocultou as longas vogais de Boston: — Oh, isso é *muito* encantadorrr. Você viu o show? Gostou?

— Não faz meu estilo — respondeu ele, só para ver a decepção tremeluzir antes de a dor e a surpresa a dominarem.

Não foi difícil acabar com ela. E, se gritou (ele não tinha certeza, porque o mundo tinha se resumido somente àquilo, como espiar através de lentes um show erótico), ninguém correu para ver o que era.

Mais tarde, quando limpou a faca no casaco dela, suas mãos tremendo de excitação, ele percebeu pequeninas pústulas que já se haviam formado na pele macia sob os olhos e em volta da boca, nos pulsos e nas coxas dela. Lembre-se disso, disse a si mesmo em meio ao zumbido em sua cabeça. Todos os detalhes. Tudo.

Ele deixou o dinheiro, a patética receita que rendera a atividade dela, notas de um e dois dólares, mas pegou as asas de borboleta embrulhadas numa camisola antes de sair mancando para recuperar a muleta, escondida atrás das latas de lixo.

De volta à Casa, tomou uma longa ducha no andar de cima, lavando muitas vezes as mãos, até ficarem vermelhas e esfoladas, com medo da contaminação. Depois, deixou o casaco de molho dentro da banheira, agradecido à escuridão que fora suficiente para esconder o sangue.

Então foi pendurar as asas na cabeceira da cama. Onde elas já se encontravam penduradas.

Sinais e símbolos. Como o homenzinho verde e cintilante que dá autorização para que se atravesse a rua.

O tempo não existe, só o presente.

Kirby
2 de março de 1992

Os eixos da corrupção são lubrificados com creme de confeiteiro. Ou ao menos os donuts foram o preço que Kirby pagou para ter acesso aos arquivos que, aliás, ela não tinha qualquer boa desculpa para verificar.

Ela já esgotou os microfilmes na Biblioteca de Chicago, ajustando a busca da máquina para os últimos vinte anos do jornal, todas as bobinas individualmente guardadas e catalogadas dentro das gavetas.

Mas a biblioteca dos arquivos do *Sun-Times* é ainda maior e é operada por pessoas com tamanha habilidade para encontrar informações que chegam às raias do esotérico. Marissa, com seus óculos de gatinho, suas saias esvoaçantes e uma paixão secreta pelo Grateful Dead; Donna, que evita contato visual a qualquer preço; e Anwar Chetty, também conhecido como Chet, que tem o cabelo oleoso caído sobre o rosto, usa um anel prateado no formato da cabeça de um pássaro que cobre a metade da sua mão, um guarda-roupa todo em preto e tem uma revista de história em quadrinhos sempre ao alcance.

São todos uns desajustados, mas ela se dá melhor com Chet porque ele é extremamente incompatível com suas próprias aspirações. É baixo e um pouco gordo, nunca será o branquelo descolado que faz o tipo dela. Kirby não consegue parar de pensar em como deve ser barra-pesada a cena gótica gay da cidade.

— Isso não tem a ver com esportes. — Chet profere o óbvio, apoiando os cotovelos sobre o balcão.

— Eu sei, mas e estes donuts... — diz Kirby, abrindo a caixa e virando-a para ele. — Dan disse que eu podia fazer isso.

— Tudo bem — reage ele, pegando um doce na caixa. — Vou fazer isso só pelo desafio. Não conte para Marissa que eu peguei o de chocolate.

Ele vai até os fundos e volta em poucos minutos com recortes de jornal dentro de envelopes pardos.

— Conforme você pediu — diz ele. — Todas as matérias do Dan. Agora, para achar cada um dos homicídios cometidos contra mulheres e envolvendo esfaqueamento nos últimos trinta anos, isso vai levar um pouco mais de tempo.

— Eu espero — diz Kirby.

— Assim mesmo, vai levar alguns dias. É muita coisa. Mas consegui separar os mais evidentes. Aqui estão.

— Obrigada, Chet. — Ela empurra a caixa de donuts na direção dele, que pega mais um. Merecidamente.

Kirby apanha os envelopes e some dentro de uma das salas de reunião. Não há nada programado no quadro de avisos ao lado da porta, portanto ela poderá dispor de um pouco de privacidade para examinar tudo. E faz isso durante meia hora, até Harrison entrar e a encontrar sentada com as pernas cruzadas sobre a mesa, os recortes espalhados ao redor, por todos os lados.

— Ei, você — disse o redator-chefe, imperturbável. — Tire os pés da mesa, estagiária. Lamento informar, mas Dan não vem hoje.

— Eu sei — retrucou ela. — Ele me pediu para vir e verificar algumas coisas.
— Ele colocou você para fazer pesquisas de verdade? Isso não é trabalho para estagiários.
— Eu pensei em raspar o mofo desses arquivos e usá-lo na máquina de café. Não pode ficar pior do que aquela coisa que estamos bebendo.
— Bem-vinda ao glamoroso mundo do jornalismo impresso. Então, o que foi que aquele fanfarrão pediu para você fuçar por aqui? — Ele deu uma olhada nos arquivos e envelopes espalhados ao seu redor. — "Garçonete do Denny's encontrada morta", "Moça testemunha esfaqueamento da mãe", "Bando suspeito de envolvimento em homicídio", "Terrível descoberta em Harbor"... Tudo isso é um tanto mórbido. Não é exatamente o seu setor — conclui ele, franzindo a sobrancelha. — A menos que o beisebol tenha mudado tanto assim.
Kirby não hesita.
— Tem a ver com uma matéria que fala como os esportes podem ser uma saída para os jovens dos conjuntos habitacionais populares que, de outra maneira, se envolveriam com drogas e gangues.
— Sei, sei — diz Harrison. — E tem aí também algumas das antigas matérias de Dan, estou vendo. — Ele bate com o dedo num artigo intitulado "Acobertada ação ilícita de policial".
Isso a faz vacilar um pouco. Dan provavelmente não imaginava que ela desenterraria detalhes de uma matéria mostrando as razões de seu nome ter ficado sujo com os policiais. Acontece que a polícia não gosta quando noticiam que um deles, acidentalmente, descarrega sua arma na cara de uma piranha depois de se encher de cocaína. Chet disse que o policial foi aposentado precocemente. Dan teve os pneus do carro furados todas as vezes que estacionou no distrito policial. Kirby fica contente em saber que ela não é a única a se indispor com a força policial de Chicago.

— Não foi isso que acabou com ele, sabe? — Harrison se senta na mesa a seu lado, sua injunção anterior caindo no esquecimento. — E tampouco a matéria sobre tortura.

— Chet não me deu nada relacionado a isso.

— Isso porque ele nunca arquivou o assunto. Passou três meses investigando isso em 1988. Coisa séria. Suspeitos de assassinatos confessando tudo, mas só quando saem das salas de interrogatório para Crimes Violentos, depois de tomarem choque elétrico nas genitálias. *Supostamente*. Por sinal, esta é a palavra mais importante no vocabulário de um jornalista.

—Vou me lembrar disso.

— Há uma longa tradição no que diz respeito a esculachar um pouco os suspeitos. Os policiais estão sob pressão para alcançar resultados. E eles são uns safados, é o jeito deles. Devem ser culpados de *alguma coisa*. Ao que parece, o Departamento ia fazer vista grossa. Mas Dan não larga o osso, tenta conseguir algo mais do que "supostamente". E aí, já viu... Começa a fazer incursões, consegue um policial disposto a falar oficialmente e tudo o mais. E então, seu telefone começa a tocar tarde da noite. Primeiro, fica em silêncio. O que qualquer pessoa poderia entender. Mas Dan é cabeça-dura. É preciso que lhe digam expressamente para se afastar do caso. Quando isso não funciona, eles passam às ameaças de morte. Não a ele, porém, mas à esposa.

— Não sabia que ele era casado.

— Pois é, agora não é mais. Isso não teve nada a ver com os telefonemas. *Supostamente*. Dan não quer largar o osso, mas ele não é o único a receber ameaças. Um dos suspeitos que dizia ter sido queimado e espancado muda de ideia. Estava doidão, diz agora. O policial conhecido de Dan não apenas tem uma esposa, mas também filhos, e não consegue suportar a ideia de que alguém lhes faça mal. Todas as portas se fecham na cara de Dan e não podemos publicar uma matéria sem fontes de credibilidade. Ele não quer deixar isso de lado, mas não há escolha. Então, sua esposa acaba o deixando assim mesmo e ele tem um troço no coração. Estresse. Decepção. Tentei lhe dar outras pautas quando ele saiu do hospital, mas ele insistiu em ficar com os cadáveres. O mais engraçado, no entanto, é que eu acho que você foi a última gota.

— Ele não devia ter desistido — diz Kirby, com um ardor na voz que deixa ambos surpresos.

— Ele não desistiu. Ele ficou queimado. A justiça é um conceito nobre. A teoria é boa, mas no mundo real tudo é uma questão de natureza prática. Quando a gente vê isso diariamente...

Ele encolheu os ombros.

— Contando suas histórias fora de sala de aula novamente, Harrison? — Victoria, a editora de imagens do jornal, está encostada na moldura da porta, os braços cruzados sobre o peito.

Veste seu uniforme habitual: uma camisa masculina abotoada até o pescoço, calça jeans, saltos altos, meio confortável, meio desleixada.

— Você me conhece bem, Vicky — diz o redator-chefe. — Fazer as pessoas chorarem de tédio com histórias compridas e sacadas profundas? Eu sei.

Mas o brilho em seus olhos diz outra coisa e, de repente, Kirby se dá conta de que se as persianas ficam sempre fechadas nesta sala é porque há uma razão.

— De qualquer maneira, nós já terminamos o que estávamos fazendo, não é, estagiária?

— É — responde Kirby. — Vou liberar a sala. É só guardar essas coisas. — Ela começa a juntar os arquivos, murmurando um pedido de desculpa, o que era a pior coisa que poderia fazer, pois assim reconhece que há algo pelo que se desculpar.

Victoria franze as sobrancelhas.

— Não tem problema, de qualquer maneira, eu tenho uma montanha de fotos para verificar. Podemos agendar isso para mais tarde.

Ela sai de modo discreto, porém ligeiro. Os dois a observam. Harrison torce o nariz.

— Você realmente deveria lançar a bola para mim antes de encarar essa trabalheira toda pesquisando uma matéria.

— Está bem. Então, este pode ser considerado meu primeiro lançamento?

— Ainda é cedo. Quando você tiver um pouco mais de experiência, nós poderemos conversar. Enquanto isso, sabe qual é uma outra palavra muito importante no jornalismo? Discrição. Ou seja: não diga a Dan que eu falei sobre isso.

Tampouco convém mencionar que você anda comendo a editora de imagens, ela pensa.

— Tenho que correr. Continue assim, abelha operária. — Ele sai da sala, sem dúvida esperando alcançar Victoria.

— Com certeza — diz Kirby entre os dentes, enfiando vários arquivos dentro da mochila.

Harper
A qualquer tempo

Ele volta a pensar nisso mais de uma vez, deitado no colchão do quarto principal, onde pode alcançar e girar as lantejoulas sobre as asas enquanto segura o próprio pau, pensando naquela centelha de decepção no rosto dela.

É o bastante para satisfazer a Casa. Por enquanto. Os objetos estão sossegados. A densa pressão dentro de sua cabeça diminuiu. Tem tempo para se adaptar e explorar. E se livrar do corpo do polaco, ainda apodrecendo no corredor.

Ele faz a experiência outros dias, atento para que ninguém o veja entrando ou saindo, depois do encontro com o rapaz sem-teto de olhos esbugalhados. A cidade muda o tempo todo. Bairros inteiros surgem e desaparecem, põem belas máscaras e as arrancam depois para expor as doenças. A cidade manifesta sintomas de degradação: marcas horrendas sobre os muros, janelas quebradas, lixos esquecidos. Algumas vezes, ele consegue traçar a trajetória, outras, a paisagem se torna totalmente irreconhecível e ele precisa se reorientar pelo lago e pelas referências que memorizou. O pináculo preto, as torres gêmeas que parecem espigas de milho, as curvas e os contornos do rio.

Mesmo quando está perambulando, ele caminha com um propósito. Começa comprando alimentos em delicatessens e fast-foods, onde pode preservar o anonimato. Evita conversas, a fim de não deixar impressões. Mantém-se cordial, porém discreto. Observa as pessoas atentamente e se apropria de certos comportamentos para reproduzi-los. Somente quando precisa comer ou usar o toalete é que entra em contato com as pessoas e, nesses casos, só por tempo suficiente para conseguir o que quer.

Datas são importantes. Ele é cuidadoso ao verificar seu dinheiro. A avaliação mais fácil é feita através dos jornais, mas existem outras dicas para o observador. A quantidade de veículos que entopem as estradas. As placas com os nomes de rua que deixaram de ser amarelas com letras pretas e agora são verdes. O excesso de coisas. O modo como os desconhecidos reagem na rua, até onde se mostram abertos ou desconfiados, até que ponto ficam fechados em si mesmos.

Ele passa dois dias inteiros no aeroporto, em 1964, dormindo nos assentos de plástico em áreas panorâmicas, vendo os aviões decolarem e pousarem; monstros de metal engolem passageiros e bagagens e os cospem novamente.

Em 1972, tomado pela curiosidade, bate papo com um dos operários durante um intervalo na construção da estrutura da Sears Tower. E, um ano depois, ele volta; o prédio está terminado e ele toma o elevador até o topo. A vista o faz se sentir como um deus.

Ele testa seus limites. Basta pensar numa época e a porta se abrirá para ela, embora nem sempre possa dizer se seus pensamentos são mesmo seus, ou se a Casa está decidindo por ele.

Voltar no tempo o deixa apreensivo. Ele teme ficar preso no passado. E não consegue voltar aquém de 1929, de qualquer forma. O mais longe que consegue chegar no futuro é 1993, quando o bairro caiu em ruína extrema, casas vazias por todos os lados e ninguém para incomodá-lo. Talvez seja o Apocalipse, o colapso do mundo, tornando-se fogo e enxofre. Ele gostaria de ver isso.

Certamente, é o fim da linha para o Sr. Bartek. Harper resolve que é mais seguro deixar o homem o mais longe possível da época em que viveu. Livrar-se dele revela-se um processo laborioso. Ele amarra uma corda em torno do corpo, sob as axilas e entre as pernas. Os líquidos internos estão começando a vazar sobre a roupa, de tal forma que, ao arrastar o corpo para fora, ele deixa um rastro de substância viscosa no piso.

Harper se concentra num tempo remoto e dá um passo, ingressando na madrugada de um dia de verão de 1993. Ainda está escuro, os pássaros nem começaram a cantar, embora em algum lugar um cão esteja latindo, um latido rouco, *au-au-au,* que interrompe o silêncio. Harper para sob a soleira da porta por um tempo, só para se certificar de que não há ninguém por perto, depois puxa o corpo de qualquer maneira pelos degraus.

São necessários outros vinte minutos de suor e esforço para arrastá-lo até uma caçamba de lixo que ele já havia sondado, em um beco a dois quarteirões dali. Mas quando ele abre a pesada tampa de metal, já há um cadáver lá dentro. O rosto inchado e roxo por causa do estrangulamento, a língua rosa se projetando entre os dentes, os olhos injetados de sangue e assustados, mas a cabeleira é imediatamente reconhecível. O médico do Hospital da Misericórdia. Isso deveria surpreendê-lo. Mas sua imaginação tem limites. O corpo do homem se encontra ali porque deveria estar ali, e isso é o bastante.

Harper joga Bartek sobre o médico e os cobre com lixo. Farão companhia um ao outro, alimentando os vermes.

Ele sempre volta para a Casa. O lugar parece terra de ninguém, mas, quando vai lá para fora, pensando em seu próprio tempo, acaba descobrindo que os dias se passaram, como de costume.

Sem querer, ele perdeu o ano-novo de 1932, mas, no dia seguinte, convidou a si mesmo para jantar em um restaurante. No caminho de volta, ele cruza com uma menina negra e é fulminado por um inconfundível choque elétrico de identificação e inevitabilidade. Uma de suas garotas.

Ela está sentada no degrau com um menino ao lado, ambos cobertos com casacos e echarpes, rasgando as páginas de um jornal e as enrolando na forma de pequenos dardos.

— Oi, querida — diz Harper, como se fosse um vizinho. — O que você está fazendo? Pensei que os jornais fossem feitos para serem lidos.

— Eu sei ler muito bem, senhor — responde a garota, encarando-o sem pudor. O tipo de olhar que parece um tapa. Ela é bem mais velha do que ele imaginou. Praticamente uma moça.

—Você não devia falar com um homem branco, Zee — sussurra o menino.

— Não tem problema, não precisamos respeitar todas essas formalidades — diz Harper, apaziguando-os. — Além do mais, fui eu quem começou a conversa, certo? Sem querer faltar com o respeito, rapazinho.

— Estamos fazendo aviões. — Ela torce o punho, arremessando um deles, que desliza com graciosidade no ar por alguns segundos antes de mergulhar de ponta sobre o gelo da calçada, à sua frente.

Ele está quase perguntando se pode tentar também, qualquer coisa que prolongue a interação, quando uma vizinha sai pela porta de um dos prédios ao lado. Traz um descascador de batatas na mão, a tela da porta bate contra suas costas. Ela encara Harper.

— Zora Ellis! James! Para dentro agora.

— Eu falei — diz o menino, ao mesmo tempo convencido e triste.

—Tudo bem, a gente se vê em breve, querida — diz Harper. Ela olha para ele com um ar indiferente outra vez.

— Acho que não, senhor. Meu pai não ia gostar nada disso.

— Não quero deixar seu pai zangado. Dê a ele meus cumprimentos, está bem?

Ele se afasta, assobiando, as mãos enfiadas nos bolsos para impedi-las de tremer. Não tem problema. Ele a encontrará novamente. Dispõe de todo o tempo do mundo.

Mas ela ocupa todos os seus pensamentos, Zora-Zora-Zora-Zora, levando-o a cometer erros e abrir a porta, só para dar de cara com o maldito cadáver de volta no corredor, o sangue úmido no chão e o peru ainda congelado. Ele olha para o corpo, perplexo. Depois, abaixa-se de novo para passar pela entrada, sob o X de madeira dos tapumes, e bate a porta.

Suas mãos estão tremendo quando enfia novamente a chave na fechadura. Ele tenta se lembrar da data de hoje. Dia 2 de janeiro de 1932. Para seu alívio, quando volta a abrir a porta com sua muleta, descobre que o Sr. Bartek não está mais ali. Uma hora você o vê e outra hora não. Um pequeno truque de magia.

Dera um passo em falso, como a agulha do gramofone pulando nas ranhuras do disco. É natural que tenha sido atraído de volta para esse dia. O começo de tudo. Não estava concentrado. Terá que aperfeiçoar seu foco.

Mas o anseio ainda o domina. E agora que voltou para o dia correto, pode ouvir os objetos rufando como um ninho de vespas. Ele enfia a faca dobrável dentro do bolso. Agora, vai encontrar Jin-Sook. Cumprir a promessa que lhe fez.

Ela é o tipo de garota que gosta de voar alto. Ele lhe levará um par de asas.

Dan
2 de março de 1992

O que Dan *devia* estar fazendo era arrumar a mala para o Arizona. A temporada de treinamento começa amanhã e sua reserva é para um voo bem cedo, o mais barato, mas, honestamente, o mero pensamento de que precisa fazer a bagagem já o deixa deprimido.

Mal acabou de se sentar para assistir à reprise dos melhores momentos dos Jogos Olímpicos de Inverno e a campainha solta o assobio eletrônico a que foi reduzida. Mais uma coisa para consertar. Sem falar que precisa trocar as pilhas do controle remoto da TV. Ele se levanta do sofá, abre a porta e dá de cara com Kirby, em pé do outro lado da tela, segurando três garrafas de cerveja.

— Oi, Dan. Posso entrar?

— Eu tenho escolha?

— Por favor. Está um frio da porra aqui fora. Eu trouxe cerveja.

— Eu não bebo, você se lembra?

— É sem álcool. Mas se quiser posso dar um pulo até a loja da esquina e trazer um pacote de palitinhos de cenouras.

— Não. Tudo bem — diz ele, embora beber uma Miller sem álcool achando que vai beber cerveja revele bastante otimismo. Ele abre a porta. — Desde que você não espere que eu arrume a casa.

— Nem pensar — diz ela, passando por ele depressa. — Ei, é legal aqui.

Dan bufa.

— Quer dizer, é legal ter um lugar para morar.

—Você ainda mora com sua mãe?

Ele fez seu dever de casa, examinou as notícias sobre ela e suas anotações, para se familiarizar de novo com os detalhes importantes. Sobre a transcrição datilografada da entrevista com a mãe, Rachel, ele havia escrito: *Linda mulher! Distraída (distrativa). Fica perguntando pelo cachorro. Maneiras de lidar com o luto?*

Sua frase preferida da entrevista: "Nós fazemos isso a nós mesmos. A sociedade é uma roda de hamster perniciosa." Obviamente o subeditor suprimiu-a na primeira revisão.

— Tenho um apartamento em Wicker Park — respondeu Kirby. — Meio barulhento por causa das bandas e dos viciados em crack, mas gosto de lá. É bom estar cercado de gente.

— A segurança da coletividade, claro. Então por que você disse isso? "Legal ter um lugar para morar"?

— Só para puxar conversa, eu acho. Porque algumas pessoas não têm.

—Você mora sozinha?

— Na verdade, não me dou muito bem com os outros. E tenho pesadelos.

— Posso imaginar.

— Não, não pode.

Dan encolhe os ombros de modo reconfortante. Incapaz de contradizê-la.

— Então, o que você conseguiu com nossos amigos da biblioteca?

— Uma tonelada de coisas.

Ela pega uma cerveja para si e põe as outras de lado. Sentada, a garrafa presa sob o braço, Kirby começa a retirar as botas pretas pesadas. De meias, ela se aninha no sofá, o que de algum modo parece um atrevimento para Dan.

Kirby afasta o monte de coisas sobre a mesa baixa. Contas e mais contas, um exemplar da *Reader's Digest* com um lacre dourado a ser raspado (Você já é um ganhador!) e, temerariamente, uma revista *Hustler* que ele comprou por capricho, sentindo-se sozinho e excitado demais, o que *na época* lhe pareceu a coisa menos embaraçosa a fazer. Mas ela não parece notar. Ou é educada demais para comentar. Ou sente pena dele. Nossa!

Retirando uma pasta da bolsa, ela começa a dispor os recortes sobre a mesa. São originais, Dan percebe, e se pergunta como ela conseguiu esconder isso de Harrison. Ele põe os óculos para dar uma olhada. Mortes por esfaqueamentos pavorosos em profusão. O tipo de coisa deprimente sobre a qual ele costumava escrever. Aquilo o faz sentir-se cansado.

— Então, o que você acha? — Kirby o provoca.

— *Ay bendito*, garota — diz ele, olhando alguns dos recortes. — Veja o seu perfil das vítimas. Há de tudo. Você tem desde uma prostituta negra jogada num parquinho até uma dona de casa apunhalada na entrada da garagem, o que se trata obviamente de um roubo de carro. E este aqui, 1957? Fala sério. Não tem sequer o mesmo *modus operandi*. A cabeça foi encontrada dentro de um barril. Além disso, no seu depoimento consta que o cara devia ter uns trinta e poucos anos. Não há nada aqui.

— Ainda não. — Ela encolhe os ombros, inabalável. — Começamos abrindo o leque, depois vamos estreitando. Assassinos em série têm um padrão. Estou tentando descobrir qual era o dele. Ted Bundy gostava de estudantes universitárias. De cabelo longo dividido ao meio e calça comprida.

— Acho que podemos eliminar o Bundy — diz Dan, sem se dar conta do quanto é estúpido o que acaba de dizer até que as palavras saiam de sua boca.

— *Tzzzig.*

Com a fisionomia impassível, Kirby imita o som de uma cadeira elétrica, o que torna aquilo ainda mais inapropriadamente engraçado. Isso o incomoda. Como é fácil para eles falarem sobre esse assunto e fazerem piadas imbecis. Não que ele e os policiais não fizessem piadas mórbidas na época que investigava crimes igualmente horríveis quase toda semana. Depois de um tempo, não se sente mais nada. A gente se acostuma a tudo. Mas não havia nada de pessoal envolvido ali.

— Está bem, está bem, muito engraçado. Vamos supor que esse cara não esteja visando os alvos fáceis habituais, as prostitutas, os viciados, fugitivos e moradores de rua. Quem mais teria traços em comum com você?

— Julia Madrigal. Mesma faixa etária, vinte e poucos anos. Estudante universitária. Moradora de uma área florestal isolada.

— Caso resolvido. Os assassinos dela estão apodrecendo na penitenciária de Cook County. A próxima.

— Ah, por favor, você não acredita nisso.

— Tem certeza de que não quer acreditar nisso porque os assassinos de Julia são negros e o cara que atacou você era branco? — pergunta Dan.

— O quê? Não. É porque a polícia é incompetente e está sob pressão. Ela vem de uma boa família de classe média. Foi uma desculpa para fechar o caso.

— E quanto ao *modus operandi*? Se foi o mesmo assassino, por que ele não usou suas entranhas para redecorar a floresta, hein? Esses caras não vão ficando *mais* violentos com o tempo? Como aquele canibal doido que acabaram de prender em Milwaukee?

—Você está falando de Jeffrey Dahmer? Claro. As coisas vão se intensificando. Eles se aperfeiçoam porque a afobação diminui. É preciso elevar as apostas. — Ela se levanta e dá alguns passos, a garrafa na mão, oito passos e meio pela sala de estar, vai e volta. — Ele *teria* feito isso comigo, Dan. Tenho certeza de que faria, se não tivesse sido interrompido. Ele é uma mistura clássica de desorganização, organização e delírio.

—Você andou lendo sobre isso?

— Fui meio que obrigada. Não consegui juntar dinheiro suficiente para contratar um detetive particular. E acho que estou mais motivada, de qualquer maneira. Então: assassinos desorganizados são impetuosos. Matam quando têm oportunidade. Por isso são detidos mais rapidamente. Os organizados chegam preparados. Eles têm um plano. Têm restrições. Tomam mais cuidado para se desfazer dos corpos, mas gostam de criar jogos mentais. São esses que escrevem para os jornais para se gabar, como o Zodíaco com os criptogramas. E ainda há os malucos que acham que estão possuídos ou sei lá o quê, como Dennis Rader, o BTK, que, aliás, está foragido. Ele mandou cartas para um monte de lugar. O sujeito oscila entre a vaidade pelos crimes e o terrível arrependimento, e culpa o demônio dentro da sua cabeça que o leva a fazer essas coisas.

— Tudo bem, Miss FBI. Agora, uma pergunta difícil: você tem certeza de que se trata de um assassino em série? Quer dizer, o cara que... — Ele hesita e faz um gesto com sua cerveja na direção dela, inconscientemente reproduzindo o gesto de um estripador, até se dar conta do que está fazendo e levar a garrafa à boca, desejando que a cerveja tivesse pelo menos algum teor de álcool. — O cara era um puta louco, não há dúvida. Mas podia se tratar de uma violência oportunista, aleatória. Não é essa a teoria em vigor? Viciado em fenciclidina?

Em sua estenografia praticamente indecifrável, a entrevista com o detetive Diggs coloca isso de modo mais tosco: "Muito provavelmente relacionado à droga", "A vítima não devia estar sozinha". Como se isso fosse um convite para ser estripada, pelo amor de Deus.

— Você está me entrevistando agora, Dan? — Ela ergue a garrafa e sorve um longo gole, devagar. Ele percebe que, ao contrário de sua pálida imitação, a cerveja dela é de verdade. — Porque antes você não fez isso.

— Ei, você estava no hospital. Praticamente em coma. Não deixavam eu me aproximar de você. — Isso era apenas em parte verdadeiro. Com um pouco mais de charme ele poderia ter passado pela barreira, como já fizera centenas de vezes antes. A enfermeira Williams, na recepção, poderia ser persuadida e olhar para o lado se ele tivesse flertado o bastante com ela, pois as pessoas precisam sentir que são queridas. Mas ele estava tão cheio daquilo tudo, já estava queimado mesmo, ainda que tivesse levado mais um ano para ser realmente atingido.

Ele achava tudo aquilo deprimente. As insinuações do detetive Diggs, a mãe que despertou de seu entorpecimento inicial e passou a lhe telefonar no meio da noite, porque os policiais não conseguiam encontrar o sujeito e ela achava que talvez Dan pudesse ter as respostas, e logo começou a berrar com ele, por não obter essas respostas. Mas não passava de uma história escrota sobre as merdas escrotas que as pessoas fazem umas com as outras, e ele não dispunha de qualquer outra explicação para ela. E não podia lhe dizer que a única razão pela qual lhe dera seu número de telefone foi porque a achava gostosa.

De maneira que, quando Kirby saiu de seu estado crítico, ele já estava enjoado dessa história toda, e não queria continuar a investigação. Apreciava o fato de haver um cachorro, obrigado, Sr. Matthew Harrison, e este era um bom ângulo porque todo mundo gosta de cachorro — os mais valentes em especial, que morrem tentando salvar suas donas, fazendo o enredo de *Lassie* se encontrar com o de *O Massacre da Serra Elétrica* —, mas tampouco havia qualquer informação nova ou pista, ou algum avanço por parte da porra da polícia em suas descobertas, muito menos na captura do filho da puta insano que lhe fizera aquilo. Ele continuava foragido, esperando para agir novamente. Então foda-se esse cachorro e foda-se essa merda toda.

E, assim, Harrison designou Richie para acompanhar o caso, mas, naquela época, a mãe tinha decidido que os jornalistas eram uns babacas e se recusou a falar com todos eles. Dan foi obrigado a cumprir penitência, tendo que cobrir uma série de tiroteios na área de K-Town, o que não passava de um tolo manual de bandidagem.

Neste ano, os índices de homicídios foram ainda piores. O que o deixa ainda mais satisfeito por não estar mais envolvido com homicídios. Teoricamente, os esportes são mais estressantes, com todas as viagens. Mas isso lhe dá a desculpa para sair e não pensar em ficar trancado num apartamento solitário. Bajular os dirigentes dos times é muito parecido com bajular os policiais, e o beisebol não é tão tediosamente repetitivo quanto os assassinatos.

— As drogas são um bode expiatório tão simples — queixa-se Kirby, trazendo-o de volta ao presente. — Ele não usava drogas. Pelo menos, nenhuma que eu conheça.

— Ah, você é especialista?

— Você conhece minha mãe? No meu lugar, você também teria experimentado. Embora eu nunca tenha sido muito boa nessas coisas.

— Isso não funciona, ficar se esquivando com seu humor. Isso apenas me diz que há algo do qual você precisa se esquivar.

— Após anos lidando com homicídios, ele se transformou num observador arguto da humanidade, um filósofo da vida. — A entonação dela é como a narração de um trailer de filme, duas oitavas abaixo.

— Continue fazendo isso — diz Dan, sentindo suas bochechas arderem.

Ela consegue deixá-lo nervoso, como na época em que tinha acabado de sair da faculdade, trabalhando nas páginas de coluna social com aquela velha escrota da Lois, sempre tão irritada com a presença dele em seu departamento que só se referia a ele na terceira pessoa. Por exemplo: "Gemma, diga *àquele rapazinho* que não é assim que redigimos avisos matrimoniais."

— Tive uma vida dura quando era adolescente — diz ela. — Comecei a frequentar a Igreja Metodista, o que deixou minha mãe furiosa, porque devia ser pelo menos uma sinagoga, certo? Eu voltava para casa transbordando de piedade e clemência, jogava a maconha dela dentro da privada e puxava a descarga, em seguida discutíamos aos berros durante três horas e ela saía enfurecida e só retornava no dia seguinte. Fiquei tão mal que fui morar com o pastor Todd e a esposa. Eles estavam construindo um centro de reinserção para jovens problemáticos.

— Deixe-me adivinhar, ele tentou enfiar a mão dentro da sua calça?

— Nossa, cara. — Ela balança a cabeça. — Não é todo líder religioso que gosta de bolinar crianças. Eles eram pessoas adoráveis. Só não eram meu tipo de gente. Porra, eles eram sérios demais. Tudo bem que quisessem transformar o mundo, mas eu não estava a fim de servir de cobaia para eles. E você sabe, questões paternas e essas coisas.

— Claro.

— O que é, na verdade, o fundamento das religiões. Tentar viver à altura das expectativas do Grande Papai do Céu.

— Agora quem está falando como um filósofo amador?

— Como uma teóloga, faça-me o favor. A questão é que não funcionou. Eu achava que estava ávida por alguma estabilidade, mas acabou que aquilo era muito chato. Então eu tomei outra direção.

— Começou a andar com as pessoas erradas?

— *Eu* era a pessoa errada. — Ela corrigiu com um sorriso.

— É o que faz a música punk — diz ele e faz um brinde com sua garrafa quase vazia.

— Sem dúvida. Já vi um monte de gente drogada. E esse cara não era assim.

Ela se cala um instante, mas Dan conhece esse tipo de pausa. É como um copo balançando na beira da mesa, lutando contra a gravidade. O que é interessante na lei da gravidade é que ela acaba sempre vencendo.

— Há outra coisa — continua ela. — Consta nos relatórios policiais, mas os jornais não tomaram conhecimento.

Acertou em cheio, pensa Dan.

— Isso ocorre com frequência. Deixar detalhes importantes de fora, assim podem separar as dicas reais das falsas.

Ele bebe os últimos goles da garrafa, incapaz de encará-la, temendo pelo que ela vai dizer, sentindo a culpa o sacudir por dentro por nunca ter lido as matérias que se seguiram.

— Ele atirou algo sobre mim... Depois de ele... Um isqueiro, preto e prateado, do tipo relíquia de *art nouveau*. Tinha as letras "WR" gravadas.

— E isso quer dizer alguma coisa para você?

— Não. Os policiais fizeram uma pesquisa cruzada atrás de algum suspeito e de vítimas, também.

— Impressões digitais?

— Claro, mas estava sujo demais para acharem algo. Bem previsível, porra.

— Ou alguma marca em outro lugar, se tinham suas impressões registradas.

— Não conseguiram rastreá-lo. E, antes que você pergunte, já vasculhei o catálogo telefônico e liguei para todos os "WR" na área da grande Chicago.

— E isso é tudo o que eles sabem?

— Eu o descrevi para um colecionador que conheci na estrada e ele disse que se tratava provavelmente de um Ronson Princess

De-Light. Não chega a ser uma grande raridade de isqueiro, mas pode valer algumas centenas de dólares. Ele tinha um semelhante e me mostrou, datando da mesma época, lá pelos anos 1930 ou 1940. Tentou me vender por duzentos e cinquenta dólares.

— Duzentos e cinquenta dólares? Estou no ramo errado.

— O Estrangulador de Boston amarrava suas moças com meias de náilon, o Caçador Noturno deixava pentagramas no local do crime.

—Você sabe coisas *demais* sobre esse assunto. Não é bom passar muito tempo dentro da cabeça dessas pessoas.

— É o único jeito de tirá-lo da minha cabeça. Pode me perguntar qualquer coisa. A idade inicial padrão é de vinte e quatro a trinta anos, embora possam continuar matando por mais tempo, se não forem pegos. Em geral são homens brancos. Carência de empatia, que pode se manifestar como um comportamento antissocial ou um charme extremamente egoísta. Histórico de violência, arrombamentos e invasões, tortura de animais, infâncias caóticas, complexos sexuais. O que não significa que não sejam membros funcionais da sociedade. Houve entre eles excelentes líderes comunitários, gente proeminente, muitos eram casados e tinham filhos.

— E os vizinhos ficam simplesmente chocados, muito embora tenham sorrido e acenado sobre a cerca enquanto o cara simpático da casa ao lado estava cavando um buraco para sua masmorra de tortura.

Dan tem um espaço especial reservado para sua aversão às pessoas que dizem "isso não é da minha conta". Consequência dos muitos casos de violência doméstica que já viu. No caso dele, só para constar, foi apenas um.

Ela para de andar e senta-se no sofá, perto dele, fazendo as molas rangerem em protesto. Esboça um gesto para pegar a última cerveja, até se lembrar de que não contém álcool. Mas ela a pega assim mesmo.

—Vamos rachar? — propõe ela.
— Não, estou satisfeito.
— Ele disse que era para se lembrarem dele. Não se referia a mim, é claro. O morto não se lembra de merda nenhuma. Ele queria dizer as famílias, a polícia, a sociedade em geral. É sua maneira pessoal de dizer ao mundo "vá se foder". Porque ele acha que nunca o pegaremos.

Pela primeira vez, há uma farpa no modo como ela diz isso, o que deixa Dan extremamente cauteloso com as palavras que dirá em seguida. Ele tenta não pensar em como é estranho conversar sobre isso enquanto esquiadores saltam da ponta da rampa na televisão sem som.

— Só vou dizer uma coisa, está bem? — tenta, pois se sente na obrigação de fazê-lo. — Não é um trabalho para você, menina. Sair por aí atrás de assassinos.

— E eu devo deixar as coisas como estão? — Ela agarra o lenço preto e branco em volta do pescoço e o retira, revelando a cicatriz que atravessa a garganta. — É isso, Dan?

— Não.

É só o que responde. Porque... como se pode fazer isso? Como alguém pode fazer isso? Deixar para trás. Siga em frente, as pessoas dizem. Mas é hora de dar um basta a toda resignação a esse tipo de merda que se reproduz todos os dias no mundo, é hora de dizer chega para tudo isso.

Ele tenta voltar aos trilhos.

— Muito bem, então esta é uma das coisas que você está vasculhando nesses recortes: isqueiros antigos.

— Na verdade — diz ela, repondo o lenço em torno do pescoço —, não é tecnicamente antigo porque tem menos de cem anos de idade. É um isqueiro vintage.

— Não banque a espertinha comigo — resmunga Dan, aliviado por voltar à terra firme.

—Vai me dizer que não é uma boa manchete.

— "O Assassino Vintage"? Porra, é brilhante.
— Então está certo?
— Nada disso. Só porque estou ajudando não significa que vou pôr a mão nesse vespeiro. Eu faço cobertura esportiva.
— Sempre achei essa expressão interessante. Já que as vespas são insetos e podem servir de iscas e tudo o mais...
— Ah, é? Mas essas iscas eu não mordo. Em nove horas estarei voando para o Arizona, onde ficarei algumas semanas vendo uns caras baterem na bola com um bastão. Mas veja o que *você* vai fazer. Continue vasculhando essas matérias antigas. Tente dar aos bibliotecários algo mais específico para eles pesquisarem. Objetos incomuns encontrados com o corpo, coisas que pareçam fora do lugar, pode ser um plano. Eles acharam algo semelhante com Julia Madrigal?
— Não nas notícias que eu li. Tentei entrar em contato com os pais dela, mas eles se mudaram, trocaram o número de telefone.
— Muito bem, o caso está encerrado, portanto os arquivos se tornaram uma questão de registro público. Você deveria ir até o Palácio de Justiça e dar uma olhada neles. Tente falar com os amigos dela, testemunhas, talvez valha a pena ir atrás do promotor.
— Está bem.
— E você vai colocar um anúncio no jornal.
— Procura-se homem branco, solteiro, assassino em série, para momentos de prazer e uma sentença de prisão perpétua? Tenho certeza de que ele não vai deixar de responder.
— Você está tendo uma reação indisciplinada.
— Nossa, essa é a palavra do dia! — provoca ela.
— O anúncio é para os entes queridos das vítimas. Se os policiais não estiverem atentos a isso, as famílias estarão.
— Isso é incrível, Dan. Muito obrigada.
— Mas não pense que isso vai livrá-la de suas tarefas reais de estagiária. Vou aguardar no meu hotel o fax com a lista atualizada

dos jogadores. E espero que você comece logo a aprender como o beisebol funciona de verdade.

— É fácil: Bola. Tacos. Pontos.

— Ai, ai, ai...

— Estou brincando. De qualquer maneira, não pode ser mais estranho que isso.

Eles ficaram sentados num silêncio cordial, vendo um homem com um macacão de esqui azul brilhante e capacete descer uma rampa quase vertical, agachado sobre duas finas pranchas de carbono, se empertigando ao chegar à extremidade e ser lançado no ar.

— Quem é que inventa essas coisas? — pergunta Kirby.

Ela tem razão, pensa Dan. A graça e o absurdo dos desafios humanos.

ZORA
28 de janeiro de 1943

Os navios se avultam como prédios de aço acima das planícies, todos prontos a zarpar para fora dos ancoradouros e atravessar os milharais congelados. Na verdade, estão descendo o rio Illinois para entrar no Mississippi, cruzar Nova Orleans e se lançar no Atlântico, roncando mar afora até chegar às praias hostis do outro lado do mundo, onde as portas cortadas na proa se abrirão com um tranco e uma rampa será baixada como uma ponte levadiça para descarregar homens e tanques sobre as ondas geladas e a linha de fogo.

A Chicago Bridge & Iron Company os constrói muito bem, com a mesma atenção aos detalhes que teve com as caixas-d'água antes da guerra, mas os fabrica tão depressa que não há tempo de dar-lhes um nome. Sete navios por mês com espaço para trinta e nove tanques de guerra Stewart Light e vinte Sherman dentro do casco. O estaleiro funciona vinte e quatro horas por dia, malhando e moendo o ferro, produzindo navios de desembarque o mais rápido possível. Trabalham noite adentro: homens e mulheres, gregos, poloneses e irlandeses, mas nenhum outro negro. A lei de segregação ainda está bem viva em Seneca.

Hoje estão lançando um dos navios. Uma senhora dignatária da United Service Organization com um chapéu gracioso atira uma garrafa de champanhe contra o casco do LST 217, o mastro ainda estendido sobre o convés. Todos aplaudem e assobiam, batendo os pés, enquanto cinco mil e quinhentas toneladas deslizam lateralmente pela rampa, porque o rio Illinois é estreito demais. A embarcação adentra o rio de bombordo, soerguendo marolas com um ruído de canhão que se tornam ondas monstruosas, fazendo o LST balançar desordenadamente na água, antes de alcançar o equilíbrio.

Na verdade, é o segundo lançamento do LST 217, porque ele encalhou a caminho do Mississippi e teve que ser rebocado de volta para reparos. Mas não importa. Festas não precisam de motivos. É possível levantar o moral como uma bandeira num mastro, desde que possam beber e dançar depois.

Zora Ellis Jordan não se encontra entre as equipes de operários que "abandonaram o navio", dando lugar à equipe noturna, e saíram para festejar. Não com quatro filhos em casa para alimentar e um marido que nunca voltará da guerra, pois seu navio foi afundado por um maldito submarino. A Marinha devolveu seus documentos como lembrança, assim como sua pensão. Não lhe ofereceram medalha, porque ele era negro, mas incluíram uma carta do governo exprimindo suas mais profundas condolências e elogiando seu valor ao morrer servindo o país como eletricista de bordo.

Antes disso, ela trabalhava numa lavanderia em Channahon, mas, certo dia, uma mulher trouxe uma camisa masculina com manchas de queimado na gola e ela perguntou onde seu marido trabalhava. Quando se candidatou ao estaleiro, pôde escolher entre soldadora ou carregadora. Ela quis saber qual era o mais bem pago.

— Mercenária, hein? — disse o chefe.

Mas Harry estava morto e a carta de condolências não especificara como ela deveria fazer para alimentar, vestir e manter na escola os filhos de Harry sozinha.

Ele achou que ela não duraria a semana: "Nenhum outro negro conseguiu." Mas ela é mais resistente do que os outros. Talvez por ser mulher. Olhares imundos e palavras feias começam logo a jorrar; ninharia, comparada ao espaço vazio a seu lado na cama.

Mas isso significa que não há um programa oficial de habitação para os negros, muito menos para famílias inteiras, e ela aluga uma casinha de dois cômodos, com a latrina do lado de fora, numa fazenda a cinco quilômetros da periferia de Seneca. O pouco tempo que leva para ir e voltar todos os dias vale a pena para ficar com seus filhos.

Ela sabe que seria mais fácil em Chicago. Seu irmão, que tem epilepsia, trabalha no correio. Ele poderia lhe arrumar um emprego, pelo que diz. Sua esposa ajudaria com as crianças. Mas é doloroso demais. A cidade está assombrada pelas lembranças de Harry. Pelo menos, aqui, em meio a um mar de rostos brancos, ela não vê seu marido morto, não corre atrás dele e segura seu braço, só então se dando conta de que se trata de um desconhecido. Ela sabe que está castigando a si mesma. Sabe que é um orgulho estúpido. E daí? É seu lastro, a única coisa que a mantém na superfície.

Ela recebe um dólar e vinte centavos por hora e mais cinco centavos além desse valor por hora extra. Assim, quando o lançamento está terminado e outro casco é levado para o ancoradouro do 217, Zora já está de volta ao convés de outro LST, com seu capacete e seu maçarico em chamas; a seu lado, Blanche Farringdon está agachada, submissa, lhe entregando as varetas de solda à medida que ela vai solicitando.

Os navios são concluídos em fases, equipes diferentes com especialidades diferentes fazendo seu trabalho e passando a embarcação para a próxima turma. Ela prefere trabalhar no convés. Costumava sentir-se claustrofóbica no porão do navio, soldando as anteparas, deixando uma passagem para as fiações e as válvulas que inundam os tanques de lastro com água para estabilizar o casco plano da embarcação e permitir a travessia oceânica. Parecia que ela estava acocorada dentro da casca de algum tipo gigantesco de inseto metálico congelado. Ela passara em seu exame geral de soldagem poucos meses antes. O salário é melhor e pode trabalhar ao ar livre, porém, o mais importante é que está soldando torres de metralhadoras que transformarão aqueles nazistas de merda em carne moída.

A neve cai em densos flocos enregelantes que pousam sobre seu macacão espesso masculino antes de derreter, deixando pequenas manchas úmidas que acabam por se infiltrar, assim como as fagulhas do maçarico penetram no tecido. A máscara protege seu rosto, mas o pescoço e o peito estão chamuscados; pelo menos o trabalho a mantém aquecida. Blanche está tremendo pateticamente, mesmo com os maçaricos reservas ardendo a seu redor.

— Isso é perigoso! — exclama Zora. Ela está furiosa porque Leonore, Robert e Anita foram para o baile, deixando as duas sozinhas.

— Não me importo — diz Blanche, infeliz. Suas bochechas estão vermelhas de frio.

A relação entre elas não anda muito boa. Blanche tentou beijá-la na noite anterior, dentro do barraco onde guardam os uniformes; colocara-se na ponta dos pés para pressionar seus lábios contra os de Zora quando ela retirava seu capacete. Foi pouco mais do que um casto beijinho, na verdade, mas a intenção ficou clara.

Ela aprecia o sentimento. Blanche é uma moça adorável, apesar de magra e pálida, quase sem queixo, e certa vez deixou seu cabelo pegar fogo por causa da vaidade. Ela passou a prendê-lo depois disso, embora ainda use maquiagem para trabalhar e acabe ficando borrada por causa do suor. Mas mesmo que lhe restasse tempo entre o turno de nove horas e o período que passa cuidando dos filhos, Zora simplesmente não é assim.

Sente-se tentada. É claro. Nunca mais beijou ninguém desde que Harry ingressou na Marinha Mercante. Mas o fato de seus braços serem fortes como os de um lutador por causa do trabalho construindo navios não torna Zora lésbica, não mais do que a escassez nacional de homens.

Blanche é apenas uma criança. Pouco mais de dezoito anos. E branca. Ela não sabe o que está fazendo e, além do mais, como Zora explicaria isso para Harry? Ela conversa com ele em suas longas caminhadas de volta para casa todas as manhãs, fala sobre as crianças, sobre a árdua labuta de construir navios, que não apenas é um trabalho útil como também ajuda a manter a cabeça ocupada e não lhe permite sentir tanta saudade dele. Embora "tanta" não descreva o doloroso vazio que traz no peito.

Blanche se precipita no convés para passar o cabo do maçarico para Zora. Ela o coloca a seus pés e diz "Eu amo você", rapidamente, em seu ouvido. Zora finge não ouvir. O capacete é tão grosso que talvez não tenha ouvido mesmo.

Elas trabalham caladas durante as cinco horas seguintes, comunicando-se apenas superficialmente. Passe-me isso. Pode pegar aquilo? Blanche segura o suporte da âncora para Zora soldá-la e depois, usando o martelo, eliminar as rebarbas. Seus golpes estão desajustados hoje, fora do ritmo. Ela não suporta isso.

Finalmente soa o apito, que anuncia o fim do turno, liberando-as daquela agonia mútua. Blanche desce depressa pela escada e Zora vai atrás, retardada pelo capacete pesado e as botas de trabalho masculinas, que ela forrou com jornais para adaptar ao tamanho de seus pés. Certa vez, viu os ossos do pé de uma operária serem esmagados pelo peso de um engradado que caiu em cima de seus mocassins.

Zora pula para o cais e caminha no meio da multidão formada pela mudança de turno. A música soa em bom volume dos alto-falantes instalados sobre os postes, ao lado dos refletores, tocando alegres sucessos do rádio para manter o moral elevado. Bing Crosby, Mills Brothers e Judy Garland. Depois de arrumar o uniforme e sair andando entre navios em vários estágios de montagem e as valas destinadas a acomodar os guindastes de esteira, o rádio começa a tocar Al Dexter. "Pistol Packin' Mama". Coração e armas. Deixe isso de lado, mama. Nunca foi sua intenção iludir a pobre Blanche.

A quantidade de pessoas diminui à medida que as mulheres pegam suas caronas ou seguem na direção dos precários alojamentos dos operários, ali perto, com suas camas de madeira empilhadas como as que elas soldam dentro das cabines dos LST.

Ela segue para o norte até a Main Street, passando por Seneca, que inchou, deixando de ser uma cidadezinha sem cinema ou escola para tornar-se um movimentado campo de trabalho de onze mil operários. A guerra favorece a empresa. Os alojamentos familiares oficiais para os trabalhadores ficam nas escolas, mas gente como ela não tem direito a eles.

Suas botas estalam no chão de cascalho, depois pisam nos dormentes da estação de Rock Island, que ajudaram a civilizar o Oeste, trazendo esperança em cada vagão de trem lotado de migrantes, brancos, mexicanos, chineses, mas principalmente negros. Se quiser escapar do inferno do Sul, você pode pegar um trem para Charm City e tentar os empregos anunciados no *Chicago Defender*, ou às vezes, como no caso de seu pai, no próprio jornal *Defender*, onde ele trabalhou por trinta e seis anos como linotipista. A estrada de ferro traz agora peças pré-fabricadas. E já faz uns bons anos que seu pai está enterrado.

Ela cruza a Autoestrada 6, assustadoramente sossegada a essa hora da madrugada, e sobe o morro que passa pelo cemitério de Mount Hope, a caminho de casa. Ela já *poderia* estar mais longe. Porém, não muito. A meio caminho da subida, um homem sai das sombras das árvores e para diante dela, apoiado em sua muleta.

— Boa noite, posso caminhar um pouco com você?

— Ah, não... — diz ela, balançando a cabeça para o homem branco que não devia estar ali àquela hora. Por causa de seu emprego, a palavra que lhe vem à mente é "sabotador", antes de pensar em "estuprador". — Não, senhor. Obrigada. Tive um dia duro e estou indo para casa ver meus filhos. Além do mais, não sei se percebeu, mas já é de manhã.

É verdade. São seis horas, embora ainda esteja escuro e gelado como a bunda de uma bruxa.

— Ora, vamos, Srta. Zora. Você não se lembra de mim? Eu disse que nos veríamos outra vez.

Ela para, congelada, não querendo acreditar que vai ter que encarar essa merda agora.

— Senhor, estou cansada e irritada. Trabalhei num turno de nove horas, tenho quatro filhos me esperando em casa, e essa conversa está me deixando nervosa. Sugiro que continue mancando por aí e me deixe em paz. Senão vou *ter* que empurrar o senhor.

— Você não pode — diz ele. — Você está brilhando. Preciso de você. — Ele sorri como um santo ou um louco e, perversa e irracionalmente, isso a deixa à vontade.

— Não estou a fim de ouvir elogios, nem papo religioso, se o senhor for testemunha de Jeová.

Ela o dispensa. Mesmo à luz do dia, não o teria reconhecido como o homem que parou diante dos degraus de seu prédio doze anos antes. Embora a repreensão de seu pai naquela noite, sobre os cuidados a tomar, a tivesse deixado cheia de medo e dúvidas, a tal ponto que ficou com aquilo na cabeça durante anos. Certa vez, chegou mesmo a levar um tapa por ter encarado um homem branco dentro de uma loja. Mas já faz muito tempo que não pensava nisso, e a escuridão e o cansaço estão acabando com ela. Seus músculos doem, seu coração está ferido. Ela não tem tempo para essas coisas.

A exaustão desaparece quando ela o olha de esguelha e o vê sacar uma faca do casaco de tweed. Ela se vira, surpresa, dando a ele a perfeita abertura para enfiar a lâmina em sua barriga. Ela começa a arfar e se curva. Ele arranca a faca e as pernas de Zora desabam. Como se tivessem sido mal soldadas.

— Não! — berra ela, furiosa com ele e com o próprio corpo, que a traiu. Agarrando-se a seu cinto, ela o faz cair com ela.

Lutando para erguer a faca novamente, ele recebe um soco tão forte no rosto que seu maxilar se desloca e ela quebra três dedos; as articulações se esmigalham como pipoca estourando na panela. Ele dá um berro, as consoantes se dilaceram, o queixo começando a inchar como uma laranja.

Segurando seu cabelo, ela bate o rosto dele contra o cascalho, e tenta montar sobre ele.

Tomado de pânico, ele a esfaqueia sob a axila, um golpe canhestro, superficial demais para atingir o coração, mas ela solta um grito e se afasta instintivamente, a mão sobre o ferimento. Ele aproveita a oportunidade e rola sobre ela, imobilizando-a com os joelhos sobre seus ombros. Zora pode ter a constituição de um lutador, mas nunca esteve num ringue.

— Eu tenho filhos — diz ela, chorando de dor. Ele lhe fez um entalhe no pulmão e o sangue começa a borbulhar em seus lábios.

Ela nunca sentiu tanto medo. Nem mesmo quando tinha quatro anos com a cidade toda em guerra por causa dos conflitos raciais, e seu pai corria com ela dentro do casaco porque estavam empurrando as pessoas negras para fora dos bondes e as espancando até a morte bem no meio das ruas.

Nem mesmo quando ela pensou que Martin, que era tão pequenino, um prematuro que chegou cinco semanas antes do previsto, iria morrer, e se trancou no quarto com ele e mandou todo mundo embora, suportando aquilo como foi possível, minuto a minuto, durante nove semanas, até conseguir salvá-lo.

— Eles devem estar acordando, agora — diz ela, ofegante de dor. — Nella vai preparar o café da manhã para os menores... vestir as crianças para a escola, mesmo que Martin queira fazer isso sozinho, colocando os sapatos no pé errado. — Ela consegue tossir em meio aos soluços. Está histérica, sabe disso, dizendo coisas desconexas. — E os gêmeos... aqueles dois têm uma vida secreta. — Seus pensamentos parecem fugir de controle. — É responsabilidade demais para Nella, sozinha... Ela não vai conseguir... Eu tenho só... vinte e oito anos... Preciso ver meus filhos crescerem. Por favor...

O homem balança a cabeça, em silêncio, e desfere mais uma facada.

Ele deixa a figurinha de beisebol enfiada no bolso do macacão dela. É a foto de Jackie Robinson, jogador do Brooklyn Dodgers. Recentemente tomada de Jin-Sook Au. Estrelas brilhantes unidas através do tempo. Uma constelação de assassinatos.

Ele a troca por uma letra Z de metal em fonte Cooper Black de um antigo linotipo, que ela usava sempre, como um talismã, e que seu pai lhe dera na época que trabalhava no *Defender*. "A luta vale a pena", disse ele, dando uma letra para cada um dos filhos, com o nome da fundição Barnhart Brothers & Spindler gravado em baixo. Atualmente extinta. "Não se pode impedir o progresso", concluiu seu pai.

A guerra chegava ao fim para Zora. E o progresso seguiria em frente sem ela.

Kirby
13 de abril de 1992

— Ei, estagiária. — Matt Harrison está em pé ao lado da mesa com um homem mais velho usando um terno azul, parecendo um vovô jazzista e garboso.

— Oi, chefe — diz Kirby, colocando um arquivo, de modo discreto, sobre a carta que está escrevendo para o advogado dos adolescentes que supostamente mataram Julia Madrigal. Foi uma defesa conjunta, e isso tem sua importância; quer dizer que não se viraram uns contra os outros a fim de obter uma condenação mais branda.

Ela invadiu a mesa de um dos redatores da seção de cultura, porque Dan fica ausente tanto tempo que, na verdade, ele não tem uma mesa que ela possa usar. Kirby deveria estar compilando informações sobre Sammy Sosa e Greg Maddux, depois da vitória do Cubs.

— Está a fim de fazer uma reportagem de *verdade*? — pergunta Matt. Ele está com um bom humor excepcional, realmente relaxado. Ela sabia que não devia ter atraído a atenção dele. Merda.

— Você acha que estou pronta? — pergunta ela como quem diz *depende*.

— Ouviu falar da inundação, hoje de manhã?

— Difícil ignorar. A metade da área do Loop foi evacuada.

— Eles calculam um prejuízo bilionário. Disseram que foram vistos peixes no porão do Merchandise Mart. Estamos chamando de A Grande Inundação de Chicago, como O Grande Incêndio de Chicago.

— Hum. Perfuraram por acidente um velho túnel de uma mina de carvão?

— O rio aproveitou para entrar com vontade. Se é que foi isso o que aconteceu. Mas o Sr. Brown aqui — ele aponta para o ancião elegante a seu lado — tem uma versão diferente. Se você tiver tempo.

— É sério?

— Normalmente, eu não pediria para você escrever sobre algo fora de sua área, mas isso está virando uma tremenda bagunça e estamos nos empenhando para cobrir todo o caso.

— Claro — concorda Kirby, dando de ombros.

— Boa menina. Sr. Brown, sente-se, por favor. — Ele aproxima uma cadeira e fica em pé ao lado, os braços cruzados. — Não se incomodem comigo. Estou apenas supervisionando.

— Espere, deixe-me achar uma caneta. — Kirby vasculha dentro da gaveta.

— Espero que você não me faça perder tempo. — O velho olha zangado para Matt.

Suas sobrancelhas são finíssimas, se é que tem alguma, o que lhe dá uma aparência mais frágil. As mãos tremem ligeiramente. Mal de Parkinson ou simplesmente a idade avançada. Deve ter uns oitenta anos. Ela se pergunta se ele se vestiu assim especialmente para ir até ali.

— De maneira alguma. — Kirby saca uma caneta esferográfica e a coloca sobre um bloco de anotações. — Estou ouvindo.

Vamos começar pelo que o senhor viu? Estava presente quando eles arrebentaram o túnel?

— Eu não vi isso.

— Tudo bem. Então me diga o que está fazendo aqui. Tem a ver com companhia de manutenção da ponte? Ouvi dizer que o prefeito Daley leiloou o serviço para a oferta mais baixa.

— *Preste* atenção — diz Matt.

— O senhor não parece muito surpreso — provoca-o Kirby, com a voz jovial, o suficiente para não alarmar o Sr. Brown.

— Eu não sei nada sobre isso — reage o velho, com a voz estremecida.

— Vamos lá, introdução à técnica de entrevista direta. Você provavelmente deveria deixá-lo falar — aconselha Matt. — Velasquez não lhe ensina nada?

— Desculpe. Por que o senhor não me conta o que sabe? Estou ouvindo.

O Sr. Brown busca alguma garantia no olhar de Matt, que assente com firmeza, como se dissesse, *pode falar para ela*. O idoso morde o lábio e solta um suspiro pesado, em seguida se inclina sobre a mesa e sussurra:

— Alienígenas.

Nos segundos que foram necessários a Kirby para absorver o que escutara, ela se deu conta de como a redação estava sossegada.

— Bom, acho que você pode cuidar disso a partir de agora — diz Matt sorrindo e se afastando. Abandonando-a com o velho maluco, que acena tão energicamente com a cabeça que todo o seu corpo se sacode.

— Pois é. Eles não gostam quando começam a fuçar dentro do rio. É lá embaixo que vivem, com reservas de hidrogênio, obviamente.

— Obviamente — diz Kirby, enquanto põe a mão para trás e mostra o dedo médio para o restante da redação, que se segura para não começar a rir.

— Se não fosse pelos alienígenas, nunca teríamos conseguido inverter o fluxo do rio. É a engenharia, eles dizem. Você não acredita, minha filha. Já negociamos com eles. Mas não convém provocá-los. Se podem inverter o curso do rio e inundar a cidade, imagine do que mais serão capazes.

— É mesmo, nem imagino — diz Kirby com um suspiro.

— Pois bem, anote aí. — O Sr. Brown gesticula nervosamente, desencadeando uma nova onda de risadas abafadas.

O bar é uma espelunca. O ambiente exala um cheiro de cinzeiro e conversa fiada velha.

— Aquilo foi uma babaquice — diz Kirby, acertando com toda força possível a bola branca. Tática experimentada e comprovada quando não se tem uma boa tacada nos esperando. — Eu tinha trabalho de verdade para fazer!

Foi Matt que lhe sugeriu jogar bilhar com o pessoal da redação após o fim do expediente. Além dela, havia Victoria, Matt e Chet, porque Emma teve que ir cobrir a *verdadeira* inundação.

— Rito de passagem, estagiária. — Matt está debruçado no balcão, bebendo vodca com limão e assistindo vagamente à CNN na TV dos fundos. Supostamente, seu parceiro é o Chet, mas ele esquece toda hora sua vez de jogar.

— Brown é um frequentador antigo — explica Victoria. — Ele sempre aparece quando há alguma notícia relacionada à água. Mas temos vários outros. Qual é o coletivo para pessoas insanas?

— Bando de doidos? — sugere Kirby.

— Tem uma mulher sem-teto que traz cadernos cheios de uma poesia ilegível, presos com elásticos, todo mês de outubro. Um paranormal que telefona oferecendo ajuda para todo assassinato *e* animal de estimação perdido que aparece nos classificados. Ainda bem que eu só tenho que lidar com fotos falsificadas e pornografia infantil.

— Um bando de excêntricos de plantão. — Matt desvia o olhar da tela tempo suficiente para se intrometer na conversa. — Você ainda não foi a campo, não é? Seu querido Dan se recusa a atender o telefone quando está na redação. São ligações para reclamar de juízes ruins. Dirigentes ruins. Jogadores ruins. Arremessos ruins. Tudo que é ruim.

— Minha predileta é a velha racista que nos traz biscoitos. — Chet se intromete.

— Por que ninguém faz nada para impedi-los?

— Vou contar uma história para você, estagiária — começa Matt.

Na TV retransmitem as mesmas notícias. Como se quinze minutos de manchetes bastassem para resumir o mundo todo.

— Ah, não... — Victoria olha para ele de forma carinhosa. Matt a ignora.

— Você já foi ao *Tribune*?

— Só passei em frente — responde Kirby. Ela atinge a bola branca de lado, fazendo-a atravessar a mesa estalando e dispersando as outras na direção da caçapa esquerda.

— Olha só. Você fica só espalhando-as pela mesa — diz Victoria, corrigindo sua maneira de segurar o taco. — Incline-se sobre ela, aponte e, quando estiver pronta, solte o ar de uma vez e acerte a bola.

— Obrigada, Professora Sinuca.

Mas, desta vez, ela mata a bola quatorze, lançando a branca numa trajetória que a empurra gentilmente para dentro da caçapa. Kirby se ergue, sorrindo.

— Bom trabalho — diz Victoria. — Agora é preciso se concentrar e acertar as bolas da cor certa.

Kirby se dá conta de seu engano.

— Droga. Estamos mal. — Ela abaixa a cabeça, envergonhada, e entrega o taco à parceira.

— *Alguém* está me escutando? — queixa-se Matt.

— Estamos — respondem todos ao mesmo tempo.

— Ótimo. Agora, se você for até a torre do *Tribune*, vai ver que eles têm pedaços de rochas históricas cimentadas nas paredes que dão para a calçada. Alguns tijolos da Grande Pirâmide, do Muro de Berlim, do Álamo, do Parlamento Inglês, um pedaço de rocha da Antártica, têm até um tasco da Lua lá. Você já viu?

— Por que não foram arrancados e roubados? — indaga Kirby, se esquivando por pouco com o gesto distraído para trás de Chet, após sua tacada.

— Não sei, mas a questão não é essa.

— A questão é que se trata de um símbolo — diz Chet, quase matando uma bola. — Do poder e do alcance global da imprensa. É um ideal romântico, porque isso não é verdade desde os tempos de Charles Dickens. Ou, pelo menos, não desde o advento da televisão.

Kirby olha firme para seu taco, desejando que a bola vá para onde quer. Mas ela não vai. Ela se ergue, aborrecida.

— Como foi que conseguiram um pedaço da pirâmide? Não se trata de contrabando ilegal de artefatos? E como isso não provocou um escândalo diplomático internacional?

— A questão também não é essa! — Matt levanta o copo na direção deles, enfático, e Kirby percebe que está razoavelmente bêbado. — A *questão* é que o *Tribune* atrai os turistas. E *nós*, nós atraímos os malucos.

— Isso porque eles têm um serviço de segurança de verdade. É preciso se identificar na recepção para entrar. As pessoas que vêm aqui saem do elevador e já estão na redação.

— Nós somos o jornal do povo, Anwar. Temos que ser acessíveis. É o princípio.

— Você está bêbado, Harrison. — Victoria conduz o editor de notícias para uma cadeira. — Vamos, vou lhe dar algo com bastante cafeína. Deixe os jovens em paz.

Chet agita seu taco, vendo que o jogo está acabado.

—Você quer continuar jogando? — pergunta ele.
— Não, já encheu o saco. Está a fim de ir lá para fora respirar um pouco comigo? Essa fumaça aqui dentro está me matando.

Os dois ficam meio sem jeito na esquina. O bairro do Loop começa a esvaziar, os últimos a sair dos escritórios se dirigem para casa, passando pelos desvios que a inundação os obriga a tomar. Chet brinca com seu anel com a cabeça de um pássaro, parecendo tímido de repente.

— Pois é — começa ele. —Você vai aprender a identificar esses malucos. De qualquer modo, evite fazer contato visual, e se cometer o erro de iniciar uma conversa, tente dispersá-los para outras pessoas o mais rápido possível.

—Vou me lembrar disso — diz Kirby.

—Você fuma? — pergunta Chet, esperançoso.

— Não, é por isso que tive que sair do bar. Não aguentava mais. Quando tusso, minha barriga dói demais.

— É mesmo. Li sobre isso. Quero dizer, li sobre você.

— Imagino.

— Sendo um bibliotecário...

— Claro. — Ela quer lhe fazer uma pergunta, mas toma cuidado para não deixar transparecer sua expectativa. — Descobriu alguma coisa hoje que eu ainda não saiba?

— Não. Acho que não. — Ele solta um riso nervoso. — Afinal, você estava *lá* quando tudo aconteceu.

Ela reconhece o tom reverencial em sua voz e sente um desespero que já lhe é familiar.

— Estava mesmo — concorda, bem-humorada.

Kirby não está colaborando, e sabe disso, mas fica irritada com o fato de ele saber o que lhe aconteceu. Não é nada excepcional, ela quer dizer. Garotas são assassinadas o tempo todo.

— Eu estava pensando... — Ele parece desorientado, tentando preencher a lacuna. Tarde demais, pensa Kirby.

— Sim?

Ele vai fundo:

— Tem uma história em quadrinhos que você deveria ler. É sobre uma menina que passou por uma coisa horrível, então ela inventa todo um mundo mágico de sonhos, e tem um sem-teto que se torna seu super-herói protetor, e tem também animais espirituais. É incrível. Realmente incrível.

— Parece mesmo... ótima. — Ela achava que ele fosse se mostrar mais tranquilo em relação a isso. Mas o problema é dela, não dele. Ela devia ter percebido antes.

— Pensei que você poderia achar interessante. — Ele parece infeliz. — Ou útil. Agora que estou falando, parece estúpido.

— Talvez você possa me emprestar quando acabar — diz ela de um jeito que significa *Por favor, não faça isso. Apenas esqueça e nunca volte a falar nisso porque minha vida não é uma história em quadrinhos de merda.*

Mas ela prefere mudar de assunto e tentar salvá-los de si mesmos e de todo aquele abismo horroroso que se abriu entre eles.

— Então, Victoria e Matt?

— Minha nossa. — Ele se anima. — Vão e voltam há mais de um ano. É o segredo mais conhecido de todos os tempos.

Kirby tenta demonstrar entusiasmo pelas fofocas do trabalho, mas na verdade não está nem aí. Podia lhe perguntar sobre sua vida amorosa, mas estaria simplesmente abrindo o flanco para ser questionada sobre a dela. O último com quem saiu foi um sujeito da turma de filosofia da ciência: temperamental, esperto e bonito de um jeito interessante. Mas, na cama, ele se mostrou insuportavelmente carinhoso. Beijava suas cicatrizes como se pudesse enfeitiçá-las com a língua. "Ei, estou aqui em cima", ela lhe dizia depois de suportar seus beijos na barriga, que percorriam delicadamente toda a superfície do tecido cicatrizado. "Ou um pouco mais embaixo. Você escolhe, meu amor." Inútil dizer, não durou.

— É tão fofa a maneira deles de fingir — ela consegue falar, o que acaba despejando-os outra vez num silêncio acanhado.

— Ah! — exclama Chet, enfiando a mão no bolso. — Isso é seu? — Ele lhe entrega um recorte dos classificados de sábado.

> Procura-se: Informações sobre homicídios de mulheres em Chicago (1970-1992) nos quais foram encontrados objetos estranhos junto ao cadáver. Sigilo e discrição garantidos.
> Caixa-postal KM, 786, Wicker Park, 60622

É claro que ela o publicou no *Sun-Times*, mas também em todos os outros jornais e nos boletins comunitários, assim como em folhetos colados nos quadros de anúncios das lojas e nos centros de apoio à mulher, além de todos os lugares frequentados por usuários de droga de Evanston até Skokie.

— É. Foi ideia do Dan.

— Cuidado.

— Por quê? — Kirby parece contrariada.

— Apenas tome cuidado.

— Claro. Bom, vou indo.

— Ok. Eu também — diz Chet. O alívio é imenso para ambos. — A gente deve se despedir deles, lá dentro?

— Não, acho que está tudo bem. Qual é o seu caminho?

— Vou pegar a linha vermelha.

— Eu vou no sentido oposto.

Ela está mentindo. Mas não consegue se imaginar tentando conversar a caminho da estação. Já devia saber que não é muito boa quando se trata de socializar com as pessoas.

Harper
4 de janeiro de 1932

— Você soube o que aconteceu com a Garota Vaga-Lume? — pergunta a enfermeira gordinha.

Ela lhe disse seu nome desta vez, como um presente amarrado com uma fita. Etta Kappel. É impressionante como dinheiro no bolso faz diferença. Sair das enfermarias lotadas como um curral cheio e entrar num quarto particular com chão de linóleo, um armário com espelho e a vista sobre o pátio, por exemplo. Todo rico sabe disso: o dinheiro manda, nem precisa falar nada. Cinco dólares a mais por noite e você é tratado como um imperador no palácio dos enfermos.

— Mmmmmmmgfff — tenta dizer Harper, gesticulando impacientemente na direção da morfina que está num frasco de vidro sobre a bandeja, ao lado da cama, a qual foi inclinada a quarenta e cinco graus para que ele pudesse sentar-se.

— Foi assassinada durante a noite — diz ela num sussurro emocionado, empurrando o tubo de borracha pela garganta dele, entre os metais que sustentam seus dentes aparafusados sobre a mandíbula, o que o impossibilita de barbear-se.

— Nggkkk.

— Pare de gemer. Você deu sorte, só deslocou. Ainda assim. Aquela danada devia saber que isso podia acontecer. Safadinha.

Ela dá um peteleco no frasco para dissipar qualquer bolha de ar errante, em seguida corta a tampa de borracha com um bisturi e extrai o líquido com uma seringa.

— O senhor costuma frequentar esse tipo de espetáculo? — pergunta ela, bruscamente.

Harper balança a cabeça. A mudança de tom na voz dela o intriga. Ele conhece esse tipo de mulher. Cavalgando os imponentes cavalos do moralismo para poder enxergar melhor. Ele se deixa afundar na cama à medida que a droga faz efeito.

Foram dois dias de agonia para chegar até ali. Escondendo-se em estábulos, chupando gelo, imundo com a graxa do estaleiro, até conseguir pegar carona num trem de Seneca para Chicago, entre vagabundos e andarilhos que não fizeram comentários sobre seu rosto roxo e inchado.

O metal em volta de seus dentes reduzirá sua capacidade de encontrar as moças. Ele precisa ser capaz de falar. O jeito é ficar quieto por um tempo. Precisará reavaliar seu modo de agir.

Não vai voltar a se machucar. É preciso encontrar um meio de dominá-las.

Pelo menos a dor está passando, afogada, embaçada pela morfina. Mas a maldita enfermeira ainda está fuçando em volta do leito, algo desnecessário, a seu ver. Ele não consegue entender o que ela ainda está fazendo ali. Gostaria que se fosse. Com esforço, ele faz um gesto em sua direção.

— O qu...?

— Só estou verificando se está tudo bem com você. Pode me chamar se precisar de alguma coisa, certo? Chame Etta. — Ela toca em sua perna sob o lençol e sai do quarto.

Sua safadinha, ele pensa, enquanto a droga se dispersa e o devora por inteiro.

Ele é mantido em observação no hospital por três dias. Observação de sua carteira de dinheiro, ele suspeita. Ficar deitado na cama o deixou ardendo de impaciência, portanto, assim que volta para Casa, sai novamente, apesar do queixo imobilizado. Não se deixará surpreender outra vez.

Ele volta a ler sobre o assassinato dela, que recebe uma ampla cobertura da imprensa, até ficar claro que foi apenas um homicídio, não um ato de guerra. O único jornal a publicar um obituário é o *Defender*, que informa também detalhes sobre o funeral. Não será realizado no cemitério onde ele a matou, que é exclusivo para brancos, mas em Burr Oak, Chicago. Não consegue conter a vontade de estar presente. Fica meio afastado, é o único homem branco ali. Quando, inevitavelmente, alguém lhe pergunta a razão de estar ali, ele resmunga através da armação de metal "Conheo ea" e os curiosos que tentem completar as lacunas.

—Você trabalhava com ela? Veio prestar homenagem? Veio de Seneca? — Todos parecem espantados.

— Gostaria que houvesse mais gente como você — diz uma senhora de chapéu, e eles o conduzem para a frente, de modo que possa enxergar o caixão na cova, coberto de lírios.

É fácil identificar os filhos: os gêmeos de três anos brincando entre as lápides sem entender muita coisa, até um parente pegá-los pelos punhos e trazê-los até a sepultura, protestando; uma menina de doze anos que o encara como se o *conhecesse*, seu irmãozinho segurando sua mão, em estado de choque, incapaz de chorar, embora não pare de tremer.

Harper atira um punhado de terra sobre o caixão. *Eu fiz isso com você*, ele pensa, e o metal que lhe sustenta a mandíbula contrai os músculos da face num sorriso que não consegue evitar.

O prazer de vê-la estendida sob a terra e ninguém suspeitar de nada o mantém animado. Rememorar o episódio quase compensa a dor na mandíbula. Mas ele acaba se sentindo perturbado. Não consegue ficar tempo demais dentro da Casa. Os objetos começam a zumbir novamente, impelindo-o a sair. Ele precisa descobrir outra. Será que poderá fazer essa *descoberta* sem seu charme?

Ele passa direto pela guerra, que é exaustiva, com os racionamentos e o medo estampado no rosto das pessoas, e vai até 1950. Diz a si mesmo que está apenas dando uma olhada, mas *sabe* que uma das meninas está por ali. Ele sempre sabe.

É o mesmo aperto no ventre que lhe trouxe até a Casa. A ponta afiada da consciência quando chega a um lugar onde deveria estar e reconhece um dos talismãs do Quarto. É um jogo. Encontrar as meninas em diferentes tempos e lugares. Elas estão jogando também, preparadas, esperando o destino que ele escreveu para elas.

Como *ela* está agora, sentada no terraço de um café da Old Town com um caderno de desenhos, uma taça de vinho e um cigarro. Está usando um suéter bem justo com um desenho de cavalos empinando. Ela exibe um meio-sorriso de satisfação enquanto desenha, o cabelo preto caído para a frente, captando impressões faciais fugazes de outros clientes ou pessoas que passam por lá. Caricaturas que levam segundos para serem realizadas, mas inteligentes, ele pode ver ao olhar rapidamente sobre os ombros dela.

Ele aproveita a oportunidade quando ela franze as sobrancelhas, arranca a folha e a amassa na mão, antes de atirá-la ao chão. O papel cai suficientemente próximo na calçada para que ele finja tê-lo visto ao passar. Ele para, apanha a folha amassada e a abre.

— Ah, não faça isso — diz ela, com um sorriso tímido, um pouco atormentada, como se tivesse sido flagrada com a saia presa na meia-calça, mas cala-se bruscamente ao ver a armação de metal em torno de seu rosto.

É um bom desenho. Engraçado. Ela captou a vã arrogância de uma mulher bonita com casaco brocado, atravessando a rua apressada — tem o queixo proeminente e pequenos seios pontiagudos apontando na mesma direção, a seu lado um cachorrinho de formas tão angulares quanto as dela. Harper coloca o esboço sobre a mesa, à sua frente. Ela manchou o nariz com a tinta da caneta, ao assoá-lo distraidamente.

— Ocê eixou air isso.

— Foi mesmo. Obrigada — diz ela, começando a se levantar.

— Espere um pouco, posso desenhar você? Por favor?

Harper balança a cabeça, se afastando. Ele avistara o isqueiro preto e prateado *art déco* sobre a mesa, e não tem certeza se consegue se controlar. *Willie Rose.*

Ainda não está na hora.

Dan
9 de maio de 1992

Agora, ele já se acostumou com ela. Não só pela facilidade de acesso às pesquisas que, de outro modo, ele mesmo teria que fazer durante a viagem, ou pelo fato de poder delegar os telefonemas que buscavam depoimentos contendo frases de efeito. É por tê-la por perto, de maneira geral.

Ele a convida para almoçar no Billy Goat no sábado, assim ela poderá se "aclimatar à cultura", antes de levá-la para o camarote da imprensa para assistir a uma partida ao vivo. Além das telas grandes de TV, o ambiente ostenta *memorabilia* esportiva, cadeiras de vinil em cores verde e laranja e veteranos, incluindo jornalistas. A bebida é razoável e a comida é boa, ainda que o lugar comece a ser tomado por turistas. Mesmo antes de aparecer no programa *Saturday Night Live* com John Belushi, ao qual, aliás, ela assistiu.

— Eu sei, mas era um lugar infame muito antes disso — diz ele. — Fez parte da história do Cubs. Em 1945, o dono desta taberna tentou levar um bode de verdade, mascote do bar, a um jogo em Wrigley Field. Chegou a comprar um ingresso para o bode e tudo o mais, mas no final foram expulsos porque o Sr. Wrigley achou que o animal era fedorento demais para entrar lá. O dono do bicho ficou tão furioso que fez um juramento solene ali mesmo, prevendo que o Cubs nunca venceria o campeonato de beisebol. E foi o que aconteceu.

— Então não é só porque eles são muito ruins?

— Está vendo, esse é exatamente o tipo de coisa que você não pode dizer no camarote da imprensa.

— Eu me sinto como a Eliza Doolittle do beisebol.

— Quem?

— A mocinha do filme *My Fair Lady*. Você está me preparando para que eu fique apresentável em público.

— E ainda tenho *muito* trabalho pela frente.

—Você também podia dar uma caprichada, sabe?

— É mesmo?

— Esse jeito de boa-pinta meio desleixado pega bem, mas você está precisando de roupas melhores.

— Espere aí. Estou confuso. Está me paquerando ou me insultando? E quem é você para dizer isso, garota? No seu armário só deve ter essas camisetas de bandas das quais ninguém jamais ouviu falar.

— *Você* jamais ouviu falar. Posso dar umas aulas um dia desses. Levar você para curtir um show.

— Isso não vai acontecer.

— Falando em dar umas aulas, você acha que poderia revisar estes trabalhos para mim antes de o jogo começar e eu ter que prestar atenção?

—Você quer que eu faça seu dever de casa? Aqui?

— Já está pronto, só estou pedindo para dar uma de editor de texto. Além disso, não é fácil estagiar, estudar *e* tentar caçar um assassino em série.

— E como vai o caso?

— Devagar. Ainda não recebemos respostas aos anúncios. Embora já tenha conseguido uma reunião com o advogado de defesa no caso Madrigal.

—Você deveria conversar com o promotor.

— Ele desligou o telefone na minha cara. Acho que pensa que estou tentando reabrir o caso.

— Bem, e você está. Com base numa teoria meio crua, mas está.

— Então deixe mais tempo no forno. Assim você pode ler esses ensaios, enquanto vou pegar uma bebida para nós.

—Você está se aproveitando de mim — resmunga ele, desanimado, mas põe os óculos assim mesmo.

Os trabalhos discorrem vertiginosamente sobre a questão de saber se existe livre-arbítrio (aparentemente não existe, e isso o decepciona) na história do erotismo na cultura popular. Kirby volta a sentar-se com uma Coca Diet para ele e uma cerveja para si mesma, e o vê erguendo as sobrancelhas enquanto lê.

— Era isso ou "filmes de propaganda de guerra do século XX" e eu já assisti *Pernalonga: O Coelho e os Nazistas*, que é uma obra-prima da época.

—Você não precisa me explicar suas escolhas, mas é óbvio que, quem quer que esteja ensinando essas coisas, está apenas se servindo disso como uma desculpa para ir para a cama com as alunas.

— Na verdade, é uma professora e, não, ela não é lésbica. Embora, pensando bem, ela tenha mencionado uma atividade paralela ligada a um serviço de bufê para orgias.

Ele odeia a capacidade que ela tem de deixá-lo constrangido.

— Está bem, cale a boca. Precisamos conversar sobre seu entusiasmo em relação às vírgulas. Você não pode sair colocando vírgulas em todo lugar assim.

— É o que me diz meu professor de estudos de gênero.

— Vou ignorar isso. Você tem que encarar os mistérios da pontuação. E perder o formalismo do estilo acadêmico. Essa história de "faz-se necessária a contextualização dentro das restrições da estrutura pós-moderna" é bobagem.

— Não sei se você sabe, mas o mundo acadêmico tem suas regras.

— Certamente, mas elas vão acabar com você quando tiver que começar a escrever textos jornalísticos. Mantenha a simplicidade. Diga o que tem na cabeça. Fora isso, até que está bom. Algumas das ideias estão ultrapassadas, mas você vai desenvolver um raciocínio original. — Ele a olha por cima dos óculos. — Só estou dizendo que, por mais que me divirta ler sobre filmes pornôs dos anos 1920 até as produções afro-americanas, talvez convenha considerar a possibilidade de fazer isso num grupo de estudo com outros alunos de verdade.

— Ah, não — desdenha ela. — Já é um saco ter que ir às aulas.

— Não seja boba, tenho certeza de que você é capaz...

Ela o interrompe:

— Se você ia dizer "capaz de fazer amigos se tentar", porra, pode esquecer, ok? É como ser uma celebridade desavorada, mas sem limusine nem roupas de grife de graça. Todo santo dia, todo mundo fica me encarando. Todos sabem. Todos falam sobre isso.

— Tenho certeza de que isso não é verdade, garota.

— Eu sei fazer uma coisa espantosa: condensar nuvens de silêncio a meu redor. É como mágica. Eu passo no meio de uma conversa e as pessoas param de falar, bruscamente. E recomeçam assim que eu me afasto. Em tom ligeiramente mais baixo.

— Eles vão se cansar. São jovens e estúpidos. Você é a bola da vez.

— Eu sou *grotesca*. Há uma diferença. Eu não deveria ter sobrevivido. Se sobrevivesse, eu deveria ter sido diferente. Como as donzelas trágicas que a porra da minha mãe vive pintando.

— Você não é nenhuma Ofélia envergonhada, isso é certo — disse Dan, e, respondendo às sobrancelhas arqueadas dela: — Ei, eu também fiz faculdade, sabe? Mas não desperdicei meu tempo com um jornalista esportivo medíocre que bebe Coca Diet.

— Não é um desperdício. É uma parte importante do estágio, que vale créditos na faculdade.

— E você se esqueceu de dizer que não sou um medíocre jornalista esportivo.

— Hum-hum.

— Muito bem — diz Dan, animado —, agora que começamos mal a tarde, vamos assistir ao jogo?

O bar está realmente lotado, os torcedores vestem camisas de times rivais.

— Parecem gangues — sussurra Kirby durante a execução do hino. — Os Crips contra os Bloods.

— Silêncio — diz ele.

Dan descobre que se diverte explicando o jogo para ela, não somente cada lance, mas suas nuances.

— Obrigada, meu comentarista exclusivo.

Todo o bar começa a pular e gritar, uma mistura de júbilo e decepção. Alguém derrama a cerveja e quase encharca os sapatos de Kirby.

— E isso é um *home run*, quando o batedor consegue percorrer todas as bases. — Dan a cutuca, apontando para a tela. — Não chamamos isso de *gol*.

Ela lhe dá um soquinho cordial no braço, mas com certa força, usando os nós dos dedos, e ele retalia sem parar para pensar, com força idêntica à que ela empregou. Devolva na mesma moeda, suas irmãs tinham lhe ensinado. Elas costumavam dar socos fortes. E queimar os pulsos dele também. Elas atacavam e o derrubavam no chão, puxando seu cabelo. Violência afetuosa. Para quando um abraço simplesmente não é o bastante. Aqui está um cartão da Hallmark para você.

— Ai, seu babaca! — Seus olhos se arregalam. — Isso dói.

— Merda, sinto muito, Kirby. — Ele se assusta. — Não quis fazer isso. Foi sem pensar.

Uma bela cagada, Velasquez, batendo na menina que sobreviveu à mais terrível agressão de que ele já ouviu falar. Próximo passo: espancar velhinhas e chutar filhotes de cachorro.

— Tudo bem. Você me deve essa — diz ela, bufando, mas está muito interessada na tela sobre o balcão, que passa pela terceira vez o mesmo anúncio. Ele se dá conta de que não foi a brincadeira de briga que a aborreceu, mas a reação dele.

E é bem simples. Ele estende o braço e dá um tapinha em seus joelhos, bem suave.

— A moça é durona, hein?

Ela lhe lança um sorriso oblíquo, travesso.

— Sou tão barra-pesada que nem as escoteiras conseguem me derrubar.

— Uau! Suas piadas estão ficando fracas — diz ele, deixando margem para uma resposta dela.

— Não tão fracas quanto seus socos.

— *Boa-pinta desleixado?* — diz ele e balança a cabeça.

WILLIE
15 de outubro de 1954

O primeiro reator nuclear se tornou decisivo sob o gramado do estádio de futebol da Universidade de Chicago, em 1942. Era um milagre da ciência! Mas não levou muito tempo para virar um milagre da propaganda.

O medo se inflama dentro da imaginação. Não é culpa do medo. Ele simplesmente é feito assim. Pesadelos se proliferam. Aliados se tornam inimigos. Há subversivos em todo canto. A paranoia justifica qualquer perseguição, e a privacidade é um luxo quando os Vermelhos têm a bomba.

Willie Rose comete o erro de pensar que isso é coisa de Hollywood. O Sr. Walt Disney declarou na Aliança do Cinema pela Preservação dos Ideais Americanos que os desenhistas comunistas querem transformar Mickey Mouse num rato marxista! Mas que absurdo.

É claro que ela ouviu falar das carreiras destruídas e das pessoas na lista negra por não terem feito o juramento de lealdade aos Estados Unidos da América e tudo o que isso significa. Mas ela não é Arthur Miller. Aliás, tampouco Ethel Rosenberg.

Então sentiu um choque quando chegou ao trabalho quarta-feira, na Crake & Mendelson, no terceiro andar do Fisher Building, e encontrou sobre a mesa de desenho duas revistas de histórias em quadrinhos que pareciam compor uma mesma peça de acusação.

Americanos aguerridos: Não riam — Eles não são engraçados! IVAN VENENOSO e TROTSKI TÓXICO. Um super-herói vestido com uma bandeira americana e seu assistente, um garotão louro, se preparam para dominar os hediondos e estranhos mutantes cor-de-rosa que saem se arrastando de um túnel subterrâneo. Na capa da outra revista, um agente secreto bonitão se atraca a uma mulher armada com um revólver, de vestido vermelho, enquanto um soldado russo com uma barba enorme sangra até a morte sobre o tapete. Há uma paisagem de neve pendurada sobre a lareira, o céu com manchas avermelhadas e a silhueta de inconfundíveis minaretes visíveis pela janela. *Missões secretas do Almirante Zacharias: Ameaça! Intriga! Mistério! Ação!* A mulher lembra um pouco ela, o mesmo cabelo preto como carvão. Nada sutil. Risível. Só que não é exatamente assim.

Ela se senta em sua cadeira giratória com a rodinha solta que parece inclinar precariamente na lateral e folheia as revistas, o semblante sério. Oscilando um pouco na cadeira, ela assobia para o gigante com cabelos esparsos, camisa azul e colarinho branco que a observa ao lado do bebedouro. Um metro e noventa de estupidez. O mesmo homem que lhe disse que a única razão para terem contratado uma mulher arquiteta era para que ela pudesse atender ao telefone. Número de vezes que ela atendeu ao telefone desde que começou a trabalhar ali, há oito meses: zero.

— Ei, Stewie, suas revistas de humor não são nada engraçadas.

Ela as atira na lata de lixo a seus pés com um gesto dramático, com as duas mãos, como se pesassem toneladas. A tensão que pairava no ar e ela nem tinha reparado se rompe e vários deles começam a rir. A nossa boa e velha Willie. George finge dar dois socos no queixo de Stewie. Nocaute. O imbecil faz um gesto simulando sua derrota e todos voltam a se concentrar mais ou menos em suas tarefas.

É sua imaginação ou as coisas parecem um pouco fora do lugar sobre sua mesa? Sua caneta Rapidograph está à direita da régua T e da régua de cálculo, mas em geral elas ficam do outro lado, porque ela é canhota.

Pelo amor de Deus, ela nem sequer é socialista, muito menos um membro do Partido Comunista. Mas é do tipo artista. E nos dias que correm, isso já é ruim o bastante. Porque os artistas se socializam com todo tipo de gente. Como os negros, os radicais de esquerda e pessoas que têm opinião.

O fato de ela considerar William Burroughs incompreensível e toda essa polêmica sobre a ousadia da *Chicago Review* em publicar pornografia em exagero também estão fora de questão. Mas ela tem amigos na colônia da rua Cinquenta e Sete, artistas, escritores e escultores. Vendeu seus croquis abaixo do preço no mercado de arte. Nus femininos. Amigas que posam para ela. Algumas com mais intimidade do que outras. Droga, isso não faz dela uma Vermelha. Ainda que haja coisas que prefira não mencionar. Para a maior parte das pessoas, de qualquer maneira, é tudo a mesma coisa. Comunas. Subversivos. Homossexuais.

Na tentativa de impedir que suas mãos tremam, ela se distrai com os modelos em papelão nos quais está trabalhando para criar os novos bangalôs de Wood Hill. Já fez cinquenta croquis deles, mas acha mais fácil imaginá-los em três dimensões. Cinco deles já foram construídos com base nas ideias mais promissoras, variações do conceito original que George lhe entregou, tentando novas possibilidades. É difícil ter uma ideia original quando você foi instruída de modo específico pelo chefe da empresa. Não é possível reinventar a roda, mas você pode girá-la do seu jeito.

São residências para a classe trabalhadora, parte de um projeto insular claramente baseado no Park Forest, e seu próprio centro de comércio e serviços, com um banco e uma loja Marshall Field's. Ele a deixou controlar tudo sozinha, até o acabamento em madeira e as instalações elétricas. Não será ela a apresentá-lo, mas ele lhe disse que ela poderá comandar o projeto no canteiro. Isso porque o restante do escritório está enrolado, fechando um projeto de prédios comerciais para o governo, e tudo tem de ser feito de forma confidencial.

Wood Hill não é exatamente o tipo de lugar que lhe agrada. Ela nunca abandonou seu apartamento na parte antiga da cidade, a energia e vibração urbana, ou a facilidade com que consegue arrumar uma bela moça para acompanhá-la até seu quarto. Mas ela se satisfaz ao projetar esses modelos de lares utópicos. Num mundo ideal, teria preferido que fossem mais modulares, de modo a poder trocar as coisas de lugar e torná-las diferentes, com um fluxo entre os espaços interior e exterior. Recentemente, andou vendo alguns livros sobre o Marrocos e acha que um pátio interno poderia funcionar nos invernos brutais de Chicago.

Ela já se antecipou e fez uma ilustração artística em aquarela de seu desenho favorito. Nela estão presentes uma família feliz, mamãe e papai, dois filhos, um cachorro e um Cadillac na entrada da garagem. Parece acolhedor e simples, e é culpa dela se o pai parece um pouco estranho, com as maçãs do rosto proeminentes?

Quando começou a trabalhar ali, ficou irritada por ter que fazer mudanças naquelas moradias miseráveis. Mas Willie é uma mulher que encara suas ambições. Tentara trabalhar na Frank Lloyd Wright e fora rejeitada. (Rumores diziam que, de qualquer maneira, ele estava duro e nunca terminaria outra obra, portanto, vaias para ele.) E ela jamais seria uma arquiteta do porte de Mies van der Rohe. O que provavelmente era uma coisa boa, pois Chicago tem pretensos Van der Rohe demais. Como o projeto

Three Blind Mies. A descrição não é dela. Esse Wright era um velho engraçado e amargo.

Ela teria gostado de trabalhar com prédios públicos. Um museu ou um hospital, mas precisava lutar por esse emprego como lutara para estudar no Instituto de Tecnologia de Massachusetts. A Crake & Mendelson foi a única firma que a convidou para uma segunda entrevista, e ela fez por onde, usando sua saia mais apertada, armada com seu humor mais afiado e um portfólio que mostrava que ela era mais do que aquilo, ainda que a contratassem por aqueles motivos. É preciso aproveitar todas as vantagens que a natureza e a astúcia nos oferecem.

Esse último projeto foi responsabilidade dela. Com sua tremenda lábia sobre como os projetos de urbanização vão transformar a vida das famílias da classe trabalhadora. Ela aprecia que estejam construindo comunidades próximas dos locais de trabalho dessas pessoas, que os operários possam sonhar como os executivos e sair da cidade, deixando um espaço em que dez famílias são espremidas dentro de um apartamento para outro que abrigue uma só. Ela entende agora como isso pode ter sido visto como uma atitude pró-operária, pró-sindicato. Pró-comunista. Devia ter ficado com a boca fechada.

A ansiedade a envenena, como o excesso de café. O jeito como Stewart fica lhe lançando olhares magoados. Ela cometeu um engano terrível, percebe agora. Ele será o primeiro a pressioná-la. Porque é assim que as pessoas agem agora, vizinhos espiando atrás das cortinas, professores dedurando os alunos, colegas de trabalho fazendo afirmações sobre os subversivos no escritório.

Foi porque ela riu dele quando todos saíram para beber em sua primeira semana de trabalho e ele ficou bem alto e a seguiu até o banheiro feminino. Ele tentou beijá-la, com seus lábios finos e rígidos, empurrando-a contra a pia de torneiras douradas e ladrilhos pretos, tentando levantar sua saia e abrindo a calça. Os espelhos ornamentados refletiam infinitas vezes seus gestos desajeitados. Ela tentou afastá-lo e, como ele não cedia, pôs a mão dentro da bolsa, pois ela estava passando um pouco de batom quando ele entrou, e apanhou seu isqueiro *art déco* preto e prateado, um presente que dera a si mesma ao ser aprovada no Instituto de Tecnologia.

Stewart deu um grito e recuou, pondo a boca sobre a bolha que já surgia no dorso de sua mão. Ela não contou para ninguém. Costuma falar demais, mas de vez em quando sabe quando ficar calada. Alguém deve tê-lo visto sair, ainda sofrendo com a humilhação, pois todo mundo ficou sabendo. Desde então, ele a ataca com frequência.

Ela trabalha durante o almoço, assim não tem que cruzar com ele na saída, embora seu estômago esteja rugindo como um tigre. Somente quando Stewart sai para uma reunião com Martin é que ela pega a bolsa e se dirige até a porta.

— Agora não é hora do almoço — diz George, olhando para o relógio com benevolência.

— Vai ser tão rápido que estarei de volta antes de você me ver saindo — responde ela.

— Como The Flash? — fala ele, e pronto, aquilo é quase uma confissão.

— Exatamente — diz ela. Muito embora não tenha lido aquelas malditas revistas.

Ela lhe dá uma piscadela atrevida e insinuante e se dirige afobada para a porta, atravessando o mosaico do chão de ladrilhos reluzentes que parecem escamas de peixe, até alcançar o elevador com suas portas ornamentadas de dourado.

— Está tudo bem, Srta. Rose? — pergunta o porteiro na recepção quando ela aparece, o alto de sua cabeça calva tão polida e brilhante quanto as luminárias.

— Tudo ótimo, Lawrence. E com você?

— Estou gripado. Vou ter que passar na farmácia mais tarde. Você está pálida. Tomara que ela não esteja derrubando você também. É uma das violentas.

Na rua, fora do Fisher Building, ela se encosta na arcada da porta, sentindo nas costas o relevo do ornamento do peixe-dragão. Seu coração bate com tanta força que parece querer arrombar seu peito.

Ela quer ir para casa e se aninhar na cama desfeita. (Os lençóis ainda guardam o cheiro da boceta de Sasha, desde a noite de quarta-feira.) Seus gatos ficariam contentes em vê-la em casa no meio da tarde. E ainda havia meia garrafa de vinho Merlot na geladeira. Mas o que achariam disso? Tirar folga no meio do expediente? Especialmente o *George*.

Aja normalmente, pelo amor de Deus, ela pensa. Recomponha-se. Já está atraindo olhares e, pior, intenções solidárias. Ela se força a afastar-se das arcadas, antes que uma senhora intrometida com rugas no pescoço que parecem formar um colar se aproxime para perguntar se está bem. Avança determinada pela rua, dirigindo-se para um bar a vários quarteirões dali, onde é improvável que encontre algum colega de trabalho.

É um desses bares no porão, onde tudo o que se vê da janela são os sapatos das pessoas passando. O garçom fica surpreso ao vê-la. Ele ainda está preparando o serviço, retirando as velhas cadeiras de cima das mesas igualmente velhas.

— Ainda não abrimos...
— Um uísque *sour*. Puro.
— Sinto muito, moça...

Ela coloca uma nota de vinte sobre o balcão. Dando de ombros, ele se vira para a legião de garrafas na prateleira e começa a preparar a bebida com um pouco mais de rigor do que necessário.

—Você é de Chicago? — pergunta ele, mal-humorado.

Ela bate com a nota sobre o balcão.

— Eu sou de um lugar onde há outras notas dessas, se você calar a boca e preparar meu uísque.

Na estreita fatia de espelho atrás do balcão, ela observa o reflexo das pernas que passam lá fora. Mocassins pretos. Saltos altos. Uma menina com meias soquetes e sapatos com laços. Um homem passa com uma muleta. Isso aciona alguma coisa em sua memória, mas, quando ela se vira para ver, ele já se foi. E daí? Pelo menos sua bebida está pronta.

Willie bebe tudo de uma vez, e depois outro copo. Após o terceiro, começa a se sentir pronta para voltar. Ela empurra a nota de vinte sobre o balcão.

— Ei, você não falou que tinha outra?

— Bela tentativa, camarada.

Ela retorna ao escritório flutuando agradavelmente. Quando alcança a portaria do prédio, aquela leveza se transforma em náusea. Parece pesar-lhe como uma tempestade se formando bem acima de sua cabeça. Pode sentir a pressão atmosférica aumentando a cada passo, de tal modo que é preciso extrair o máximo de força de vontade para fazer aquela expressão feliz ao abrir a porta do escritório.

Meu Deus, como pode ter se enganado tão completamente ao identificar seus inimigos? Stewart olha para ela, preocupado, com respeito. Talvez ele reconheça que estava fora de controle na outra noite. Ela se dá conta de que ele tem agido como um cavalheiro nos últimos dias. Martin está irritado, porque ela não estava lá quando ele precisou de ajuda. E George... George sorri e ergue as sobrancelhas. Como se dissesse *Por que demorou tanto? Preste atenção, estou de olho em você.*

Os desenhos no papel à sua frente estão borrados. Ela bate com força o mata-borrão, apagando as paredes da cozinha; está tudo errado e é preciso ser reconfigurado.

—Você está bem? — pergunta George, colocando a mão em seu ombro de um modo exageradamente íntimo. — Você não parece nada bem. Talvez seja melhor ir para casa.

— Estou simplesmente ótima, obrigada.

Nem sequer se sente capaz de dar uma resposta mordaz. Querido George. O afetuoso, acolhedor e inofensivo George. Ela se lembra da noite em que ambos ficaram trabalhando até mais tarde no projeto de Hart e ele quebrou a garrafa de uísque que Martin guardava no escritório, e eles conversaram até as duas da manhã. O que ela lhe disse? Ela vasculha a memória tentando lembrar. Falou sobre arte e o fato de ter crescido em Wisconsin e o que a levou a tornar-se arquiteta, seus prédios favoritos, aqueles que gostaria de ter construído. As torres altas de Adler & Sullivan com seus detalhes esculpidos. O que a levara a falar de Pullman e de como os operários que moravam naquele conjunto habitacional eram obrigados a viver sob regulamentos paternalistas. Ele mal dissera uma palavra, simplesmente a deixou tagarelar. Deixou-a incriminar a si mesma.

Ela se sente paralisada. Podia esperar. Ficar sentada à sua mesa até que todos tivessem ido para casa e depois ela tentaria dar um sentido a tudo aquilo. Poderia voltar para o bar. Ou direto para casa e destruir tudo que parecesse desviante ou subversivo.

São cinco horas e seus colegas começam a ir embora. Stewart é um dos primeiros a partir. George é um dos últimos. Ele fica enrolando, como se esperasse por ela.

—Você vem ou é melhor eu deixar as chaves? — Seus dentes são grandes demais para a boca, ela percebe pela primeira vez. Enormes lajes de esmalte branco.

— Pode ir. Tenho que terminar isso de qualquer maneira.

—Você trabalhou nisso o dia todo — retruca ele, franzindo as sobrancelhas.

Ela não aguenta mais.

— Eu sei que foi você.

— Hein?

—As revistas em quadrinhos. É estúpido e injusto.

As lágrimas brotam de seus olhos, fazendo-a sentir-se ainda mais furiosa consigo mesma. Ela tenta mantê-los bem abertos, recusando-se a piscar.

— Aquelas revistas? Faz dias que estão circulando pelo escritório. Por que isso a deixa tão nervosa?

— Ah... — Ela suspira.

A tremenda enormidade de seu engano abate-se sobre ela, deixando-a sem fôlego.

— Consciência pesada? — Ele aperta seu ombro, segurando a pasta com a outra mão. — Não se preocupe, Willie. Sei que você não é uma Vermelha.

— Obrigada, George, eu...

— No máximo, cor-de-rosa. — Ele não está sorrindo quando coloca as chaves sobre a mesa à sua frente. — Não quero que nada interfira entre a firma e esse projeto do governo. Não me interessa o que você faz em sua vida privada. Mas tome cuidado, ok? — Ele aponta o dedo para ela como se fosse um revólver e se dirige à porta.

Willie fica sentada ali, desnorteada. É possível se desfazer de suas revistas mais radicais, rasgar seus desenhos sexualmente perversos e queimar as folhas. Mas como apagar a si mesma?

Ela fica arrepiada até a medula ao ouvir o som de dedos na porta. Dá para ver o perfil de um homem através do vidro ondulado, onde está escrito o nome da firma. Ela se envergonha que seu primeiro pensamento tenha sido: *FBI!* Isso é ridículo. Deve ser um dos rapazes, que provavelmente se esqueceu de alguma coisa. Ela olha ao redor e vê o casaco de Abe sobre o encosto da cadeira. É só o Abe. Deve ter deixado sua carteira no bolso do casaco, com o passe de transporte. Ela o apanha sobre a cadeira. Poderia aproveitar e ir embora logo.

Ao abrir a porta, percebe que não é Abe lá fora, mas um homem terrivelmente magro, apoiado numa muleta. Ele contorce para o alto as extremidades dos lábios, sob os fios de metal que tem entre os dentes, aparafusados na mandíbula, numa espécie de sorriso. Ela recua com repugnância e tenta fechar a porta. Mas ele enfia a ponta de borracha de sua muleta na brecha e empurra a porta, que bate contra ela, acertando sua testa e quebrando o vidro. Ela cai para trás, sobre uma das mesas. A extremidade de metal atinge a parte inferior de suas costas e ela escorrega até o chão. Se conseguir alcançar a mesa de Stewart, poderá atirar a grande luminária nele...

Mas ela não consegue se levantar. Há algo errado com suas pernas. Ela começa a se lamentar quando ele se aproxima, mancando, fazendo uma careta atrás dos fios de metal em sua boca, depois de fechar a porta com cuidado.

DAN
1º de junho de 1992

Dan e Kirby aproveitam os privilégios dos jornalistas, sentados no abrigo olhando o campo, que parece impossivelmente verde entre as laterais de terra vermelha, cortado por frescas linhas brancas, e as trepadeiras cobrindo os muros de pedra. Os recintos acolhedores da imprensa ainda estão vazios, embora a festa já tenha começado na parte mais alta do estádio ao redor deles.

Outros repórteres instalam-se em suas cabines, que parecem flutuar sobre as fileiras curvas dos assentos de plástico cinzento do estádio. Mas ainda vai levar uns quarenta minutos antes de a partida começar. As lanchonetes já abriram. O cheiro de cachorro-quente permeia o ar. É um dos momentos preferidos de Dan, quando o lugar todo está pleno de potencial. Estaria mais feliz se não tivesse um pouco aborrecido com Kirby.

— Eu não sou apenas seu passe de acesso à biblioteca do *Sun-Times*. Você precisa trabalhar de verdade — dispara ele. — Especialmente se estiver mesmo a fim desses créditos na faculdade.

— Eu estava trabalhando! — reage ela, com a voz repleta de indignação.

Kirby está vestindo uma espécie incompreensível de camiseta punk com a gola rulê levantada, cobrindo sua cicatriz, como uma sotaina de padre sem as mangas. Isso não vai exatamente se harmonizar com o batalhão em camisa de jérsei abotoada até em cima dentro do espaço da imprensa. Ele ficara nervoso com a ideia de trazê-la até ali. E agora sabe o porquê. Dan ignora a perturbação que os finos pelos louros dos braços dela lhe causam.

— Eu dei uma lista de perguntas precisas para você. Tudo o que precisava fazer era lê-las acrescentando uma interrogação ao final. Em vez disso, Kevin e os outros vêm me contar que, enquanto eu estava ralando para conseguir alguma declaração útil de Lefebvre, você estava no vestiário do San Diego Padres, jogando cartas e flertando.

— Eu *fiz* todas as suas perguntas. E, *depois*, sentei para jogar pôquer. O nome disso é criar as bases. Um sólido princípio jornalístico que aprendi nas aulas. Não foi sequer ideia minha. Sandberg me convenceu a jogar. E eu ganhei vinte dólares.

—Você acha que vai abrir caminho bancando a mocinha bonitinha e ingênua? Acha que você vai se virar nesse papel impunemente pelo resto da vida?

— Eu acho que posso me virar me interessando e sendo interessante. Acho que a curiosidade triunfa sobre a ignorância. E acho que comparar as cicatrizes pode ajudar.

Dan solta uma risadinha.

— Eu fiquei sabendo disso também. Verdade que Sammy Sosa mostrou para você a que ele tem na bunda?

— Uau, isso é que imprensa sensacionalista. Quem disse isso? Era na parte inferior das costas, acima da bacia. Além disso, eles não estão tomando banho pelados na minha frente. Ele mostrou um ferimento enorme que teve quando estava andando e bateu numa daquelas latas de lixo metálicas. Ele não a viu, estava se despedindo de um amigo e então se virou e pronto. Falou que é muito desajeitado às vezes.

— Sei, se deixar a bola cair no jogo, vai valer a pena citar essa declaração.

— Eu anotei para você. E consegui mais uma coisa interessante. A gente estava falando de viagens, o fato de ficarem ausentes por muito tempo. Então contei para eles uma história engraçada, quando eu acabei desabando no sofá de uma garota que conheci na videolocadora em Los Angeles e ela tentou me atrair para um *ménage à trois* com o namorado dela, e como eu acabei no meio da rua às quatro da manhã, andando até o sol nascer. E foi realmente lindo ver a cidade inteira voltando à vida.

— Não conhecia essa história.

— E foi isso. *Enfim*. Eu disse que era bom estar de volta a Chicago e perguntei a Greg Maddux como ele se sentia vivendo aqui, e o cara ficou meio esquisito.

— Esquisito como?

Kirby dá uma olhada nas anotações.

— Eu anotei tudo quando saí de lá. Ele disse: "Por que eu ia querer ir para qualquer outro lugar? As pessoas são simpáticas aqui. Não só os torcedores, mas os taxistas, porteiros de hotel, as pessoas na rua. Em outras cidades, as pessoas agem como se estivessem nos fazendo um favor." E então ele piscou para mim e começou a falar sobre seus palavrões prediletos.

— E você não continuou?

— Ele me dispensou rapidinho. Eu queria continuar, achei que daria uma boa matéria: a cidade de Chicago vista por um jogador de beisebol. Suas cinco recomendações principais, restaurantes, parques, boates, melhores pontos, e tudo o mais. E então Lefebvre voltou e fui expulsa de lá para que eles se preparassem para o jogo. E eu achei que era muito peculiar o que ele disse, assim, sem mais nem menos.

— Concordo com você.

— Você acha que ele está pensando em mudar de time?
— Pode ser que sim. Esse tal de Mad Dog gosta de controlar tudo. E forçar as coisas até o limite. Ele com certeza estava tentando lhe dizer alguma coisa. O que significa que precisamos ficar de olho nele.
— A coisa vai ficar feia para o Cubs se ele estiver pensando em cair fora.
— Mas eu entendo. É preciso ir aonde estão as melhores chances de jogar como se quer. Ele está por cima, atualmente.
— É mesmo? É assim que você vê as coisas?
—Você sabe o que eu quero dizer, menina rebelde.
— Claro que sei.
Ela lhe dá um tranco carinhoso com o ombro. A pele dela está tão quente por causa do sol que ele pode sentir, através da camisa, como se o tivesse queimado.
— Mais alguma coisa debaixo da manga? — pergunta ele, se afastando de maneira casual. Pensando: *Você está sendo ridículo, Velasquez. Que idade você tem? Quinze anos?*
— Espere um pouco — diz ela —, temos outros jogos de pôquer pela frente.
— Antes você do que eu. Meus blefes são patéticos. — Nossa, essa foi horrível, Dan. — É melhor a gente ir lá para cima.
— Não podemos assistir de lá? — Kirby aponta para o placar verde sobre a arquibancada descoberta no centro do campo. Ele pensou a mesma coisa. É lindo. Bem americano, com suas letras brancas e janelas que se abrem entre os painéis onde aparecem os números.
— Nem você nem ninguém mais. Não é possível. Esse é um dos últimos placares manuais do país. É bem restrito. Ninguém entra ali.
— Mas você entrou.
— Eu mereci.
— Bobagem. Como conseguiu?

— Fiz um perfil do sujeito que opera o placar. Há décadas ele faz isso. É uma lenda.

—Você acha que ele me deixaria entrar?

— Acho que suas chances são mínimas. Além disso, agora eu sei como sua cabeça funciona. Você só quer ir até lá porque sabe que não é permitido a ninguém.

— Em minha opinião, é como um clube secreto exclusivo para cavalheiros onde os homens mais poderosos dos Estados Unidos planejam o futuro do país, com coquetéis e strippers, enquanto um inocente jogo de beisebol rola aqui embaixo.

— É apenas um cômodo com o chão gasto e um calor infernal.

— Claro. Isso é exatamente o que diria alguém tentando proteger os segredos do clube.

—Tudo bem. Um dia eu tento botar você lá dentro. Mas só depois de passar pelo ritual de iniciação e dominar o aperto de mão secreto.

— Promete?

— Juro pelo homem que está lá no andar de cima. Mas só se, quando chegarmos ao camarote de imprensa, você fingir na frente dos meus colegas que eu briguei com você por não agir profissionalmente e que está morrendo de remorso.

— Muito remorso. — Ela sorri. — Mas vou fazer você cumprir sua promessa, Dan Velasquez.

— Eu sei que vai.

A ansiedade dele quanto a ela não se encaixar naquele ambiente acabou se revelando sem sentido. Ela não se encaixa mesmo, e isso é ainda mais encantador.

— Aqui é como o prédio das Nações Unidas, mas com uma vista melhor — solta Kirby, olhando ao redor para uma enorme quantidade de telefones e homens, em sua maioria, sentados atrás de plaquetas com seus nomes e os dos veículos de imprensa que representam, já fazendo anotações e comentários para seus ouvintes antes de a partida começar.

— É, mas isso aqui é *muito* mais sério — diz Dan.

Ela ri, e era tudo o que ele queria.

— Claro, o que é a paz no mundo comparada a uma partida de beisebol?

— É essa a sua estagiária? — pergunta Kevin. — Vou arrumar uma para mim. Ela lava e passa também?

— Olha, eu não confiaria nela para isso — revida Dan. — Mas é capaz de colher boas declarações.

— Posso pegá-la emprestada?

Dan está a ponto de se indignar com ele por causa de Kirby, mas ela já tem o dedo no gatilho.

— Claro que pode, mas vou querer um aumento. Quanto dá duas vezes nada?

Isso desencadeia a risada da metade do camarote, e como poderia ser de outra forma? O jogo começou. Os batedores do Cubs dão início ao aquecimento. A tensão na sala de imprensa aumenta; de repente, todo mundo está concentrado na jogada no campo lá embaixo. Talvez consigam vencer esta. E ele está feliz vendo-a ser seduzida também pela partida. É algo mágico.

Depois disso, Dan transmite as notícias por telefone, em meio à balbúrdia de outros repórteres que fazem o mesmo, lendo suas anotações, a caligrafia totalmente ilegível, pensa Kirby, até parece uma receita médica. O Cubs venceu na sétima entrada, depois de o jogo ter ficado resumido a um duelo estagnado entre os lançadores, em grande parte graças ao mais novo craque, Mad Dog Maddux.

Ele cutuca Kirby no ombro.

— Bom trabalho, garota. Talvez você até tenha sido feita para isso.

Harper
26 de fevereiro de 1932

Harper compra um novo terno sob medida na Baer Brothers and Prodie Store (onde o trataram como um bosta, até verem a cor de seu dinheiro) e leva a enfermeira Etta e sua colega de quarto da pensão para jantar. A outra moça, Molly, é uma professora de Bridgeport, um tanto agressiva comparada ao estado defensivo de sua amiga. É sua dama de companhia, ela diz, com um débil sorriso, como se ele não soubesse que só está ali por causa da refeição gratuita. Seus sapatos estão gastos e a lã escura de seu casaco começa a empelotar, como um carneiro. A porquinha e a carneirinha. Talvez ele peça costeletas para o jantar.

De modo geral, ele se sente feliz por estar consumindo comida de verdade, em vez de pão branco encharcado no leite e purê de batata. Perdeu muito peso enquanto sua mandíbula não estava boa. O aparelho de metal foi removido ao cabo de três semanas, mas até recentemente ele não conseguia mastigar. Sua camisa está folgada demais e ele pode contar as costelas, como não fazia mais desde que era um menino e as feridas deixadas pelo cinto de seu pai tornavam a contagem mais fácil.

Depois de buscar as moças na estação, eles seguem pela La Salle Street cheia de neve, passando por um novo restaurante comunitário com uma fila que vai até a metade do quarteirão. Os homens estão tão devorados pela vergonha que nem sequer erguem os olhos acima de seus sapatos, batendo os pés para combater o frio e se arrastando, um depois do outro, para a frente. É uma pena, pensa Harper. Ele espera que o safado infeliz do Klayton olhe para cima e o veja com uma garota em cada braço, um terno novo, um maço de dinheiro no bolso, assim como sua faca. Mas Klayton continua olhando para o chão quando passam diante dele, triste e murcho como um pênis recolhido.

Harper poderia voltar e matá-lo. Encontrá-lo quando estivesse dormindo ao relento numa portaria. Convidá-lo até sua casa para se aquecer. Sem ressentimentos. Colocar um copo de uísque em sua mão, diante da lareira, e então espancá-lo mortalmente com o martelo, como Klayton quisera fazer com Harper. Poderia começar arrancando-lhe os dentes.

— Tsc, tsc — faz Etta. — A coisa está indo de mal a pior.

— Você acha? — diz sua amiga. — A diretoria da escola está falando em nos pagar com vales. Você imagina, ser paga com cupons no lugar de dinheiro de verdade?

— Melhor ser pago com bebida. Com tudo o que andam confiscando... Não tem utilidade para ninguém. Pelo menos esquenta e reconforta.

Etta aperta o braço de Harper, desviando-o do delírio em que está envolvido. Ele olha para trás e vê Klayton o encarando, o chapéu nas mãos, boquiaberto, engolindo moscas.

Harper faz as duas se virarem para trás.

— Deem um oi a meu amigo.

Molly obedece com um gesto sedutor, mas Etta fica intrigada.

— Quem é ele?

— Alguém que tentou me arruinar. Agora ele está provando do próprio remédio.

— Falando em remédio... — Molly cutuca Etta e ela vasculha sua bolsa, retirando uma pequena garrafa de vidro. No rótulo está escrito "Álcool medicinal".

— Claro que eu trouxe um trago para a gente. — Ela dá um gole e passa primeiro para Harper, que limpa o gargalo no casaco antes de levá-lo aos lábios.

— Não se preocupe, não é álcool medicinal. A fábrica que fornece para o hospital tem um negócio paralelo.

A bebida é forte e Molly a bebe com avidez, de tal modo que, quando chegam ao Madame Galli's, na East Illinois Street, a cordeirinha está quase bêbada.

Dentro do restaurante, há uma enorme caricatura de um cantor de ópera italiano e fotografias de vários artistas de teatro penduradas nas paredes, seus autógrafos sobre os rostos sorridentes. Isso não significa nada para Harper, mas as garotas ficam cochichando, admiradas, e, por sua vez, o garçom não faz qualquer comentário sobre os casacos rotos que ele pendura ao lado da porta.

O local já está parcialmente cheio, advogados, boêmios e atores. O salão está aquecido pelas lareiras em ambas as extremidades e pelo tumulto das pessoas que continuam a chegar.

O garçom mostra-lhes uma mesa próxima à janela. Harper senta de um lado e as moças se empoleiram lado a lado à sua frente, olhando para o vaso de cerejas no centro do salão. Evidentemente, Madame Galli tem a polícia em seu bolso, pois o garçom lhes traz uma garrafa de Chianti de uma estante de livros especialmente transformada em prateleira de bebida sem o menor embaraço.

Harper pede costela de carneiro de entrada e Etta o acompanha, mas Molly pede um filé de vitela com um brilho desafiador nos olhos. Harper não se importa. Para ele, é tudo igual, um dólar e cinquenta por cabeça com direito a cinco pratos, portanto a vadia calculista pode pedir o que bem entender.

As moças comem espaguete com prazer, girando seus garfos como se tivessem nascido para isso. Mas Harper acha a massa escorregadia e o gosto de alho exagerado. As cortinas estão imundas por causa da fumaça. À mesa ao lado, a mulher que fuma um cigarro nos intervalos entre um prato e outro, tentando parecer cosmopolita, é tão estúpida quanto seu acompanhante, que fala alto demais. Todos aqueles babacas ali, exibicionistas, ostentando suas roupas e fazendo pose.

Faz muito tempo, ele se dá conta. Há quase um mês não mata ninguém. Ninguém, desde Willie. O mundo fica desbotado nesses intervalos. Ele pode sentir o puxão da Casa como uma corda entre cada vértebra. Tem tentado evitar o Quarto, dormindo no sofá, no andar de baixo, mas, ultimamente, surpreende-se subindo a escada, como se estivesse sonhando, parando ao lado da porta e observando os objetos. Em breve, ele precisará agir de novo.

E, enquanto isso, os animais do outro lado da mesa estão batendo os cílios, rindo de modo afetado.

Etta pede licença para ir "retocar o batom" e sua amiga irlandesa dá a volta e vem sentar-se a seu lado. Seu joelho encosta no dele.

—Você é um achado, Sr. Curtis. Quero saber tudo sobre você.

— O que você quer saber?

— Onde cresceu. Sua família. Se algum dia se casou ou foi noivo de alguém. Como conseguiu juntar dinheiro. O habitual.

Ele não pode negar que a ousadia de suas questões o deixa intrigado.

— Tenho uma Casa. — Ele está se sentindo imprudente, e ela já bebeu tanto que vai precisar de sorte para se recordar do próprio nome, sem falar das estranhas declarações que ele faz.

— É um proprietário — cantarola ela.

— Uma que se abre para outras épocas.

Isso a deixa confusa.

— Uma o quê?

— Minha Casa, querida. O que significa que eu conheço o futuro.

— Fascinante — murmura ela, não acreditando nem um pouco, mas deixando claro para ele que não se incomoda em continuar com a brincadeira. E até mesmo ir bem além, se ele estiver disposto. — Então me diga algo espantoso que vai acontecer.

—Vamos ter outra grande guerra.

— É mesmo? Devo ficar preocupada? Você pode revelar *meu* futuro?

— Só se você se abrir.

Ela interpreta mal, como ele sabia que faria, um pouco constrangida, mas excitada também. É tão previsível. Ela passa o dedo várias vezes sobre o lábio inferior e o sorriso sutil que se demora por um segundo.

— Muito bem, Sr. Curtis, talvez isso me agrade. Posso chamá-lo de Harper?

— O que vocês estão fazendo? — interrompe Etta, tomada de raiva.

— Estamos apenas conversando, meu bem — diz Molly, com um risinho. — Sobre a guerra.

—Você é uma safada! — exclama Etta, jogando o espaguete de seu prato sobre a cabeça da professora. Pedaços de tomate e de carne moída grudam no cabelo dela, com fios de espaguete. Surpreso, Harper começa a rir diante daquela violência burlesca.

O garçom chega apressado com guardanapos e ajuda Molly a se limpar.

— *Caspita!* Está tudo bem?

A moça treme de ódio e humilhação.

—Você vai deixar que ela faça isso?

— Pelo visto, ela já fez — responde Harper. Ele lhe lança seu próprio guardanapo. — Tome isso e limpe-se direito. Você está ridícula.

Ele passa rapidamente uma nota de cinco dólares para o garçom, antes que ele lhes peça para ir embora. A gorjeta é uma consequência de seu súbito bom humor. Ele ergue o braço, oferecendo-o a Etta. Ela sorri de seu triunfo presunçoso e Molly começa a chorar enquanto Harper e Etta deixam o restaurante depressa e saem para a noite.

Os postes de iluminação lançam focos oleosos ao longo da rua e parece natural que sigam andando até o lago, apesar do frio. A calçada está toda coberta de neve, os galhos desnudos das árvores parecem formar uma renda contra o céu. Os prédios baixos, que parecem se tocar ao longo do litoral, são como um esteio contra as águas. Os degraus da Buckingham Fountain estão sob uma camada branca, os imensos cavalos-marinhos em bronze lutando contra o gelo, indo para lugar nenhum.

— Parece feito com glacê — diz Etta. — Como um bolo de casamento.

—Você está amarga porque saímos antes da sobremesa — replica Harper, tentando um gracejo.

O rosto de Etta fica sombrio ao lembrar-se de Molly.

— Ela armou tudo.

— Claro que armou. Eu devia matá-la para você — provoca ele.

— Eu mesma gostaria de matá-la. Safada.

Ela esfrega as mãos e sopra os dedos rachados. Depois segura na mão dele. Harper se surpreende, mas ela está apenas se apoiando para poder subir na fonte.

—Venha comigo — diz ela.

Depois de um instante de hesitação, ele sobe atrás dela. Ela abre caminho pela neve, deslizando no gelo, até um dos cavalos-marinhos esverdeados, e se apoia nele, fazendo pose.

— Quer uma carona? — pergunta, com um jeito um pouco infantil, e ele nota que ela é ainda mais matreira do que a amiga. Mas ela o intriga. Há algo de maravilhoso em sua avidez. Uma mulher de apetite egoísta, que se coloca acima da infeliz humanidade, meritoriamente ou não.

Ele então se surpreende beijando-a. Sua língua é rápida e escorregadia, um pequeno anfíbio de sangue quente. Ele a pressiona contra o cavalo, uma das mãos se esgueirando por sob a saia.

— Não podemos ir para meu apartamento. Tem os regulamentos. E Molly.

— Aqui mesmo — insiste ele, tentando virá-la de costas e abrir sua braguilha.

— Não! Está muito frio. Leve-me para sua casa.

Sua ereção desmorona e ele a larga de modo grosseiro.

— Impossível.

— O que houve? — pergunta ela, magoada, vendo-o dar um salto e descer da fonte, dirigindo-se mancando para a Michigan Avenue. — O que foi que eu fiz? Ei! Não vá embora! Não sou nenhuma puta, sabe? Então vá se foder, cara!

Ele não reage, nem mesmo quando ela retira um sapato e o arremessa em direção a suas costas. Quase o acerta. Ela vai precisar ir buscá-lo, saltitando na neve. A humilhação dela o agrada.

—Vá se foder! — berra ela outra vez.

Kirby
23 de março de 1989

Nuvens baixas assomam sobre o lago, como barcos infláveis na luz cinzenta da manhã. São apenas sete horas. Normalmente, Kirby nunca estaria de pé a essa hora, não fosse pelo Maldito Cachorro.

Antes mesmo de desligar o motor, Tokyo já está pulando para o banco da frente de seu carro velho, esmagando seu braço com as grandes patas desajeitadas quando ela o estende para puxar o freio de mão.

— Fique quieto, seu estabanado — protesta Kirby, empurrando-o para o lado, ao que ele retribui soltando um pum em sua direção.

O cão tem a decência de demonstrar culpa, por menos de um segundo, antes de começar a dar patadas na porta, ganindo para sair do carro, seu rabo açoitando o revestimento de pele de carneiro que serve para esconder o estado deplorável do assento.

Kirby estica o braço e consegue alcançar a maçaneta, deixando o animal abrir a porta com o focinho e saltar, correndo pelo estacionamento. Ele vai até a porta do lado do motorista e põe as patas na janela, a língua para fora, embaçando o vidro, enquanto ela tenta sair.

—Você não tem jeito, sabia? — resmunga Kirby, forçando a porta contra o peso do animal.

Ele late todo contente, corre até o gramado e volta, apressando-a, parecendo temer que a praia se levante e vá embora.

Isso a deixa bastante exausta. Mas ela está economizando para poder se mudar da casa de Rachel, e os dormitórios para moças de sua idade têm regulamentos inspirados na Gestapo no que diz respeito a habitantes peludos. Ela diz a si mesma que ficará apenas a algumas estações de trem. Poderá vir levá-lo para passear nos fins de semana e está convencida de que o garotinho do outro lado da rua poderá levá-lo para dar uma volta no quarteirão todos os dias em troca de um dólar. Assim mesmo, são cinco dólares por semana, vinte por mês. Dá para comprar um bocado de macarrão instantâneo.

Kirby segue Tokyo pela trilha que dá na praia, um rumorejante corredor de mato alto. Deveria ter estacionado mais perto, mas ela está acostumada a ir ali nos fins de semana, na hora do almoço, quando não se acha vaga por dinheiro algum. O lugar fica totalmente diferente sem a multidão. Agourento até, com a neblina e o vento frio do lago ceifando a vegetação. A baixa temperatura expulsa até os corredores mais aguerridos.

Ela pega a bola de tênis encardida no bolso. Está rachada e careca, molenga por conta das mordidas. Ela a lança, descrevendo um arco em direção ao lago, mirando no outro lado, na torre da Sears, como se fosse possível derrubá-la.

Era o que Tokyo estava esperando, as orelhas apontadas para o alto, a boca fechada, concentrado. Ele se vira e dispara atrás da bola, prevendo sua trajetória com precisão matemática e a interceptando no ar, antes de cair.

E é isso que a deixa louca, quando ele fica todo modesto com a bola na boca e avança em sua direção, como se fosse devolvê-la, e então esquiva-se quando ela estende a mão, um ronco de contentamento escapando do fundo da garganta.

— Cachorro! Estou avisando.

Tokyo se agacha, o traseiro para o alto, o rabo batendo de um lado para outro.

— Ouuuuurgh — faz ele.

— Devolva a bola ou eu... o transformo num tapete.

Ela finge atacar e ele pula para o lado, o suficiente para sair de seu alcance, e retoma a posição. Seu rabo parece a hélice de um helicóptero desgovernado.

— É a última moda, sabe? — diz ela, caminhando em direção à praia, os polegares enfiados nos bolsos da calça, se fazendo de distraída, afastando-se dele decidida. — Os ursos polares e os tigres estão muito antiquados. Mas um tapete com pele de cachorro, especialmente de um cachorro encrenqueiro como você, é uma preciosidade.

Ela se precipita na direção dele, mas ele já estava atento havia muito tempo. Ganindo de excitação, o som abafado por causa da bola entre os dentes, ele dispara rumo à praia. Kirby se ajoelha na areia úmida enquanto ele se lança sobre as marolas geladas, com um sorriso canino tão largo que é possível vê-lo de longe.

— Não! Cachorro malvado! Tokyo Speedracer Mazrachi! Volte aqui, agora mesmo! — Ele não obedece. Nunca obedece. Cachorro molhado dentro do carro. Uma de suas coisas preferidas. — Vem, rapaz.

Ela assobia as cinco notas curtas de costume. Ele obedece, parcialmente. Pelo menos sai da água e larga a bola na areia clara, se sacudindo como um borrifador canino. Ainda brincando, ele late mais uma vez.

— Pelo amor de Deus! — exclama Kirby, seus tênis roxos sendo engolidos pela lama. — Quando eu pegar você...

De repente, Tokyo vira a cabeça para outro lado, late de novo e sai correndo pelo matagal perto do píer.

Um homem vestindo uma capa impermeável amarela de pescador se encontra à beira d'água. A seu lado, há uma espécie de carrinho de mão com um balde e um extintor de incêndio no interior. Alguma técnica bizarra de pescar, ela supõe, vendo-o colocar sua chumbada dentro de um tubo de metal e depois usar a pressão do extintor para arremessá-la sobre o lago, mais longe do que poderia fazer com as mãos.

— Ei, nada de cachorros aqui! — berra ele, cordial, apontando para o matagal por onde o cão desapareceu. Como se o que está fazendo, seja lá o que for, fosse legal.

— Não? É mesmo? Acontece que ele não é um cachorro, é um futuro tapete!

Sua mãe chama isso de seu campo de força sarcástico, que mantém os rapazes afastados desde 1984. Ah, se ela soubesse. Kirby recupera a bola de tênis raspada e a enfia no bolso. Maldito animal.

Talvez seja uma boa mudar para o dormitório, ela pensa, furiosa. O cachorro não estará longe. Ela cuidará dele nos fins de semana, se tiver tempo. E disposição. Mas, quem sabe? Pode estar ocupada na biblioteca. Pode estar de ressaca. Pode estar acolhendo um rapaz que pretende agradar com um café da manhã durante o doce e constrangedor despertar, agora que Fred foi para a Universidade de Nova York estudar cinema, como se esse não fosse o sonho de Kirby que ele meio que adotou e raptou, e, o que é pior, com dinheiro suficiente para pagar as mensalidades. Mesmo que tivesse sido aceita (e, porra, claro que seria, ela tem mais talento no lóbulo da orelha do que ele em todo o seu sistema nervoso central), não haveria meios de pagar os custos. Então está estudando inglês e história na Universidade DePaul, mais dois anos e uma dívida vitalícia para pagar, supondo que consiga arrumar um emprego após concluir o curso. É evidente que Rachel a tem encorajado bastante. Kirby quase considerou estudar contabilidade ou economia, só para irritá-la.

— Tokyooooooooooooo! — berra Kirby na direção do mato. Ela assobia novamente. — Pare de fazer bagunça.

O vento se infiltra por sua roupa, deixando a pele dos braços arrepiada e lhe dando calafrios na nuca. Devia ter trazido um casaco adequado. Com certeza ele foi para o santuário de pássaros, onde ela pode acabar tendo que pagar uma multa pesada por tê-lo deixado solto. Cinquenta dólares, ou seja, duas semanas de despesas com os passeios. Vinte e cinco pacotes de macarrão instantâneo.

—Você vai virar um cachorro empalhado! — grita Kirby na praia vazia. — É isso que eu vou fazer quando pegar você!

À entrada do santuário, ela se senta num banco com nomes gravados na madeira, "Jenna e Christo para 100pre", e calça novamente seus tênis. A areia penetra nas meias, se enfiando entre os dedos dos pés. Em algum lugar no mato, um bem-te-vi canta. Rachel sempre gostou de pássaros, sabia o nome de todos eles. Passaram-se anos até que Kirby descobrisse que ela inventava tudo, que não existia nenhum pica-pau capuz de cavalo ou malaquita arco-íris de cristal. Eram apenas palavras que Rachel gostava de associar.

Ela entra pisando forte no santuário. Os pássaros pararam de cantar. Sem dúvida, silenciados pela presença de um cachorro molhado e encrenqueiro vagando por ali em algum lugar. Até o vento se calou e as ondas soam monótonas ao fundo, quase imperceptíveis, como um ruído de trânsito.

—Venha aqui, seu cachorro desgraçado. — Ela volta a assobiar as cinco notas num crescendo.

Alguém responde exatamente o mesmo som.

— Isso é muito engraçado — diz Kirby, ouvindo outra vez o assobio, como se zombasse dela. — Oi, palhaço?

Ela eleva o grau de sarcasmo à medida que vai ficando mais nervosa.

— Você viu um cachorro por aí? — Ela hesita um instante antes de se afastar da trilha, esgueirando-se em meio à mata densa na direção do assobio. — Sabe o que é? Um animal peludo, com caninos que podem cortar o pescoço de qualquer um?

Não há resposta, exceto por um ruído rouco e seco, como um gato regurgitando bolas de pelos.

Ela tem tempo de gritar, assustada, ao ver um homem sair do mato, segurar seu braço e lançá-la ao chão com força e rapidez incontestáveis. Ela torce o pulso ao tentar soltar-se e recuperar o equilíbrio, seu joelho bate com tanta força em uma pedra que sua visão se ofusca por um segundo. Quando volta a enxergar, ela vê Tokyo deitado de lado, ofegante, na grama.

Alguém enrolou um arame de cabide em volta do pescoço do animal a fim de cortar sua garganta, deixando o pelo ao redor encharcado de sangue. Ele ainda mexe a cabeça, se contorce, tentando se soltar, pois o arame está preso no galho de uma árvore derrubada, e, toda vez que ele se move, o corte se aprofunda mais. O som rouco vem dele, tentando latir com as cordas vocais rompidas. Ganindo para algo atrás dela.

Ela procura se apoiar nos cotovelos, mas o homem acerta seu rosto com a muleta. O impacto quebra seu osso malar, provocando uma explosão de dor que descreve um arco dentro do crânio. Ela se protege com o rosto contra a terra úmida. E logo ele está sobre ela, os joelhos sobre suas costas. Ela se contorce e esperneia sob o peso, enquanto ele puxa seus braços para trás e, gemendo, os amarra com um arame.

— Sai de cima de mim, porra! — berra ela, com terra e folhas na boca. O gosto é de coisas úmidas e podres, macias e arenosas entre os dentes.

Ele a vira com violência e, arquejante, enfia a bola de tênis em sua boca, antes que ela recomece a gritar, cortando o lábio e lascando um dos dentes. A bola se comprime ao entrar e se expande fazendo suas mandíbulas se abrirem. O gosto de borracha, baba do cachorro e sangue a sufoca. Ela tenta expulsá-la com a língua e acaba se cortando com o esmalte lascado do dente. Aquele pedaço do *seu crânio* dentro da boca a engasga. Sua visão com o olho esquerdo ficou embaçada e púrpura. Seu osso malar faz pressão contra a cavidade. De qualquer maneira, tudo parece em processo de contração.

É difícil respirar com a bola dentro da boca. Ele amarrou tão firme o arame em torno de seus pulsos, presos ao corpo, que eles ficam entorpecidos. As pontas começam a penetrar nas suas costas. Ela move os ombros, tentando conseguir força para se afastar dele, aos soluços. Precisa sair dali para qualquer lugar. Longe, pelo amor de Deus, bem longe. Mas ele está sentado em cima de suas coxas, mantendo-a imóvel com seu peso.

— Tenho um presente para você. Dois — diz ele.

A ponta de sua língua surge entre os dentes. Seus pulmões produzem um assobio agudo com o esforço que faz para apanhar algo no bolso.

— Qual deles você quer primeiro?

Ele abre as mãos e lhe mostra. Um objeto retangular e brilhante, preto e prateado. Ou uma faca dobrável com cabo de madeira.

— Não consegue decidir?

Ele aperta o isqueiro, fazendo surgir uma chama, como se impulsionada por uma mola. Depois o apaga outra vez.

— Isto é para você se lembrar de mim.

Em seguida, ele destrava a lâmina da faca.

— E isto é apenas o que precisa ser feito.

Ela tenta chutá-lo, deslocá-lo, seu grito de fúria obstruído pela bola. Ele sai de cima dela, observando-a. Divertindo-se. Então, coloca o isqueiro sobre sua órbita ocular e pressiona a extremidade mais rígida contra seu osso malar quebrado. Manchas negras espocam dentro de sua cabeça, a dor percorrendo a mandíbula e atingindo a espinha dorsal.

Ele arranca sua camiseta, expondo a pele de uma palidez hibernal. Passa a mão sobre sua barriga, a ponta dos dedos pressionando a pele, apertando-a avidamente e deixando-a cheia de hematomas. Depois ele enfia a faca em seu abdome, gira-a e a corta com a parte dentada, acompanhando a trajetória que fizera com a mão. Ela tenta reagir, a bola sufocando seu grito.

Ele ri.

— Fique calma.

Ela está soluçando, emitindo sons incoerentes em sua cabeça; tampouco as palavras fazem sentido ao chegarem à sua boca. Não, por favor. Não, por favor. Não, por favor.

Ambos respiram no mesmo compasso, ele com um chiado excitado, ela inalando o ar desordenadamente. O sangue é mais quente do que ela jamais havia imaginado, como se urinasse sobre si mesma. Mais espesso. Talvez ele tenha terminado. Talvez esteja acabado. Ele só queria machucá-la um pouco. Mostrar-lhe quem manda antes de... Sua mente fica vazia ante as possibilidades. Ela não consegue se forçar a olhar para ele. Está apavorada demais com as intenções que vê em seu rosto. Então ela fica estendida ali, olhando o sol lívido da manhã através das folhas, ouvindo a própria respiração, pesada e rápida.

Mas ele ainda não acabou. Ela geme e tenta se esquivar, antes de a ponta da lâmina tocar sua pele. Ele bate de leve em seu ombro, com um sorriso selvagem, o cabelo colado ao crânio e suado por causa do esforço.

— Grite mais alto, meu bem — diz sua voz rouca. Seu hálito tem cheiro de caramelo. — Talvez alguém possa ouvir.

Ele enfia a faca mais fundo e a torce. Ela grita o mais alto possível, o som abafado pela bola, e instantaneamente se arrepende de tê-lo obedecido. Depois, sente-se agradecida por ele ter lhe permitido. O que só aumenta sua vergonha. Mas não consegue evitar. Seu corpo é um animal separado de sua mente, o que é vergonhoso, a tentativa de barganha, disposta a fazer qualquer coisa para que ele pare. Qualquer coisa para viver. Deus, por favor. Ela fecha os olhos, assim não precisa ver o olhar obstinado dele, ou o jeito como ele retira sua calça.

Ele força a faca para baixo e depois para cima, num método que parece predeterminado. Como se soubesse que a prenderia sob seu peso. Como se esse fosse o único lugar em que ela sempre esteve. Sob o talhe afiado das feridas, pode sentir a lâmina rasgando seu tecido adiposo. Sendo cortada como um naco de carne. Um cheiro de matadouro, sangue e excremento. Por favor-por favor-por favor.

De repente, um barulho terrível, mais ruidoso do que sua respiração ou do que a faca dilacerando sua carne. Ela abre os olhos e vira o rosto, vendo Tokyo se agitando e contorcendo a cabeça. Ele rosna e ruge com a garganta destroçada. Seus lábios encolhidos deixam entrever a espuma sobre os dentes. A árvore toda treme com seus movimentos. O arame serra o galho ao qual está amarrado, pedaços de casca e o líquen se soltando. Bolhas brilhantes de sangue envolvem seu pelo como um colar obsceno.

Ela tenta dizer "Não", mas só consegue emitir um "ão".

Ele acha que ela se dirige a ele.

— Não é culpa minha, querida — diz ele. — A culpa é sua. Você não devia brilhar. Não devia me obrigar a fazer isso. — Ele aproxima a faca do pescoço dela. E só percebe que Tokyo se soltou quando o cachorro já está em cima dele. O cão finca os dentes em seu braço sob o casaco. A lâmina fere a garganta, muito superficialmente, fazendo apenas uma leve incisão na carótida, e, finalmente, ele a solta.

O homem uiva com fúria, tentando se livrar do animal, mas as mandíbulas de Tokyo estão bem cerradas. Ele tomba no chão e procura a faca com a mão livre. Kirby tenta rolar sobre ela, mas está lenta demais e sem coordenação. Ele consegue apanhá-la sob seu corpo e ela ouve Tokyo soltar um suspiro rouco e vê o homem o afastando de seu braço, enterrando a faca em seu pescoço.

Toda energia que lhe sobrara a deixa de uma vez. Ela fecha os olhos e tenta fingir-se de morta, mas as lágrimas escorrem de seus olhos, traindo-a.

Ele se arrasta até ela segurando o próprio braço.

— Você não me engana — diz ele, encostando o dedo de modo preciso na ferida do pescoço e fazendo-a urrar de novo com a pulsação do sangue. —Você vai sangrar até a morte, bem rápido.

Ele enfia a mão em sua boca e arranca a bola de tênis, esmagando-a entre os dedos. Ela o morde com toda a força, cravando os dentes no polegar dele. Mais sangue em sua boca, mas desta vez não é o seu. Com um soco, ele a apaga por alguns instantes.

Voltar a si é um choque. A dor se abate sobre ela assim que abre os olhos, como uma bigorna caindo sobre sua cabeça. Ela começa a chorar. O safado está se afastando, cambaleando, segurando frouxamente a muleta com uma das mãos. Ele para, de costas para ela, enfia a mão no bolso.

— Já ia esquecendo — diz ele, lançando o isqueiro em sua direção, que cai na grama perto de sua cabeça.

Kirby fica deitada ali, esperando pela morte, para que a dor passe. Mas ela não morre e a dor não passa, e então ela ouve Tokyo soltar um breve grunhido. Como ela, ele está vivo, e tudo aquilo começa a deixá-la extremamente furiosa. Filho da puta.

Ela desloca seu peso sobre os quadris e tenta girar os pulsos, despertando outra vez os nervos que detonam em seu cérebro um código morse ensurdecedor. Mas o homem foi desleixado. Foi só uma medida provisória para atrasá-la, não para prendê-la, especialmente agora, sem seu peso sobre ela. Seus dedos estão entorpecidos demais para poder usá-los, mas o sangue torna as coisas mais fáceis. Produtos WD-40, ela pensa e acaba rindo, com amargura, espantada consigo mesma.

Puta que o pariu.

Com cuidado, ela consegue livrar uma das mãos e depois desmaia, ao tentar sentar-se. São precisos quatro minutos para que consiga se ajoelhar. Ela sabe porque contou os segundos. É o único modo de se forçar a manter-se consciente. Ela amarra seu casaco em volta da cintura para tentar estancar o sangue, mas não consegue dar um nó. Suas mãos tremem demais, sua capacidade motora sumiu. Então ela o prende, enfiando como pode dentro da calça.

Consegue se ajoelhar ao lado de Tokyo, que mexe os olhos em sua direção e tenta agitar o rabo. Ela o ergue com o antebraço e depois o aproxima de seu peito, quase o deixando cair.

Cambaleando, ela avança pelo atalho na direção do som das ondas, o cachorro nos braços, com o rabo batendo levemente em sua coxa.

— Está tudo bem, garoto, estamos quase chegando.

Sua garganta faz um som horrível de gargarejo quando ela fala. O sangue escorre por seu pescoço, ensopando a camiseta. A força da gravidade parece mil vezes mais forte. Não é o peso do cachorro, seu pelo manchado de sangue. É o peso do mundo. Ela sente que algo se solta em suas entranhas, algo quente e escorregadio. Tenta não pensar nisso.

— Quase chegando. Quase chegando.

As árvores se abrem, desvendando um caminho cimentado que conduz ao píer. O pescador ainda está lá. Ela pede socorro, mas sua voz está muito fraca para ser ouvida.

— SOCORRO! — grita, fazendo o pescador virar-se, assustado, errando a mira da chumbada e lançando a boia vermelha sobre o cimento, no meio do lixo de peixes mortos.

— O que houve? — Ele larga a vara de pesca e pega um pedaço de pau dentro do carrinho, correndo então na direção dela e o brandindo sobre a cabeça. — Quem fez isso com você? Quem foi? Onde está? Socorro! Alguém está ouvindo? Ambulância! Polícia!

Ela enfia o rosto no pelo de Tokyo e nota que seu rabo não se agita mais. Mas já não estava imóvel antes disso?

Era apenas uma lei da física. O tranco a cada passo, ação e reação, forças igualmente opostas.

A faca ainda está enfiada em seu pescoço. Tão profundamente introduzida nas vértebras que o veterinário precisará removê-la cirurgicamente, deixando-a imprestável para os legistas. Foi o que a salvou, pois o homem não conseguiu retirá-la do cão para acabar com ela.

Não, por favor, mas ela está chorando demais para poder emitir qualquer palavra.

Dan
24 de julho de 1992

Está um calor absurdo no interior do Club Dreamerz. Faz uma barulheira danada. Dan odeia a música antes mesmo de a banda começar a tocar. Que tipo de nome é Naked Raygun? E desde quando a aparência suja proposital virou moda? Uns garotos imundos com barbas por fazer e camisetas pretas se agitam sobre o palco sem parar, antes de a banda de verdade entrar, ironicamente muito mais bem-vestida que eles, ajustando as guitarras, os plugues e os pedais. Também sem parar.

Os sapatos ficam grudando no piso. Aquele tipo de piso revestido de cerveja derramada e guimbas de cigarros pisadas. Mas é melhor do que o terraço no andar superior, pavimentado com lápides de verdade, da mesma forma que o banheiro, com as paredes cobertas de filipetas xerocadas. O mais bizarro é o de uma peça de teatro que mostra uma mulher de máscara de gás e saltos altos. Em comparação, os rapazes no palco até parecem uma banda comercial.

Ele não faz a menor ideia do que está fazendo ali. Só veio porque Kirby lhe pediu, porque ela achou que seria constrangedor se encontrasse Fred ali. E, bem, lá está ele. O primeiro amor, ela lhe disse. O que fez Dan ter ainda *menos* vontade de conhecê-lo.

Fred é muito, muito jovem. E estúpido. Os namorados da adolescência não deviam voltar a aparecer, ainda mais vindo de uma faculdade de cinema. Especialmente se só forem ficar falando sobre isso. Filmes dos quais você nunca ouviu falar. Dan não é um palerma inculto, apesar do que pode pensar sua ex-mulher. Mas os jovens deixaram de falar sobre filmes de arte para embarcar numa bosta totalmente experimental. E o pior é que Fred fica querendo envolvê-lo na conversa, dando uma de bom rapaz, o que de fato é, mas, ainda assim, ele não a merece.

—Você conhece a obra de Rémy Belvaux, Dan? — pergunta Fred.

O rapaz raspou o cabelo tão curto que sobrou apenas uma sombra escura sobre sua cabeça. O visual é completado por um cavanhaque e um daqueles piercings incômodos sob o lábio que parece uma espinha gigante de metal. Dan se segura para não se aproximar e espremê-lo.

— Falta verba. Ele não consegue filmar na Bélgica. Mas seu trabalho tem uma consciência bem própria. É muito real. Ele o vivencia de fato.

Dan pensa sobre como vivenciaria o *próprio* trabalho, batendo com um taco de beisebol na cara de alguém, por exemplo.

Quando a banda começa a tocar é uma bênção, pois torna impossível a conversa e seu impulso de assassinar Fred. O Sr. Primeiro Amor se exalta com um entusiasmo demente e entrega a cerveja para Dan, enfiando-se no meio da multidão e se dirigindo para a frente do palco.

Kirby se inclina e grita em seu ouvido algo que termina em *gança*.

— O QUÊ? — pergunta ele, também aos berros.

Ele está segurando sua limonada como um crucifixo contra o peito. (É claro, o bar não vende bebida de baixo teor alcoólico.)

Kirby aperta com os dedos a saliência cartilaginosa da orelha de Dan e berra novamente:

— Encare isso como uma vingança por todos os jogos que você me obrigou a assistir.

— ERA TRABALHO!

— Isso aqui também é — replica Kirby, sorrindo toda satisfeita, pois de algum modo ela convenceu Jim da editoria de estilo de vida do *Sun-Times* a dar-lhe uma chance de resenhar shows de rock. Dan ficou furioso. Ele deveria estar feliz por ela, uma vez que vai poder escrever sobre alguma coisa que de fato lhe interessa. Na verdade, ele está com ciúmes. Não *daquele* jeito, isso seria ridículo. Mas se acostumou a tê-la por perto. Se começar a escrever sobre estilo de vida, não estará mais do outro lado da linha quando ele estiver viajando pelo país acompanhando uma partida, pronta a lhe passar uma notícia de última hora sobre uma suposta lesão de um atleta ou um novo recorde de rebatidas, e muito menos sentada em seu sofá com as pernas dobradas, assistindo a velhos videotapes de partidas clássicas, e usando termos de basquete e de hóquei só para irritá-lo.

Seu colega Kevin o estava provocando outro dia em relação a ela.

—Você sente algo especial por essa moça?

— Que nada. Sinto pena dela. É um sentimento mais do tipo protetor, sabe? Paternal.

— Ah, você quer salvá-la.

Dan fungou e tomou um gole da bebida.

—Você não diria isso se a conhecesse.

Mas isso não explica por que o rosto dela passa de relance por seu pensamento quando está se aliviando de suas frustrações na solitária cama de casal, imaginando um consórcio de mulheres peladas, algo que o faz sentir-se tão culpado e confuso que é obrigado a parar imediatamente. E então recomeça, sentindo-se péssimo, mas pensando em como seria beijá-la e apertá-la contra o peito, envolvendo-a com os braços para aproximar-se dos seus seios e enfiar a língua... Meu Deus.

— Talvez você devesse simplesmente trepar com ela e retirá-la de seu sistema — disse Kevin, filosofando.

— Não é bem assim — retrucou Dan.

Mas isso *é* trabalho. Ela está numa missão, o que significa que não é um encontro com Fred. Simplesmente aconteceu de o pirralho presunçoso estar passando uns dias na cidade, e esta é a noite mais conveniente para ela vê-lo. E isso o faz se sentir aliviado. Supondo que consiga sobreviver ao ataque da banda a seus ouvidos.

Dan observa uma bandeja de nachos sendo levada para uma mesa por uma adorável garçonete com os dois braços tatuados e um monte de piercings.

— Eu não faria isso — diz Kirby, aplicando o mesmo método para ele escutar suas palavras. *Trago*. De repente o termo lhe vem à mente, como se fizesse palavras cruzadas: é assim que chamam aquela cartilagem da orelha. — Esse lugar não é famoso pela comida.

— Como você sabe que eu não estava olhando para a garçonete? — replica Dan, aos gritos.

— Eu sei. Ela tem mais piercings do que uma convenção de grampeadores.

—Você tem razão. Isso não é para mim!

Ele de repente percebe que não faz sexo há — faz as contas — quatorze meses. Desde um encontro às cegas com uma gerente de restaurante chamada Abby, no qual correu tudo bem. Pelo menos, foi o que ele achou, mas ela não retornou suas ligações depois disso. Ele repassou mil vezes o exame *post-mortem* da experiência, tentando compreender o que fizera de errado. Analisou cada palavra, porque o sexo *foi* bom. Talvez ele tivesse falado demais sobre Beatriz. Talvez tivesse sido muito pouco tempo depois do divórcio. Sua tentativa revelou uma expressão do desejo apenas. As pessoas podem achar que, com tantas viagens, não lhe faltariam oportunidades, mas acontece que as mulheres gostam de ser cortejadas, e a vida de solteiro é mais dura do que ele lembrava.

Ele ainda passa de carro pela casa de Bea, às vezes. Seu endereço está no catálogo, não chega a ser exatamente um crime lhe procurar, embora não seja capaz de completar a ligação quando telefona para ela, e já perdeu a conta de quantas vezes fez isso.

Ele está se esforçando, de verdade. E talvez ela sentisse orgulho dele. Saindo para uma boate, escutando uma banda, bebendo limonada com uma vítima de tentativa de homicídio de vinte e três anos e o namorado de adolescência dela.

Seria algo sobre o que poderiam conversar. E é verdade que eles acabaram sem assunto. A culpa é dele, ele sabe. Era como um exorcismo, partilhar compulsivamente as coisas que Harrison não o deixava publicar. Os detalhes mais sinistros e, pior, os mais tristes. As causas perdidas, os casos que nunca foram elucidados ou que não deram em nada, as crianças com mãe solteira viciada em drogas que tentaram permanecer na escola, mas acabaram na rua, porque, honestamente, para onde mais poderiam ir? Mas quantos crimes horrendos uma única pessoa é capaz de aguentar? Foi um equívoco, agora ele percebe. Foi tudo um terrível clichê. Esse tipo de merda não se compartilha. E muito menos deve ser apresentada aos entes queridos. Não devia ter lhe contado que algumas das ameaças a envolviam. Não devia ter lhe dito que comprara um revólver, por precaução. Foi isso o que de fato a aterrorizou.

Ele devia ter feito uma terapia adequada (vai nessa!). Devia ter tentado, por uma vez, escutar. Talvez devesse ter realmente escutado quando ela falou de Roger, o carpinteiro que estava lhes fazendo um móvel novo para a televisão. "Até parece que ele é Jesus, do modo como fala dele", disse ele certa vez. Pois bem, pode-se dizer que o sujeito era capaz de fazer milagres. Ele a fez desaparecer depressa da vida de Dan. Conseguiu engravidá-la aos quarenta e seis anos. O que significa que o problema era de Dan, o tempo todo. Seus espermatozoides não eram tão vigorosos assim. Mas ele pensava que ela tinha desistido disso havia muito tempo.

Talvez tivesse sido diferente se saíssem com mais frequência. Poderia tê-la trazido até o Club Dreamerz. (Esse "z" no final o deixa louco.) Ou, talvez, não ali, exatamente, mas algum outro lugar agradável. Ouvir um blues no Green Mill, ou caminhar ao longo do lago, piqueniques no parque, porra, deveriam ter tomado o Orient Express e cruzado a Rússia. Algo romântico e aventureiro em vez de ficarem trancados em casa todos os dias.

— O que você acha? — grita Kirby a seu ouvido.

Ela está pulando sem sair do lugar, como se fosse um coelho insano com molas nos pés, no ritmo da música, se é que aquele ruído emanando do palco pode ser chamado de música.

— É isso aí! — berra ele de volta.

À frente deles, um grupo de jovens está literalmente se empurrando uns contra os outros.

— Este é um "é isso aí" positivo ou negativo?

— Eu falo para você quando conseguir entender a letra! — Algo que vai demorar a acontecer.

Ela faz um sinal com o polegar e se vai, dançando freneticamente no meio dos outros. De vez em quando ele vê seu cabelo desgrenhado ou o corte máquina zero de Fred emergirem sobre a multidão.

Ele observa, bebericando sua limonada que veio com gelo demais e agora não passa de uma água levemente cítrica e bem sem graça.

Depois de a banda tocar por quarenta e cinco minutos e voltar para um bis, os dois reaparecem, suados, sorridentes e — Dan sente o coração apertar — de mãos dadas.

— Você ainda está com fome? — pergunta Kirby, bebendo o que resta no copo dele, ou seja, gelo derretido.

Eles acabam no El Taco Chino com remanescentes de outros bares e boates, devorando a melhor comida mexicana que ele já experimentou.

— Ei, Kirby? — diz Fred, como se tivesse acabado de pensar naquilo. — Você deveria fazer um documentário. Sobre o que aconteceu com você. Com você e sua mãe. Eu poderia ajudar. Pegar emprestado algum equipamento na Universidade de Nova York e me mudar para cá por alguns meses. Seria legal.

— Hã... — suspira Kirby. — Não sei, não...

— Que porra de ideia é essa? — diz Dan.

— Desculpe-me, quais são as suas qualificações cinematográficas mesmo? — indaga Fred.

— Eu conheço a justiça criminal. O caso de Kirby ainda está em aberto. Se por acaso pegarem o cara, o filme será prejudicial no julgamento.

— Está certo, talvez eu devesse fazer um filme sobre beisebol, em vez disso. Qual é o problema, Dan? Talvez você possa me explicar?

E como está cansado, irritado e sem vontade de bancar o macho alfa, ele dá respostas superficiais.

— Ou então sobre a torta de maçã, os fogos de artifício do 4 de julho, ou sobre garotos que jogam bola com o pai. Isso faz parte da formação deste país.

— Nostalgia. O grande passatempo americano — diz Fred com desdém. — E quanto ao capitalismo, a cobiça e o esquadrão da morte do FBI?

— Isso também faz parte — concorda Dan, recusando-se a deixar aquele moleque com pelos no rosto irritá-lo. Meu Deus, como ela pôde fazer *sexo* com ele?

Mas Fred ainda está louco por uma briga, tentando provar alguma coisa.

— Esporte é como religião. Um ópio para as massas.

— A diferença é que você não precisa fingir ser uma boa pessoa para ser fã dos esportes. O que o torna muito mais poderoso. É um clube do qual todos podem fazer parte, o grande unificador; e a única desgraça é quando seu time está perdendo.

Fred mal o escuta.

— E é tão previsível. Você não morre de tédio escrevendo sobre a mesma coisa incessantemente tempo todo? O homem acerta a bola. O homem corre. O homem é interceptado.

— Claro, mas é a mesma coisa com os filmes ou os livros — diz Kirby. — Só existe certa quantidade de enredos no mundo. É como eles são desenvolvidos que os torna interessantes.

— Exatamente. — Dan está bastante satisfeito por ela ter tomado seu partido. — Numa partida há uma evolução, de qualquer maneira. Há os heróis e há os vilões. Você vive através dos protagonistas, detesta os inimigos. As pessoas prolongam as histórias até si mesmas. Elas vivem e morrem por seus times. Amigos e desconhecidos ao lado deles, numa escala de massa. Você já viu alguém ficar sentimental em público por causa de esporte?

— É patético.

— São homens adultos se divertindo. Envolvendo-se com alguma coisa. Como se fossem crianças outra vez.

— É uma triste constatação de masculinidade — diz Fred.

Dan consegue se conter e não dizer "Sua cara é que é", já que supostamente ele é o adulto ali.

— Tudo bem. E se for porque há uma ciência e uma música associada a isso? A área de ataque muda em todos os jogos e é preciso lançar mão de toda a sua intuição e experiência para prever o que está para acontecer. Mas sabe do que eu gosto mesmo? É do fracasso que vem embutido nisso tudo. O maior batedor do mundo só irá acertar, o quê, trinta e cinco por cento das vezes?

— O quê? — queixa-se Fred. — Só isso? O melhor batedor de todos os tempos não é sequer capaz de acertar a bola?

— Eu gosto disso — diz Kirby. — Quer dizer que se você estragar tudo não tem problema.

— Desde que se divirta. — Dan faz um brinde com uma garfada de feijões fritos.

Talvez isso queira dizer que ele ainda tem uma chance. Talvez queira dizer que ele pode, pelo menos, tentar.

KIRBY
24 de julho de 1992

A sensação é realmente boa, a respiração cálida de alguém em seu pescoço, a mão de alguém sob sua camiseta. Coisa de adolescente, ficar se agarrando dentro de um carro. A segurança do conhecido. *Nostalgia, o passatempo nacional.*
— Você evoluiu muito, Fred Tucker — sussurra Kirby, contorcendo as costas para ele poder tirar seu sutiã com mais facilidade.
— Ei! Isso não é justo — diz ele, afastando-se ao se lembrar daquela muito desajeitada primeira tentativa de fazer sexo, tanto tempo atrás. Deve ser bom poder se importar com pequenas humilhações que possam machucar tanto e, imediatamente, ela repreende a si mesma por não ser generosa.
— Piada imbecil, sinto muito. Venha aqui.
Ela o puxa até suas bocas se encontrarem. Dá para ver que ele ainda está um pouco irritado, mas a saliência em sua calça jeans não dá a mínima para o orgulho ferido de outros tempos. Ele se inclina sobre o freio de mão para beijá-la ainda mais e desliza a mão sob o sutiã frouxo, esfregando o polegar no bico do seio

dela. Sua boca arfa contra a dele. A outra mão escorrega pela barriga dela, exploradora, na direção da calça, e ela percebe que ele congela ao contato com a teia de aranha de cicatrizes.

—Você esqueceu? — Agora é ela que se afasta. É sempre assim. Pelo resto de sua vida. Sempre uma explicação.

— Não. Eu acho que não estava esperando que fosse tão... dramático.

—Você quer ver?

Ela levanta a camiseta para mostrar as cicatrizes, inclinando-se para trás de modo que as luzes dos postes iluminem sua pele e o rendado das lastimáveis cordilheiras rosadas sobre sua barriga. Ele as percorre com os dedos.

— É lindo. Quero dizer, você é linda.

Ele a beija de novo. Aquela entrega dura um bom tempo, dando-lhes a forte impressão de prazer e simplicidade.

— Você quer subir? — pergunta Kirby. — Vamos fazer isso agora mesmo.

Ele hesita quando ela põe a mão na maçaneta da porta do carro. O carro da mãe de Fred, que ele usa quando está na cidade.

— Se você estiver a fim — diz ela, mais cautelosa.

— Estou.

— Tem um porém qualquer, não é? — Ela já se coloca na defensiva. — Não se preocupe. Não estou atrás de um relacionamento, Fred. Não tem essa de tirar a virgindade de uma garota e ela vai amar você para sempre. Eu nem o conheço mais. Mas já conheci. E isso me faz sentir bem e é realmente o que eu quero.

— Eu também gostaria.

— Ainda tem um porém aí. — Um indício de impaciência invade o que, até agora, estava sendo um ardor delicioso e devorador.

— Preciso pegar uma coisa na mala do carro.

— Eu tenho camisinhas. Comprei mais cedo, por via das dúvidas.

Ele solta um riso despreocupado.

— Da última vez você comprou também. Não é isso. Vou pegar minha câmera.

— Ninguém vai arrombar seu carro. A vizinhança aqui não é *tão* barra-pesada assim. Se deixasse a câmera exposta no banco de trás, talvez.

Ele a beija outra vez.

— É que eu quero filmar você. Para o documentário.

—Vamos deixar isso para depois.

— Não, quero dizer, já que estamos...

Ela o empurra com força.

—Vá se foder.

— Não de um jeito ruim. Não me leve a mal.

— Ah, é? Desculpa. Talvez eu tenha entendido mal. Pensei que você quisesse me filmar enquanto estivéssemos fazendo sexo.

— É isso. Para mostrar como você é linda. Confiante, sexy e forte. Trata-se de um resgate, depois do que aconteceu com você. O que há de mais poderoso e vulnerável do que mostrar você nua?

—Você está falando sério?

— Não será nada explorador. Você pode intervir. A questão toda é essa. O filme será tanto meu quanto seu.

— *Muito* atencioso de sua parte.

— É claro que você precisa falar com sua mãe, no início, até eu conseguir conquistá-la, mas vou ajudar. Vou voltar e ficar alguns meses fazendo o filme.

— Isso não me parece muito ético, não é? Você ir para a cama com a protagonista do seu documentário?

— É sim, se fizer parte do filme. Todos os cineastas são cúmplices, de qualquer maneira. Não existe essa coisa chamada objetividade.

— Caramba, como você é babaca. Já estava tudo planejado.

— Não, eu só queria propor a você, como uma ideia. Seria fascinante. Capaz de ganhar todos os prêmios.

— E, por acaso, a câmera está no carro.
— Você me pareceu aberta a essa ideia no restaurante mexicano.
— Nós nem chegamos a aprofundar o assunto. E você certamente não mencionou que era um pornô caseiro.
— É por causa do cara dos esportes, né? — resmunga Fred, virando-se para o lado.
— Dan? Não. É porque você está agindo como um imbecil insensível que não vai mais transar hoje, o que é uma tragédia, porque eu pensei que, talvez, por uma vez, eu pudesse fazer sexo descomplicado com uma pessoa de quem eu acho que gosto.
— A gente ainda pode transar.
— *Se* eu ainda achasse que gosto de você. — Ela sai do carro e, a meio caminho, vira-se, volta e se curva na janela. — Uma boa dica para você, garanhão: na próxima vez que sair com uma garota, deixe para falar dessa ideia estúpida de filme, o que com certeza vai enfurecer qualquer uma, *depois* de ter ido para a cama com ela.

MAL
16 de julho de 1991

Ficar limpo é moleza. É só passar alguns meses na porra de um lugar onde você ainda não queimou ninguém, onde você seja acolhido, bem-tratado e alimentado, onde talvez até arrumem um trabalho para você. Mal tem uma prima de segundo grau ou uma tia afastada em Greensboro, Carolina do Norte, ele não se lembra direito. De qualquer maneira, família é sempre uma tremenda confusão, sem falar nos parentescos mais distantes. Mas todos são sangue do mesmo sangue.

A tia Patty, seja tia ou não, pega leve com ele. "Só por causa da sua mãe", ela se empenha em lembrá-lo disso regularmente. A mesma mãe que lhe apresentou a maconha e empacotou na madura idade de trinta e quatro anos por conta de uma picada malsucedida no braço, mas ele sabe que é melhor não mencionar isso. E talvez seja basicamente por isso que ela o está ajudando. A culpa é um importante agente motivador do ser humano.

Nos primeiros dias, é aquela sensação mortal incessante. Ele sua e treme, implorando à tia Patty que o leve ao hospital para conseguir uma dose de metadona. Em vez disso, ela o leva à igreja, onde ele se senta e fica tremendo no banco até começarem a cantar, quando ela o faz se levantar. Mas ele se sente melhor do que imaginava, ter toda essa gente orando por você. Eles se dedicam realmente a seu futuro e rezam a Deus por você, para que consiga curar-se dessa doença, e louvado seja Jesus.

Talvez se trate de uma intervenção divina, ou talvez ele ainda seja jovem o bastante para ser capaz de se livrar dessa merda, ou talvez a droga estivesse tão batizada que não fez tão mal assim, mas o fato é que ele atravessa a fase de abstinência e se recupera outra vez.

Consegue um emprego de empacotador de mercadorias no supermercado Piggly Wiggly. Ele é esperto e cordial, as pessoas gostam dele. Isso o surpreende. Promovido, passa a trabalhar como caixa. E até começa a sair com uma garota legal, colega de trabalho, Diyana, que já tem um filho e está trabalhando duro e estudando ao mesmo tempo para ser promovida a gerente e ser transferida para o escritório central, melhorando sua vida e a da criança.

Mal não se incomoda com isso.

— Desde que a gente não faça um filho também — diz ele, certificando-se de sempre levar preservativos no bolso. Porque ele está cansado de cometer erros estúpidos.

— Ainda não — diz ela, complacente, sabendo que o fisgou direitinho. E ele não está nem aí com isso, pois talvez seja verdade. E a vida assim não seria nada má. Ele e ela, uma família próspera. Poderiam abrir uma filial do supermercado.

Agora, *continuar* limpo é outra história. Nem precisa sair por aí, procurando. A encrenca vem sozinha e dá um jeito de encontrar você, mesmo em Greensboro.

Uma dose pelos velhos tempos.

Ele dá um troco errado ao velho Sr. Hansen, que é meio cego e não consegue distinguir os números mesmo.

— Eu estava certo de que tinha lhe dado uma nota de cinquenta, Malcolm — diz ele numa voz trêmula.

— Não, senhor — Mal mostra uma generosa preocupação. — Com toda certeza, era uma nota de vinte. Quer que eu abra o caixa para mostrar?

É fácil demais. Os velhos hábitos se misturam aos novos e, de repente, você está pegando o próximo ônibus de volta a Chicago, deixando apenas uma sensação ruim para trás e com uma cédula de cinco mil dólares queimando no bolso.

Ele levou a nota até uma casa de penhores, dois anos atrás, só para ter certeza. O homem do outro lado do balcão lhe disse que era falsa, dinheiro do jogo Monopoly, mas propôs comprá-la por vinte dólares (pela "sua raridade"), o que leva Mal a desconfiar de que ela vale muito mais que isso.

Ao retornar passando por Englewood, sem um centavo no bolso, e ver a rapaziada oferecendo drogas como Red Spiders, Yellow Caps, aqueles vinte dólares parecem agora de bom tamanho. De bom tamanho. Mas a única coisa pior do que não conseguir um bagulho é ser tirado por otário. E Mal não vai ser enganado por um negociante de casa de penhores qualquer.

Ele precisou de algumas semanas para se instalar e começar alguma coisa. Pega uma grana com seu camarada Raddison, que está lhe devendo dinheiro. Depois sai em missão de reconhecimento sobre o Sr. Possível Cliente.

De vez em quando ele fica sabendo alguma coisa pelos viciados que têm conhecimento sobre seu interesse e pedem um dólar ou uma dose pela informação. Mal está pronto a pagar, desde que provem que não estão inventando nada. Ele quer detalhes. O jeito como ele manca, de que lado usa a muleta, de que material ela é feita. Assim que dizem que é de metal, sabe que estão mentindo. Mas ele é bem discreto para não dizer que estão no caminho errado. Não se pode trapacear um trapaceiro.

O que faz, principalmente, é observar a casa. Acha que entendeu tudo. Sabe que tem alguma coisa lá dentro. Ainda assim, ele passa diversas vezes pela casa, olhando pela janela para os escombros no interior, completamente saqueado. Mas ele sabe que o cara é esperto. Deve ter escondido bem sua muamba. Drogas ou dinheiro sob uma tábua do assoalho ou dentro das paredes.

Mas qual é o outro grande motivador humano? Ah, sim. A cobiça. Ele se instala numa das casas em frente. Leva um colchão velho e procura ficar bem doidão na hora de dormir, assim as mordidas dos ratos não o incomodam.

E, num dia chuvoso, ele o vê saindo. Sim, é ele. O Sr. Possível Cliente sai da casa, mancando, sem muleta, embora ainda se vista de maneira estranha. Ele dá uma boa olhada ao redor, esquerda, direita e esquerda novamente, como se atravessasse uma rua. Acha que ninguém está olhando. Mas Mal está. Ele o está esperando há meses. Não se esqueça da casa, ele pensa. Mantenha-a trancada.

No momento em que seu alvo chega à esquina, Mal sai do abrigo infestado de ratos com uma mochila vazia, cruza a rua correndo e sobe os degraus da entrada da velha residência com a madeira apodrecida. Ele tenta a porta, mas ela está trancada, os tapumes pregados na fachada servem apenas para disfarçar. Ele dá a volta pelos fundos e se esgueira pelos arames farpados barrando a escada, que estão ali para manter pessoas como ele afastadas. Através de uma janela quebrada, ele consegue entrar na casa.

Deve haver alguma espécie de magia *à la* David Copperfield no meio daquela merda. Talvez um jogo de espelhos, alguma porra assim. Porque o que parece ser uma grande ruína pelo lado de fora se revela um lugar todo decorado quando se está lá dentro. Mas num estilo bem antiquado, coisas que parecem ter saído de um museu. Quem se importa? Desde que haja algo de valor. Mal procura não pensar que pode se tratar de magia negra. Talvez aquela nota de cinco mil em seu bolso represente um bilhete de ida sem volta. Paranoia de viciado.

Ele começa a encher a mochila com tudo o que encontra. Castiçais, pratarias, um maço de notas sobre a bancada da cozinha. Faz um rápido cálculo mental enquanto enfia na mochila: notas de cinquenta dólares, um maço espesso como um baralho. Deve ter uns dois mil ali.

Será preciso fazer um plano para os itens maiores. Parece um monte de merda, mas alguns devem valer uma boa grana, como o gramofone no sofá com pés ornamentados. Precisará se informar seriamente com verdadeiros comerciantes de antiguidades. E, depois, bolar um jeito de levar tudo. Está bem maduro, é só colher.

Quando está a ponto de se aventurar no andar superior, ele ouve passos na porta da frente e reconsidera sua opção. Já conseguiu um bocado de tralha para um único dia, e a verdade é que aquele lugar o enche de medo.

Há alguém na porta de entrada. Mal se aproxima da janela. Mas seu coração está disparado, como se tivesse tomado uma dose forte demais. E se não conseguir sair dali? O diabo aparece. Meu bom Jesus me leve para casa, ele pensa, muito embora não acredite nessas bobagens da Igreja.

Mas ele é arremessado para o verão de 1991, do jeito que ele o deixou. A chuva forte o obriga a correr pela rua em busca de abrigo. Ele olha para a casa outra vez, que parece uma ruína mortal. Se não fosse pela mochila cheia de evidências, diria que está viajando. Puta merda, ele sussurra, olhando para trás. Devem ser truques e efeitos especiais. Aquela bosta hollywoodiana. É uma estupidez ficar tão tenso por causa disso.

Mas ele promete não voltar lá. Por nada neste mundo, afirma a si mesmo. Já sabendo, é claro, que vai.

Assim que estiver à toa de novo. Assim que estiver fissurado de novo. A droga não é solidária com o amor, nem com a família e, certamente, muito menos com o medo. Ponha a droga e o demônio frente a frente num ringue e a droga vencerá. Todas as vezes.

KIRBY
22 de novembro de 1931

Ela não sabe para o que está olhando. Um monumento, algo assim. Um santuário que ocupa todo o quarto. Há souvenirs configurados de modo incompreensível, presos às paredes, enfileirados sobre a cornija da lareira, sobre a penteadeira com seu espelho rachado, no peitoril da janela, dispostos sobre a armação de metal da cama (o colchão está no chão, uma mancha escura sobre o lençol). Eles foram circundados com giz, ou caneta preta, ou com a ponta de uma faca que cinzelou o papel de parede. Há nomes escritos ao lado deles. Alguns ela já conhece. Outros lhe são estranhos. Ela se pergunta quem são. Se essas pessoas conseguiram reagir. Precisa tentar se lembrar. Se ao menos ela pudesse se fixar nas palavras tempo suficiente para lê-las. Se ao menos tivesse a porra de uma câmera fotográfica. É difícil se concentrar. Tudo parece meio enevoado, cintilando com intermitência, como um estroboscópio.

Kirby ergue a mão no ar, incapaz de tocar nas asas de borboleta penduradas na cabeceira da cama, ou no crachá de plástico branco com um código de barra da Milkwood Pharmaceuticals.

Ela pensa, é claro, que o pônei está ali. O que significa que o isqueiro também. Ela se agarra à fria racionalidade, tentando absorver cada detalhe. Somente os fatos, minha senhora. Mas a bola de tênis aniquila tudo. E ela despenca numa queda livre, como um elevador cujos cabos foram cortados. A bola está pendurada num prego pela costura desfeita. Ao lado, seu nome foi escrito com giz no papel de parede. Ela consegue distinguir as formas das letras. Mas ele errou na ortografia: Kirby Mazrackey.

Ela está entorpecida. O pior já passou. Não era isso que procurava? Isso não é a prova de tudo? Mas suas mãos começam a tremer tanto que é forçada a pressioná-las contra a barriga. Como se fosse um reflexo, as velhas cicatrizes doem sob a camiseta. E então ouve o som de chaves no andar de baixo.

Putaqueopariu. Kirby olha ao redor do quarto. Não há outra saída, ou arma potencial. Ela puxa o caixilho da janela para tentar sair pela escada que dá nos fundos da casa, mas está totalmente travada.

Ela poderia partir para cima, tentar passar à força por ele, quando ele entrasse. Se conseguisse chegar ao andar de baixo, poderia acertá-lo com a chaleira.

Ou se esconder.

O som das chaves cessa. Ela faz a covarde opção pela escapada. Afastando para o lado as camisas penduradas com calças jeans idênticas, entra no armário, dobrando as pernas e se empoleirando sobre os sapatos dele. O armário está abarrotado, mas pelo menos é feito de boa madeira. Se ele tentar abrir a porta, ela poderá meter o pé nela e atingir seu rosto.

Foi o que o instrutor de autodefesa disse, depois de o psiquiatra insistir para que ela fizesse o curso, a fim de recuperar o controle. "O objetivo é sempre conseguir tempo suficiente para fugir. Derrubar o homem e sair correndo." Sempre o "homem", esse responsável pelas terríveis violências cometidas contra as mulheres. Como se as mulheres não fossem capazes de fazer o mal. O instrutor demonstrou vários métodos. Furar os olhos, atingi-lo sob o nariz ou na garganta com a palma da mão, esmagar o dorso de seu pé com o salto do sapato, rasgar sua orelha (a cartilagem se lacera com facilidade) e derrubá-lo. Nunca tente atingir o saco, é o único ataque que o homem prevê e pode se proteger. Praticaram golpes e socos, e como sair de uma imobilização. Mas todos na aula a tratavam como se ela fosse quebrar. Ela era real demais para eles.

Ela pôde ouvir que no andar de baixo um homem lutava para abrir a porta. "*Co za wkurwiaja, ce gówno!*" Polonês, talvez. E parece bêbado.

Não é ele, ela pensa, sem saber se o que está sentindo é um frívolo alívio ou se é decepção. Ela ouve o homem entrar cambaleando, seguir para a cozinha, o som do gelo estalando dentro de um copo. Ele pisa fazendo barulho e remexe em tudo ao redor. Um instante depois começa a ouvir uma música, estridente e melosa.

A porta da frente é aberta novamente, de maneira furtiva desta vez. Mas, apesar de estar bêbado, o polonês também a ouviu.

Dentro do armário, um odor de naftalina e, talvez, um leve vestígio do suor *dele*. Só em pensar nesta possibilidade, ela se sente enjoada. Ela começa a descascar com a unha a parte interna da porta. Todos os velhos hábitos nervosos estão de volta. Durante um tempo, depois do que houve, ela costumava ir tirando a própria pele em torno das unhas até sangrar. Mas já sangrou o bastante por causa dele. O bastante por toda uma existência. Mas a porta pode aguentar, especialmente se isso a impedir de fazer algo imprudente, como desatar a chorar, porque a escuridão ali dentro tem um peso e uma pressão semelhante à do fundo de uma piscina.

— *Hej!* — berra o polonês para a pessoa que entra na casa. — *Co's ty za jeden?* — Ele avança andando pesado até o corredor.

Ela pode ouvir o som de uma conversa, mas não consegue entender as palavras. Lisonjas. Respostas bruscas. Será a voz dele?

Ela não sabe. Então, uma pancada seca. Como uma vaca sendo morta com uma pistola na cabeça. Um gemido alto e indignado. Mais um baque de matadouro, e outro. Kirby não consegue mais aguentar. O som profundo de um animal cresce dentro de sua garganta e ela fecha a boca com ambas as mãos.

Lá embaixo, o gemido é interrompido de forma repentina. Ela se esforça para ouvir, mordendo a mão para não berrar. Um tranco abafado. A investida de um homem só, que arqueja e blasfema. E, então, o som de alguém subindo a escada, usando uma muleta que faz toc-toc a cada degrau.

Harper
22 de novembro de 1931

A porta se abre para o passado e Harper entra coxeando no corredor, carregando uma imunda bola de tênis, mas sem sua faca, praticamente caindo nos braços de um homem grande como um urso. Ele está bêbado e segura a coxa rosada de um peru congelado. A última vez que Harper o viu, estava morto.

O homem avança contra ele, urrando e empunhando a coxa como se fosse um bastão.

— *Hej! Co's ty za jeden? Co ty tu kurwa robisz? My'slisz, z˙e moz˙esz tak sobie wej's'c do mojego domu?*

— Oi — diz Harper, amistoso, já sabendo o que vai acontecer. — Se eu fosse um jogador, apostaria que você é o Sr. Bartek.

O homem muda de postura e passa a falar em inglês.

— Foi Louis que mandou você aqui? Eu já expliquei, não há enganação alguma, meu amigo! Sou engenheiro. A sorte tem sua mecânica, assim como tudo mais. Você pode calcular. Mesmo com corridas de cavalos e jogos de azar.

— Eu acredito.

— Posso ajudar, se você quiser. Faça uma aposta. Meu método é infalível. Posso garantir. — Ele lança um olhar esperançoso para Harper. —Você gosta de beber? Beba comigo! Tenho uísque! E champanhe! Eu ia preparar esse peru. Tem de sobra para duas pessoas. Podemos passar um momento agradável juntos. Ninguém precisa se machucar. Estou certo?

— Receio que não. Tire seu casaco, por favor.

O homem para e pensa. Ele percebe que Harper está usando o mesmo casaco que ele. Ou uma variação futura dele. Sua fanfarrice diminui e ele se retrai como o ventre de uma vaca quando você lhe enfia uma faca.

—Você não vem da parte de Louis Cowen, vem?

— Não. — Ele reconhece o nome do gângster, mesmo que nunca tenha tido relação alguma com ele. — Mas sou grato. Por tudo isso.

Harper faz um gesto na direção do corredor com sua muleta e, quando Bartek acompanha involuntariamente o movimento, ele o acerta com violência na nuca. O polaco cai, gemendo, e Harper se apoia na parede para recuperar o equilíbrio e desfere outro golpe com a muleta na cabeça dele. E outro, e outro. Com a facilidade de quem está habituado àquilo.

É preciso um bom tempo para retirar seu casaco. Harper enxuga o rosto com o dorso da mão e vê o sangue. Precisará tomar um banho antes de fazer o que é necessário, colocando as engrenagens em funcionamento para algo que já aconteceu.

Harper
20 de novembro de 1931

É a primeira vez que volta a Hooverville desde que saiu dali, retornando *antes* de ter partido. O lugar parece menor do que ele lembra. As pessoas estão mais pobres, mais degradadas. Sacos de ossos cinzentos articulados por um titereiro entorpecido.

Ele precisa lembrar a si mesmo de que ninguém o está procurando. Ainda não. Mas ele evita seus velhos refúgios e toma um caminho diferente pelo parque, mantendo-se à beira d'água. Encontra com facilidade o barraco da mulher. Ela está saindo para recolher as roupas lavadas, seus dedos cegos apalpam o arame para pegar uma saia manchada e um cobertor infestado de piolhos, que resistem à lavagem com água fria. Com destreza, ela dobra cada peça de roupa e a entrega ao menino a seu lado.

— Mamãe. Tem alguém. Alguém ali.

A mulher se vira e o encara, trêmula. Ele imagina que ela sempre foi cega, que ignora a necessidade de se manter atenta à malícia. Isso torna a tarefa ainda mais exaustiva. Não há nada a fazer. Ele não tem interesse algum nessa mulher lerda que já está morta.

— Peço perdão, senhora, por incomodá-la nesta bela tarde.

— Eu não tenho dinheiro — diz a mulher. — Se veio aqui me roubar, saiba que você não é o primeiro.

— Pelo contrário, minha senhora. Estou aqui para pedir um favor. Nada de mais, mas posso pagar.

— Quanto?

Harper ri diante da nudez de suas necessidades.

— Já começou a barganha? Você nem quer saber o que eu quero?

— Você vai querer a mesma coisa que todo mundo. Não se preocupe. Vou mandar o menino mendigar na estação. Não é ele que vai impedir você de provar minha xoxota.

Ele enfia uma nota amassada na mão dela.

— Um amigo meu vai passar por aqui em mais ou menos uma hora. Preciso que lhe dê um recado e este casaco. — Ele o põe sobre seus ombros. — Você precisa usá-lo. É assim que ele saberá que é você. O nome dele é Bartek. Vai conseguir se lembrar?

— Bartek — repete ela. — E qual é o recado?

— Acho que isso basta. Vai haver um tumulto. Você vai ouvir. Só precisa dizer o nome dele. E nem pense em pegar alguma coisa dos bolsos. Eu sei o que tem aí dentro e, se o fizer, volto para acabar com você.

— Não precisa falar assim na frente do menino.

— Ele será minha testemunha — diz Harper, satisfeito com a veracidade do que disse.

KIRBY
2 de agosto de 1992

Dan e Kirby sobem pela entrada de carro, passando pelo gramado recém-aparado com um cartaz em que se lê: "Vote em Bill Clinton." Rachel costumava fincar cartazes para todos os partidos políticos, só para se fazer de difícil. Ela também costumava dizer aos candidatos que ia votar na facção lunática. Mas quando flagrou Kirby passando trote em uma velha senhora, convencendo-a de embrulhar todos os eletrodomésticos com papel-alumínio para impedir a radiação dos satélites de penetrar dentro de casa, ela lhe disse para deixar de ser infantil.

Dá para ouvir o som abafado de crianças gritando dentro da casa. Ela precisa de uma mão de pintura fresca, mas há gerânios alaranjados nos vasos da varanda.

A viúva do detetive Michael Williams abre a porta, sorridente, porém inquieta.

— Sinto muito, as crianças...

Um berro soa atrás dela.

— Mãããããeee! Ele está usando a água quente.

— Deem-me licença por um instante — diz a viúva.

Ela desaparece no interior da casa e volta trazendo pelo braço dois meninos com pistolas d'água nas mãos. Seis ou sete anos, Kirby não é muito boa quando se trata de avaliar a idade das crianças.

— Digam bom-dia, meninos.

— "Dia" — murmuram eles, olhando para os próprios pés, embora o mais jovem os olhe, sorrateiro, através de cílios extremamente longos, o que deixa Kirby contente por estar usando uma echarpe no pescoço.

— Está bem, assim. Agora, para fora, por favor. Obrigada. E usem a mangueira do jardim.

Ela os conduz até a porta e eles disparam como mísseis desgovernados, aos berros.

— Entrem. Acabei de preparar chá gelado. Você deve ser Kirby? Eu sou Charmaine Williams.

Elas apertam as mãos.

— Obrigado pelo que está fazendo — diz Kirby, enquanto Charmaine os conduz pela casa, que está tão bem cuidada quanto o jardim.

Isso mostra como lida com seu desafio, pensa Kirby. Porque este é o problema com a morte, seja um assassinato, um ataque cardíaco ou um acidente de carro: a vida continua.

— Não sei se poderá ser útil de algum modo, mas está ali jogado, ocupando espaço, e o pessoal do distrito não o quer. Honestamente, vocês estão me fazendo um favor. Os meninos vão ficar contentes de terem o próprio quarto.

Ela abre a porta de um pequeno cômodo com janela que tem vista para a alameda atrás da casa. O local parece colonizado por caixas de papelão que se alastram pelo chão, empilhadas contra as paredes. Do lado oposto à janela estão pendurados um quadro de feltro com fotos da família, uma flâmula do time dos Bulls e uma fita azul comemorativa de 1988 do Torneio de Boliche da Polícia de Chicago. Há também uma coleção de antigos bilhetes lotéricos na extremidade; um histórico de sua má sorte.

—Tentou apostar no número do distintivo? — pergunta Dan, examinando o quadro.

Ele não faz comentários sobre a fotografia do falecido, deitado sobre um canteiro de flores, os braços abertos como os de Cristo, ou a foto Polaroid de um saco contendo ferramentas para arrombamento, tampouco sobre a manchete do *Tribune* "Prostituta encontrada morta", que está pregada, perturbadoramente, em meio às felizes memórias familiares.

—Você sabe qual é? — indaga Charmaine, franzindo as sobrancelhas na direção de uma mesa que praticamente desaparece sob a grande quantidade de folhas espalhadas e, especificamente, para uma caneca listrada que desenvolveu uma fina camada de mofo no fundo.

—Vou só apanhar o chá gelado para vocês — avisa, levando a caneca consigo.

— Isso é estranho — diz Kirby, olhando o quarto ao redor, vendo aqueles dolorosos detritos de investigações passadas. — Parece mal-assombrado. — Ela pega um peso para papéis feito de vidro com o holograma de uma águia voando e, depois, o põe no lugar. — Eu acho.

—Você disse que queria ter acesso. Aí está. Mike investigou muitos assassinatos de mulheres, e ele guardava todas as anotações sobre os casos antigos.

— Mas, normalmente, isso não fica guardado com as provas?

— Sim, quando se trata de algo importante para a investigação: uma faca ensanguentada, depoimentos de testemunhas. É como na matemática, você precisa mostrar todo o seu raciocínio, mas há muita confusão até chegar a isso; interrogatórios que não parecem levar a lugar algum, provas que parecem irrelevantes num determinado momento.

— Você está destruindo a pouca fé que eu tinha no sistema judiciário, Dan.

— Mike era um dos policiais que faziam campanha para mudar o sistema. Queria que os inspetores arquivassem absolutamente tudo. Ele achava que havia muita coisa a ser reformulada no departamento de polícia.

— Harrison me falou sobre a tortura na investigação.

— Ele fala demais. Pois é, Mike era um delator dessas práticas, até começarem a ameaçar Charmaine e os meninos. Não o censuro por ter recuado. Ele conseguiu uma transferência para Niles e ficou fora do caminho deles. Mas, enquanto isso, conservou cada pedaço de papel que passou por sua mesa de todos os casos de homicídio em que trabalhou, e todos os outros em que conseguiu botar a mão. Havia um problema de infiltração num dos distritos da polícia. Ele resgatou um monte de arquivos e os trouxe para cá. Algumas coisas são impossíveis de identificar. Acho que ele tinha uma ideia de que logo se aposentaria e examinaria tudo isso para elucidar casos que não foram arquivados nem resolvidos. Talvez pensasse em escrever um livro. Depois, houve o acidente de carro.

— Não foi armação?

— Foi um motorista bêbado. Bateu de frente com ele, ambos morreram quase em seguida. Às vezes, coisas ruins acontecem. Enfim, Mike era uma espécie de colecionador de homicídios. Aqui podem ser encontradas coisas que você não verá nos arquivos do *Sun-Times* ou na biblioteca. Provavelmente, não haverá nada. Mas, como você mesma disse: é preciso jogar uma rede bem grande.

— Pode me chamar de Pandora — diz Kirby, tentando não se intimidar com a enorme quantidade de caixas, todas encerrando algum sofrimento. Aquele seria um bom momento para abandonar tudo.

Mas não faria isso de jeito nenhum.

DAN
2 de agosto de 1992

Foram necessárias dez viagens para transportar vinte e oito caixas com arquivos de casos antigos até o prédio e subir com elas três lances de escada até o apartamento de Kirby, em cima da padaria alemã.

—Você não podia morar em algum lugar com elevador? — queixa-se Dan, empurrando a porta com o pé e apoiando uma das caixas em uma porta velha estendida sobre dois cavaletes, uma mesa improvisada.

Seu apartamento está uma imensa bagunça. O piso de madeira está desbotado e arranhado. Há roupas espalhadas por todo canto. E nenhuma lingerie sexy, apenas camisetas, calças jeans ao avesso, agasalhos de ginástica e uma enorme bota preta deitada sob as franjas emaranhadas da borda do sofá, nenhum sinal de seu par. Dan reconhece os sintomas de uma negligente vida de solteiro. Ele estava esperando achar algum indício de que ela havia trazido aquele idiota do Fred para a cama no último fim de semana, ou que ainda o estivesse vendo, mas a desordem é demasiada para conseguir deduzir alguma coisa sobre possíveis encontros sexuais, menos ainda sobre os roteiros ocultos do coração daquela garota.

A incoerência da mobília denuncia uma criatividade insensata na sua organização; são coisas encontradas na rua, recicladas e reutilizadas; não só engradados de leite servem de estante para livros; a mesa baixa no exíguo espaço em frente ao sofá, que se pretende uma sala de estar, por exemplo, é uma gaiola de hamster com um tampo redondo de vidro equilibrado por cima.

Dan retira o casaco, lança-o sobre o sofá, onde ele logo se mistura a um suéter laranja e uma bermuda, e se curva para ver o diorama que ela criou com dinossauros de brinquedo e flores de plástico.

— Ah, não ligue para isso. Eu estava meio entediada — diz ela, rindo.

— É... interessante.

O banco de madeira ao lado do balcão, que está perigosamente inclinado, foi pintado à mão com flores tropicais. Há peixinhos de plástico vermelho colados na porta do banheiro e luzinhas decorativas sobre as cortinas da cozinha, piscando como se fosse Natal.

— Sinto muito, não tem elevador. Não com o aluguel que eu pago. Mas tem cheirinho de pão fresco todos os dias. E tenho desconto na compra de donuts dormidos.

— Eu estava me perguntando onde você conseguia dinheiro para sair distribuindo tantos donuts por aí.

— Distribuindo? Olha minha cintura! — Ela levanta a camiseta e pinça a barriga.

— Você vai perder isso com essas escadas — diz Dan, sem olhar, sem olhar mesmo, as curvas de sua cintura a partir da saliência dos quadris, acima da calça jeans.

— A melhor ginástica é recolher provas. Nós vamos precisar de mais caixas. Você tem outros amigos policiais mortos? — Ela olha para o rosto dele. — Sinto muito, essa foi mórbida demais, até para mim. Você quer ficar mais um pouco? Ajudar a fazer uma triagem?

—Tenho algum lugar melhor para ir?

Kirby abre a primeira caixa de papelão e começa a espalhar o conteúdo sobre a mesa. Michael Williams pode ter sido muita coisa, mas não era um homem sistemático. Parece haver ali o equivalente a três décadas de uma variedade de bugigangas. Fotografias de carros, visivelmente dos anos 1970, dourados e beges, com a traseira grande e quadrada. Fotos de fichamento policial de pessoas esquisitas, todas com um número e uma data. De frente e de perfil. Um cara com óculos enormes transpirando simpatia, o Sr. Boa-Pinta de cabelo penteado para trás, um homem com uma papada tão volumosa que daria para contrabandear drogas ali dentro.

— Qual era a *idade* desse seu amigo policial? — indaga ela, com as sobrancelhas arqueadas.

— Quarenta e oito? Cinquenta? Fazia uma eternidade que estava na polícia. Gente da velha guarda, sabe? Charmaine foi sua segunda esposa. A taxa de divórcio entre os policiais é superior à média nacional. Mas eles estavam vivendo bem. Acho mesmo que teriam ficado muito tempo juntos, não fosse o acidente. — Ele aponta com a bota para uma caixa no chão. — Acho que nós deveríamos separar o material mais antigo. Tudo anterior a... 1970? E empilhar esses arquivos que não nos são úteis.

— Tudo bem — concorda ela, abrindo uma das caixas com a inscrição 1987-1988, enquanto Dan começa a afastar as caixas com datas anteriores. — O que é isso? Uma pista de boliche?

Ela tem nas mãos uma foto Polaroid de um bando de homens com barbas desgrenhadas e minúsculos shorts vermelhos. Dan dá uma olhada na foto.

— Estande de tiro da polícia. Era assim que costumavam identificar os suspeitos, com um holofote nos olhos dos caras de modo que não pudessem ver a pessoa que os observava. Nada confortável, eu diria. Toda essa história de espelho transparente só existe nos filmes e nos departamentos de polícia que têm um orçamento de verdade.

— Uau! — exclama Kirby, examinando as pernas cabeludas dos homens. — A história não é gentil com a moda.

—Você espera ver o seu cara aí?

— Não seria ótimo?

A mistura de anseio e de amargura em sua voz o devasta. Ele sabe que ela não vai chegar a lugar algum. É só trabalho para mantê-la ocupada, porque a verdade é que ela não tem a menor chance de pegar o maníaco. Certamente não desse jeito, vasculhando velhas caixas de papelão. Mas isso a faz feliz, e ele sentia muito por Charmaine, e achou que podiam se ajudar mutuamente e remover tudo aquilo de sua vida.

Veneno partilhado é veneno pela metade. Ou talvez acabe envenenando todo mundo do mesmo jeito.

— Ouça — começa ele, sem saber ao certo o que vai dizer. — Eu acho que você não deveria fazer isso. Foi uma ideia estúpida. Você não vai analisar toda essa porcaria, e isso não vai levar a nada... merda!

Ele quase a beijou nesse momento. Seria um jeito de parar de falar e, também, aproveitar a proximidade dela. Bem *aqui*. Olhando para ele com toda aquela curiosidade faminta e resplandecente emanando de seu rosto.

Ele para a tempo. Relativiza. Escapa por pouco de agir como um idiota iludido. Evita ser rechaçado como uma bolinha de fliperama, com uma pancada automática e elástica. A tempo para que ela não perceba. Meu Deus, onde ele estava com a cabeça? E já está de pé se dirigindo à porta, com tanta pressa para sair dali que esquece o casaco.

— Droga. Sinto muito, já é tarde. Tenho que acordar cedo amanhã. Estou com uma matéria atrasada.

— Dan — diz ela, rindo um pouco, surpresa com a confusão dele.

Mas ele já fechou a porta, batendo-a com força excessiva.

E a foto policial na qual se lê "Curtis Harper 13 CHGO PD IR 136230 16 de outubro de 1954" fica onde está, enterrada numa das caixas dispensadas.

Harper
16 de outubro de 1954

Ele retorna cedo demais, e é isso que lhe traz problemas. No dia seguinte ao de Willie Rose. É claro que a impressão que ele tem não é essa. Para Harper, passaram-se semanas.

Desde então ele matou duas vezes: Bartek no corredor (uma desagradável obrigação) e a garota judia de cabelos eriçados. Mas ele sente um desassossego. Tinha esperado, ao atraí-la para o santuário dos pássaros, que ela trouxesse o pônei que lhe dera quando era criança, a fim de completar o círculo. A forma como matou Bartek e a devolução do casaco para a mulher em Hooverville completaram o círculo. Aquele brinquedo é a ponta solta, capaz de atrapalhar alguma coisa. Isso não lhe agrada.

Ele esfrega o braço enfaixado, onde o maldito cão o mordeu. Tal dona, tal vira-lata. Mais uma lição. Ele foi descuidado. Terá que voltar para ver se está morta. Precisará comprar outra faca.

Há algo mais que o deixa nervoso. Poderia jurar que estão faltando algumas quinquilharias na Casa. Um par de castiçais sumiu de cima da lareira. Colheres desapareceram da gaveta.

Recuperar a segurança. É tudo o que ele precisa. A morte da arquiteta foi perfeita. Quer revisitá-la. Um ato de fé. A expectativa o anima. Está confiante de que ninguém o reconhecerá. Seu queixo está curado e a barba cresceu sobre a cicatriz deixada pelo aparelho metálico. A muleta ficou para trás. Não é o bastante.

Harper bate com o dedo em seu chapéu na direção do porteiro negro do Fisher Building e sobe a escada até o terceiro andar. Ele sente certa excitação ao ver que não foram capazes de remover todo o sangue dos azulejos do lado de fora da firma de arquitetura. Isso lhe causa uma dolorosa ereção e ele segura o pênis por cima da calça, reprimindo um breve gemido de prazer. Inclinado contra uma parede, protegendo-se com o casaco para esconder o inequívoco movimento de sua mão, ele se lembra de como ela estava vestida, o vermelho de seu batom. Mais brilhante que sangue.

A porta da empresa Clarke & Mendelson é aberta de repente e um homem enorme com cabelo ralo e olhos avermelhados o encara.

— O que diabo você acha que está fazendo?

— Sinto muito. — Harper disfarça, lendo um dos nomes na porta à sua frente. — Estou procurando a Sociedade de Odontologia de Chicago.

Mas o porteiro o seguiu até ali e está apontando o dedo para ele.

— É esse o homem! É esse o safado! Eu vi quando ele saiu do prédio coberto de sangue, o sangue da Srta. Rose.

Harper é interrogado durante sete horas no distrito policial por um cara esguio, que parece um peso-mosca mas deve bater como um peso-pesado, e um inspetor rotundo, meio calvo, que fica sentado, fumando. Eles se revezam interrogando-o e agredindo-o. O fato de ele não ter horário marcado com a Sociedade Odontológica de Chicago não ajuda muito, tampouco o fato de o hotel Stevens, onde diz estar hospedado, ter mudado de nome há anos.

— Eu não sou desta cidade — arrisca ele, sorrindo, antes de um soco lhe atingir o rosto; seu ouvido zune e os dentes doem, ameaçando deslocar sua mandíbula de novo. — Eu já disse. Sou um vendedor itinerante. — Outro soco, desta vez abaixo do esterno, o deixa sem ar. — Produtos de higiene dental. — O golpe seguinte o derruba no chão. — Eu deixei minha mala com amostras no trem. Então, companheiros? Se me permitirem entrar em contato com o setor de bagagens extraviadas... — O careca barrigudo lhe dá um chute no rim, acertando-o de viés. Ele deveria deixar a violência para seu amigo, mais qualificado, pensa Harper, ainda sorrindo.

— Você está achando isso engraçado? Qual é a graça, seu merda? — O policial mais magro se inclina e sopra a fumaça do cigarro no rosto de Harper.

Como explicar que isso é apenas algo que ele precisa suportar? Sabe que vai conseguir voltar para a Casa, porque ainda há nomes de garotas na parede e seus destinos estão incompletos. Mas ele cometeu um erro e este é seu castigo.

— Só que vocês pegaram o cara errado — bufa Harper entre os dentes.

Eles tiram suas impressões digitais. Fazem-no ficar em pé contra a parede, segurando um número para ser fichado.

— Não se atreva a sorrir, ou vai levar um soco na cara. Uma moça morreu e sabemos que você a matou.

Mas eles não dispõem de provas suficientes para mantê-lo preso. O porteiro não é a única testemunha que o viu sair do prédio, mas todos juram que, na véspera, ele estava barbeado e com uma geringonça de metal sobre a boca. Agora, exibe uma barba de duas semanas, que tentaram arrancar com dedos gordurosos de policiais para certificarem-se de que não era falsa. Acrescente-se a isso o fato de não haver uma única gota de sangue nele e tampouco vestígios da arma do crime, que deveria estar em seu bolso, mas agora se encontra enfiada no pescoço de um cachorro morto trinta e cinco anos mais tarde.

Ele faz da mordida do cão parte de seu álibi. Um vira-lata o atacou quando corria para pegar o trem na tentativa de recuperar sua mala de vendedor. Exatamente na mesma hora, essa pobre arquiteta era assassinada.

Não há a menor dúvida, concordam os policiais, de que se trata de uma espécie de pervertido degenerado, mas eles não têm provas suficientes para indiciá-lo como um perigo para a sociedade ou como um verdadeiro suspeito na morte da Srta. Willie Rose. Eles o autuam por ato obsceno e importunação ao pudor, arquivam sua ficha e o soltam.

— Não vá muito longe — adverte o inspetor.

— Não vou sair da cidade — promete Harper, mancando mais do que de costume por conta da surra. É uma promessa que cumpre, mais ou menos. Mas ele jamais voltaria ao ano de 1954, e rasparia a barba.

A partir de então, ele passa a só revisitar os locais de seus crimes anos depois, ou antes, pulando décadas, para se masturbar no lugar onde uma garota morreu. Agrada-lhe a sobreposição de memórias e mudanças. Torna a experiência mais intensa.

Existem pelo menos duas outras fotografias suas nos arquivos policiais, nos últimos sessenta anos, embora ele forneça um nome diferente a cada vez. Uma vez, por atentado ao pudor em espaço público em 1960, tocando-se de modo obsceno num local que se tornará um canteiro de obras; outra em 1983, quando quebrou o nariz de um taxista que se recusou a levá-lo até Englewood.

O único prazer do qual ele não está preparado para abrir mão é a leitura dos jornais, revivendo os assassinatos a partir de outras perspectivas. Faz isso no dia imediatamente após o homicídio. E é assim que descobre o paradeiro de Kirby.

KIRBY
11 de agosto de 1992

Ela está sentada na sala de espera da Delgado, Richmond & Associados, uma firma que só impressiona no nome, folheando uma revista *Time* de três anos antes que alardeia "Morte a tiro" na capa. Pegou-a por causa das opções: um exemplar em que se lia "A Nova União Soviética" e outro com a foto do comediante Arsenio Hall na capa. Seu campo de interesse é, na verdade, "morte a faca" e armas de fogo não lhe servem de nada.

Não somente as revistas são obsoletas. O sofá de couro já viveu décadas mais gloriosas. A árvore artificial exibe uma fina camada de poeira sobre as folhas e mais de uma guimba de cigarro foi descartada dentro do vaso. Até mesmo o penteado da recepcionista parece datado dos anos 1980. Kirby lamenta não ter se vestido melhor para a ocasião. Ela está forçando os limites, mesmo para os padrões desleixados da redação do jornal, com sua camiseta preta com nome de banda sob uma camisa xadrez e uma jaqueta de aviador em couro marrom que comprou por uma pechincha na Maxwell Street.

A advogada, Elaine Richmond, vem atendê-la pessoalmente. É uma mulher de meia-idade e fala suave, com calça preta e blazer. Seus olhos são aguçados e o cabelo, curto e ondulado.

— Você é do *Sun-Times*? — Ela sorri e aperta a mão de Kirby com um entusiasmo exagerado, como uma velha tia solteirona na casa dos avós, agarrando-se às visitas que não foram ali para vê-la. — Muito obrigada por ter vindo.

Kirby a segue por um corredor e chega a uma sala ampla repleta de caixas de papelão que sobem sobre os livros de Direito nas estantes e se espalham também pelo chão. Ela larga sobre a mesa em frente a Kirby várias pastas cor-de-rosa e azuis abarrotadas de papéis, mas não chega a abri-las.

— Pois é — continua ela. —Vocês estão um pouco atrasados para a festa, sabe?

— Como assim? — Kirby consegue dizer.

— Onde vocês estavam um ano atrás, quando Jamel tentou se matar? Teria sido bom um pouco de atenção da mídia na época. — Ela ri, melancólica.

— Sinto muito — diz Kirby, perguntando a si mesma se não está no endereço errado.

— Diga isso para a família dele.

— Sou apenas uma estagiária e pensei que daria uma boa matéria falar sobre, é... — ela parte para o improviso — ... erros judiciais e os efeitos que decorrem deles. Uma abordagem mais para o lado humano. Mas, na verdade, eu estou um pouco por fora dos últimos eventos.

— Não há últimos eventos. No que diz respeito ao promotor público, tudo está resolvido! Mas, olhe só. Você acha que esses rapazes têm pinta de assassinos?

Ela abre uma pasta e espalha as folhas com os retratos de quatro homens jovens encarando de mau humor a lente com olhos inexpressivos. É surpreendente, pensa Kirby, como uma "apatia adolescente" pode ser facilmente traduzida por "frio assassinato".

— Marcus Davies, quinze anos na época em que foi preso. Deshawn Ingram, dezenove. Eddie Pierce, vinte e dois, e Jamel Pelletier, dezessete anos. Acusados pelo assassinato de Julia Madrigal. Considerados culpados em 30 de junho de 1987. Condenados à morte, exceto Marcus, que foi encarcerado numa instituição para menores. Jamel tentou se suicidar em... — ela confere a data — ... 8 de setembro do ano passado, ao saber que seu último recurso tinha sido negado. Era um rapaz muito inconstante, de qualquer maneira. Mas isso acabou o devastando totalmente. Ele fez isso logo depois de voltarmos do tribunal. Torceu a calça e fez um laço, depois tentou se enforcar na cela.

— Eu não sabia.

— Saiu alguma coisa na imprensa. Em geral, escondida na terceira página, no máximo. Muitos jornais nem sequer chegaram a noticiar. Acho que a maioria das pessoas pensa que eles são culpados como o próprio demônio.

— Mas você, não.

— Meus clientes não eram jovens muito afáveis. — Elaine encolhe os ombros. — Traficavam, arrombavam carros. Deshawn recebeu uma advertência por agressão ao espancar o pai bêbado quando tinha apenas treze anos. Eddie tinha vários casos nas costas, de estupro a arrombamento e invasão de domicílio. Estavam se divertindo com um carro roubado em Wilmette, o que mostra como eram estúpidos, porque um bando de rapazes negros passeando de carro num subúrbio de branquelos atrai o tipo negativo de atenção. Mas eles não mataram aquela moça.

Kirby sente uma descarga gelada percorrer-lhe a espinha ao ouvir a própria voz dizer:

— Eu também acho.

— Foi um caso em que houve muita pressão. Uma universitária branca e amável com notas extraordinárias é terrivelmente assassinada. Isso vira logo um problema da comunidade inteira. Os espíritos se armam. Os pais estão furiosos, começam a falar sobre a insegurança do campus, a instalação de telefones de emergência e mesmo em retirar suas filhas da faculdade de uma vez.

— Alguma ideia de quem pode ter feito isso?

— Não foram adeptos do satanismo. A polícia ficou batendo nessa tecla de insanidade, alarmando a cidade. Eles levaram três semanas para interromper essa busca desenfreada.

— Um assassino em série?

— Certamente. Não conseguimos descobrir nada para sustentar essa teoria no tribunal. Você não quer me dizer em que está pensando? Se tiver uma pista sobre alguma coisa que pode ajudar esses garotos, precisa me dizer agora.

Kirby sorri, ainda não está totalmente preparada para expor tudo o que pensa.

— Mas você disse que eles não eram boas pessoas.

— Eu diria o mesmo em relação a oitenta por cento dos clientes que represento. Isso não significa que não mereçam defesa.

—Você pode me pôr em contato com eles?

— Se eles quiserem falar com você, sim. Talvez eu os aconselhe a não fazer isso. Depende do que você vai fazer com isso.

— Ainda não sei.

Harper
24 de março de 1989

Ele ainda está machucado por causa da surra que levou dos zelosos inspetores da polícia quando volta para o ano de 1989 a fim de comprar numa banca vários jornais para se animar. Senta-se à janela de um restaurante grego, na rua Cinquenta e Três. O local é barato e barulhento, as refeições são servidas no balcão e a fila, às vezes, chega à esquina. É o que há de mais parecido com uma rotina para ele.

Em sua opinião é importante estabelecer contato visual com o cozinheiro, um homem de bigode espesso que varia entre preto intenso e grisalho, dependendo se é o turno do filho, do pai ou do avô. Se chega a reconhecê-lo, o homem não dá sinal.

O assassinato foi deixado de lado por conta de um navio que encalhou e está jogando óleo na baía de algum lugar remoto no Alasca. *Exxon Valdez* é o nome do navio-tanque que aparece em letras garrafais em todas as manchetes. Afinal, ele acha duas colunas na seção local do jornal. "Ataque brutal", diz. "Salva pelo cão." "Poucas chances de sobrevivência." "Não deve passar desta semana."

Aquelas são as palavras erradas. Ele as lê novamente, desejando que se movam e se transformem como aquelas em sua parede para descrever a verdade.

Morta. Assassinada. Extinta.

Ele se encanta com as maravilhas do mundo moderno. O catálogo telefônico, por exemplo. Procura o hospital onde ela está, na unidade de tratamento intensivo ou no necrotério, dependendo do jornal que lê, e liga para lá do aparelho no fundo do restaurante, perto do toalete. Mas os médicos estão ocupados e a mulher com quem ele fala diz ser "impossível revelar informações pessoais sobre os pacientes, senhor".

Isso o faz sofrer durante horas, até se dar conta de que não tem escolha. Precisa ver com os próprios olhos. E concluir a tarefa, se for necessário.

Ele compra flores na loja de presentes do térreo e, sentindo-se ainda de mãos vazias (atormenta-lhe o fato de não ter mais sua faca), um ursinho de pelúcia vermelho-escuro com um balão que diz "Melhoras".

— É para uma criança? — pergunta a vendedora, uma mulher grande e cordial, com uma expressão de infinita tristeza. — Elas sempre gostam dos brinquedos.

— É para a garota que foi assassinada. — Ele se corrige rapidamente: — Agredida.

— Ah, que coisa horrível. Muita gente tem mandado flores para ela. Pessoas totalmente desconhecidas. É por causa do cachorro. Ele foi muito corajoso. Uma história surpreendente. Tenho rezado por ela.

— Como ela está, você sabe?

A mulher comprime os lábios e balança a cabeça, negando.

— Sinto muito, senhor — responde a enfermeira no balcão em frente. — O horário de visita terminou. E os familiares solicitaram que ninguém os incomode.

— Sou um parente — diz Harper. — Sou tio dela. Irmão de sua mãe. Eu vim assim que pude.

Há uma faixa de sol atravessando o chão, como uma tinta amarela. A sombra de uma mulher a atravessa enquanto ela fica parada olhando para o estacionamento. Há flores por todos os cantos, como um outro quarto de hospital de um outro tempo, Harper se lembra. Mas o leito está vazio.

— Com licença — diz ele, e a mulher diante da janela olha para trás sobre o ombro, uma expressão culpada, soprando a fumaça de seu cigarro.

Ele percebe a semelhança com a filha, o queixo saliente, os olhos grandes, ainda que seu cabelo seja escuro e liso, penteado para trás e preso com um lenço alaranjado. Ela está usando uma calça jeans escura, camisa com gola alta marrom e um colar feito de botões variados que se entrechocam quando ela os toca. Seus olhos estão brilhando por causa das lágrimas. Ela solta outra baforada de cigarro e faz um gesto de irritação.

— Quem é você, cacete?

— Estou procurando Kirby Mazrachi — diz Harper, segurando as flores e o urso de pelúcia. — Disseram que ela estava aqui.

— Mais um? — Ela solta um riso amargo. — Qual foi a merda que você falou lá embaixo para o deixarem subir? Porra, essas enfermeiras são umas inúteis.

Ela apaga o cigarro no peitoril da janela com força desnecessária.

— Eu queria ver se ela está bem.

— Ela não está bem.

Ele aguarda, sustentando seu olhar.

— Talvez tenha me enganado de quarto. Ela está em outro lugar?

Ela se precipita em sua direção, furiosa, e bate com o dedo no peito dele.

—Você está totalmente enganado. Vá se foder!

Ele recua diante de sua ira, erguendo os presentes num protesto inocente. Seu pé acerta um dos baldes com flores no chão e derrama seu conteúdo.

—Você está nervosa.

— Claro que estou nervosa! — berra a mãe de Kirby. — Ela está morta. Entendeu? Então me deixe em paz e vá à merda. Não tem nenhuma reportagem aqui, seu abutre. Ela está morta. Está feliz agora?

— Lamento muito por sua perda, minha senhora. — É mentira. Ele se sente extremamente aliviado.

— Diga isso para os outros. Especialmente para aquele babaca do Dan, que não se deu o trabalho de retornar minha ligação. Diga a todos eles para irem à merda.

ALICE
4 de julho de 1940

— Faça o favor de sentar a bunda aí.

Luella diz isso com o grampo de cabelo entre os dentes. Mas Alice está agitada demais para sossegar, e não fica quieta diante do espelho, vai a cada dois minutos espiar pela porta do trailer os caipiras que chegam ao parque de diversões, sorridentes e felizes, já munidos de pipocas e cerveja vagabunda em copos descartáveis.

As pessoas se amontoam em torno de seus focos de interesse; lançamento de argolas, exposição de tratores, e se espantam diante do galo que pula um jogo da velha, até apostam no número que a ave vai escolher. (Alice perdeu dois em três jogos para aquele bicho pela manhã, mas ela já sabe o que fazer, é só esperar.)

As mulheres afluem na direção do vendedor que declama os méritos dos aparelhos domésticos que "transformarão sua cozinha e sua vida". Homens ricos com chapéus de caubói e botas caríssimas que nunca pisaram num rancho avançam aos poucos na direção do leilão de gado jovem. Uma mulher ergue seu bebê sobre a cerca para lhe mostrar a porca premiada, Black Rosie, com seu nariz arrebitado e branco, barriga manchada quase encostando no chão e tetas que parecem dedos cor-de-rosa.

Um casal de adolescentes está admirando a vaca feita de manteiga, que dizem ter levado três dias para ser esculpida. Ela já está sofrendo com o sol, e Alice consegue detectar um bafejo de leite rançoso em meio ao cheiro dos fardos de feno, de serragem, da fumaça dos tratores, de algodão-doce e estrume.

O garoto faz uma piada sobre a vaca de manteiga, algo que todo mundo já deve ter dito, imagina Alice, sobre a quantidade de panquecas que se poderia fazer com ela, e a garota solta uma risadinha e responde algo bem banal também, talvez ele só esteja tentando lambuzá-la. E essas palavras são como uma sugestão para que ele avance abruptamente para beijá-la, e ela afasta seu rosto com a mão, provocando-o, para logo depois reconsiderar e se inclinar, dando-lhe um beijinho nos lábios. Em seguida, ela escapa em direção à roda gigante, rindo e olhando para ele, lá trás. E a cena é tão adorável que Alice até se emociona.

Luella baixa a escova com ar impaciente.

— Você quer fazer seu cabelo sozinha?

— Desculpe, desculpe! — diz Alice, voltando logo para a cadeira a fim de que Luella possa continuar sua nada invejável tarefa de tentar alisar e prender seu cabelo castanho-claro, que está curto demais e revolto demais para obedecê-la. "Muito moderno" foi o que Joey disse em seu teste de palco.

— Você devia experimentar uma peruca — diz Vivian, estalando os lábios para espalhar o batom uniformemente.

Alice praticou a mesma manobra diante do espelho, aquele beijinho impudente no ar. Viv, a Vivaz, é a atração principal. Sua imagem está pintada no cartaz sobre a fachada decorativa, com adornos entalhados na frente, o cabelo brilhante cor de carvão e aqueles enormes olhos azuis que são lascivos e ingênuos ao mesmo tempo. É um bom visual para o novo número que já impressionou ministros e professores em seis cidades diferentes. Um espetáculo erótico sem igual, para o qual eles foram especialmente convidados.

— Atenção, mocinhas do palco externo! Cinco minutos para começar — avisa Joey Grego pela porta entreaberta do trailer lotado. Ele parece um abelhão enfiado em seu colete com lantejoulas verdes como o jade e calça preta brilhante que começa a ficar puída nas costuras. Alice solta um gritinho de surpresa, a mão tremulando sobre o peito.

— Você é nervosa como uma potrinha, Srta. Templeton — diz Joey, apertando sua bochecha. — Ou como uma colegial. Mas continue assim.

— Ou como um potro prestes a ser castrado — provoca Viv.

— O que você quer dizer com isso? — pergunta Joey, franzindo as sobrancelhas.

— Apenas que você sempre consegue mais do que o negociado com Alice — diz Vivian, agitando uma mecha de cabelo para testar sua maleabilidade. Insatisfeita, recomeça o alisamento.

— Bem, eu pelo menos consigo me lembrar dos passos da dança — reage Alice, sentindo um surto brusco de raiva.

— Chega, chega — intervém Joey, batendo palmas. — Nada de disputas felinas em meu show. A menos que entre na conta e a gente cobre um extra.

Houve extras no passado, Alice sabe disso. Luella costumava fazer shows de tocha, com homens olhando entre suas pernas, como num exame ginecológico. Mas agora havia um puritanismo no ar, e Joey foi astuto ao transformar o número em algo mais recatado.

Havia um clima familiar naquela trupe conforme arrumavam toda a bagagem e pegavam o trem para outra cidade, um novo parque de diversões. Milhares de quilômetros distante de Cairo (não no Egito, mas Cairo em Illinois, ainda que Joey diga que Alice tem as maçãs do rosto como as de Nefertiti) e de todo mundo que a conhecia. Ela teria simplesmente morrido se tivesse ficado lá. Morreria de tanto tédio, se isso não acontecesse pelas mãos do tio Steve. Quando as pessoas foram evacuadas por causa da inundação de 1937, Alice aproveitou para sair de Cairo *e* de sua antiga vida. Deus abençoe o rio Ohio, ela pensa.

Joey agarra a bunda de Eva sobre a fantasia e dá uma leve remexida nela. Depois, pisca para Alice.

— Curvas, princesa! É disso que os homens gostam. Você precisa ganhar mais dólares para comer mais bolo, assim, você ganha umas curvinhas e pode ganhar ainda mais dólares!

— Sim, Sr. Malamatos. — Alice lhe faz uma reverência irritada, com sua saia verde e branca de animadora de torcida.

Joey a examina detidamente, apoiado na bengala incrustada com uma enorme esmeralda que ele jura ser verdadeira, as sobrancelhas se mexendo para cima e para baixo, numa expressão de vaudevile. "Como uma lacraia", ele disse certa vez.

E então ele aproxima a mão do corpo dela. Um momento de angústia em que ela se assusta, achando que ele vai lhe fazer alguma carícia íntima, mas ele apenas ajeita sua saia.

— Muito melhor assim — diz ele. — Lembre-se, princesa, trata-se de um espetáculo familiar.

Ele sai pela frente, subindo ruidosamente a escada que leva ao palco exterior, protegido pela tenda com ilustrações sugestivas de Vivian para acender a imaginação dos clientes, e solta seu jargão:

— Aproximem-se, senhoras e senhores, aproximem-se e deixem-me falar sobre nossa apresentação de hoje. Mas, primeiro, preciso adverti-los. Este não é um show erótico! Nada de moças havaianas ou garotas nadando nuas, tampouco dançarinas orientais!

— O que vocês têm então? — alguém se manifesta no grupo.

— Pois bem, cavalheiro, fico contente que me pergunte. — Joey se vira para ele, sorridente. — Para o cavalheiro, tenho algo bem mais precioso. Para você, cavalheiro, um pouco de espetáculo instrutivo!

Um punhado de urros e vaias, mas Joey já os fisgou bem antes de as garotas mostrarem sequer o dedão do pé.

— Olhe bem, cavalheiro — prossegue ele. — Pode se aproximar. Não seja tímido, cavalheiro. Deixe-me chamar sua atenção para esse adorável exemplar de inocência, a Srta. Alice!

As cortinas se abrem para deixar Alice passar, piscando sob os raios do sol. Está usando uma saia de lã pregueada com enfeites em tons de verde, um colete branco bordado com o desenho de um megafone verde, a gola na forma de um V (de "virgem", provocou Joey quando lhe deu de presente), meias três quartos e sapatos.

— Por que você não vem até aqui cumprimentar essa gente, meu bem?

Ela acena com alegria para as pessoas agrupadas à sua frente, atraídas como crianças diante de um estande de tiro, e sobe os degraus. Ao chegar lá em cima, faz uma pirueta perfeita e para bem ao lado de Joey.

— Uau! — exclama ele, impressionado. — Uma salva de palmas para ela, minha gente. Ela não é adorável? A perfeita americana. Dezesseis aninhos e nunca foi beijada. Até... bem...

— Bem, o quê?

Os céticos são os mais fáceis de manipular. Se conseguir pegá-los, você fisga toda a plateia. Alice sabe que os vendedores de balas repararam no falastrão e vão cuidar dele assim que ele entrar na tenda.

Joey sai andando pelo palco.

— Muito bem, muito bem. — Ele segura a mão de Alice como se fossem dançar uma valsa e a gira de modo que ela encare o público. Ela olha para baixo com simulada modéstia, uma das mãos na bochecha, mas espiando os espectadores através dos cílios para sentir a reação. Identifica mais adiante o jovem casal que viu antes, a garota sorrindo e o garoto atento.

Joey baixa a voz num tom conspiratório, fazendo a plateia se aproximar para ouvi-lo. Ele circula com ela pelo tablado.

— É verdade, não é mesmo? Que existe certo tipo de homem que gosta de destruir a inocência? De *colher* a inocência, como colhemos cerejas maduras no pé. — Ele finge levar uma fruta à boca e simula uma mordida sensual. Prolonga o instante, representando, e, bruscamente, vira-se, apontando para a base da escada com sua bengala. — E quanto à jovem dona de casa atormentada por desejos que não lhe parecem naturais, *incontroláveis*?

Eva surge entre as cortinas vestindo um penhoar apertado na cintura, uma máscara sobre os olhos, e sobe os degraus, a mão pousada sobre o peito. Joey balança a cabeça, aparentemente sem notar a mão dela começando a esfregar o próprio seio sobre a roupa.

— Esta jovem coitada, que usa um disfarce para proteger o que resta de sua dignidade, é uma das mais patéticas criaturas, inteiramente subjugada por suas depravadas fantasias. Senhoras e senhores, uma ninfomaníaca!

A essa altura, Eva abre o penhoar e revela a lingerie rendada que está usando; e Joey, mostrando horror com aquela exibição, se apressa para encobri-la.

— Amáveis senhoras e gentis cavalheiros, este não é um desses *vis* espetáculos carnavalescos que visam estimular e inflamar vocês. Estou avisando! Cuidado com os perigos da decadência e do desejo, e com o honrado sexo que facilmente pode ser desencaminhado. Ou nos desencaminhar... E agora apresento a vocês...

Então Vivian entra pomposamente pelas cortinas com seu batom vermelho cintilante e uma saia muito justa, o cabelo preso no alto da cabeça.

— A meretriz! A safada! A rameira! A perversa tentadora! A jovem e ambiciosa funcionária de escritório de olho no patrão. Decidida a se meter entre marido e mulher. Mulheres, aprendam a identificá-las. Homens, aprendam a resistir. Esta lasciva predadora de lábios vermelhos representa um risco para a sociedade!

Vivian encara a multidão, uma das mãos no quadril, a outra removendo o grampo em seu cabelo para deixá-lo cair em cascata sobre os ombros. Muito diferente de Eva, a ninfomaníaca atormentada, Vivian exibe sua luxúria como outras mulheres ostentam seus casacos de visom.

Joey reforça seu discurso.

— Tudo isso e muito mais no interior da tenda! As instruções são de que se evite qualquer *in*-dignidade. Venham ver com os próprios olhos até onde e com que *facilidade* uma boa senhora pode vacilar. Prostitutas e viciadas em drogas! Mulheres vítimas de seus próprios e estremecedores desejos! Viúvas-negras insaciáveis e doces jovens inocentes maculadas!

Aquilo se revela demasiado para o casal de adolescentes e o garoto cutuca a menina para irem buscar outras coisas, algo mais limpo, a julgar pelo olhar de repulsa dele. As outras moças desenvolveram imunidade ao desprezo dos outros, mas Alice ainda sente vergonha, algo quente entalado na garganta. Ela fica corada e olha para baixo, desta vez sem representar, e, quando olha para a frente novamente, ela *o* vê.

Um homem magro e elegante, bem-vestido, que seria bonito não fosse pelo nariz torto. Ele está em pé lá atrás, olhando para ela. Mas não do jeito como os homens normalmente fazem, com um olhar de lobo faminto e repleto de bravatas. Ele está imóvel. Como se a conhecesse. Como se pudesse enxergar as profundezas do seu eu secreto. Alice está tão aterrorizada pelo fervor puro de sua atenção que acaba o encarando, sem ouvir direito Joey, que está concluindo qualquer coisa. O homem abre um sorriso que faz Alice sentir calor, enjoo e tonteira. Ela não consegue desviar o olhar.

— Senhoras e senhores! Este show vai *magnetizar* você! — Joey agita sua bengala e aponta para uma jovem na plateia que sorri, constrangida. — Ele vai *hipnotizar* você! — Agitando outra vez a bengala, ele a aponta para o falastrão de antes. — Vai *paralisar* você!

— Ergue a bengala, fazendo-a vibrar no ar. Mas só por um instante, antes de girá-la com toda sua massa corpulenta na direção da tenda, mais abaixo. — Mas somente se comprarem o ingresso! São apenas três apresentações, senhoras e senhores. Entrem! Entrem! E permitam que nós ensinemos alguma coisa a vocês.

Joey faz as moças descerem com agilidade pela outra escada, enquanto a plateia se dirige até o guichê de ingressos, entusiasmada.

— Nada de piruetas ao descer a escada — brinca ele com Alice, que está ocupada demais olhando para o estranho. Para seu alívio, ele ainda está lá, se espremendo entre os outros para comprar um ingresso. Ela está atrás de Eva, descendo os degraus, e quase derruba todas elas, como garrafas de leite quando o malabarista coloca a garrafa mais pesada no alto da pirâmide para demonstrar que "não tem trapaça aqui minha gente!".

— Desculpem-me, meninas — sussurra ela.

Ela fica ainda mais envergonhada ao espiar por entre as cortinas e ver que o homem está em pé, rijo como pedra, no meio da maré de outros clientes lutando para conseguir um bom lugar. Os vendedores de bala já estão assediando os espectadores.

— Compre algumas balas e ganhe um prêmio!

Bobby conversa com um casal mais velho, mas Mick notou o homem sozinho e parte para o ataque.

— Oi, companheiro, quer ganhar um prêmio? Temos um novo confeito, Anna Belle Lee, novidade no mercado. E vou dizer uma coisa, estamos tão convencidos de que você vai gostar que adoçamos o negócio com prendas-surpresa em algumas embalagens. Temos relógios masculinos e femininos, conjuntos de canetas, notas e carteiras que valem cinco dólares! Tente sua sorte, nunca se sabe! Somente cinquenta centavos! É um negócio e tanto. O que acha?

Mas o sujeito o ignora, nem sequer olha para ele, com o rosto inclinado na direção do palco. Ele está esperando por ela. Alice tem absoluta certeza disso.

É tão enervante que ela quase estraga o número. O refletor a ofusca, impedindo que veja a plateia, mas pode sentir o olhar dele. Ela se desconcentra, não percebe a deixa, depois se engana nos passes e quase cai do palco. Felizmente, tudo isso se adapta bem a seu número, a animadora de torcida que está tonta com as drogas e as promessas de Mick em seu terno de malandro, de modo que no final ela se encontra apoiada a um poste de luz sobre os saltos altos e sumariamente vestida, a inocência perdida, tendo sucumbido, conforme a narração ofegante de Joey, "à derradeira depravação". O refletor reduz de modo dramático a intensidade e ela sai de cena, deixando espaço para a próxima apresentação, enquanto a ninfomaníaca incógnita é levada para o palco, deitada de forma decadente num sofá carregado por dois robustos assistentes.

— Alguém aqui arrumou um admirador — zomba Vivian. — Será que ele sabe que tem um prêmio estragado nesse saco de balas?

Em segundos, Alice está sobre ela, arranhando-lhe o rosto, puxando aqueles cachos perfeitos, arrancando seus óculos. A queda de Vivian foi ruidosa o bastante para ser ouvida no palco, obrigando Joey a elevar a voz.

— Quem imaginaria que o momento mais íntimo, mais afetuoso entre marido e esposa na lua de mel poderia desencadear essa fome sombria e insaciável que pulsa dentro dela?

Luella e Mick as separam. Vivian fica em pé, sorrindo, apalpando os arranhões do rosto.

— É isso o que sabe fazer, Alice? Nunca ensinaram você a brigar como uma dama?

Enquanto Luella e Mick a seguram, tremendo e soluçante, Vivian desfere um soco em seu rosto, cortando-lhe a pele com os anéis.

— Caramba, Viv! — protesta Mick. Mas ela já está retomando a posição. Bem na hora, Eva deixa cair o roupão no palco e as luzes se apagam, dando aos matutos apenas um instante para espiar, o que já é o bastante para provocar soluços de espanto e ultraje por parte dos bem-intencionados, e assobios e vivas da galeria. Vivian entra, toda empertigada, e Eva sai do palco, nua e sorridente.

— Caramba, parece até que nunca viram uma mulher pelada por dois segundos... Nossa, Alice! Você está bem?

Luella e Eva a levam para o vestiário a fim de lavar o sangue e passar um dos unguentos da coleção de Luella. Ela é praticamente uma boticária, com todos aqueles óleos e loções. Mas Alice pressente que a situação é ruim porque elas não falam nada sobre o assunto.

O pior ainda está por vir.

Joey a chama em seu trailer logo após o espetáculo, com a expressão séria, as sobrancelhas imóveis agora.

— Tire a roupa — diz ele, com uma frieza que ela jamais viu. Ainda está vestida com seu traje de Mulher Desonrada, saltos altos vermelhos e vestido provocante.

— Pensei que o show aqui não era desse tipo — protesta Alice, com um vestígio de sorriso que não engana sequer a si mesma.

— Agora, Alice.

— Não posso.

— Você sabe a razão.

— Por favor, Joey.

— Você acha que eu não sei? Por que você se veste sozinha dentro do banheiro? Por que carrega essas tiras elásticas para todo lugar?

Alice sacode a cabeça com firmeza.

Ele pede mais gentilmente, desta vez.

— Deixe-me ver.

Tremendo, Alice remove o vestido, deixando-o escorregar até o chão, revelando um peito plano, as partes genitais cobertas por uma espécie de fita elástica. Joey franze as sobrancelhas.

Ela lutou contra isso toda a vida. Contra o Lucas Ziegenfeus que vive dentro dela. Ou ela vive dentro dele, ressentindo seu corpo físico, aquela coisa vil e odiosa que balança entre suas pernas e ela amarra com a fita, mas não tem coragem de cortar.

— Ok, tudo bem. — Joey faz sinal para que se vista. — Você está perdendo seu tempo aqui, sabe? Deveria ir para Chicago. Eles têm shows exóticos em Bronzeville. Ou então procure um espetáculo de carnaval. Alguns aceitam transexuais. Ou faça a mulher barbada. Você não pode deixar sua barba crescer?

— Eu não sou uma aberração.

— Neste mundo, você é, princesa.

— Deixe-me ficar. Você não sabia. Ninguém mais precisa descobrir. Eu posso conseguir, sei que posso, Joey. Por favor.

— O que você acha que vai acontecer com a gente se alguém descobrir? E se a maldosa da Viv der com a língua nos dentes? Você a deixou envergonhada o suficiente para ela fazer isso.

— Se acontecer, partimos para outra cidade. Como já fizemos, quando Mick comeu a filha do tesoureiro, em Burton.

— Isso é diferente, princesa. As pessoas gostam de ser enganadas, mas só até certo ponto. Seríamos expulsos da cidade. Linchados, provavelmente. Basta um matuto desses ver você toda enfaixada, ou um cliente botar a mão sob seu vestido antes de Bobby poder intervir para proteger seu recato.

— Então, eu não subo ao palco. Posso vender os bombons. Posso fazer a faxina, cozinhar, ajudar as garotas com as trocas de roupa, a maquiagem.

— Sinto muito, Alice. É um espetáculo familiar.

Ela não consegue aguentar. Sai desnorteada do trailer, como uma pomba saindo da manga do mágico, choramingando. E corre diretamente para os braços dele.

— Oi, querida, tome cuidado. Você está bem?

Ela não consegue acreditar que seja ele. Que ele ficou por ela. Sua voz vem em soluços espasmódicos quando tenta falar. Ela cobre o rosto com as mãos e ele a aperta forte contra o peito. Ela nunca sentira tão intensamente antes a impressão de pertencer a algum lugar. Ela olha seu rosto. Seus olhos estão úmidos, como se ele também estivesse a ponto de chorar.

— Não — diz ela, sentindo uma desesperada solidariedade, tocando com os dedos longos e estreitos (mãos de moça, seu tio sempre dizia) o rosto dele. Tudo nela o deseja. Ela poderia desaparecer dentro dele.

Ela se comove ao notar que ele também está desnorteado e o detém com seus lábios. Ele tem a boca quente contra a sua, ela pode sentir o gosto de caramelo no hálito dele antes de ele recuar, perplexo e surpreso.

— Que garota surpreendente — diz ele.

Ele luta contra algum tormento, ela pode perceber pelo seu rosto. *Solte-se*, ela pensa. *Beije-me novamente. Eu sou sua.*

Talvez ele possua um desses poderes sobrenaturais que Luella diz possuir, pois é como se a ouvisse e tomasse uma decisão.

— Venha embora comigo, Alice. Não precisamos fazer isso.

Sim, a palavra está na ponta da sua língua. E então Joey estraga tudo. Uma torpe silhueta de besouro no alto da escada do trailer.

— Ei. O que você está fazendo, porra?

O homem a solta. Joey desce os degraus com dificuldade, agitando sua bengala ridícula com a joia na extremidade do cabo.

— Aqui não fazemos esse tipo de show, meu amigo. Solte-a, por favor.

— Isso não lhe diz respeito.

— Ah, me perdoe, será que não fui claro? Tire as mãos dela *agora*!

— Volte lá para dentro, Joey — pede Alice, com uma calma tão pura que a deixa tonta.

— Sinto muito, princesa. Não posso deixar passar. Senão, daqui a pouco, todo matuto vai querer um pedaço.

— Está tudo bem — diz seu amado, ajeitando casualmente o chapéu em desafio à truculência de Joey. Mas ele está se afastando, ela percebe. Tomada pelo pânico, ela agarra seu braço.

— Não! Não me deixe.

Ele bate levemente com o dedo no queixo da moça.

—Vou voltar para você, Alice. Eu prometo.

KIRBY
27 de agosto de 1992

Kirby tem publicado o anúncio no primeiro sábado de cada mês, e todas as quintas-feiras ela verifica sua caixa postal no correio. Às vezes só há uma ou duas respostas. O máximo que conseguiu em um mês foi dezesseis e meia, se levasse em conta o cartão-postal repleto de obscenidades.

Quando Dan está na cidade, ela vai até a casa dele para analisá-las. Hoje ele está preparando bagre frito com purê de batatas, alvoroçado em sua cozinha de solteiro, enquanto ela faz uma triagem das cartas. A primeira missão sempre é a separação das respostas em categorias: tristes porém inúteis, possivelmente interessantes e excêntricas.

Muitas são de partir o coração. Como a de um homem cuja irmã foi assassinada a tiro. Oito páginas, frente e verso, manuscritas, detalhando como ela recebeu uma bala perdida vinda de um carro que passou abrindo fogo. O único objeto incomum no episódio não estava exatamente fora do lugar. Cápsulas de bala.

Alguns parecem ter distúrbio de personalidade. Uma mulher viu o espírito da mãe pairando, depois de um arrombamento que saiu errado, só para lembrar a filha de alimentar o gato. O namorado que se culpava, pois deveria ter deixado os ladrões levarem seu relógio, assim não teriam puxado o revólver, e ela ainda estaria viva, e agora ele vê o mesmo relógio em todos os lugares: em lojas, nas vitrines, em cartazes publicitários e no pulso de outras pessoas. "Você acha que é uma maneira que Deus achou para me castigar?", ele escreveu.

Kirby lida com cartas desse tipo, que realmente não levam a nada, e as responde de modo breve e sincero, agradecendo por terem se dado o trabalho de escrever, incluindo informações sobre consultas psicológicas gratuitas e grupos de apoio a vítimas que Chet encontrou para ela.

Durante todos esses meses, somente duas cartas mereceram ser consideradas. Uma moça esfaqueada na saída de uma boate, encontrada com uma cruz russa antiga em volta do pescoço. Mas a carta era do namorado dela, que fazia parte da máfia russa e queria que Kirby negociasse com a polícia em seu nome para conseguir a cruz de volta, pois pertencia à mãe dele e não lhe era possível abordá-los diretamente, considerando que, para começar, tinha sido por conta de seus negócios no tráfico que a moça acabara sendo morta.

A outra era sobre um adolescente (imediatamente, ela pensou em si mesma, à época) encontrado num túnel onde skatistas costumavam se reunir; ele foi espancado até a morte, e encontrado com um soldadinho de chumbo enfiado na boca. Os pais ficaram devastados, sentados na sala de estar, no sofá coberto com uma manta peruana, as mãos cruzadas como se os dedos tivessem se fundido uns aos outros, perguntando se ela tinha respostas para eles. Por favor, era tudo o que queriam. Por quê? O que ele fez para merecer isso? Foi excruciante.

★ ★ ★

— J mandou alguma foto desta vez? — pergunta Dan, olhando sobre os ombros. J é o correspondente assíduo que envia fotografias habilmente manipuladas de uma cena de crime com uma garota com os olhos pesadamente delineados e cabelo ruivo. Poderia ser a própria J, supondo que J seja uma mulher, ou a namorada de J. Afogada num laguinho com um esvoaçante vestido branco, o cabelo flutuando ao redor da cabeça. Morta em seu colete de renda preta com luvas longas, segurando uma rosa branca numa poça de sangue que parece tinta.

A foto de hoje dentro de um envelope preto é de uma garota sentada numa poltrona de couro com as pernas abertas, meias compridas e botas militares, a cabeça inclinada para trás e uma mancha vermelha na parede, atrás dela; um revólver pende de seus dedos flácidos com unhas perfeitamente bem cuidadas.

— Aposto que é uma estudante de arte — resmunga Kirby.

Eles nunca respondem a J. Assim mesmo, as fotos excêntricas continuam a chegar.

— Isso já é melhor do que estudante de cinema — diz Dan, casualmente, cortando o peixe.

— Você ainda está atormentado com isso, não é?

— O quê?

— Se eu dormi com ele.

— É claro que dormiu. Ele foi seu primeiro amor. Não chega a ser uma grande novidade isso, garota.

— Você entende o que eu quero dizer.

— Não é da minha conta. — Ele encolhe os ombros, como se não fosse importante, o que a deixa bem irritada, para ser honesta consigo mesma.

— Tudo bem. Não vou contar nada.

— Ainda acho que você não deveria fazer o documentário.

— Está brincando? Eu já dispensei até a Oprah.

— Merda! — grita ele, ao se queimar com o vapor das batatas.

— Sério? Eu não sabia.

— Foi minha mãe que a dispensou. Eu ainda estava no hospital. Ela ficou nervosa com os jornalistas. Disse que eram todos uns babacas. Ou tentavam invadir o hospital para me entrevistar ou então nunca mais a procuravam.

— Ah — diz Dan, sentindo-se culpado.

— Muitos programas de televisão me convidaram. Mas parecia algo tão voyeurístico. Entende? Foi em parte por isso que eu tive que cair fora. Simplesmente me livrar de tudo aquilo.

— É, eu posso entender.

— Então, não se preocupe. Eu falei para o Fred onde ele devia enfiar seu documentário. — Kirby aproxima um envelope cor de pêssego do seu nariz. — Este está até cheiroso. Deve ser um mau sinal, certo?

— Espero que você não diga a mesma coisa da minha comida.

Kirby ri e abre o envelope. O endereço do remetente diz: Asilo para Idosos St. Helen's Village. Ela retira as duas folhas de papel de carta antigo. As páginas estão preenchidas em ambos os lados.

— Então, leia — diz Dan, amassando as batatas. Para ele é uma questão de honra conseguir a consistência exata.

Prezado Sr. KM,

Encontro-me escrevendo uma carta peculiar e confesso que hesitei, mas seu anúncio (bem estúpido) nos jornais pede uma resposta, pois está ligado a um mistério familiar que há muito tempo me obceca, ainda que esteja fora do seu período de tempo específico.

Parece um pouco alarmante partilhar esta informação com você, já que não faço a menor ideia de quais são suas intenções. Qual é o objetivo do anúncio? Acadêmico ou algum tipo de curiosidade mórbida? Você é inspetor da Polícia de Chicago ou um vigarista que mexe com a vida das pessoas para obter algum tipo de satisfação pessoal?

Vou poupá-lo de outras especulações porque, eu suponho, esta é uma oportunidade que, como todas as oportunidades, traz seu risco embutido, mas tenho confiança de que, assim que tiver lido isto, você responderá, nem que seja apenas para esclarecer seu interesse no assunto.

Meu nome é Nella Owusu, sobrenome de solteira Jordan. Meu pai e minha mãe morreram durante a Segunda Guerra Mundial, ele no exterior, defendendo a pátria, ela em Seneca, num assassinato horrendo e não esclarecido, no verão de 1943.

Meus irmãos — nós fomos transferidos para vários orfanatos e família adotivas, mas, ao nos tornarmos adultos, conseguimos retomar o contato — acharam que eu fiquei exageradamente absorvida por isso. Sendo a mais velha, porém, tenho as lembranças mais vívidas.

Seu anúncio especificava seu interesse particular em "artefatos insólitos".

Pois bem, quando o corpo de minha mãe foi levado à terra e os pertences encontrados com ela liberados para nós, entre eles estava um "artefato", uma figurinha de beisebol.

Menciono isso porque minha mãe não nutria o menor interesse pelo esporte. E eu não consigo imaginar por que ela teria uma figurinha desse tipo no momento de sua morte.

Poderemos conversar sobre isso, se você me revelar mais sobre a natureza de sua investigação, e eu vier a concordar. Preciso avisar que não tenho estado bem ultimamente.

Confio que vá me responder e não me deixar especulando sobre suas razões.

Cordialmente,

N. Owusu

— Arquive com os excêntricos — afirma Dan, colocando o prato à sua frente, sobre a mesinha de centro.

— Não sei. Acho que vale a pena verificar.

— Se estiver entediada, posso arrumar algo para você fazer. Estou precisando de informações para o próximo jogo do St. Louis.

— Na verdade, estava pensando em escrever alguma coisa sobre tudo isso. Poderíamos chamar de Diários Assassinos.
— O *Sun-Times* nunca publicaria.
— Não, mas talvez um fanzine o fizesse. *The Lumpen Times* ou o *Steve Albini Thinks We Suck*.
— Às vezes acho que está falando grego — diz Dan, com a boca cheia.
— Atualize-se, parceiro — diz ela, encolhendo os ombros.
— Você. Fala. Inglês? — pergunta Dan aos gritos, como fazem os turistas americanos no exterior.
— São pequenos jornais da imprensa alternativa.
— Ah, isso me lembra uma coisa. Falando sobre algo não tão pequeno e alternativo. Chet pediu que eu entregasse isso a você. Ele disse que não houve esfaqueamento, mas você é a única outra pessoa na redação que apreciaria essa excentricidade.

Ele tira um recorte de jornal de sua velha pasta. Um texto bem curto.

Batida atrás de droga descobre cédulas antigas

Englewood: uma blitz policial num antro de drogados acabou descobrindo mais do que embalagens de crack e heroína. Vários revólveres foram encontrados no apartamento de Toneel Roberts, um conhecido traficante, assim como seiscentos dólares em cédulas de validade expirada desde 1950, chamadas originalmente de Certificados de Prata. As notas foram identificadas com facilidade pelo selo azul na frente da cédula. A polícia suspeita que o dinheiro estivesse escondido ali há muito tempo e informou aos comerciantes locais que ele não possui mais valor legal.

— É muito gentil da parte dele — diz ela com sinceridade.

— Quando conseguir seu diploma, é possível que eu lhe arranje um emprego de verdade no jornal — propõe Dan. — Talvez na seção de estilo de vida, se é o que você quer.

— É muito gentil da *sua* parte, Dan Velasquez.

Ele fica corado e olha para o garfo com determinação.

— Supondo que não queira ir para o *Tribune* ou um fanzine alternativo.

— Ainda não pensei nisso.

— Bem, é melhor começar. Você vai resolver este caso, e aí, o que vai fazer?

Mas ela pressente pela sua maneira de falar que ele não acredita que isso possa acontecer um dia.

— O peixe está delicioso — diz ela.

Harper
10 de abril de 1932

Pela primeira vez, ele sente certa relutância para sair e matar. Foi o jeito como aquela garota do espetáculo o beijou. Cheia de amor, desejo e esperança. É tão ruim assim ter esse tipo de desejo? Ele sabe que está protelando, adiando o inevitável. Deveria estar procurando a futura versão dela, em vez de ficar vagueando pela State Street.

Então ele avista sua enfermeira porquinha, olhando as vitrines e toda contente, agarrada ao braço de outro homem. Ela está mais roliça e com um casaco mais elegante. Aquele enchimento lhe cai bem, ele pensa, e reconhece o pensamento como de cobiça. O cavalheiro em sua companhia é um médico do hospital, com sua basta cabeleira e uma echarpe de caxemira. A última vez que o viu, Harper se recorda, tinha o olhar vazio no fundo de uma caçamba de lixo, em 1993.

— Oi, Etta — diz Harper, chegando perto demais, quase esbarrando neles.

Ele sente seu perfume. Suavemente cítrico. Um cheiro de puta. Combina com ela.

— Oh! — exclama Etta, a expressão percorrendo várias fases: reconhecimento, desalento e uma breve exultação.

— Um conhecido seu? — indaga o médico com um sorriso hesitante.

—Você tratou da minha perna — diz Harper. — É uma pena que não se lembre de mim, doutor.

— Ah, sim — ele se gaba, como se soubesse exatamente quem é. — E como está sua *perna*, companheiro?

— Muito melhor. Já nem preciso da muleta. Embora ela ainda me seja útil em algumas circunstâncias.

Etta se aconchega no braço do médico, tentando claramente provocar Harper.

— Nós vamos ver um espetáculo.

—Você está com os dois pés de sapato hoje — comenta Harper.

— E vou dançar com eles — diz ela.

— Bem, isso eu não sei se vamos conseguir — argumenta o médico, sentindo-se deslocado. — Mas se quiser sair mais tarde, por que não?

Ele olha para Etta, insinuante. Harper conhece muito bem esse tipo de homem. Preso às mãos de uma mulher como se fosse uma cama de gato. Pensa que controla tudo, o que se revela em seu respeito por ela, tentando impressionar. Ele pensa que está em segurança no mundo, mas desconhece suas dimensões.

— Não quero atrasar vocês. Srta. Etta. Doutor.

Harper os cumprimenta com a cabeça e sai andando, antes que o homem consiga se recuperar e se sinta ofendido.

— Foi ótimo ver você, Sr. Curtis — diz Etta sobre o ombro. Resguardando-se. Ou o incitando.

Na noite seguinte, ele segue o médico do hospital até sua casa, após seu turno. Diz-lhe que quer levá-lo para jantar em agradecimento pelos seus cuidados. Quando o homem tenta educadamente recusar o convite de Harper, ele é obrigado a usar sua faca, novinha, para convencê-lo a voltar com ele até a Casa.

— Vai ser bem rápido — diz ele, baixando a cabeça do homem para passar sob os tapumes que bloqueiam a porta, fechando-a depois de atravessarem-na e a reabrindo sessenta anos no futuro, onde o destino do médico aguarda por ele. Ele nem sequer tenta reagir. Não muito. Harper o leva até a caçamba de lixo e o estrangula na própria echarpe. O mais difícil é jogá-lo lá dentro depois.

— Não se preocupe — diz ele à face roxa do cadáver. — Logo terá companhia.

DAN
11 de setembro de 1992

É uma questão de perspectiva. Viajar em aviões. O mundo miudinho lá embaixo e bem longe de uma garota, que está lá embaixo também, tão irreal quanto os fragmentos de nuvens dissolvendo-se no azul do céu.

É um universo completamente diferente, com regras bem explícitas sobre o funcionamento das coisas. Como as instruções sensatas sobre como reagir em caso de desastre. Como se tudo isso fizesse alguma diferença se o avião estiver caindo em chamas. Se pelo menos as outras coisas da vida tivessem placebos assim tão simples.

Mantenha o cinto de segurança atado. Ponha a mesa em posição vertical. Não tente paquerar as aeromoças, a menos que o tempo esteja a seu lado e ainda possua todos os fios de cabelo e, de preferência, ocupe um assento na classe executiva e tenha um par de mocassins de couro macio descansando ao lado, no espaço amplo para as pernas, a melhor maneira de exibir suas meias elegantes de algodão puro, meu caro.

Esta é a última vez que ele viaja na primeira fileira da classe econômica, de onde pode ouvir os estalos das garrafas de champanhe sendo abertas e oferecidas atrás da cortina, e o aroma de comida de verdade, em vez de sanduíches empapados de peito de peru, principalmente nos voos noturnos.

— Chega a ser uma provocação — murmura para Kevin. Mas Kevin não o ouve porque colocou os fones do aparelho de CD nos ouvidos, deixando escapar fragmentos de um baixo muito pesado que soa pior e mais distorcido do que a própria música, enquanto folheia matérias de turismo sobre hotéis absolutamente inacessíveis na revista de bordo. Isso deixa Dan sozinho dentro de sua cabeça, que é, na verdade, o último lugar em que gostaria de estar. Não com ela lá dentro.

A distração é momentânea. Ora, ele pode fazer anotações, se perder nas estatísticas sobre os jogadores (quem quer que tenha dito que esporte é algo estúpido nunca teve que calcular as médias de rebatidas e de corridas impulsionadas), mas seus pensamentos voltam ganindo como um cão com o flanco ferido. Pior ainda, e o *mais* patético, é ele começar a achar que canções populares fazem sentido.

Mas nada disso melhora suas chances em comparação às de Kevin de tirar férias num hotel cinco estrelas nos Alpes franceses com celebridades de Hollywood. É de novo como seu divórcio. A parte mais difícil não foi o desespero e a traição, e as coisas horríveis que disseram um ao outro, mas aquele estilhaço de esperança irracional.

É totalmente inadequado. Ele é um homem entediado, ela é jovem demais, ambos estão bem fodidos. Ele está confundindo solidariedade com paixão. Se ficar quieto, a dor se atenuará. Vai passar. Precisa apenas ser paciente e evitar agir como um afoito imbecil. O tempo cura. O sentimento perde a intensidade. Os estilhaços vão sumindo. O que não significa que não deixem cicatrizes dolorosas.

★ ★ ★

Há um recado o aguardando no hotel em St. Louis. Mais um quarto agradavelmente anônimo com quadros ofensivamente inofensivos nas paredes e uma vista para o estacionamento. A única diferença entre este quarto e todos os demais em que já se hospedou é a luz vermelha piscando no telefone. É ela, diz seu coração. Ele responde: Cale a boca. Mas é ela. Ofegante e excitada. "Oi, Dan, sou eu. Por favor, ligue para mim assim que receber esta mensagem."

Digite um para repetir o recado. Digite dois para retornar a chamada. Digite sete para apagar o recado. Digite quatro para salvá-lo.

— Oi — diz ela, parecendo acordada e bem-disposta às duas da manhã. — Por que você demorou tanto para ligar?

— Eu? Você é que não tem atendido o telefone.

Ele não lhe diz que tentou mais cedo na sala de imprensa, durante uma fase soporífera do jogo. E, também, de uma cabine telefônica, em frente ao bar onde foi beber com os caras depois da entrevista com os jogadores, quando pediu uma Coca Diet e tentou demonstrar entusiasmo pela jogada sensacional de Ozzie Smith, ganhando mais uma base, ou o desempenho insano de Olivares. "Vocês viram como ele rebateu a bola de Arias na segunda entrada?" Kevin se inflamara.

Tampouco lhe diz que escutou sua mensagem seis vezes desde então. Um-quatro-um-um-um-um. Talvez não ficasse mais empolgado se seu time vencesse.

— Sinto muito. Saí para beber.

— Com o Fred?

— Não, seu bobo. Já deixei isso para trás. Saí com uma das editoras da revista *Screamin'*. Ela está interessada na matéria dos "Diários Assassinos".

—Você acha que é uma boa ideia? Com tudo isso, você ainda quer ir em frente?

Será que existem graus de neutralidade? Ele tenta ser mais incisivo. Já viu repórteres fazendo isso na televisão. Educadamente distante, mas com as sobrancelhas arqueadas.

— É um lance de longo prazo. Posso mandar quando estiver pronto. Se ficar pronto. Se eu sentir vontade.

— Então, me conte como foi com a mulher da figurinha de beisebol.

— Na verdade, foi muito triste. Não é exatamente uma casa de repouso, mas um asilo. O marido estava lá para me encontrar. Ele tem um restaurante ganês em Belmont. E me disse que ela está na fase inicial do Alzheimer, muito embora só tenha sessenta anos. É genético. Sua lucidez vai e volta. Tem dias que está com as ideias realmente claras e em outros parece muito distante.

— E você a viu?

— Não por muito tempo. Tomamos chá e ela ficou me chamando de Maria, que era a personagem de um dos clássicos da literatura que ela costumava ensinar.

— Ai.

— Mas o marido foi ótimo, depois nós conversamos por quase uma hora. É como escreveu na carta. A mãe dela foi assassinada em 1943, um caso bem sinistro, e, quando os policiais finalmente apareceram para devolver os pertences à família, havia uma figurinha de beisebol junto das coisas que disseram ter achado com o corpo. Esteve com seu tio e sua tia durante um bom tempo e, quando eles morreram, ficou com ela.

— Então, que figurinha era?

— Calma. Eu convenci a mulher da recepção do asilo a fazer uma fotocópia para mim. — Ele ouve o som de papel sendo retirado de uma bolsa. — Aqui está. Jackie Robinson, do Brooklyn Dodgers.

— É impossível. — Ele reagiu automaticamente.

— É esse nome que está escrito — diz ela na defensiva.

— E ela morreu em 1943?

— Foi. Tenho uma cópia do atestado de óbito também. Já sei o que vai dizer. Eu sei como parece improvável. Mas ouça-me primeiro. Já houve padrões de homicídio semelhantes, certo? Os Estranguladores de Hillside eram primos que estupravam e estrangulavam juntos mulheres em Los Angeles.

— Se você está dizendo...

— Confie em mim. Acho que isso faz parte. Minha tese é que pode se tratar de uma ação cometida por pai e filho. Um psicopata mais velho que orienta o mais jovem. Sem serem necessariamente parentes, talvez. Ele pode ter uns noventa anos agora, pode estar morto. Mas seu parceiro prossegue com a tradição de deixar sempre algo estranho junto ao corpo. Assassinos vintage, Dan. No *plural*. Foi o mais jovem que me atacou e também a Julia Madrigal, e não sei mais quem. Vou vasculhar as caixas com datas anteriores, que deixamos de lado. Isso pode vir de muito longe.

— Sinto muito, Kirby. Isso não está certo — diz ele, do modo mais gentil possível.

— Do que você está falando?

Dan suspira.

— Você sabe o que são jogadores fantasmas?

— Imagino que não seja o óbvio. Não é nenhum filme de terror passado no banco dos reservas. O zagueiro com cara de esqueleto, o diabo que lançou a bola em chamas...

— Pois é — ele a interrompe.

— Eu acho que não quero ouvir o que você vai dizer.

— Provavelmente, não. E isso é uma pena. O mais famoso deles é um cara chamado Lou Proctor. Era um telegrafista de Cleveland que inseriu seu próprio nome na equipe dos Indians, na tabela de 1912.

— Mas ele não existiu.

— Enquanto pessoa real, sim, mas não como jogador. Era uma farsa. Eles descobriram em 1987 e o expugnaram dos arquivos. Seus quinze minutos de fama duraram setenta e cinco anos.

E houve outros, que não foram casos premeditados. Arquivistas desleixados, alguém que não pronunciou o nome direito ou cometeu um erro tipográfico.

— Porra, Dan, não se trata de um erro *tipográfico*.

— Trata-se de um engano. Ela está equivocada. Você mesma falou que a mulher sofre de Alzheimer, pelo amor de Deus. Ouça-me. Jackie Robinson só começou a atuar nas ligas principais em 1947. Foi o primeiro jogador negro a fazer isso. Sofreu um bocado. O próprio time tentou sabotá-lo. As outras equipes tentavam arrebentar sua perna durante o jogo. Vou dar uma olhada, mas eu juro para você, ninguém havia ouvido falar nele em 1943. Ele nem sequer existia enquanto jogador na época.

—Você tem tanta certeza de suas estatísticas.

— Isso é beisebol.

— Ela pode ter se confundido com outra figurinha.

— É isso que eu estou dizendo. Ou talvez os policiais. Talvez tenha ficado no sótão de alguém durante anos. Ela não disse que foi criada em famílias adotivas? E acabou sendo jogada lá dentro, junto com um bocado de outras tralhas.

—Você está dizendo que não havia figurinha alguma?

— Não sei. Constava isso no relatório policial?

— Eles não eram muito zelosos no que diz respeito a preservar arquivos em 1943.

— Então, eu diria que você baseou suas esperanças em algo que não existe.

— Bobagem — retruca ela, de modo superficial.

— Lamento.

— Deixe para lá. Não tem importância. De volta à estaca zero. Ligue para mim quando voltar para casa. Vou pensar em novas ideias malucas para divertir você.

— Kirby...

—Você acha que eu não percebo que você está sendo apenas indulgente comigo?

— Porra, alguém precisa fazer isso — diz ele, perdendo a paciência também. — Pelo menos não estou tentando explorá-la com um projeto de filme de terceira categoria.

— Posso me virar sozinha.

— Sim, mas aí quem escutaria suas teorias malucas?

— Os bibliotecários. Eles adoram teorias malucas. — Pela voz, ela parece estar sorrindo. Ele acaba sorrindo também.

— Eles adoram *donuts*! Há uma diferença. E nem todos os donuts dormidos no mundo bastariam para sustentar suas bobagens, pode acreditar em mim.

— Nem mesmo os com cobertura?

— Nem mesmo recheados com creme e com duas camadas de chocolate, ou salpicados de confeitos! — berra ele ao telefone, agitando os braços, como se ela pudesse vê-lo.

— Sinto muito por ser uma imbecil.

— Não é culpa sua. Você tem vinte e poucos anos. Faz parte.

— Ah, boa, uma zoação.

— Nem sei o que quer dizer isso — resmunga ele.

— Você acha que pode haver outra figurinha de beisebol?

— Acho que você pode considerar isso interessante, mas não útil. Comece com os times de segunda divisão para ver se sua teoria maluca funciona, e não deixe que isso a desvie da realidade.

Como agora, ele pensa.

— Tudo bem. Você tem razão. Obrigada. Fico devendo um donut para você.

— Ou uma dúzia deles.

— Boa noite, Dan.

— Boa noite, menina abusada.

Harper
Atemporal

Havia um galo jovem na fazenda que costumava sofrer convulsões. Bastava ofuscar seus olhos com uma lanterna. Harper deitava-se de bruços no gramado alto, o que o deixava febril no verão, e usava um pedaço de espelho partido para desnortear o galo. (O mesmo caco que utilizava para cortar as pernas dos pintinhos, forçando a extremidade do vidro com a mão envolvida por uma camisa velha.)

O galo vasculhava a terra e contraía a cabeça daquele jeito estúpido que fazem os galináceos e, de repente, ficava imóvel, congelado. Um segundo depois, voltava ao normal, completamente esquecido do que acontecera. Como um espasmo no cérebro.

Essa é a impressão que dá o Quarto: espasmos.

Ele pode ficar ali durante horas, empoleirado na beira da cama, olhando sua galeria de objetos. Eles estão sempre ali, mesmo quando os leva embora.

Os nomes das garotas foram reescritos diversas vezes, até as letras começarem a se desgastar. Ele se lembra de ter feito isso.

Ele não se recorda de ter feito isso. Um dos dois deve ser verdade. Seu peito se comprime como a engrenagem de um relógio que foi girada demais.

Ele esfrega os dedos e os sente sedosos por causa da poeira do giz. Não parece mais claro. A impressão é de destruição. Isso o faz se sentir ousado, empreendendo algo só para ver o que vai acontecer. Como ocorreu com Everett e a caminhonete.

Seu irmão o pegou com o pintinho. Harper estava agachado em cima dele, suas asas curtas se agitavam e ele tentava fugir, piando sem parar. Suas perninhas deixavam um rastro irregular de sangue sobre a terra. Ele ouviu Everett chegando, o som arrastado dos sapatos que um dia passariam para ele, os saltos já gastos. Com os olhos semicerrados, ele olhou para o irmão mais velho, que ficou em pé, observando-o sem nada dizer, o sol matinal atrás da sua cabeça ocultando a expressão de seu rosto. O pinto piava e se debatia, avançando tortuosamente pelo chão. Everett desapareceu. Quando voltou, veio com uma pá e esmagou o bicho, transformando-o numa polpa com um único golpe.

Ele lançou aquela massa de penas e entranhas bem longe, além do galinheiro, e depois deu um soco em Harper forte o bastante para que caísse sentado no chão.

—Você não sabe de onde vêm nossos ovos? Imbecil. — Curvando-se, ele o ajudou a levantar-se e tirou a poeira do seu rosto. O irmão nunca ficava furioso com ele por muito tempo. — Não fale para o papai.

A ideia não havia ocorrido a Harper. Da mesma forma que não lhe ocorrera puxar o freio de mão no dia do acidente.

Harper e Everett Curtis foram de carro até a cidade buscar ração. Como numa antiga canção infantil. Everett o deixou dirigir. Mas Harper, talvez por seus onze anos, fez uma curva fechada demais na Red Baby e subiu perigosamente na beira da vala. Seu irmão agarrou o volante e trouxe a caminhonete de volta à estrada. Mas até Harper pôde sentir que um pneu estava furado, pelo ruído da borracha no chão e a frouxidão do volante em suas mãos.

— Freie! — gritou Everett. — Com mais força!

Ele se agarrou ao volante e Harper enfiou o pé até alcançar o pedal. Everett foi lançado contra a janela, quebrando o vidro. A caminhonete derrapou, fazendo as árvores girarem e se confundirem, antes de parar bruscamente bem no meio da pista. Harper desligou o motor, que logo se calou.

— Não é culpa sua — disse Everett, com a mão na cabeça, onde um caroço já começava a inchar. — Foi culpa minha. Não devia ter deixado você dirigir. — Ele abriu uma das portas e a manhã nebulosa soprou um ar úmido sobre eles. — Fique aqui.

Harper se virou na cabine e viu Everett pegando um estepe na carroceria. Uma brisa arrepiou o milharal, bem levemente, o bastante para deslocar o ar quente.

Seu irmão apareceu na frente do carro com um macaco hidráulico e uma chave de roda. Soltou um grunhido ao enfiá-lo sob o veículo, até travá-lo. A primeira porca saiu facilmente, mas a segunda estava emperrada. Seus ombros esqueléticos se contorciam com o esforço.

— Pode ficar aí. Eu faço isso — berrou ele para Harper, que não tinha a intenção de se mexer.

Everett começou a pisar forte no cabo da chave de roda. E foi nessa hora que a caminhonete soltou-se do macaco, começando a avançar lentamente, na direção da vala ao lado da estrada.

— Harper! — berrou Everett, irritado. E depois, desnorteado, enquanto a caminhonete seguia em frente: — Puxe o freio de mão, Harper!

Mas ele não puxou. Ficou sentado, imóvel, enquanto Everett tentava deter a caminhonete, com as mãos sobre o capô. A força contrária o derrubou no chão antes de passar sobre ele. Os ossos de sua bacia estalaram como uma pinha seca no fogo da lareira.

Era difícil ouvir qualquer outra coisa além dos urros de Everett. Ele não parava de berrar. Finalmente, Harper saiu para ver.

Seu irmão tinha a cor de carne estragada, o rosto cinzento e roxo, o branco dos olhos injetados de sangue. Um pedaço de osso saindo da coxa, estranhamente esbranquiçado. Havia uma poça espessa de graxa em volta do pneu sobre seus quadris. Não, não era graxa, Harper notou. É tudo parecido, quando se olha do lado de dentro.

— Corra — gemeu Everett. — Corra e vá buscar socorro, porra!

Harper ficou olhando. Depois começou a caminhar, olhando para trás, fascinado.

— Corra!

Ele levou duas horas para trazer alguém da fazenda Crombie, estrada acima. Tarde demais para que Everett pudesse um dia voltar a andar. Seu pai deu-lhe uma surra violenta. E teria dado uma também em Everett, se ele não estivesse aleijado. Por causa do acidente, tiveram que contratar um ajudante. E Harper teve que assumir mais tarefas, o que o deixou furioso.

Everett se recusou a voltar a falar com ele. Tornou-se amargo como purê de batata apodrecido, deitado na cama, olhando pela janela. Um ano depois, eles tiveram que vender a caminhonete. Três anos mais tarde, a fazenda. Não acredite se disserem que os problemas dos agricultores começaram com a Depressão.

Janelas e portas foram cobertas com tábuas. Carregaram tudo num caminhão que conseguiram emprestado com um vizinho e partiram, para tentar vender o que fosse possível. Everett era como mais uma bagagem.

Harper pulou fora na primeira cidade. Foi para a guerra, e nunca mais voltou para o lugar de onde viera.

Esta é uma possibilidade, ele imagina. Deixar a Casa e nunca mais retornar. Pegar o dinheiro e fugir. Arrumar uma boa moça.

Pôr fim às chacinas. Chega de facadas e de ver as entranhas de uma garota saltarem do corpo, o fogo apagando aos poucos em seu olhar.

Ele observa a parede, os objetos em seu estado espasmódico. As fitas cassete se precipitam à sua frente, insistentes. Sobraram cinco nomes. Ele não sabe o que acontece depois disso, mas sabe que caçá-las através do tempo não lhe basta mais.

Acha que gostaria de mudar um pouco. Brincar dentro do circuito que já descobriu, cortesia do Sr. Bartek e do bom médico.

Gostaria de tentar matá-los primeiro e então voltar e encontrá-los antes, quando eram inocentes quanto ao que se abateria sobre eles. Desse jeito, poderá conversar educadamente com eles, quando eram mais amáveis, preparando-os para o que já lhes fez, com a imagem da morte deles rodando dentro da cabeça. Uma caça às avessas, para tornar as coisas mais interessantes.

E a Casa parece disposta a isso. O objeto que brilha agora com mais intensidade, ansioso para que ele o *apanhe*, é um broche vermelho, branco e azul com um porco voador.

Margot
5 de dezembro de 1972

Evidentemente, Margot já notou o sujeito que as segue. Desde a estação da rua Cento e Três, há cinco quarteirões. Está longe de ser coincidência, em sua opinião. Tudo bem, talvez sua cautela seja excessiva por estar de plantão. Ou talvez seja por se encontrar no bairro de Roseland a esta hora da noite que seus nervos vibram como as cordas de um banjo. Mas de maneira alguma deixará Jemmie voltar sozinha naquelas condições. Eles tentam pegar leve com as mulheres. Mas, ainda assim, machuca, e é assustador e ilegal.

É bem provável, ela supõe, que o sujeito esteja apenas dando uma volta pela mesma rua à mesma hora da noite sob uma chuva torrencial, blá-blá-blá etc e tal.

Bandido-pervertido-disfarçado-bandido-pervertido-disfarçado, ela entoa interiormente, examinando as opções no ritmo dos passos de Jemmie. Ela arrasta os pés como uma idosa, apoiada pesadamente em seu braço e com as mãos na barriga. Aquele casaco de tweed pode significar que se trata de um policial. Ou de um tarado. Mas ele andou brigando, o que deve significar que é um tarado ou um agressor. Parecem ter enfim se dado conta de que a associação para a qual trabalha não ganha dinheiro. Não tanto quanto os "respeitáveis" médicos que cobram quinhentos dólares ou mais para arrumar alguém que pegue você na rua e tape seus olhos a fim de que não possa identificá-los, e raspam seu útero e jogam tudo fora depois, após terem terminado sem sequer um simples como-vai-você-tenha-um-bom-dia. Ou talvez seja apenas um sujeito qualquer. Um desses depravados.

— O que você disse? — Jemmie consegue perguntar em meio às dores.

— Ai, nossa, me desculpe. Eu estava pensando alto. Não preste atenção em mim, Jemmie. Ei, veja, estamos perto de casa.

— Ele não era, sabe?

— Não era o quê? — Margot a ouve parcialmente.

O homem acelerou o passo, correndo um pouco, protegendo-se da luz para alcançá-las, enfiando os pés nas poças d'água, blasfemando e sacudindo os sapatos e, depois, lhes lançando um sorriso pateta que quer se passar por desconcertado.

Jemmie está zangada com ela.

— Não era um depravado, como você sugeriu. Ficaremos noivos. Casaremos quando ele voltar. Assim que eu completar dezesseis anos.

— Isso é ótimo — diz Margot.

Ela não está em sua melhor forma. Normalmente, mencionaria isso com Jemmie, um homem adulto fazendo sexo com uma menor antes de embarcar para o Vietnã, prometendo-lhe o mundo quando nem sequer é capaz de colocar um preservativo. Quatorze anos. Apenas um pouco mais velha do que as meninas que ela atende na Escola de Ensino Médio Thurgood Marshall. Caramba, isso lhe corta o coração. Mas sente-se incapaz de dizer qualquer coisa, pois sua cabeça está girando com o pensamento desconfortável de que o sujeito que segue seus passos lhe parece familiar. O que a leva de volta à sua litania. Bandido-pervertido-policial-disfarçado. Ou pior. Seu estômago dói. Um companheiro insatisfeito. Já viram isso antes. O marido de Isabel Sterritt que bateu em seu rosto e quebrou seu braço quando descobriu o que ela fez. Exatamente a razão pela qual ela não queria ter outro filho com ele.

Ai, por favor, que não seja um maníaco.

— Podemos... Podemos parar um instante? — Jemmie está parecendo um chocolate que derreteu dentro da bolsa. Suor e chuva brilhando na testa, em meio às espinhas. O carro enguiçado. Sem guarda-chuva. Teria como o dia ficar pior?

— Estamos quase chegando, ok? Você está se saindo muito bem. Continue assim. Só mais um quarteirão. Você consegue?

Jemmie se deixa rebocar com relutância.

—Você vai vir comigo?

— Sua mãe não vai achar estranho? Uma moça branca levando você para casa com dores na barriga?

Margot é especial. É sua estatura. Um metro e oitenta com cabelo louro-avermelhado dividido ao meio. Ela jogou basquete no colégio, mas era muito acomodada para levá-lo a sério.

— Mas você pode vir assim mesmo?

— Se você quiser, eu vou — responde ela, tentando mostrar algum entusiasmo. As explicações para os membros da família nem sempre dão certo. —Vamos ver como nos saímos, está bem?

Ela gostaria que Jemmie as tivesse encontrado antes. O serviço consta no catálogo telefônico, sob a rubrica "Jane How", mas como achá-lo sem saber? A mesma coisa com os anúncios em jornais alternativos ou colados na lavanderia automática. Não há como uma garota como Jemmie encontrá-los, exceto por indicação pessoal, e isso levou três meses e meio e uma assistente social substituta que se mostrou solidária à causa. Algumas vezes, ela acha que é o substituto que faz realmente diferença. Professoras, assistentes sociais e médicos substitutos. Um novo olhar.

Amplo. Mais elaborado. Ainda que apenas temporário. Às vezes, o temporário é tudo que você precisa.

Quinze semanas é o limite. Não se deve arriscar. Vinte mulheres por dia e ainda não perderam nenhuma. A menos que contassem com a garota que não aceitaram porque estava com uma infecção terrível; recomendaram-lhe que procurasse um médico e voltasse depois, quando estivesse curada. Mais tarde, descobriram que tinha morrido no hospital. Se pelo menos a tivessem visto antes... Como Jemmie.

A ficha de Jemmie foi uma das últimas a ser chamada. Os casos fáceis passam rápido, todas as voluntárias sentadas na aconchegante sala de estar de Big Jane, no Hyde Park, com as fotos dos filhos na estante e "Me and Bobby McGee" tocando na vitrola, bebendo chá e discutindo quais pacientes acolherão, como se estivessem negociando cavalos.

Vinte anos de idade, aluna de uma escola mista, cinco semanas de gestação, mora no subúrbio de Lake Bluff. Aquela ficha 3x5 chama a atenção à primeira vista. Mas e a dona de casa de quarenta e oito anos, desgastada por causa dos sete filhos, que simplesmente não pode passar por isso de novo? A administradora de fazenda cujo bebê com vinte e duas semanas se encontra tão deformado que o médico diz que ele (ou ela) não viverá mais de uma hora após o parto, mas que insiste em levar adiante a gestação? A menina de quatorze anos do West Side que se balança com um vaso cheio de moedas porque é tudo o que tem e implora para que não contem nada à sua mãe? Aquelas fichas se sucedem até Big Jane resmungar exasperada, "Bom, *alguém* tem que ficar com ela". E enquanto isso, as mensagens continuam chegando na secretária eletrônica, sendo transcritas para novas fichas no dia seguinte. Deixe o nome e o telefone para contato. Nós podemos ajudar. Ligaremos para você.

De quantas delas Margot já se ocupou? Sessenta? Uma centena? Ela não faz dilatação e curetagem. Não leva muito jeito para isso. É por causa de seu tamanho. O mundo não foi feito para suas dimensões, e não confia em si mesma com a delicada cureta. Mas ela se sai muito bem segurando as mãos e explicando o que está acontecendo. É bom saber. O que está sendo feito e o motivo. Dê um nome a essa dor, ela brinca. Ela dá às mulheres uma escala referencial. É melhor ou pior do que uma topada com o dedão do pé? Ou em comparação à descoberta de que sua paixão não é correspondida? Ou um corte causado por uma fina folha de papel? Brigar com a melhor amiga? E que tal se dar conta de que está ficando como sua mãe? Ela consegue fazer com que riam de verdade.

Mas a maioria das mulheres chora depois. Às vezes por se sentirem arrependidas, culpadas ou assustadas. Até as mais confiantes têm dúvidas. O contrário seria inumano. Mas geralmente é por puro alívio. Porque é difícil e horrível, mas agora acabou e podem tocar suas vidas.

Está ficando cada vez mais árduo. Não são só os capangas da máfia entrando à força ou os policiais, que têm vindo com frequência desde que a irmã moralista de Yvette Coulis sentiu-se tão ultrajada que tivessem ousado fazer-lhe um aborto que passou a escrever cartas para o conselho municipal e importunar todo mundo. O pior de tudo foi que ela começou a ficar diante da porta do lugar, assediando os amigos, maridos, namorados, mães e às vezes os pais que acompanhavam as mulheres para reconfortá-las. Tiveram que mudar de endereço para se livrarem dela. A polícia não parou de bisbilhotar, depois disso. Nunca vira homens tão altos, como se isso fosse uma qualificação para ingressar na unidade de homicídios, com suas capas elegantes e expressões aborrecidas de quem considera aquilo um desperdício de tempo.

Mas este não é o maior de todos os problemas: o maior deles é o fato de aquilo ser atualmente legal em Nova York. O que deveria ser uma boa coisa, quem sabe Illinois fará o mesmo, certo? Mas isso significa que garotas que têm dinheiro pegam o trem, um ônibus ou um avião, e aquelas que vêm ver Jane estão realmente desesperadas. As pobres, as jovens, as velhas, as com gravidez já avançada.

São essas que ela tem que enfrentar quase sempre. Mesmo sendo linha-dura. Com certeza. Embrulhe seu primeiro feto usando uma velha camiseta como mortalha e jogue-o dentro de uma caçamba de lixo a cinco quilômetros de distância e você vai entender como é. Ninguém disse que tudo seria bonito, extrair o desespero de uma mulher.

E então, o homem segura seu braço.

— Com licença, senhora. Acho que deixou cair isso — diz ele, oferecendo-lhe algo que está em sua mão. Ela não faz ideia de como pôde alcançá-las tão de repente. E ela tem certeza de que conhece aquele sorriso torto.

— Margot? — Jemmie está assustada.

—Vá indo para casa, Jemmie — ordena Margot com sua voz mais autoritária de professora antiquada, que não soa exatamente assim, pois ela tem apenas vinte e cinco anos. — Irei logo atrás de você.

Não deverá haver complicação alguma. Mas, se ela tiver que ir para o hospital, os médicos não lhe causarão problema. Jane começou a usar uma pasta especial de Leunbach. Indolor, sem sangramento, nenhum problema, impossível provar que houve indução de aborto. Ela ficará bem.

Ela verifica se Jemmie está se afastando e vira-se para ele, empinando os ombros e se empertigando de modo a olhá-lo bem dentro dos olhos.

— Posso ajudá-lo, *senhor*?

— Eu a procurei em todos os lugares, meu bem. Queria devolver isto.

Finalmente, ela olha o objeto que ele lhe mostra. Um broche de protesto, feito em casa. Ela sabe disso porque ela mesma o desenhou. Um porco com asas. "Pigasus para Presidente" escrito em letras maiúsculas, inclinadas para a direita. O candidato oficial dos Yippies em 1968, o Partido Internacional da Juventude, porque dificilmente um porco poderia ser pior do que os verdadeiros políticos.

— Você reconhece isto? Sabe me dizer quando o viu pela última vez? Você se lembra de mim? Deve se lembrar de mim. — Ele insiste com demasiada intensidade.

— Lembro — responde ela, ofegante. — Na Convenção do Partido Democrata. — A lembrança volta bruscamente.

A cena do lado de fora do Hilton porque o líder deles, Tom Hayden, lhes dissera para darem o fora do parque quando a polícia chegou e começou a atacar as pessoas e arrancá-las de cima das estátuas nas quais tinham subido.

Se usassem gás lacrimogêneo, toda a cidade seria intoxicada, ele estava gritando. Se o sangue derramasse em Grant Park, ele seria derramado por toda Chicago! Sete mil pessoas desceram às ruas contra os policiais que tentavam contê-las. Ainda furioso em relação a Martin Luther King, todo o West Side estava em chamas. A sensação dos tijolos e do concreto sendo lançados por suas mãos como se impulsionados por um estilingue. Ela estava ciente do policial irrompendo contra ela, o cassetete resvalando em sua perna, mas não sentiu dor alguma na hora, só depois, tomando uma ducha, quando viu o ferimento.

As câmeras da imprensa e as luzes nos degraus do hotel quando cantava com a multidão a plenos pulmões. "O mundo todo está assistindo! O mundo todo está assistindo!" Até os policiais dispersarem a multidão com seus cassetetes. Yippies. Curiosos. Repórteres. Todo mundo. Ela pensou ter ouvido Rob exclamando com a voz rouca, "Os porcos são putas", mas ela não conseguiu vê-lo em meio ao monte de gente berrando e se empurrando, os holofotes resvalando nos capacetes azuis da polícia que estavam por todos os lados, os cassetetes batendo mecanicamente.

Margot estava inclinada sobre o capô de um carro na Balboa Street, a cabeça baixa, cuspindo e esfregando os olhos com a borda da camiseta, o que só tornava tudo pior. Alguma coisa a levou a olhar para cima e ela o viu, mancando em sua direção, um homem alto cheio de intenções malévolas. Como um tijolo lançado por um estilingue.

Ele parou à sua frente e lhe lançou um sorriso enviesado. Inofensivo. Até sedutor. Era tão inadequado no meio daquele caos que ela gemeu e tentou empurrá-lo, de repente assustada, como não se sentira diante dos policiais, da multidão ou com a queimação que ameaçava destruir seu peito.

Ele pegou-a pelo pulso.

— Já nos encontramos antes. Mas você não vai se lembrar.
— Que coisa estranha para lhe dizer. Ele não a largava. — Olhe isso! — Ele agarrou-a pela camisa, como se fosse recolocá-la de pé, mas em vez disso apenas arrancou seu broche. É isso!

Ele a largou tão abruptamente que ela caiu sobre o carro, soluçando por causa daquela afronta e violência.

Ela voltou andando com dificuldades para casa, ansiosa para tomar um longo banho, antes de deitar no sofá e fumar um baseado para se acalmar. Mas, quando abriu a porta e afastou a cortina de contas, deparou com Rob trepando com uma moça na cama deles.

— Oi, meu amor. Esta é a Glenda — disse ele, sem nem sequer desgrudar da mulher. — Quer se juntar a nós?

Ela usou seu batom para escrever "babaca" no espelho, mas com tanta força que o partiu em dois.

Depois de Glenda finalmente se dar conta e partir, eles discutiram por cinco horas e meia. Fizeram as pazes. Fizeram um sexo pacificador, que não deu muito certo. (Descobriram que Glenda tinha chato.) E romperam, uma semana depois. Rob se mudou para Toronto a fim de evitar a convocação militar, e ela concluiu a faculdade e começou a dar aula, porque eles não tinham conseguido mudar o mundo e ela se sentia desiludida. Até encontrar Jane.

E o ocorrido com o sujeito assustador que chegou mancando e admirou seu broche a ponto de roubá-lo em plena confusão se tornou uma anedota divertida que podia contar em jantares ou reuniões, mas então ela conseguiu histórias melhores, que faziam algum sentido. Pareciam ter se passado séculos desde que pensara nisso pela última vez. Até agora.

Ele tira proveito de sua surpresa. Passa o braço sobre seus ombros, aproxima-a dele e enfia a faca em sua barriga. Bem ali, no meio da rua e sob a chuva. Ela não consegue acreditar. Abre a boca para gritar, mas engasga quando ele torce a faca. Um táxi passa por eles, os faróis acesos, os pneus fazendo a água espirrar, encharcando as calças vermelhas de Margot, enquanto o sangue se espalha sobre o veludo da cintura, obscenamente quente. Ela procura Jemmie, mas a menina já sumiu na esquina, em segurança.

— Fale-me sobre o futuro — sussurra ele, o hálito quente em sua orelha. — Não me obrigue a ler em suas entranhas.

— Vá se foder — responde ela, ofegante, menos estridente do que imaginara, e tenta afastá-lo de si. Mas toda a força dos seus braços se foi, e ele percebeu. Pior. Ele sabe que é invencível.

— Como você preferir — diz ele, sorrindo e dando de ombros.

Ele torce o polegar dela para trás. A dor é insuportável. E a conduz até um canteiro de obra.

Lançando-a contra a lama acumulada no poço dos alicerces, ele a amarra com arame e a amordaça, sem pressa para matá-la. Quando termina, joga a bola de tênis sobre ela.

Não era sua intenção que ela não fosse encontrada, mas o operador da escavadeira, ao empurrar a terra dentro da vala na manhã seguinte, vê de relance o cabelo louro-avermelhado na lama e consegue se persuadir de que se trata de um gato, muito embora lhe aconteça de ficar acordado à noite, pensando que poderia não ser.

O assassino leva o objeto de que precisa e depois lança sua bolsa em um terreno baldio. Tudo o que há lá dentro é levado por oportunistas diversos, até que um bom cidadão entrega a bolsa à polícia. Mas, então, todo o material útil desapareceu. Os policiais não conseguem identificar ninguém a partir da fita cassete que ela gravou. Cópias da música tocando no aparelho de som de Big Jane naquele apartamento em Hyde Park, o som arranhado e de má qualidade de uma conexão entre vitrola e gravador. The Mamas & The Papas; Dusty Springfield; The Lovin' Spoonfull; Peter, Paul & Mary; Janis Joplin.

Na noite de seu aborto ilícito, Jemmie vai para a cama mais cedo, queixando-se de algo ruim que andou comendo. Seus pais não lhe fazem perguntas e nunca descobrem a verdade. O namorado não volta do Vietnã, ou talvez sim, mas não para ela. Suas notas são boas na escola, ela vai para uma faculdade pública, mas abandona o curso e se casa aos vinte e um anos. Tem três filhos, sem complicações. Volta a estudar aos trinta e quatro anos e acaba trabalhando para o Departamento Municipal de Parques e Jardins.

As mulheres de Jane ficam extremamente preocupadas, mas não há prova alguma de que Margot não tenha apenas se cansado, feito as malas, quem sabe para ir encontrar o ex-namorado no Canadá. E, além disso, elas estão preocupadas com seus próprios problemas. Um ano mais tarde a casa de Jane é invadida. Oito mulheres são presas. A advogada delas procrastina o caso por meses e meses, aguardando o resultado de um importante julgamento que, ela afirma, mudará os direitos das mulheres para que possam dispor de seus corpos para sempre.

KIRBY
19 de novembro de 1992

A Divisão 1 é a parte mais antiga da Instituição Correcional do Condado de Cook, que atualmente está se expandindo com dois novos prédios, a fim de abrigar o excesso de detentos. Al Capone usufruiu de uma estadia ali à custa do condado, na época em que havia acesso direto a partir da rua. Agora, a segurança máxima significa que o centro tem uma barricada de três filas de cercas; é preciso passar por um portão de cada vez, rolos de arame farpado em dobro no alto. A grama entre as cercas é irregular e amarelada. A fachada tem letras góticas e cabeças de leão, assim como a estreita fileira de janelas é lúgubre e pálida.

O prédio histórico não foi tratado com o mesmo cuidado e atenção que o Field Museum ou o Art Institute, embora o presídio tenha regulamentos semelhantes para os visitantes. Não é permitido comer no recinto nem tocar em nada.

Kirby não pensou que teria que retirar as botas para passar pela máquina de raio X. Levou cinco minutos para removê-las e calçá-las de novo.

Está mais assustada do que quer admitir. É um choque cultural. É como nos filmes, só que mais tenso e fedorento. Há ali um bafo de suor e ódio, e o rumor embotado de muita gente amontoada escapa pelas paredes espessas. A tinta sobre o portão de segurança está arranhada e descascada, especialmente em torno da fechadura, que faz um estrondo quando o guarda abre a porta para deixá-la passar.

Jamel Pelletier já está esperando por ela numa das mesas da sala de visitas. Sua aparência é pior do que na fotografia dos recortes do *Sun-Times* que Chet achou para ela. As tranças de raiz que ele usava se foram e seu cabelo agora está bem aparado, mas sua pele é oleosa. As pequenas espinhas na testa, acima dos olhos grandes com cílios longos e grossas sobrancelhas, dão-lhe uma aparência lastimavelmente jovem, embora já esteja agora com vinte e tantos anos. Mais velho que ela. O uniforme cáqui de detento o envolve como um saco largo demais, seu número está impresso em letras escuras sobre o peito. Num reflexo de civilidade, ela estende a mão para apertar a dele, mas o rapaz põe a mão no rosto com uma careta divertida e balança a cabeça.

— Droga. Já estou descumprindo o regulamento — diz ela. — Obrigada por aceitar me receber.

— Pensei que você fosse diferente. Trouxe chocolate? — A voz dele tem um tom rouco. Ela deduz que se pendurar em barras com a calça retorcida esmagando a laringe possa causar isso. Pensar que ele ainda vai passar mais oito anos ali torna essa opção bem concebível.

— Sinto muito. Eu devia ter pensado nisso.
—Vai me ajudar?
—Vou tentar.
— Minha advogada disse que eu não deveria falar com você. Ela está furiosa.
— Foi porque eu menti para ela?

— Foi. Essa gente é profissional. Não dá para enrolar um advogado, cara.

— Pensei que fosse o melhor jeito de descobrir mais sobre o caso. Eu sinto muito.

—Você se acertou com ela?

— Eu lhe deixei algumas mensagens — suspira Kirby.

— Bom, se ela não concorda, eu também não concordo — diz ele, levantando-se para sair.

Ele faz um gesto com a cabeça para o guarda, que parece aborrecido e começa a se mover na sua direção, pegando as algemas no cinto.

— Espere. Você não quer me ouvir?

— Sua carta deixou tudo bem claro. Você acha que foi um assassino psicopata que fez o mesmo com você.

Mas ele hesita por um instante.

— Pelletier — grita o guarda. —Você vai ou não vai?

— Desculpe, Mo. Vou ficar mais um pouco. Você sabe como são essas safadas — diz ele, lançando para ela um olhar presunçoso e cheio de malícia.

— Isso não é legal — murmura Kirby.

— Não dou a mínima — diz ele, mas logo abaixa a cabeça.

Tão jovem, tão apavorado, pensa Kirby. Ela tem uma camiseta com essa inscrição.

— Foi você?

— Está falando sério? O que acha que qualquer pessoa aqui dentro vai responder, se você perguntar? Escuta, você acha um jeito de fazer alguma coisa por mim e eu ajudo você.

—Vou fazer uma matéria sobre você.

Ele a olha fixamente e, depois, abre um imenso sorriso, capaz de engoli-la.

— Caramba. Sério? Você já tentou isso.

—Você pratica algum esporte? Posso escrever sobre os jogos.

Seria uma ótima pauta, na verdade. Basquete nas prisões. Harrison talvez embarcasse nessa ideia.

— Não. Só levanto uns ferros.

— Tudo bem. Uma entrevista com seu perfil. Sua versão da história. Talvez para uma revista.

Ela não sabe até que ponto ele dá valor à revista *Screamin'*, mas está desesperada.

— Hum — diz ele, como se ainda não estivesse comprando a ideia. Mas Kirby sabe que a verdade é que todo mundo quer ser ouvido por *alguém*.

— O que você quer saber? — pergunta ele.

— Onde você estava na hora do assassinato?

— Estava com a Shante. Comendo aquela bundinha gostosa contra o muro. Sabe do que eu estou falando, beleza?

Ele bate as palmas das mãos de modo que seus dedos produzem um estalo de conotação sexual. O som é estranhamente semelhante ao ato.

— Talvez seja melhor eu deixar para lá.

— Ooohh. Ofendi você?

— O que me ofende é ver psicopatas fugindo depois de retalhar algumas meninas, seu otário. Estou tentando achar o assassino. Você quer me ajudar ou não?

— Relaxa aí, garota. Estou brincando com você. Eu estava com a Shante, mas ela não quis testemunhar porque está em condicional e, se souberem que a gente se vê, é uma violação por conta dos meus antecedentes. É melhor eu ir em cana do que a mãe da minha filha. De qualquer maneira, a gente não achava que ia durar. As acusações eram uma palhaçada.

— Eu sei.

— Tudo bem, o carro era roubado. Mas o que mais? Porra nenhuma.

— Vocês estavam passeando de carro no mesmo dia em que Julia foi assassinada. Não viram ninguém?

—Você tem que ser mais precisa. A gente viu um monte de gente. O problema é que um monte de gente nos viu. Devíamos ter ficado na orla do lago, ninguém ia dar a mínima para nós. Mas acabamos indo para o norte, até Sheridan. — Ele parece refletir por um segundo. — A gente parou para dar uma mijada, perto do bosque. Acho que foi ali. Eu vi um cara. Com um comportamento estranho.

Kirby sentiu a barriga ficar tensa.

— Ele estava mancando?

— Isso mesmo — diz Jamel, esfregando a pele rachada em seus lábios. — Isso mesmo. Estou me lembrando. Ele mancava. O filho da puta era manco. O cara estava agitado também. Não parava de olhar para os lados.

— De que distância você o viu? — Seu peito se aperta. Até que enfim. Porra, até que enfim.

— De bem perto. Do outro lado da rua. Acho que a gente não deu importância na hora. Mas ele estava mancando. Dava para ver.

— Como ele estava vestido? — pergunta ela, mais cautelosa. Não adianta querer que algo seja verdade...

— Um desses casacos grossos pretos e calça jeans. Eu me lembro porque fazia calor e aquilo era estranho. Imagino que estava usando o casaco para esconder o sangue, estou certo?

— Era negro? De pele muito escura? — lança ela, a conhecida "manipulação de testemunhas".

— Preto como o asfalto.

— Seu babaca! — explode ela, furiosa com ele. E consigo mesma, por ter deixado escapar tudo o que ela queria ouvir. — Você está inventando tudo isso.

—Você que pediu. Acha mesmo que, se tivesse visto a porra de um suspeito, eu não teria avisado aos policiais?

—Talvez não acreditassem em você. Já tinham concluído que vocês eram os culpados.

— Você é que está tirando conclusões. Ei, talvez você *possa* fazer uma matéria sobre mim.

— Isso está fora de questão agora.

— Merda. Você diz a uma piranha o que ela quer ouvir e depois ela solta os cachorros em cima de você. Sabe o que eu quero de verdade? — Ele se inclina na sua direção e faz um gesto com a mão para que ela se aproxime, a fim de não serem ouvidos.

Após um instante de hesitação, Kirby chega mais perto, mesmo sabendo que ele vai lhe fazer alguma proposta nojenta. Sua boca quase encosta no ouvido dela.

— Você cuida da minha filhinha. Lily. Ela está com oito anos agora. Quase nove. Tem diabetes. Você compra os remédios e toma conta para a mãe dela não vender tudo e comprar crack.

— Eu... — Kirby se afasta quando Jamel começa a rir.

— Gostou disso? É ou não é uma história triste? Você pode tirar uma daquelas fotos de partir o coração com minha garotinha, os dedos segurando as grades. Talvez uma lágrima escorrendo pela sua bochechinha, o cabelo bem penteado com maria-chiquinha. Amarrado com fitas coloridas. Arrume um jeito de fazer um abaixo-assinado. Manifestantes do lado de fora do presídio com aqueles cartazes e tudo mais. Com isso, consigo um recurso bem rápido, não é?

— Sinto muito — diz Kirby. Ela se sente tão despreparada para aquela animosidade, para aqueles desgraçados fodidos ali dentro.

— Você sente muito — diz ele, desanimado.

Ela se afasta da mesa, chamando a atenção do guarda.

— Ainda faltam oito minutos — diz ele, olhando o relógio da parede.

— Já terminei. Lamento. Preciso ir. — Ela apanha sua bolsa e o guarda destranca a porta, abaixando a maçaneta para ela sair.

— Sentir muito não adianta merda nenhuma! — grita Jamel na sua direção. — Da próxima vez, me traga uns chocolates. Daqueles com creme de amendoim. E um pedido de desculpas! Está me ouvindo?

HARPER
16 de agosto de 1932

Pesados fetos arbóreos pendem em ambos os lados da porta do florista no Congress Hotel, como as cortinas de um palco. Isso torna o negócio uma performance para as pessoas que atravessam o saguão. Harper sente-se exposto. Faz muito calor. O cheiro das flores é adocicado demais. Parece se espalhar por trás dos globos oculares, pesado e sufocante. Tudo isso o faz querer sair dali o mais rápido possível.

Mas o gordo afeminado de avental insiste em lhe mostrar todas as possibilidades, separadas por cor e variedade. Cravos para agradecimentos. Rosas para romances, margaridas para amizade ou lealdade sentimental. As mangas arregaçadas de sua camisa deixam expostos pelos escuros enrolados e eriçados, como pelos púbicos que se alastram pelos pulsos e quase chegam às articulações dos dedos.

É precipitado. Um risco, depois de ter sido tão cauteloso com tudo. Faz quatro meses que ele está esperando para não levantar suspeitas, para não parecer ávido demais.

Não há luz alguma nela. Não é como suas garotas. Ainda assim, ela é mais do que essa gente simplória se arrastando pela vida, poderia ser qualquer habitante de Chicago, se você ignorasse suas roupas. Ele gosta de sua indelicadeza imatura. Gosta da impressão de estar desafiando algo.

Harper não dá atenção aos ramos amarelados e rosáceos e toca com o dedo a pétala de um lírio obscenamente aberto. Com o contato, o estame asperge ouro em pó sobre os azulejos brancos e pretos.

— É um buquê de condolências?

— Não. É um convite.

Ele aperta com os dedos uma flor ainda fechada e alguma coisa lá dentro o pica. Sua mão estremece, esmagando a flor e derrubando várias outras do balde. O ferrão arde na ponta do seu dedo, a bolsa de veneno murchou e se esvaziou. Do meio das rosas no chão, uma abelha sai se arrastando, asas quebradas e pernas atrofiadas.

O florista pisa em cima.

— Maldito inseto! Eu sinto muito. Deve ter vindo lá de fora. Quer um pouco de gelo?

— Não, só as flores — responde Harper, sacudindo a mão e removendo o ferrão. A dor é excruciante. Mas ela diminui o peso em sua cabeça.

No cartão lê-se "Enfermeira Etta", pois ele não consegue se lembrar do sobrenome dela. "Quarto Elisabetano, Congress Hotel. Oito da noite. Saudações. Seu admirador."

Ao sair, o dedo ainda latejando por causa do veneno, ele hesita diante da joalheria e acaba comprando uma pulseira com pingentes que estava na vitrine. Uma recompensa, se ela aparecer. O fato de combinar com a que está pendurada em sua parede é pura coincidência, diz a si mesmo.

★ ★ ★

Ela já está sentada à mesa quando ele chega, olhando ao redor, as mãos cruzadas sobre a bolsa no colo. Usa um vestido bege que favorece seu corpo, muito embora esteja um tanto apertado em volta dos braços, o que o leva a pensar que é emprestado. Seu cabelo castanho-avermelhado está curto agora, com cachos soltos. Ela parece contente ao vê-lo. Um pianista deixa escapar uma nota doce e solitária enquanto o restante da banda se prepara.

— Eu sabia que era você. — Ela torce a boca com ironia.

— Sabia mesmo?

— Sabia.

— Achei que valia a pena arriscar. — E então, não podendo resistir: — Como vai seu amigo?

— O médico? Ele sumiu. Você não sabia?

Seus olhos cintilam sob a luz amarela do candelabro.

— Se soubesse, não teria esperado tanto tempo.

— Há rumores de que ele tenha se apaixonado e fugido com alguma garota. Ou arrumou encrenca no jogo.

— Acontece.

— Um babaca. Espero que morra.

O garçom chega com a limonada e uma fatia de limão cobrada à parte. Está muito forte. Harper precisa se conter para não cuspir na toalha de mesa.

— Trouxe uma coisa para você.

Ele tira do bolso a caixinha de veludo da joalheria e a coloca sobre a mesa.

— Sou ou não sou uma garota de sorte?

Ela não faz sequer um gesto para apanhá-la.

— Abra.

— Tudo bem. — Ela pega a caixa, retira a pulseira e a observa contra a luz da vela. — Por que isso?

— Você me interessa.

— Você está interessado em mim só porque não conseguiu ficar comigo antes.

— Talvez. Talvez eu tenha matado o médico também.
— Está bem assim?

Ela coloca a pulseira em torno do pulso e estica o braço para ele engatar o fecho, torcendo a mão para trás de modo que os tendões se sobressaiam num relevo acentuado entre a fina malha de veias sob a pele. Ela o deixa em dúvida. Seu carisma não funciona com ela da mesma forma que funciona com as outras. Ela percebe seu jogo.

— Obrigada. Você quer dançar?
— Não.

As mesas ao redor vão sendo ocupadas. As mulheres estão muito bem-vestidas, insinuantes, com vestidos de lantejoulas e alças delicadas. Os homens em seus ternos, confiantes. Isso foi um erro.

— Então, vamos para sua casa.

Ele percebe que é um teste. Para ela e para ele.

— Tem certeza? — pergunta ele.

Sua mão começa a latejar ao lembrar-se da dor causada pelo ferrão da abelha, mais cedo.

Ele a conduz pelo caminho mais longo, a fim de encontrar ruas mais vazias, mesmo que ela se queixe dos saltos e acabe por retirar os sapatos, assim como as meias, para caminhar descalça. Tapa seus olhos nos últimos quarteirões. Um velho passa e lança um olhar sinistro, mas Harper beija Etta. *Está vendo*, ele pensa, *é só um joguinho amoroso*. De certo modo, é, de fato.

Ele mantém os olhos dela cobertos ao enfiar a chave na fechadura e ajudá-la a passar sob os tapumes cruzados diante da porta.

— O que está acontecendo? — diz ela, rindo.

Ele percebe pelo risinho ofegante que ela está excitada.

— Você vai ver.

Ele tranca a porta atrás dela antes de deixar que reabra os olhos, levando-a na direção da sala, passando pela mancha escura sobre a madeira suja e empenada.

— Isso é chique — fala ela, olhando ao redor. Nota o decantador, novamente cheio de uísque, e pergunta: — Vamos beber alguma coisa?

— Não — responde ele, agarrando seus seios.

—Vamos para o quarto então — sussurra ela, enquanto ele a conduz até o sofá.

— Aqui mesmo. — Ele a vira de costas e tenta arrancar seu vestido.

— Tem um zíper — diz ela, tentando alcançá-lo.

Rebolando, ela desliza o vestido pelos quadris. Ele sente que começa a perder o controle. Agarrando as mãos dela, a imobiliza por trás.

— Fique quieta — murmura ele, fechando os olhos e se lembrando das imagens das garotas. Elas se abrindo sob ele. Suas entranhas transbordando. O modo como choram e se debatem.

Acaba cedo demais. Ele geme, afastando-se dela, com as calças nos calcanhares. Sente vontade de bater nela. A culpa é dela. Vagabunda.

Mas ela se vira e o beija com sua língua rápida e hábil.

— Foi ótimo — diz Etta.

Sua boca vai descendo até a cintura dele e, muito embora ele não consiga manter uma ereção, aquilo se revela bastante prazeroso.

—Você quer ver uma coisa? — pergunta ele, distraído, esfregando o batom que ficou em seus testículos.

Ela está sentada no chão, aos seus pés. Seus ombros estão despidos e ela enrola um cigarro.

— Já vi — diz ela, olhando-o com malícia.

—Vista-se — pede ele ao fechar a calça.

—Tudo bem.

A pulseira chacoalha em volta de seu pulso quando ela dá um longo trago em seu cigarro. Uma nuvem de fumaça escapa por entre o arco perfeito de seus lábios.

— É um segredo. — Um arrepio o atravessa ao revelar-lhe isso. É uma infração e ele sabe. Mas sente necessidade de partilhar. Seu imenso e terrível mistério. É como ser o homem mais rico do mundo e não ter nada com que gastar o dinheiro.

—Tudo bem — diz ela de novo, um sinal de sagacidade no canto da boca.

—Você não pode olhar. — Sua intenção não é levá-la longe demais. Precisa ver seus limites.

Desta vez, ele usa o chapéu para cobrir-lhe o rosto, levando-a até a porta. Ela tem um sobressalto sob a luz. Eles saem para uma tarde perfumada com uma brisa constante e borrifada pela chuva primaveril. Ela entende imediatamente. Ele sabia que entenderia.

— O que é isso? — pergunta Etta, seus dedos fincados no braço dele, olhando para a rua. Seus lábios afastados permitem que ele veja a língua se movendo entre os dentes, para a frente e para trás, para a frente e para trás.

—Você ainda não viu nada.

Ele a leva até o centro da cidade, que não está tão diferente, mas depois eles seguem a multidão até o parque Northerly Island, onde está sendo preparada a Exposição Mundial. Primavera de 1934. Ele já esteve ali antes em suas perambulações.

"O Século do Progresso", proclamam os cartazes. "A Cidade Arco-íris". Eles seguem por um corredor de bandeiras em meio ao povo animado e feliz. Ela arregala os olhos para ele, vendo as luzes vermelhas piscando na lateral de uma torre estreita, feita para parecer um termômetro.

— Isto não é aqui — diz ela, espantada.

— Ontem, não.

— Como você fez isso?

— Não posso contar.

Ele logo se cansa daquelas maravilhas, que lhe parecem esquisitas. As construções são estranhas e, ele sabe, apenas temporárias. Ela solta um gemido e segura firme em seu braço, diante dos dinossauros que agitam as caudas, mexendo a cabeça de um lado para outro, mas aquele mecanismo tosco não o impressiona.

Há uma réplica de um forte com índios peles-vermelhas, e um edifício dourado japonês que parece um guarda-chuva quebrado, com as hastes sobressaindo. A Casa do Futuro não o é de fato. A exposição da General Motors é risível. Um menino gigante com um rosto distorcido de boneca montado a cavalo sobre um vagão vermelho, sem destino certo.

Ele não deveria tê-la trazido ali. É patético. Os limites da imaginação, o futuro pintado espalhafatosamente, como uma piranha ordinária, quando ele já o viu na realidade, veloz, denso e feio.

Etta percebe seu mau humor e tenta mudá-lo.

— Você viu aquilo? — pergunta ela, admirada, apontando para as gôndolas em forma de foguetes do teleférico, transitando de um lado para outro entre dois pilares em cada margem da lagoa. — Vamos dar uma volta? A vista deve ser de tirar o fôlego, lá em cima.

Ele compra os ingressos com má vontade e um elevador os leva até o alto numa velocidade estonteante. Talvez o ar esteja mais fresco àquela altura, ou quem sabe trata-se apenas de ampliar o panorama. A cidade toda se estende diante deles, a exposição inteira, estranha e moderna vista daquela altura.

Etta segura seu braço, pressionando o corpo contra o dele, para que ele possa sentir o calor e a suavidade de seus seios através do vestido. Os olhos dela brilham.

— Você se dá conta do que tem nas mãos?

— Claro.

Uma parceira. Alguém que possa entender. Ele já sabe que ela é cruel.

KIRBY
14 de janeiro de 1993

— Ei, Kirsty, sinto muito. Esqueci completamente. Perdi a noção do tempo — diz Sebastian "pode me chamar de Seb" Wilson, abrindo a porta.

— Não é Kirsty, é Kirby — corrige ela.

Durante meia hora, ela esperou no saguão, até que a recepcionista entrasse em contato com ele.

— Mas é claro, me desculpe. Não sei onde anda minha cabeça. Bem, na verdade, sei sim. Está envolvida com um negócio. Entre, por favor. Não repare na bagunça.

Sua suíte deve ser uma das mais requintadas do hotel; uma cobertura com vista para o rio e um salão contíguo, daqueles com uma mesinha de vidro no centro com inconfundíveis marcas de gilete e uma finíssima película de cocaína.

Neste instante, está submersa sob um monte de planilhas e formulários com dados. A cama está desfeita. Há uma coleção de minigarrafas de bebida reunidas em torno de uma luminária enorme sobre a mesinha de cabeceira. Ele empurra sua maleta a fim de criar espaço para ela se sentar no sofá de couro branco.

— Posso oferecer alguma coisa? Você quer uma bebida? Se é que sobrou alguma...

Ele olha para os cascos vazios, constrangido, e passa os dedos pelo cabelo imaculadamente desgrenhado, revelando entradas prematuras nas têmporas.

Um Peter Pan que cresceu e virou executivo, ela pensa, mas ainda tenta manter a aparência de menino mau, o personagem que criou para si nos tempos de escola.

Mesmo sob aquele terno caro, Kirby pode adivinhar a musculatura esguia começando a afrouxar, especialmente na altura da barriga. Ela se pergunta quando foi a última vez que usou a moto. Ou talvez ele diga a si mesmo que vai voltar a fazer isso tão logo ganhe seu primeiro milhão e se aposente, aos trinta e cinco.

— Obrigada por arrumar um tempo para me receber.

— Imagina! Qualquer coisa que possa ajudar a Julia. É tão trágico. Eu ainda não... você sabe... superei isso. — Ele balança a cabeça. — Aquele dia.

— Foi uma batalha para conseguir achar você.

— Eu sei, eu sei. Com essa fusão milionária para acontecer. Normalmente, a firma não se interessaria por negócios no interior do país. Atuamos mais nos centros do litoral. Mas os agricultores necessitam de hipotecas como todo mundo. Você não deve fazer a menor ideia do que eu estou falando. O que você está estudando mesmo?

— Jornalismo. Mas a verdade é que acabei largar.

A decisão não tinha de fato lhe ocorrido até as palavras lhe saírem da boca; confessava-se a um sujeito totalmente desconhecido. Mas faz mais de um mês que não vai à aula. O último trabalho que entregou foi há dois meses. Se tiver sorte, vão somente ficar no seu pé.

— Ah, compreendo. Eu me envolvi demais naquela merda toda, manifestações políticas e tudo o mais. Pensava que havia alguma coisa útil que eu poderia fazer com todo aquele ódio.

—Você é bem franco com relação a isso.

— Estou falando com alguém que entende, certo? Nem todo mundo é capaz.

— É, eu sei.

— O que quero dizer é que você já passou por isso.

Uma camareira filipina abre a porta.

— Desculpe-me — diz ela, indo embora imediatamente.

— Daqui a uma hora, ok? — grita Sebastian bem alto. —Volte em uma hora para arrumar o quarto! — Ele sorri vagamente para Kirby. — Do que estávamos falando?

— De Julia. Política. Sentir ódio.

— Isso. Isso mesmo. Mas o que eu podia fazer? Parar minha própria vida? Julia teria desejado que eu fosse em frente e fizesse algo do meu futuro. E olhe para mim agora. Acho que ela ficaria orgulhosa, não?

— Certamente — diz Kirby com um suspiro.

Talvez a morte condense tudo, torne as pessoas babacas e egoístas, ainda que se sintam feridas e solitárias por dentro.

— Então, você sai por aí falando com a família de todas as vítimas? Isso deve ser deprimente.

— Não tão deprimente quanto ver o assassino escapar. Sei que já faz muito tempo, mas você se lembra se houve algo chocante e estranho quando a polícia achou o corpo?

—Você está brincando? Levaram dois dias para encontrá-la. Isso é extremamente injusto. Quando penso nela deitada no bosque, sozinha.

São palavras gastas demais, que irritam Kirby. Ele as disse tantas vezes que elas perderam o significado.

— Ela estava morta. Não fez diferença alguma para ela.

— É muita frieza da sua parte, moça.

— Mas é a verdade. É por isso que dizem que é preciso *viver* com isso.

— Relaxe. Droga. Pensei que tivéssemos criado uma conexão.

— Houve algo incomum achado junto ao corpo, algo que não pertencesse a ela? Um isqueiro? Uma joia? Algum objeto antigo?

— Ela não ligava para joias.

— Ok, obrigada. — Kirby sente-se exausta. Quantas entrevistas assim ela já fez? — Você foi muito prestativo. Obrigada por seu tempo.

— Eu já falei da música para você?

— Não, eu teria lembrado.

— Tem muita importância para mim agora. "Get It While You Can", da Janis Joplin.

— Você não me parece do tipo que curte Janis Joplin.

— Nem Julia. Não era sequer a letra dela que estava na fita.

— Como assim? — Kirby tenta reprimir a centelha de esperança. Nada, não é nada mesmo. Como Jamel.

— Uma fita que estava dentro da bolsa dela. Acho que alguém deve ter lhe dado. Você sabe como são as garotas que dividem dormitórios.

— Claro, ficam trocando fitas de música e fazendo guerra de travesseiros de calcinha — solta Kirby, disfarçando seu interesse. — Você disse isso aos policiais?

— O quê?

— Que não era a letra dela.

— Você acha que um daqueles merdas que a mataram era fã de Janis Joplin? Acho que eram mais do tipo... — Ele faz o gesto de sacar um revólver da cintura. — Pá-pá-pá! Bala no policial!

— Ele ri da própria imitação e, em seguida, seu rosto murcha com tristeza. — Ei, tem certeza de que não quer ficar mais um pouco? Tomar um drinque comigo?

Ela sabe quais são as intenções dele.

— Isso não ajudaria em nada — responde.

HARPER
1º de maio de 1993

Ele acha surpreendente como estão próximas, apesar dos carros, trens e da agitação vertiginosa do aeroporto O'Hare. Elas podem ser encontradas facilmente, ele descobriu. Em sua maioria, são atraídas para a cidade, que continua expandindo os limites até as zonas rurais, como o bolor que vai se apropriando de um pedaço de pão.

O catálogo telefônico é na maioria das vezes seu ponto de partida, mas Catherine Galloway-Peck não consta na lista. Então, ele resolve telefonar para os pais dela.

— Alô? — A voz do pai chega clara a seu ouvido, como se ele estivesse ali ao lado.

— Estou procurando Catherine. Pode me ajudar a encontrá-la?

— Já falei para você antes, ela não mora aqui e não temos absolutamente nada, está escutando, *nada* a ver com as dívidas dela.

O estalo seco do telefone sendo batido é seguido por um zumbido monótono. Ele se dá conta de que o homem não está mais no outro lado da linha, então insere mais uma moeda e recomeça o processo, apertando com vontade as teclas cinzentas, os números imundos e desgastados por outros dedos. O telefone toca várias vezes.

— Alô? — É a voz cautelosa do Sr. Peck.
— O senhor sabe onde ela está? Preciso encontrá-la.
— Pelo amor de Deus! — esbraveja o homem. — Você ainda não me entendeu? Vê se nos deixa em paz! — O homem espera em vão por uma resposta; tempo suficiente para o medo se manifestar. — Alô?
— Alô.
— Ah, bom, pensei que não estivesse mais na linha. — Sua voz soa insegura. — Ela está bem? Aconteceu alguma coisa? Meu Deus. Ela *fez* alguma coisa?
— Por que Catherine faria alguma coisa?
— Não sei. Não entendo nada. Nós pagamos para ela ir para aquele lugar. Nós tentamos entender. Eles dizem que não é culpa dela, mas...
— Para qual lugar?
— O Centro de Recuperação New Hope.

Delicadamente, Harper desliga o telefone.

Ele não a encontra lá, mas vai à reunião de uma instituição para reinserção social afiliada à New Hope, onde fica sentado em silêncio e (como o nome sugere) ouve anonimamente histórias tristes até conseguir obter o novo endereço com uma senhora ex-viciada bem prestativa chamada Abigail, que fica feliz em saber que o "tio" de Catherine resolveu contatá-la.

CATHERINE
9 de junho de 1993

Catherine Galloway-Peck anda de um lado para outro diante de uma tela vazia. Amanhã, ela a levará para Huxley e a venderá por vinte dólares, embora só a moldura tenha custado isso. Mas ele sentirá pena dela e vai lhe dar uma dose também. Pode ser que tenha que pagar um boquete. Mas ela não é uma puta. É só um favor. Amigos ajudam uns aos outros. É possível ajudar um amigo a se sentir melhor.

Além disso, a arte supostamente é abastecida pela depressão e por substâncias viciantes. Veja o Kerouac. Ou Mapplethorpe. E Haring! Bacon! Basquiat! Então como pode ser que, quando ela olha para a tela em branco, sua textura soe em sua cabeça como um piano desafinado, preso a uma nota só?

Não é sequer uma questão de começar. Já começou uma dúzia de vezes. Com audácia, brilhantismo e uma ideia clara de aonde quer chegar. Consegue ver o trabalho inteiro se desdobrando em sua cabeça. Como as camadas de cores serão sobrepostas umas às outras feito pontes que vão levá-la até o final do caminho. Mas, então, tudo fica escorregadio. A coisa desanda e ela não consegue manter o controle, as cores se tornam turvas. Acaba fazendo colagens cruas de páginas arrancadas de velhos romances de má qualidade que comprava por um dólar a caixa, pintando várias vezes por cima, apagando as palavras. Sua ideia era usá-las para fazer um negatoscópio, com alfinetes indicando novas frases que só ela conheceria.

É um alívio abrir a porta e encontrar alguém ali. Ela pensou que fosse Huxley, antecipando-se à carência dela. Ou Joanna, que às vezes passa para um café e um sanduíche, embora ela venha com menor frequência agora, e seu olhar pareça cada vez mais duro.

— Posso entrar? — pergunta ele.

— Entre — responde ela, abrindo a porta completamente, muito embora ele esteja segurando uma faca e um grampo de cabelo na forma de um coelhinho cor-de-rosa que deve datar de, se seus cálculos não a enganarem, uns oito anos atrás, mas que parecem ter sido comprados ontem. Ela se dá conta de que estava prevendo sua chegada. Desde quando tinha doze anos e ele sentou-se a seu lado no gramado, durante a queima de fogos de artifício. Ela estava esperando o pai voltar do banheiro: cachorro--quente apimentado nunca lhe fazia bem. E ela disse que não tinha permissão para conversar com desconhecidos e que chamaria a polícia, mas na verdade sentia-se lisonjeada pelo interesse que ele demonstrava nela.

Ele lhe explicou que ela era mais resplandecente que as explosões no céu acima dos prédios, refletidas nos vidros. Ele podia vê-la brilhando desde muito longe. O que significava que teria de matá-la. Não agora, mais tarde. Quando ela se tornasse adulta. Mas ela devia ficar atenta. Ele fez um gesto em sua direção e ela recuou. Não a tocou, só o suficiente para remover o grampo de seu cabelo. E foi isso, mais do que as coisas terríveis que lhe dissera, que a deixou chorando inconsolavelmente, para a consternação de seu pai quando enfim voltou, pálido, suado e com a mão na barriga.

E não será isso que a colocou nesse curso, nessa espiral descendente? O homem no parque que lhe dissera que iria matá-la.

É algo horrível de se dizer a uma criança, ela pensa, mas o que acaba falando é "Quer beber alguma coisa?", bancando a anfitriã educada, como se tivesse algo a oferecer além de água num copo sujo de tinta.

Ela vendeu sua cama duas semanas atrás, mas achou um sofá quebrado na calçada e convenceu Huxley a ajudar a subi-lo pela escada e depois teve que chupá-lo, porque, ora vamos, Cat, ele não faria merda nenhuma de graça.

—Você disse que eu brilhava. Como os fogos de artifício. Foi na Feira de Chicago, lembra?

Ela faz uma pirueta no meio da sala e quase cai no chão. Quando foi a última vez que comeu alguma coisa? Terça-feira?

— Mas não é verdade.

— Não — responde ela, jogando-se no sofá.

As almofadas estão no chão. Ela começa a rasgar as costuras, procurando migalhas. Um resto de droga que tenha se perdido. Costumava usar um aspirador portátil entre as tábuas do assoalho, e vasculhava o saco de poeira quando estava realmente desesperada. Mas não sabe onde ele foi parar. Lança um olhar entorpecido para os livros com metade das histórias arrancada, espalhados pelo chão. Tem sido catártico rasgar aquelas páginas, mesmo que não as esteja pintando. A destruição é um instinto natural.

— Você não brilha mais. — Ele lhe estende o grampo de cabelo. — Eu ainda preciso voltar — diz, com raiva dela — para completar o círculo.

Ela pega o grampo com um gesto debilitado. O coelhinho cor-de-rosa está de olhos fechados. Dois pequenos Xs e um outro sobre a boca. Catherine pensa em comê-lo. Uma hóstia de comunhão para a sociedade de consumo. Seria uma boa ideia para uma peça, na verdade.

— Sinto muito. Acho que são as drogas. — Mas ela sabe que isso não é verdade. É a razão pela qual ela usa drogas. Como a visão de sua arte que derrapa, ela não consegue se agarrar à realidade. É demais para ela. —Você ainda vai me matar?

— Por que eu desperdiçaria meu tempo. — Isso não soa como uma pergunta.

—Você veio, não veio? Quero dizer, você está aqui. Não sou eu que estou imaginando isso.

Ela agarra a lâmina da faca e ele se afasta. A ardência na palma de sua mão a faz sentir-se viva de um modo que há muito não sentia. É algo limpo e impetuoso. Não é como a agulha mordendo sua pele entre os dedos, o crack misturado ao vinagre para torná-lo injetável.

—Você prometeu.

Ela segura a mão dele, que sorri com desdém, mas um pânico momentâneo surge em sua expressão, misturado ao desgosto. Ela conhece esse olhar, já o viu no rosto de muitas pessoas quando conta para elas a história de que precisa de dinheiro para pegar o ônibus porque foi assaltada e tem que voltar para casa. Não é por isso que tem esperado? Matar o tempo. Porque ela precisa ir para o lugar onde as pinturas de sua cabeça façam sentido. Ela precisa que ele a leve até lá. Sangue espalhado na tela. Tome isso, Jackson Pollock.

Jin-Sook
23 de março de 1993

CHICAGO SUN-TIMES

Assassinato brutal de dedicada assistente social abala a cidade
Richard Gane

CABRINI GREEN — Uma jovem assistente social foi encontrada morta a facadas ontem às cinco horas da manhã, sob a linha do trem suspenso, na esquina da West Schiller e North Orleans.

Jin-Sook Au (24) trabalhava como assistente social no Departamento de Habitação de Chicago, num dos projetos mais notórios da cidade. A polícia se recusa a especular se o homicídio tem alguma relação com as gangues.

"Não estamos revelando detalhes por enquanto, visando analisar todas as linhas de investigação", diz o detetive Larry Amato. "Gostaríamos de pedir que pessoas que disponham de qualquer informação entrem em contato urgente conosco."

O corpo foi encontrado a dois quarteirões de badalados restaurantes e do café-teatro no bairro de Old Town. Por enquanto, nenhuma testemunha se apresentou.

A equipe do Departamento de Habitação de Cabrini Green reagiu com choque ao assassinato. A assessora de imprensa do departamento, Andrea Bishop, disse: "Jin-Sook era uma jovem brilhante cuja dedicação e ideias causavam grande impacto. Estamos profundamente tristes e horrorizados pela perda."

Tonya Gardener, que reside em Cabrini, disse que a Srta. Au fará imensa falta à comunidade. "Ela era muito eficiente. Fazia as pessoas se sentirem conscientes dos acontecimentos, ainda que não pudesse fazer nada a respeito. Era excelente com as crianças. Sempre lhes trazia pequenos presentes. Livros e coisas assim, embora elas sempre pedissem doces e balas. Ela sempre buscava inspirá-las, sabe? A biografia de Martin Luther King ou CDs de Aretha Franklin. Modelos fortes de pessoas negras nas quais as crianças podiam se espelhar."

Os pais da Srta. Au não foram encontrados pela reportagem. A comunidade coreana está se reunindo para dar apoio à família e realizará uma homenagem póstuma na Igreja Presbiteriana Betânia na quinta-feira. Todos são bem-vindos.

A fotografia que acompanha a reportagem mostra um corpo oculto por um cobertor num terreno baldio, entre o estacionamento e um barraco precário, sob o pilar da linha suspensa. A área é cercada, mas isso não tem impedido as pessoas de utilizá-la como depósito de detritos improvisado; um saco de lixo que não foi jogado dentro da caçamba se encontra encostado a uma velha máquina de lavar revirada.

Um jovem policial acena na direção da câmera, esperando ofuscar a foto ou dissuadir o fotógrafo.

Se a câmera virasse alguns centímetros à esquerda, apareceria na foto um estranho par de asas de borboleta preso à cerca por causa do vento, irreconhecivelmente rasgadas e guardadas dentro de um saco plástico da Walgreen fechado com um elástico, mas ainda manchado de tinta.

No entanto a linha vermelha da ferrovia suspensa passa trepidante por cima e o deslocamento de ar varreu o pequeno saco, que foi se juntar aos demais refugos da cidade.

Tudo indica que não se tratou de um roubo. Sua bolsa de livros foi jogada perto do corpo, mas a carteira de dinheiro não foi levada, continua com o zíper fechado e ainda contém sessenta e três dólares e alguns trocados. Há também uma escova com vários fios de cabelo preto que serão identificados como sendo dela, uma embalagem de lenços de papel, um protetor labial com manteiga de cacau, fichas do Departamento de Habitação sobre as famílias com as quais estava trabalhando, um livro da biblioteca (*Parábola do semeador*, de Octavia Butler), e uma fita de vídeo "Live from All Jokes Aside", um café-teatro local frequentado por negros. O tipo de artigos inspiradores pelos quais ficou conhecida. A polícia não se dá conta de que há uma figurinha de beisebol faltando; a de um famoso jogador afro-americano.

KIRBY
23 de março de 1993

— Passe-me tudo o que você conseguir — dispara Kirby para Chet.

— Calma, companheira, essa matéria nem é sua.

— Vamos lá, Chet. *Alguém* deve ter sacado o interesse humanitário e deve ter escrito sobre ela. Uma moça de origem americano-coreana trabalhando numa das áreas mais violentas da cidade? É muito tentador.

— Não é possível.

— Por quê?

— Porque Dan telefonou hoje de manhã e disse que ia me fazer engolir meu próprio saco depois que ele o cortasse com uma tesoura cega. Ele não quer que você se envolva nisso.

— É bem legal da parte dele, mas ele não tem absolutamente nada com isso.

—Você é estagiária dele.

— Chet! Você sabe que sou pior que o Dan.

— Tudo bem! — Ele ergue os braços, um gesto que é obstruído pelo peso de suas joias. — Espere aqui. E não conte para Velasquez.

Ela sabia que ele não resistiria à tentação de praticar sua arte esotérica naquelas prateleiras.

Chet retorna dez minutos depois com vários recortes sobre Cabrini e a incompetência geral do Departamento de Habitação de Chicago.

— Consegui alguma coisa sobre Robert Taylor Homes também. Sabia que os primeiros habitantes de Cabrini eram em sua maioria italianos?

— Não sabia.

— Agora sabe. Achei um artigo sobre isso, e sobre a mudança dos imigrantes brancos para os subúrbios em geral.

—Você não brinca em serviço.

Ele exibe também um envelope de papel pardo com um floreio.

— E agora... No Dia da Coreia, em 1986, sua garota ficou em segundo lugar no concurso de redação.

— Como você conseguiu isso?

— Se eu disser, terei que matá-la — responde ele, mergulhando a cabeça de cabelo propositadamente bagunçado atrás de um exemplar de *O monstro do lago*. Depois, acrescenta sem olhar para cima: — Sério, não posso dizer.

Ela começa pelo detetive Amato.

— Alô? — diz ele.

— Estou telefonando por causa do assassinato de Jin-Sook Au.

— Sim?

— Eu queria obter algumas informações sobre como ela foi assassinada...

— Escute, minha senhora, vá curtir sua perversidade em outro lugar. — E bate o telefone na cara dela.

Ela liga de novo e explica ao policial de plantão que sua chamada foi cortada acidentalmente. A ligação é transferida para a mesa dele, que responde no ato.

— Amato.
— Por favor, não desligue.
—Você tem vinte segundos para me convencer.
— Acho que vocês estão lidando com um assassino em série. Se falar com o detetive Diggs em Oak Park, ele confirmará o que estou dizendo.
— E você, quem é?
— Kirby Mazrachi. Fui atacada em 1989 e tenho certeza de que se trata do mesmo sujeito. Alguma coisa foi deixada com o corpo?
— Sem querer ofender, mas existem regulamentos. Não posso revelar esse tipo de informação. Vou falar com o detetive Diggs. Você quer deixar seu telefone?

Ela lhe dá seu número e o do *Sun-Times*, para não haver problema. Ela espera que isso baste para que a levem a sério.

— Obrigado. Eu volto a entrar em contato.

Kirby examina os artigos que Chet desentocou para ela. Eles não lhe trazem nada sobre Jin-Sook Au, embora consiga muito material sobre as práticas antiéticas do setor imobiliário e a história misteriosa do Departamento de Habitação de Chicago, mais do que jamais quis saber. Era preciso ser obstinado ou idealista para trabalhar dentro da organização.

Ela se impacienta. Tem vontade de visitar a cena do crime, mas em vez disso abre um catálogo telefônico. Existem quatro "Au" na lista. É fácil encontrar o certo. É um número que está sempre ocupado porque foi deixado fora do gancho.

Finalmente, ela pega um táxi para Lakeview, a casa de Don e Julie Au. Eles não respondem ao telefone nem à campainha. Ela se senta do lado de fora e espera, dá a volta por trás da casa, não se importa com o frio congelante em seus dedos entorpecidos, enterrados sob os braços. E noventa e oito minutos depois, quando a Sra. Au sai pela porta dos fundos com um roupão e um chapéu de crochê creme com uma rosa na frente, ela está ali a aguardando. A mulher leva um bom tempo para caminhar até o mercadinho, como se cada passo fosse um dever que ela precisa cumprir. Kirby faz o possível para manter-se fora de sua vista.

No mercadinho, ela encontra a Sra. Au em pé, ao lado da prateleira de chá e café. Tem nas mãos uma caixa de chá de jasmim e o olha absorta, como se ele pudesse lhe dar alguma resposta.

— Com licença — diz ela, tocando seu braço.

A mulher se vira para ela, parecendo não a enxergar. Seu rosto é uma máscara de dor toda enrugada. Kirby não consegue evitar, mas sente-se intimidada.

— Jornalistas, não! — diz a mulher, ressuscitando e balançando a cabeça freneticamente. — Jornalistas, não!

— Por favor, não sou jornalista, tecnicamente. Alguém tentou me matar.

A mulher parece horrorizada.

— Ele está aqui? Precisamos chamar a polícia!

— Não, espere. — As coisas estavam saindo do controle. — Eu acho que sua filha foi morta pelo assassino em série que me atacou, alguns anos atrás. Mas eu preciso saber como ela foi esfaqueada. O assassino tentou estripá-la? Ele deixou alguma coisa junto ao corpo? Alguma coisa fora do lugar? Algo que vocês sabem que não lhe pertencia?

— A senhora está bem? — O homem do caixa sai de trás do balcão e coloca uma mão protetora sobre o ombro da Sra. Au, porque a mulher está vermelha e trêmula, chorando. Kirby se dá conta de que estava gritando.

— Você é uma doente! — grita a Sra. Au para Kirby. — Se o homem que fez isso deixou alguma coisa junto ao corpo? Dei-

xou, sim! Meu coração. Arrancado do meu peito. Minha única filha! Você entende?
— Eu sinto muito, de verdade, desculpe. — Meeeerda, como ela conseguiu fazer tudo tão errado?
— Saia daqui agora — avisa o caixa. — Qual é o seu problema?

Se ainda tivesse uma secretária eletrônica, poderia ter sido capaz de evitar. Mas, sem isso, quando chega ao *Sun-Times* na manhã seguinte, encontra Dan esperando-a no saguão. Ele a segura pelo braço e a conduz para fora.
— Pausa para fumar.
—Você não fuma.
— Ao menos uma vez na vida, não argumente. Vamos dar uma volta. O cigarro é opcional.
— Ok, ok.
Ela se desvencilha de sua mão enquanto caminham na direção do rio. Os prédios se refletem uns nos outros, uma cidade infinita nos vidros.
— Ei, você ouviu falar do escândalo? Uns corretores imobiliários safados levaram uma família negra para morar num bairro onde só havia brancos e depois começaram a assustar os residentes, dizendo que ia ser um inferno para eles, de forma que conseguiram fazê-los venderem suas propriedades por um preço bem baixo e ainda ganharam uma boa comissão?
— Não é hora, Kirby.
O ar que vem do rio é penetrante, como se entrasse pelos ossos até a medula. Um navio cargueiro passa ao largo, remexendo a água em sua esteira, deslizando habilmente sob a ponte.
Kirby cede ao silêncio acusador dele.
— Foi Chet que me dedurou?
— Sobre o quê? Acesso a velhos recortes? Isso não é ilegal. Assediar a mãe de uma vítima de assassinato, porém...

— Besteira.
— A polícia ligou. Estão aborrecidos. Harrison ficou num estado apocalíptico. O que você está pensando?
—Você não quer dizer num estado apoplético?
— Eu sei muito bem o que quero dizer. E sei que a coisa vai ficar feia para o seu lado.
— Isso não é novidade. Tenho feito isso há um ano, Dan. Cheguei a descobrir o ex-namorado de Julia Madrigal. O que acabou sendo péssimo e bem triste.
— *Bendito sea Dios, dame paciencia.*Você *não* facilita as coisas. — Dan esfrega a mão na nuca.
— Não faça isso, você vai ficar careca — dispara Kirby.
—Você precisa se acalmar.
— Sério? É isso o que tem para me dizer?
— Pelo menos seja *sensata.*Você não percebe como seu comportamento é insano?
— Não.
— Ótimo. Faça como quiser. Harrison está esperando você na sala de reunião.

Um detetive, um editor e um jornalista esportivo dentro de uma sala. Não tem frase de efeito. Somente um homérico monte de problemas prestes a cair sobre sua cabeça.

O detetive Amato está usando seu uniforme completo, com colete à prova de balas, para que ela possa entender quão séria é a situação. Seu rosto guardou as marcas de antigas espinhas, como se tivesse passado uma lixa na cara. Isso o faz parecer desgastado como um caubói. Uma ponta de história de bravura tem lá seu charme, pensa Kirby. Mas suas bochechas inchadas e as olheiras profundas indicam que ele não tem dormido direito. Ela pode fazer a conexão. Passa a maior parte do tempo em que está sendo advertida olhando para as próprias mãos. Assim, mantém a cabeça baixa, o que a faz parecer mais contrita.

Ele usa uma aliança de casamento dourada, arranhada e apertada ao dedo, o que significa que está ali há um bom tempo. Há um vestígio de tinta preta no dorso de sua mão, o que restou de um número telefônico ou de uma placa de carro que teve que anotar às pressas. Isso faz com que ela goste mais dele. O discurso — ao qual ela responde com nada mais do que um ocasional aceno de cabeça —, isso tudo ela já ouviu antes, da parte de Andy Diggs, no tempo em que ele ainda atendia suas ligações e não as passava para um novato qualquer anotar o recado.

O detetive Amato diz que aquilo não é correto. Ele conversou com o detetive Diggs, que está trabalhando no caso dela. Pois é, *ainda*. Ele foi instruído sobre o andamento. Ninguém aprecia que ela esteja indo mais longe do que eles. O tempo todo eles lidam com isso. Querem encurralar a bandidagem. Fazem tudo o que podem para encontrá-los. Mas há um curso a seguir.

Ela está distorcendo as provas com toda essa especulação e confundindo as testemunhas. Sim, a vítima foi esfaqueada, várias vezes, na área estomacal e pélvica. Os casos têm isso em comum. Mas nenhum objeto foi deixado perto do corpo. O *modus operandi* foi totalmente diferente daquele usado quando ela foi atacada. Sem comedimentos. Nada indicando que foi premeditado. E ele lamenta dizer, mas, francamente, foi uma agressão de amador se comparada à que ela sofreu. Negligente mesmo. Um assassino novato. Foi um crime horrível, mas oportunista. Não se trata de uma imitação de assassinato. É exatamente por esta razão que a polícia tem ficado de boca fechada sobre isso tudo, a fim de não provocar o pânico, e, por favor, note que ele está ali informalmente e tudo o que foi dito é extraoficial.

Trata-se, *sim*, de um esfaqueamento. Mas existem muitos tipos de esfaqueamentos. É preciso que ela confie que a polícia fará seu trabalho. E vai fazê-lo. Por favor, *confie* nele.

Então Harrison se desculpa durante dez minutos, deixando o detetive impaciente. O jornalista está visivelmente ansioso para sair dali, agora que já disse o que precisava, que ela não é uma funcionária oficial. E, é claro, o *Sun-Times* sempre apoiou o empenho da polícia de Chicago e, se houver algo que possam fazer — ele lhe dá seu cartão —, ligue quando quiser.

O policial vai embora, apertando o ombro de Kirby ao passar por ela.

— Nós vamos pegá-lo.

Mas ela não sabe como isso poderá reconfortá-la, se até agora não o pegaram.

Harrison a olha com expectativa, esperando que ela diga alguma coisa. E então ele solta o verbo.

— Que porra é essa que você está fazendo?

— Tem razão. Eu devia ter me preparado melhor. Queria falar com ela rápido. Não esperava que fosse tão brutal.

Ela sente uma fisgada na barriga. E se pergunta se Rachel também reagiria assim.

— Não é o momento de me dar respostas — vocifera Harrison. — Você pôs em dúvida a credibilidade deste jornal. Comprometeu nosso relacionamento com a polícia. E, provavelmente, prejudicou uma investigação de homicídio. Você perturbou uma senhora abatida pelo sofrimento que *não* precisava dessas suas besteiras. E você *violou o regulamento*.

— Eu não estava escrevendo sobre isso.

— Não me interessa. Você cobre os esportes. Não pode sair por aí entrevistando famílias de vítimas de homicídio. Para isso, nós dispomos de jornalistas investigativos de verdade, experientes e sensíveis. Não ponha seu nariz onde não é chamada. Entendeu?

— Você publicou a matéria que eu fiz sobre o Naked Raygun.

— O quê?

— A banda punk.

—Você está tentando me deixar louco? — Harrison está perplexo. Dan fecha os olhos, sua expressão é de dor.

— Seria uma boa matéria — diz ela, impenitente.

— Que matéria?

— Crimes não solucionados e suas consequências. Com ênfase no lado trágico e pessoal. Dá para ganhar o prêmio Pulitzer.

— Ela é sempre assim impossível? — pergunta Harrison a Dan, mas ela sabe que ele está ruminando a ideia, levando-a em consideração.

Dan, contudo, não está para brincadeiras.

— Esqueça. Não tem a menor chance.

— Mas *é* interessante — diz Harrison. — Ela teria que fazer isso com um repórter experiente. Talvez Emma. Ou Richie.

— Ela não vai fazer isso. — A voz de Dan é grave.

— Ei. Você não responde por mim.

—Você é *minha* estagiária.

— Que porra é essa agora, Dan? — Kirby está quase gritando.

— É isso que estou dizendo, Matt. Ela é um desastre. Você quer um verdadeiro escândalo? Manchete do *Tribune*: Repórter de beisebol perde a cabeça. Editor considerado responsável por crise emocional. Mãe de vítima assassinada internada em estado de choque. Comunidade coreana dos Estados Unidos sente-se ultrajada. Casos de homicídio na cidade datam de vinte anos atrás.

— Ok, ok, eu entendi. — Harrison agita a mão como se afastasse uma mosca.

— Não dê atenção a ele! Por que está lhe dando ouvidos? Ele está falando bobagem. Isso nem sequer é plausível. Para com isso, Dan. — Ela quer que ele olhe para ela. Se ao menos se olharem nos olhos, ela será capaz de interromper o blefe. Mas Dan olha fixamente para Harrison e desfere o golpe fatal.

— Ela é emocionalmente instável. Não está sequer frequentando as aulas na faculdade. Eu falei com a professora dela.

—Você fez o quê?

Seus olhares se encontram.

— Eu queria que ela escrevesse uma carta de recomendação. Para tentar conseguir um emprego de verdade aqui. E fiquei sabendo que você tem faltado e não cumpriu com seus compromissos por todo o semestre.

—Vá se foder, Dan.

— Já chega, Kirby — interpela Harrison, no mesmo tom que usa para os prazos finais das matérias. —Você tem um bom faro para reportagens, mas Velasquez tem razão. Você está envolvida demais nesta história. Não vou despedir você.

—Você não pode me despedir. Eu trabalho de graça.

— *Mas* você vai ter que dar um tempo. Tirar uma folga. Voltar à faculdade. Estou falando sério. Faça alguma coisa. Vá a um psicanalista, se for preciso. O que você não vai fazer é escrever uma matéria sobre assassinatos e sair por aí farejando a família das vítimas. E só voltará a pôr os pés aqui quando eu determinar.

— Eu também posso tentar do outro lado da rua. Ou levar minha matéria para o *The Reader*.

— Bem lembrado. Vou ligar para eles e dizer para não aceitarem trabalhar com você.

—Você está sendo injusto.

— Estou, eu sei. É o que chamam de chefe. Seja bem-vinda. Só quero ver você aqui quando estiver recuperada, está entendendo?

— Sim, senhor — responde Kirby, sem se dar o trabalho de esconder a amargura. Ela se levanta para ir embora.

— Ei, mocinha — arrisca-se Dan. — Quer tomar um café? Conversar sobre isso? Eu estou com você.

Ele *deve* estar se sentindo mal, ela pensa, com uma pontada de fúria. Ele deve se sentir como um monte de bosta requentada e espalhada sobre o para-brisa do carro da ex que o chifrava.

— Não com *você* — diz Kirby, antes de sair.

HARPER
20 de agosto de 1932

Harper vai pegar Etta no hospital após seu expediente e a leva com ele de volta para a Casa. Sempre vendando seus olhos, sempre tomando itinerários diferentes. Acompanhando-a de volta à rua onde instalará sua pensão mais tarde. Ela tem uma nova colega de quarto. Molly foi embora depois do incidente com o espaguete, ela lhe diz.

Ele alivia seu desconforto com ela. Os gemidos libidinosos que se transformam num cálido alívio, deixando todo o resto de lado. Quando está arquejante dentro dela, ele não precisa pensar como foi que alguma coisa deu errado e por que Catherine não brilhou. Ele a matou depressa, sem prazer ou ritual, enfiando a faca entre as costelas e atingindo o coração. Não levou nada consigo, e nada deixou para trás.

Foi puramente mecânico voltar e encontrar seu "eu" mais jovem no parque com os fogos de artifício estourando no céu, tomando dela seu grampo de cabelo em forma de coelhinho. A pequena Catherine certamente brilhou. Deveria ter lhe avisado que ela perderia seu dom? A culpa é dele, pensa. Jamais deveria ter invertido a caçada.

Eles trepam na sala. Ele não permitiria que Etta fosse ao andar de cima. Quando ela precisa fazer xixi, ele lhe diz para usar a pia da cozinha, e ela ergue seu vestido e se acomoda por lá, fumando e falando, enquanto esvazia a bexiga. Ela lhe conta sobre seus pacientes. Um minerador das Adirondacks que escarra um muco com manchas de fuligem de carvão e sangue. O parto de um natimorto. Hoje teve uma amputação; um menininho que caiu numa grade quebrada na calçada e ficou com a perna presa.

— É muito triste — diz ela, mas sorri ao falar.

Ela não para de tagarelar, falando tanto que ele nem precisa dizer nada. Ela se curva e levanta a saia sem que ele precise pedir.

— Leve-me para algum lugar, querido — pede ela, enquanto ele se afasta após o ato. — Por que não me leva? Você me intriga.

Ela estende a mão em torno de seu corpo, alcançando a parte da frente de sua calça jeans, um lembrete irritante de que ele está em dívida.

— Aonde você quer ir?

— Algum lugar emocionante. Você escolhe. Onde quiser.

No final, aquilo acaba sendo extremamente tentador. Para ambos.

Ele a leva em breves excursões. Nada parecido com a primeira vez. Meia hora, vinte minutos, o que significa não se afastar das cercanias. Ele a acompanha para ver a autoestrada e ela aperta o queixo contra seu ombro e esconde o rosto do rugido do trânsito, ou bate palmas e dá pulinhos com calculada satisfação feminina diante das reviravoltas das máquinas dentro das lavanderias. A impostura de seu comportamento é um prazer conveniente que eles dividem entre si. Ela está fingindo ser o tipo de mulher que precisa dele. Mas ele conhece seu coração podre.

Talvez, ele pensa, isso seja possível. Talvez Catherine tenha sido o fim. Talvez *nenhuma* das outras garotas continue a brilhar, e ele possa se considerar livre disso. Mas o Quarto ainda sussurra quando ele vai lá em cima. E a maldita enfermeira ainda não parou de incomodar. Ela esfrega no braço dele o seio desnudo para fora do uniforme, as mangas arregaçadas, e pergunta com aquela voz infantil:

— É complicado? Você precisa acionar algum botão lá em cima, como uma fornalha?

— Só funciona para mim.

— Então não tem problema se você me contar como funciona.

— É preciso ter a chave. E a vontade de alterar o tempo para onde se precisa estar.

— Posso tentar? — insiste ela.

— Isso não é para você.

— Como o quarto no andar de cima?

—Você deveria parar de fazer perguntas.

Ele acorda no chão da cozinha, o rosto contra o linóleo frio e a sensação de mil homenzinhos batendo martelos atrás de seus globos oculares. Ele se senta, tonto, limpando a saliva do queixo com o dorso da mão. A última coisa da qual se lembra é Etta lhe servindo uma bebida. O mesmo álcool poderoso que bebeu na última vez que saíram juntos, porém, com um ressaibo mais amargo.

É óbvio que ela pode conseguir soníferos. Ele se arrepende de ter sido tão burro.

Ela hesita quando ele atravessa a porta do Quarto. Mas só por um instante. A mala está aberta sobre o colchão, onde a colocou depois que começou a sentir falta de algumas coisas. O dinheiro está organizado em maços.

— Isso é maravilhoso — diz ela. — Olhe só para isso. Dá para acreditar? — Ela cruza o Quarto para beijá-lo.

— Por que você subiu até aqui? Eu falei para não subir. — Com um tapa, ele a derruba no chão.

Ela leva as mãos ao rosto, sentada sobre as próprias pernas, e lança-lhe um sorriso, que pela primeira vez exprime insegurança.

— Meu bem — sussurra ela. — Sei que você está irritado. Mas tudo bem. Eu precisava saber. Você não quis me mostrar. Mas agora eu vi, e posso ajudá-lo. Eu e você? Nós dois vamos conquistar o mundo.

— Não.

— A gente devia se casar. Você precisa de mim. Você fica melhor comigo.

— Não — repete ele, muito embora seja verdade. Ele enrola os dedos no cabelo dela.

Foi preciso bater a cabeça dela por muito tempo na armação de metal da cama, até o crânio se partir. É como se ele estivesse aprisionado para sempre neste momento.

Ele não vê o rapaz sem-teto e viciado, com os olhos esbugalhados, voltar a entrar sorrateiramente na Casa, ainda chapado por conta da última dose e esperando outra ainda melhor, observando assustado do corredor. Ele não ouve Mal se virar e descer correndo pela escada. Porque Harper está soluçando em autocomiseração, lágrimas e muco escorrendo pelo rosto:

— Você me obrigou a fazer isso. Você me obrigou. Sua puta safada.

ALICE
1º de dezembro de 1951

— Alice Templeton? — ele a chama, parecendo pouco seguro.
— Sim? — responde ela.
É o momento pelo qual tem esperado a vida toda. Ela já o encenou no cinema da própria cabeça, rebobinou e projetou a cena várias vezes.

Ele entra na fábrica de chocolate e todas as máquinas param de ranger numa mecânica solidariedade, e todas as outras meninas olham para cima conforme ele avança em sua direção, curva-se sobre ela e, antes de apertar seus lábios contra os dela e deixá-la sem fôlego, diz: "Eu falei que voltaria para você."

Ou, então, ele se apoia de modo desajeitado sobre o balcão de cosméticos enquanto ela está passando ruge no rosto de uma senhora da sociedade que vai gastar mais dinheiro em um batom do que ela ganha numa semana de trabalho e diz: "Desculpe-me, senhorita. Eu tenho procurado por todo lugar o amor da minha vida. Pode me ajudar?" E ele estenderá a mão para ela, que subirá sobre o balcão, deixando a matrona injuriada. Ele a rodará nos braços e a colocará de pé, olhando para ela com prazer, e eles correrão pela loja de departamentos, de mãos dadas e rindo, e o segurança dirá: "Mas, Alice, o seu expediente ainda não terminou"; e ela arrancará o crachá dourado com seu nome e, atirando-o ao chão, responderá: "Charlie, eu peço demissão!"

Ou ele dirá para um grupo de secretárias: "Preciso de uma garota!" E ela será a escolhida.

Ou pegará sua mão e a levantará gentilmente quando ela estiver escovando o chão da sala, como Cinderela, ajoelhada (não faz mal que esteja usando um esfregão), e dirá, com brutal ternura: "Agora isso não é mais necessário."

Ela não estava esperando que ele viesse até ela no caminho para o trabalho. Ela quer chorar de alívio. Mas também de frustração, porque não está nada atraente naquele momento. Tem um lenço em volta da cabeça, escondendo o cabelo mal lavado e embaraçado. Seus dedos estão congelados dentro das botas. Suas mãos irritadas, as unhas roídas. Está quase sem maquiagem. Um trabalho em que se fala ao telefone o dia todo significa que as pessoas só a julgam pela voz. "Sears, venda de produtos do catálogo, posso ajudar?"

Certa vez, um fazendeiro telefonou a fim de comprar um novo tacômetro para seu trator, e acabou lhe fazendo uma proposta: "Eu gostaria de acordar ouvindo isso", declarou. Ele implorou para que se encontrassem na próxima vez que viesse à cidade, mas ela riu dele e respondeu: "Não sou isso tudo que você está pensando."

Alice teve encontros ruins antes, homens que esperavam que ela fosse mais ou menos do que ela é. Alguns bons encontros também, mas, em geral, quando eles já sabiam no que estavam se metendo e, habitualmente, só para breves amassos apaixonados. Ela quer apenas um amor de domingo, como diz a música "A Sunday Kind of Love". Um que vá além dos beijos com gosto de gim na noite de sábado. Sua relação mais longa durou dez meses, e ele continuou a fazê-la sofrer com as frequentes idas e vindas. Alice quer mais. Ela quer tudo. Tem economizado para ir a São Francisco, onde é mais fácil, dizem os rumores, para mulheres como ela.

— Por onde você *andou*? — Ela não consegue se conter. E odeia a petulância da própria voz.

No entanto, faz mais de dez anos que aguarda, espera e se repreende por fixar seus sonhos num homem que a beijou uma única vez numa festa pública e depois desapareceu.

Ele sorri, pesaroso.

— Apareceram algumas coisas que eu precisava fazer. Não parecem tão importantes agora. — Ele dá o braço a ela e a vira na outra direção, para a margem do lago. —Venha comigo.

— Para onde vamos?

—Vamos a uma festa.

— Não estou vestida para uma festa. — Ela para, se lamentando. — Estou toda desleixada!

— É uma festa privada. Somente nós dois. E você está linda.

—Você também — diz ela, permitindo que ele a conduza na direção da Michigan Street.

Ela sabe com absoluta certeza que isso não faz diferença para ele. Percebeu pelo jeito como olhou para ela escondido, tanto tempo atrás. E ainda está em seus olhos, o desejo fulgurante e a resignação.

Harper
1º de dezembro de 1951

Eles se esgueiram pelo saguão do Congress Hotel, passando pelas escadas rolantes desligadas, que foram cobertas como cadáveres sob uma mortalha. Ninguém olha duas vezes para o casal. O hotel está sendo renovado. Os soldados devem ter se aproveitado dos quartos durante a guerra, Harper imagina. Bebidas, cigarros e prostituição.

O mostrador rotativo sobre as portas douradas do elevador, decorado com grinaldas e laços de heras, ilumina os andares, a contagem regressiva para eles. Os minutos que restam a ela. Harper cruza as mãos na frente para esconder a excitação. Seu atrevimento nunca foi tão longe. Ele toca com os dedos a embalagem de pílulas de Julia Madrigal dentro do bolso. Não há como voltar atrás. Tudo está como deveria. Como ele determinou.

Eles saem no terceiro andar e ele empurra a pesada porta dupla o suficiente para ela entrar no Salão Dourado. Ele acende as luzes. Não houve grandes mudanças ali dentro desde que ele bebeu aquela limonada adulterada com Etta, uma semana antes, vinte anos atrás, embora as mesas e cadeiras estejam agora empilhadas e as pesadas cortinas da varanda, bem fechadas. Nas arcadas renascentistas, figuras despidas em meio a hortaliças esculpidas estendem as mãos de cada extremidade da parede. Classicamente romântico, supõe Harper, se bem que, para ele, pareça uma cena de tortura, a busca de um conforto que lhes é recusado, perdidos no silêncio.

— O que é isso? — pergunta Alice.

— O salão de banquete. Um deles.

— É maravilhoso — diz ela. — Mas não há mais ninguém aqui.

— Não quero dividir você com ninguém — explica ele, girando-a para compensar aquele tom de dúvida na voz dela.

Ele começa a entoar, com os lábios fechados, uma melodia que já ouviu mas ainda não foi composta, bailando com ela no salão. Não é bem uma valsa, mas algo parecido. Ele aprendeu os passos como aprendeu tudo o mais, observando as pessoas e tentando imitá-las.

—Você me trouxe aqui para me seduzir?

—Você permitiria?

— Não! — responde ela, mas quer dizer sim, ele percebe.

Ela desvia o olhar, confusa, e o observa de soslaio, as maçãs do rosto ainda rosadas pelo frio. Aquilo o irrita e o transtorna, porque talvez queira de fato seduzi-la. Etta o deixou arrasado.

— Tenho algo para você — diz ele, com esforço.

Harper retira do bolso uma caixinha de joias de veludo e a abre, revelando a pulseira com pingentes. Seu brilho reflete soturnamente a luz. Aquilo sempre lhe pertenceu. Foi um equívoco oferecê-la para Etta.

— Obrigada — agradece ela, um pouco espantada.

— Coloque no pulso.

Ele é muito agressivo. Agarra seu braço com excessiva firmeza, pode ver isso na maneira como ela se retrai. Algo parece intrigá-la de repente. Tomou consciência de que se encontra num salão de baile deserto com um desconhecido, alguém que só viu uma vez uma década atrás.

— Acho que eu não posso aceitá-la. — Sua voz é cautelosa.

— Mas foi ótimo vê-lo outra vez... Meu Deus, eu nem sequer sei seu nome.

— É Harper. Harper Curtis. Mas não tem importância. Há algo que eu queria mostrar a você, Alice.

— Não, realmente...

Ela solta seu braço e, quando ele se lança para pegá-la, empurra uma pilha de cadeiras à sua frente. Enquanto ele tenta se desvencilhar do obstáculo, ela corre para a porta lateral.

Harper a persegue, escancarando a porta e revelando um sombrio corredor de serviço, fios pendendo de um andaime de tubos de metal. Ele abre a faca.

— Alice — diz ele, sua voz repleta de afeto encorajador. — Volte aqui, querida. — Ele avança devagar pelo corredor sem parecer ameaçador, a mão semioculta nas costas. — Sinto muito, meu bem. Não queria assustá-la.

Ele dobra uma esquina. Há um colchão com manchas amarronzadas encostado à parede. Se ela fosse esperta, poderia ter se escondido ali atrás, esperando-o passar.

— Eu estava ansioso demais, eu sei. Faz tanto tempo. Foi longa a espera por você.

Mais adiante há um depósito, a porta entreaberta deixa entrever mais pilhas de cadeiras. Ela poderia se esconder ali, agachada entre elas, espiando por entre as pernas.

—Você se lembra do que eu disse? Você brilha, querida. Eu poderia vê-la no escuro.

De certo modo, isso é verdade. É a luz que a denuncia, e a sombra que se estende sobre a escada que leva ao telhado.

—Você não gostou da pulseira? É só dizer.

Ele finge ir para a direita, como se estivesse indo embora, indo mais em direção às entranhas do edifício, e então sobe correndo a frágil escada de madeira, três degraus de cada vez, até onde ela está escondida.

A luz do neon é crua e nada lisonjeira. Faz ela parecer ainda mais assustada. Ele desfere uma facada, mas acerta somente o braço do casaco dela, fazendo um longo rasgo. Ela grita, aterrorizada, e sobe ainda mais, passando pela caldeira de água quente com torneiras de cobre, entre paredes cobertas de fuligem.

Com um tranco, consegue abrir a pesada porta que dá para o telhado e sai em meio à ofuscante luz do dia. Ele está a um segundo dela, mas ela bate a porta contra sua mão esquerda. Berrando, Harper a retira rapidamente.

— Sua puta!

Ele sai à luz do sol com os olhos piscando, a mão ferida enfiada sob o outro braço, apenas uma contusão, não quebrou nada, mas dói muito. Já não precisa mais tentar esconder a faca.

Alice está em pé sobre o rebordo na extremidade do muro, onde uma fileira de ventiladores movem suas pás preguiçosamente. Na mão, ela tem um pedaço de tijolo.

—Venha aqui. — Ele avança com a faca.

— Não.

— Você quer tornar as coisas difíceis, meu bem? Você quer uma morte ruim?

Ela lança o tijolo contra ele e atinge o vão entre os muros fuliginosos, errando totalmente o alvo.

— Tudo bem, tudo bem. Não vou machucar você. É um jogo. Venha aqui. Por favor. — Ele abre as mãos e lhe dá seu sorriso mais sincero. — Eu amo você.

Ela sorri para ele, resplandecente.

— Gostaria que fosse verdade — diz ela.

Depois se vira e salta da beira do telhado. Ele fica chocado demais para poder gritar por ela.

Pombos se alvoroçam no ar, vindos de algum lugar abaixo. E, de repente, ele está completamente só no alto do telhado. Uma mulher berra na rua. Repetidas vezes, como uma sirene.

Não era isso que devia ter acontecido. Ele pega a embalagem de anticoncepcionais no bolso e a olha, como se aquela sequência de pílulas coloridas marcadas com os dias da semana fosse um presságio que pudesse decifrar. Mas aquilo não lhe diz nada. É apenas um objeto triste e morto.

Ele o aperta com tanta força que o plástico arrebenta. Depois, o lança na direção dela, enojado. A embalagem desce flutuando, rodopiando como um brinquedo de criança.

KIRBY
12 de junho de 1993

A temperatura sobe brutalmente, e é pior ainda no porão, onde a bagunça de Rachel parece absorver o calor e espalhá-lo ao redor com nauseante nostalgia. Um dia, sua mãe estará morta e caberá a Kirby fazer uma triagem de toda essa zorra. Quanto mais puder jogar fora agora, melhor.

Ela começara a levar as caixas de papelão para fora, no gramado da casa, para inspecioná-las em seguida. Carregá-las pela frágil escada de madeira é ruim para as costas, mas é melhor do que ficar enfiada lá embaixo com torres de tralhas ameaçando desabar sobre ela. Sua vida está toda ali, dentro daquelas caixas de quinquilharias. Ela suspeita que isso vai ser mais penoso do que vasculhar as vidas despedaçadas documentadas nos arquivos de provas do detetive Michael Williams.

Rachel aparece no gramado e senta-se de pernas cruzadas ao lado de Kirby. Está vestindo calça jeans e camiseta preta, parecendo uma garçonete, o cabelo preso para trás em um rabo de cavalo desordenado. Seus pés compridos estão descalços, as unhas pintadas com um esmalte vermelho lustroso tão escuro que é quase preto. É um sinal dos tempos que ela tenha começado a tingir o próprio cabelo, e o marrom mais acastanhado de agora é permeado por fios cinzentos.

— Caramba, que monte de lixo! O melhor seria botar fogo em tudo isso! — Ela tira do bolso o papel para enrolar cigarro.

— Não me dê ideia — diz Kirby. Acaba soando mais venenosa do que pretendia, mas Rachel nem sequer percebe. — Se a gente fosse esperta, armaria uma mesa no quintal para vender tudo, saindo das caixas diretamente para o cliente.

— Eu preferiria que você não desencaixotasse tudo isso. — Rachel suspira. — É tão mais fácil lidar com as coisas já empacotadas.

Ela retira o filtro de um cigarro e despeja um pouco de tabaco e maconha sobre o papel.

— Você ouviu o que disse, mãe?

— Não banque a terapeuta. Isso não tem a ver com você. — Ela acende o baseado e o passa distraidamente para Kirby. — Oh, me desculpe, eu esqueci.

— Tudo bem — responde ela, dando um trago.

Kirby conserva a fumaça nos pulmões até sentir uma suave descarga eletrostática dentro da cabeça, como ligar a televisão com um ruído branco. E se esse ruído branco fossem, na verdade, sinais codificados da CIA transmitidos através daquele melaço? Ela nunca teve a mesma tolerância que a mãe em relação à maconha. Em geral, o fumo a deixa paranoica e analítica ao extremo. Por outro lado, ela nunca ficou doidona *com* a mãe antes. Talvez venha fazendo algo errado todo esse tempo, e esteja deixando escapar algum conhecimento secreto entre mãe e filha que deveria ser passado ao longo dos anos, como, por exemplo, fazer tranças ou deixar os rapazes intrigados.

—Você ainda está banida do jornal?

— Estou em condicional. Eles me deixaram compilar uma lista de alguns prêmios esportivos universitários, mas não posso voltar antes de concluir todos os trabalhos da faculdade.

— Eles estão cuidando bem de você. Acho isso legal.

— Porra, eles estão me tratando como uma criança.

Rachel começa a retirar um monte de peças de jogos de tabuleiro e enfeites de árvore de Natal de uma caixa, tudo enrolado num menorá. Pequenos objetos plásticos em cores vivas e peças de ludo se espalham sobre o gramado.

— Sabe, nunca fizemos um *bat mitzvah* para você. Você gostaria de um *bat mitzvah*?

— Não, mãe. Tarde demais para isso — responde Kirby, abrindo com força outra caixa cuja fita adesiva perdeu a cola com os anos, mas ainda faz um som horrível ao ser rasgada. Clássicos infantis e histórias do Dr. Seuss. Além de livros como *Onde vivem os monstros* e *A fantástica fábrica de chocolate*.

— Estou guardando isso para você. Para quando você tiver filhos.

— As chances são poucas.

— Nunca se sabe. Você também não foi planejada. Você costumava escrever cartas para seu pai, lembra?

— O quê? — Kirby luta contra o zumbido dentro de sua cabeça.

Sua infância é nebulosa. As lembranças, selecionadas. Toda essa parafernália que a gente coleciona para repelir o esquecimento.

— Eu joguei todas fora, é claro.

— Por que você fez isso?

— Não seja ridícula. Para onde eu podia enviar as cartas? É o mesmo que escrever para o Papai Noel.

— Durante muito tempo, eu achei que aquele hóspede, Peter Collier, fosse meu pai. Até o segui.

— Eu sei. Ele me contou. Ei, não tem nada de surpreendente. Nós mantivemos contato, só isso. Ele me disse que você foi vê-lo quando estava com dezesseis anos e o deixou muito impressionado ao pedir um teste de paternidade e insistir que ele pagasse pensão alimentícia.

Na verdade, Kirby se recorda disso. Estava com quinze anos. Ela conseguiu descobrir a identidade dele montando e colando seu perfil, que saiu numa revista e foi impetuosamente rasgado e jogado na lata de lixo de Rachel um dia depois de ela sair de um épico período de três dias de descontrole absoluto em que quebrou quase toda a louça da casa e não parava de chorar.

Peter Collier, o gênio criativo de uma importante agência, segundo a nota lisonjeira, autor de uma série de campanhas de vanguarda nas três últimas décadas, marido afetuoso com a esposa portadora de esclerose múltipla e, o artigo *não* mencionava, eminente filho da puta (definição literal) que assombrara grande parte de sua infância.

Ela ligara para a secretária dele usando uma voz grave e profissional, querendo marcar um horário para discutir "novos negócios sobre uma conta potencialmente muito lucrativa" (vocabulário que ela roubou do próprio artigo) no restaurante mais requintado que pôde lembrar.

De início ele pareceu perplexo ao ver uma adolescente sentar-se à mesa, depois irritado, e em seguida achou divertido quando ela expôs sua lista de requisições: reatar com Rachel porque ela estava triste sem ele, começar a pagar a pensão alimentícia e admitir por escrito à mesma revista que ele possuía uma filha fora do casamento. Ela lhe informou que, reconhecendo-a ou não, ela não mudaria seu nome porque tinha se acostumado ao Mazrachi, que lhe convinha perfeitamente. Ele lhe pagou o almoço e explicou que conhecera Rachel quando Kirby já estava com cinco anos. Mas ele gostou do estilo dela, e se algum dia ela precisasse de alguma coisa... Ela retorquiu com uma tirada afiada do tipo que Mae West diria, "uma mulher sem um homem é como um peixe sem bicicleta". Saiu por cima e com o orgulho intacto, ou pelo menos foi o que ela achou.

— Quem você acha que ajudou a pagar suas despesas médicas? — perguntou Rachel.

— Ah, não fode.

— Por que você está levando tudo para o lado pessoal?

— Porque ele *usou* você, mãe. Durante quase dez anos.

— Os relacionamentos entre adultos são complicados. Obtemos o que precisamos um do outro. Desejo.

— Ah, não. Não quero ouvir isso.

— Uma rede de segurança. Uma espécie de consolo. Viver pode ser algo muito solitário. Mas a vida segue seu curso. Foi incrível enquanto durou. Mas tudo tem seu fim. A vida. O amor. Tudo isso... — Ela faz um gesto vago com a mão na direção das caixas de papelão. — A tristeza também. Embora seja mais difícil se livrar dela do que da alegria.

— Ah, mãe.

Kirby deita a cabeça no colo da mãe. É por causa da maconha. Normalmente, ela jamais faria uma coisa dessas.

— Tudo bem — diz Rachel. Ela parece surpresa, mas não de uma forma desagradável. Sua mão afaga o cabelo de Kirby. — Esses cachos rebeldes. Eu nunca soube o que fazer com eles. Não foi de mim que veio isso.

— Quem era ele?

— Ah, não sei. Havia algumas possibilidades. Eu estava num kibutz em Hula Valley. Eles criavam peixes em viveiros. Mas pode ter sido depois disso, em Tel Aviv. Ou a caminho da Grécia. Fico meio confusa com as datas.

— Ah, mãe.

— Estou sendo sincera. Você estaria melhor se fizesse isso, sabe?

— O quê?

— Tentar achar seu pai e não o homem que... a machucou.

—Você nunca me deu escolha.
— Posso dar alguns nomes. Cinco, no máximo. Quatro. Cinco. De alguns não conheço o sobrenome. Mas no kibutz deve haver registros, se isso aconteceu num deles. Você poderia fazer uma peregrinação. Ir a Israel, Grécia e Irã.
—Você foi ao Irã?
— Não, nunca. Mas teria sido fascinante. Eu tenho umas fotos aqui, em algum lugar. Você gostaria de ver?
— Gostaria, de verdade.
— Em algum lugar...
Rachel afasta a cabeça de Kirby e começa a vasculhar as caixas até encontrar um álbum de retratos, o plástico vermelho impresso de modo a parecer couro falso. Ela folheia até achar a foto de uma moça com o cabelo agitado pelo vento num maiô branco, sobre um píer, rindo e franzindo a testa contra o sol, que traça faixas diagonais contrastantes sobre seu corpo. O céu tem um tom azul desbotado.
— Isso foi no porto de Corfu.
—Você parece zangada.
— Eu não queria que Amzi me fotografasse. Ele estava tirando fotos de mim o tempo todo e isso me deixava furiosa. Então, é claro, ele acabou me deixando guardar uma delas.
— Ele aparece nas fotos?
Rachel pensa antes de responder.
— Não, eu estava me sentido enjoada. Pensei que era por causa do licor de anis.
— Ótimo, mãe.
— Eu não sabia. Você já devia estar na minha barriga. Um segredo para mim.
Ela continua folheando o álbum. As fotografias estão fora de qualquer ordem cronológica, porque ela passa por fotos da formatura de Kirby, com uma aparência constrangedoramente punk, diretamente para um retrato dela nua, ainda bebê, dentro

de uma pequena piscina inflável, segurando a mangueira do jardim e a apontando maliciosamente para a câmera. Rachel está sentada numa cadeira de lona listrada ao lado da piscina, o cabelo curto como o de um menino, fumando um cigarro com seus enormes óculos escuros com haste de tartaruga. A glamorosa melancolia dos subúrbios.

— Olha como você está linda — diz ela. — Você sempre foi uma criança meiga, mas malcriada também. Dá para ver isso irradiando do seu rosto. Eu não sabia o que fazer com você.

— Imagino.

— Não seja cruel — protesta Rachel, mas sem se inflamar.

Kirby pega o álbum de suas mãos e começa a virar as páginas. O problema com esses flagrantes fotográficos é que eles substituem a verdadeira memória. O momento fica congelado e se torna tudo o que resta.

— Meu Deus, olhe meu cabelo.

— Não fui eu que mandei você raspar tudo. Você quase foi expulsa da escola.

— O que é isso? — Sua voz soa mais cortante do que ela pretendia. Mas o choque que lhe causou foi imenso. Um terror pantanoso.

— Hummm? — Rachel apanha a foto. Está colada num cartão amarelado, onde se lê em belas letras arredondadas: "Lembranças da Grande América! 1976". — É um parque temático. Você estava chorando porque ficou com medo de ir na montanha-russa. Era horrível, não podíamos viajar sem que você ficasse enjoada.

— Não. O que é *isso* na minha mão?

Rachel examina o retrato da menina chorona num parque temático.

— Não sei, meu amor. Um cavalinho de plástico?

— Onde você o arrumou?

— Francamente, sou incapaz de me lembrar da origem de cada brinquedo seu.

— Por favor, Rachel, *tente*.

— Você o achou em algum lugar. Levou para tudo que é lado durante um bom tempo, depois se encantou por outra coisa. Você sempre foi muito instável. Depois foi uma boneca que mudava a cor do cabelo, louro e castanho. Melody? Tiffany? Algo assim. As roupas dela eram lindas.

— Onde ele está agora?

— Se não estiver dentro dessas caixas, deve ter sido jogado fora. Eu não guardo *tudo*. O que você está fazendo?

Kirby começa a abrir as caixas, despejando o conteúdo delas sobre a grama crescida.

— Agora você está sendo egoísta — acrescenta Rachel, calmamente. — Vai ser muito menos divertido limpar tudo depois.

Ela espalha tubos de papelão contendo pôsteres, um serviço de chá medonho com flores alaranjadas e marrons da avó de Kirby, em Denver, com quem ela tentou morar quando tinha quatorze anos, um grande narguilé de cobre com o bocal quebrado, pedaços de incenso cheirando a impérios decadentes, uma gaita prateada antiga, pincéis velhos e canetas secas, gatos em miniatura que Rachel pintou em azulejos e até tinham boa saída numa loja de artesanato local. Gaiolas de pássaros indonésios, um pedaço de presa de elefante esculpido, ou talvez fosse de javali (era marfim de verdade, de qualquer modo), um Buda de jade, uma bandeja de impressora, cartelas de Letraset, e uma tonelada, provavelmente, de pesados livros de arte e design, as páginas marcadas com pedacinhos de papel, um emaranhado de bijuterias, um ninho de passarinho e vários filtros de sonhos que elas passaram um mês fabricando quando Kirby tinha dez anos. Algumas crianças vendem limonada em frente a suas casas, Kirby tentava vender teias de corda com pendentes de cristal. E ela se pergunta como foi que acabou sendo quem é.

— Onde estão meus *brinquedos*, mãe?

— Eu ia dar todos eles.

— Você não seria capaz — diz Kirby, limpando a grama colada aos joelhos. Ela volta para casa e desce até o porão com a fotografia na mão.

Ela enfim encontra a mala de plástico desbotada, enfiada dentro do freezer quebrado que Rachel usa como armário. Está sob um saco de lixo repleto de chapéus com os quais Kirby gostava de se fantasiar, meio amassada sob uma roda de fiar de madeira que deve ter *algum valor* para um colecionador de antiguidades.

Rachel vem sentar-se no patamar da escada, repousando o queixo sobre os joelhos e observando.

— Você ainda é um mistério para mim.

— Fique quieta, mãe.

Kirby consegue abrir a tampa. Parece uma merendeira gigante. No interior, seus brinquedos. Um bebê de plástico que ela nunca quis realmente, mas todas as meninas da escola tinham. Barbies e suas primas genéricas, em todo tipo de variação profissional. Mulher de negócios com uma pasta cor-de-rosa, sereia. Nenhuma delas tem sapatos. À metade falta um membro. A boneca com tom de cabelo reversível, nua agora; um robô que vira disco voador; uma orca dentro de um reboque de caminhão com a inscrição Sea World; uma boneca de madeira com tranças de lã vermelhas que ela mesma fez; a Princesa Leia em seu traje branco de neve; Maligna com sua pele dourada. Nunca havia garotas o bastante para brincar.

E lá, sob uma torre semiconstruída de Lego protegida por bravos índios feitos de chumbo, está o pônei de plástico. Sua crina laranja está impregnada com alguma coisa ressecada e pegajosa. Suco, talvez. Mas ele tem a mesma expressão triste e um sorriso melancólico e tolo, com borboletas no traseiro.

— Nossa! — exclama Kirby.

— É esse mesmo, com certeza — diz Rachel, impaciente, sobre os degraus. — E agora?

— *Ele* me deu isto.
— Eu não devia ter deixado você fumar. Não está acostumada.
— Escute! — grita Kirby. — Ele me deu isto. O babaca que tentou me matar.
— Não entendo o que você está dizendo! — responde Rachel aos berros, confusa e zangada.
— Que idade eu tinha nesta foto?
— Sete, oito anos?
Kirby verifica a data no cartão: 1976. Ela tinha nove anos. Era, porém, mais jovem quando ele lhe deu o cavalo.
— Mãe, você é péssima em matemática.
Ela custa a crer que não pensou mais nisso todos esses anos.
Virando o cavalo vê um selo sob cada uma de suas patas, em maiúsculas: MADE IN HONG KONG. PATENTE PENDENTE. HASBRO 1982.
De repente, sente um calafrio. O som de estática deixado pela maconha aumenta de volume, zumbindo dentro de sua cabeça. Ela vai sentar-se no degrau, logo abaixo de Rachel. Tomando a mão da mãe, encosta-a contra o rosto. Suas veias sobressaem como afluentes azuis em meio a rugas finíssimas e as primeiras manchas na pele. Ela está ficando velha, pensa Kirby, e isso lhe parece de alguma maneira mais insuportável do que o pônei de plástico.
— Estou com medo, mãe.
— Todos estamos — diz Rachel, levando a cabeça da filha ao peito e esfregando suas costas, enquanto todo o corpo de Kirby, angustiado, estremece. — Está tudo bem, meu amor. Este é o grande segredo, você não sabe? Todo mundo tem medo. O tempo todo.

Harper
28 de março de 1987

Primeiro Catherine, depois Alice. Ele descumpriu as regras. Jamais deveria ter dado a pulseira a Etta. Sente que está perdendo o controle, como o eixo de uma caminhonete que escapa do macaco hidráulico.

Restou apenas um nome. Ele não sabe o que acontecerá depois. Mas é preciso fazer a coisa direito. Como deve ser feita. Terá que preparar tudo muito bem, realinhar as constelações. Precisa confiar na Casa. Chega de resistência.

Ele não se esforça para abrir a porta. Deixa que permaneça aberta para onde deve estar: o ano de 1987. Depois, segue para uma escola primária e se mistura aos pais e professores, avançando entre os estandes de exposição no corredor, sob um pôster no qual está escrito em letra cursiva: "Bem-vindos à nossa Feira de Ciências!" Ele passa por um vulcão feito de papel machê, fios e clipes sobre uma prancha de madeira que acende uma lâmpada quando se encosta um fio no outro, pôsteres mostrando a altura do salto das pulgas e a aerodinâmica dos aviões a jato.

Ele logo é atraído por um mapa das estrelas, constelações verdadeiras. O garotinho em pé atrás do estande começa a ler um cartão com voz tímida e monótona: "As estrelas são feitas de bolas de gás flamejante. Elas estão muito distantes e, algumas vezes, quando a luz nos alcança, a estrela já está extinta e nós nem sequer sabemos. Temos também um telescópio..."

— Cale a boca — diz ele. O menino parece a ponto de chorar. Ele o encara, tremendo, e depois some no meio da multidão.

Harper mal percebe. Com os dedos, percorre as linhas traçadas entre as estrelas, arrebatado. A Ursa Maior, a Ursa Menor. Órion com seu cinturão e sua espada. Mas podiam facilmente ser outras coisas se os pontos fossem interligados de modo diferente. E quem pode ter certeza de que é um urso ou um guerreiro? Certamente não é isso que ele vê. Os padrões existem porque procuramos encontrá-los. Uma tentativa desesperada de ordem, pois não podemos encarar o terror de que tudo seja aleatório. A revelação o deixa estarrecido. A sensação de o chão estar se abrindo sob seus pés, como se o mundo inteiro balançasse.

Uma jovem professora com rabo de cavalo louro toca delicadamente o seu braço.

— O senhor está bem? — pergunta ela com gentileza, como se falasse com uma criança.

— Não... — começa Harper.

— Não está encontrando o trabalho de seu filho?

O menino gorducho está ao lado dela, fungando, a mão agarrada à saia da professora. Harper tenta voltar à realidade da cena, o modo como o garoto esfrega o nariz com a manga da camisa, deixando uma mancha de muco nasal no tecido escuro.

— Mysha Pathan — diz ele, como se saísse de um sonho.

— Você é...?

— Tio dela — responde ele, retomando a explicação que tem funcionado tão bem.

— Ah! — A professora fica espantada. — Eu não sabia que ela tinha família nos Estados Unidos. — Ela o examina por um instante. — É uma aluna muito promissora. O trabalho dela está ao lado do palco, perto da porta — completa ela, prestativa.

— Obrigado — agradece Harper, conseguindo se desvencilhar do mapa das estrelas, que não passa de um fetiche inútil.

Mysha é uma menina pequena de pele negra com um aparelho nos dentes que parece uma ferrovia em miniatura, nada a ver com a armação metálica que certa vez uniu os maxilares de Harper. Ela se balança ligeiramente nos calcanhares, embora pareça inconsciente disso, diante de uma mesa com vários potes de cactos lado a lado e um pôster atrás de si com números e cores que nada significam para ele, apesar de examiná-los detidamente.

— Oi! Posso explicar meu projeto? — diz ela, de repente entusiasmada.

— Oi. Meu nome é Harper.

— Ok! — Isso não faz parte de seu roteiro e a desorienta. — Eu sou Mysha e este é meu projeto. Hum... Como pode ver, eu plantei cactos em, hum, diferentes tipos de terra com acidez variada.

— Este aqui está morto.

— Está. Eu descobri que alguns tipos de solo são muito ruins para os cactos. Como pode ver pelos resultados que eu anotei neste gráfico.

— Estou vendo.

— O eixo vertical representa a acidez no solo e o horizontal...

— Faça-me um favor, Mysha.

— Hum.

— Eu vou voltar. Não vai demorar. Logo, assim que eu puder. Mas não vai parecer assim para você. Você precisa fazer algo para mim, enquanto eu estiver ausente. É importantíssimo. Não pare de brilhar.

— Ok — diz ela.

De volta à Casa, todos os objetos parecem inflamados dentro de sua cabeça. Ainda é capaz de traçar suas trajetórias, mas, pela primeira vez, percebe que o mapa não leva a lugar algum. Dobra-se sobre si mesmo. Não há escapatória. A única coisa que resta a fazer é se entregar a ele.

Harper
12 de junho de 1993

Ele adentra o entardecer do dia 12 de junho de 1993, a data indicada na vitrine da agência postal. Faz apenas três dias que matou Catherine. Ele está levando as coisas às últimas consequências. Já sabe onde encontrar Mysha Pathan. Está impresso nitidamente na última placa. Milkwood Pharmaceuticals.

A empresa fica do outro lado da cidade, bem no West Side. Um prédio cinzento, comprido e bojudo. Ele se senta ao lado da vitrine de uma pizzaria Domino's num centro comercial do outro lado, fisga filamentos de queijo, observa e aguarda, nota como os estacionamentos ficam em grande parte vazios nas noites de sábado, como o segurança está entediado e sai toda hora para fumar um cigarro, jogando cuidadosamente a guimba na lata de lixo ao lado do prédio. Observa o crachá que ele usa em torno do pescoço para entrar de novo no prédio.

Ele poderia esperar. Até que ela saia. Surpreendê-la em casa ou no meio do caminho. Poderia arrombar o carro dela. O veículo compacto e azul é o único que sobrou, estacionado bem próximo à entrada. Esconder-se no banco traseiro. Mas ele se sente nervoso como nunca, a dor de cabeça perfurando seu crânio e invadindo a espinha dorsal. É preciso fazê-lo imediatamente.

Às onze da noite, quando a pizzaria fecha, ele dá a volta no prédio, devagar, no compasso certo para coincidir com a pausa do segurança para fumar.

— Que horas são, por favor? — pergunta ele, andando rápido em sua direção e já retirando com uma só mão a faca escondida no casaco. O guarda se assusta com a precipitação de Harper, mas sua pergunta é tão inócua, tão comum, que ele automaticamente olha para baixo, na direção do relógio, e Harper o apunhala no pescoço, torcendo a lâmina, dilacerando músculos, tendões e artérias, ao mesmo tempo virando o homem de modo que o jato de sangue se derrame sobre as latas de lixo e não sobre si. Ele o chuta atrás dos joelhos, fazendo-o cair de cara entre as latas, que Harper puxa para a frente a fim de ocultar o corpo. Então, pega o crachá do segurança, limpa o sangue na calça do homem. Tudo isso leva menos de um minuto. O guarda ainda está balbuciando vagamente quando Harper se encaminha até as portas de vidro e usa o crachá de acesso.

Ele toma a escada e sobe o prédio vazio até o quarto andar, deixando-se guiar pelo instinto, como uma lembrança, passando por portas fechadas até alcançar a do Laboratório Seis, que está aberta, esperando por ele. Há uma única luz acesa lá dentro, sobre a bancada de trabalho. Ela está de costas para ele, cantando alto e mal, meio dançando ao som da música que escapa dos fones de ouvido ocultos sob seu lenço: "All That She Wants". Ela está pulverizando as plantas e, depois, transferindo delicadamente fragmentos de uma substância viscosa com uma espécie de seringa plástica para dentro de tubos que contêm um líquido dourado.

É a primeira vez que ignora totalmente o contexto.

— O que você está fazendo? — pergunta ele, alto o bastante para ser ouvido acima da música. Ela dá um pulo e arranca os fones.

— Oh, meu Deus! Que vergonha! Há quanto tempo está me observando? Caramba. Uau. Pensei que eu estava sozinha no prédio. Hum. Quem é você?

— Sou o novo segurança.

— Ah. Mas não está usando uniforme.

— Eles não tinham um do meu tamanho.

— Sei — diz ela, compenetrada. — Então, hum, estou vendo se consigo cultivar uma cepa de tabaco resistente à seca com base na proteína de uma flor da Namíbia que consegue ressuscitar sozinha. Eu já enxertei o gene e estou cultivando o tabaco faz um mês. Agora estou verificando se a proteína que procuro está ali. — Ela leva os tubos de ensaio até uma máquina plana e cinza do tamanho de uma maleta e abre a tampa para colocá-los sobre a bandeja. — Ponho dentro do espectrofotômetro para ser analisado... — Ela aciona o controle e a máquina começa a roncar. — E, se a proteína for extraída com sucesso, o substrato ficará azul. — Ela sorri, satisfeita. — Minha explicação foi suficientemente clara? É que temos uma turma da escola vindo na próxima semana e... oh! — Ela vê a faca. —Você *não* é da segurança.

— Não. E você é a última. Preciso concluir isso. Você não entende?

Ela tenta se mover de modo a deixar a bancada entre eles, procurando algo que possa atirar nele, mas ele já a perfurou. Está ficando mais eficiente. Faz o que precisa ser feito. Com um soco no rosto, ele a derruba. Depois, amarra seus pulsos com os fios do fone, pois esqueceu a corda na Casa. Enfia um lenço dentro da boca da garota para abafar seus berros.

Mas não há ninguém ali para ouvi-la e ela leva muito tempo para morrer. Ele tenta agir de modo mais elaborado, a fim de compensar a falta de alegria que isso lhe provoca. Corta seus órgãos e os coloca em cima da mesa, onde ela estava trabalhando sob a luminária. Depois, enfia folhas de tabaco dentro das feridas abertas, de maneira que fica parecendo que as plantas estão crescendo de dentro de seu corpo. Ele prende o broche do porquinho alado Pigasus no jaleco dela. E espera que seja o suficiente.

No banheiro feminino, ele se lava, ensopando o casaco e enfiando a camisa encharcada de sangue em uma lata de lixo para absorventes higiênicos. Veste um jaleco do laboratório sobre o casaco ensanguentado e sai do prédio, usando o crachá com o nome dela ao avesso, de modo a esconder a identidade.

São quatro da manhã quando tudo termina e há um outro segurança na recepção, parecendo confuso e falando pelo rádio.

— Eu já disse, já dei uma olhada no banheiro. Não sei onde ele...

— Bem, boa noite — diz Harper jovialmente, ao passar por ele.

— Boa noite, senhor — responde o guarda, distraído, registrando somente o jaleco e o crachá; levanta a mão automaticamente numa saudação.

A incerteza o fisga um segundo depois, porque é realmente tarde e como é que ele não reconheceu o sujeito, e, droga, onde está o Jackson? Essa impressão se tornará uma fonte de culpa esmagadora dentro de cinco horas, quando estiver sentado no distrito policial observando a câmera de segurança do laboratório, depois de o corpo da jovem bióloga ter sido descoberto, e ele perceber que deixou o assassino passar bem à sua frente.

Lá em cima, no laboratório, uma florescência azul se mistura à substância dourada dentro dos tubos de ensaio.

Dan
13 de junho de 1993

Dan identifica o cabelo rebelde de imediato. Difícil não notar, mesmo em meio ao alvoroço do saguão de chegadas. Ele pensa seriamente em embarcar de novo no avião, mas já é tarde demais, ela o viu e ergueu um dos braços. Como se aguardasse uma confirmação.

— Tá certo, tudo bem, estou vendo você e estou chegando — resmunga ele para si mesmo, apontando para a esteira de bagagens e fazendo o gesto de alguém que levanta uma mala.

Ela assente com a cabeça vigorosamente e começa a abrir caminho em meio à horda de gente que vem na sua direção; uma mulher que usa xador como se estivesse num palanquim pessoal com cortinas fechadas, uma família alvoroçada tentando se manter unida, uma quantidade deprimente de viajantes obesos.

Dan nunca entendeu o raciocínio de quem considera os aeroportos glamorosos. Pessoas que nunca tiveram que fazer o percurso Minneapolis–St. Paul. Pegar um ônibus é menos enfadonho. A vista é melhor, também. O único milagre do voo é que um número tão grande de passageiros não asfixiem uns aos outros com seu tédio e frustração.

Kirby se materializa a seu lado.

— Ei. Eu tentei ligar para você.

— Eu estava no avião.

— Eu sei, liguei para o hotel e disseram que você já tinha saído. Sinto muito, eu precisava falar com você. Não dava para esperar.

— A paciência nunca foi seu ponto forte.

— Isso é sério, Dan.

Ele suspira ruidosamente e observa uma dúzia de malas que não são suas passarem pela esteira.

— É sobre a jovem artista drogada de alguns dias atrás? — pergunta ele. — Pois é, aquilo foi horrível, mas não foi o sujeito que você está procurando. Os policiais já pegaram o traficante. Um rapaz encantador chamado Huxtable, ou algo assim.

— Huxley Snyder. Nenhum histórico de violência.

Finalmente, sua mala emerge da cortina de borracha e cai da rampa sobre a esteira. Ele a fisga e sai apressado ao lado de Kirby em direção à estação do trem suspenso.

— O histórico tem que começar em algum momento, certo?

— Eu falei com o pai da moça. Ele me disse que alguém andava telefonando para sua casa e pedindo para falar com Catherine.

— Entendo. Eu também recebo telefonemas de gente que me procura o tempo todo. A maioria é de vendedores de apólices de seguro.

Ele começa a procurar dinheiro trocado na carteira para comprar a passagem do transporte, mas Kirby já se antecipou e comprou dois tíquetes.

— O pai dela disse que havia algo de sinistro nele.

— Há também algo de sinistro em relação aos vendedores de seguro — diz Dan. Não faz parte de seus planos encorajá-la.

Há um trem esperando, já lotado. Ele deixa que ela se sente e fica apoiado na barra central, enquanto soa o sinal de fechamento das portas. Odeia tocar naquela barra de metal. Há mais germes ali do que nos vasos sanitários.

— Ela foi esfaqueada, Dan. Não na barriga, mas...
— Você já fez sua inscrição para o novo semestre?
— O quê?
— Não quero ouvir você me falando sobre essa bosta outra vez. Você está praticamente sob restrição de deslocamento.
— Porra, Dan. Eu não vim até aqui para falar sobre Catherine Galloway-Peck, apesar de todas essas semelhanças e...
— Não estou interessado.
— Ótimo. — Ela reage com frieza. — A razão de eu vir encontrá-lo no aeroporto é esta. — Ela põe a mochila no colo. Usada, preta, anônima. Abre o fecho e retira o casaco dele.
— Ei, eu estava procurando por isso.
— Não é o que quero mostrar para você.

Ela desdobra o casaco como se fosse um manto sagrado ensanguentado. Ele está esperando a prova da segunda vinda de Jesus, no mínimo. O rosto dele impresso numa mancha de suor. Mas o que vê é um brinquedo de criança. Um cavalo de plástico já bem desgastado.

— E o que é isso, agora?
— Foi *ele* quem me deu, quando eu era pequena. Eu tinha seis anos. Como posso reconhecê-lo? Eu nem sequer me lembrava do pônei até vê-lo numa fotografia. — Ela hesita por um instante. — Droga. Não sei como dizer isso.
— Não pode ser pior do que todas as outras coisas que você já me disse. Estou falando de todas aquelas teorias malucas.

Ou pior do que aquele momento em que ela se afastou dele na sala de reunião do *Sun-Times*, ferida pela traição, deixando-o devastado e com um resquício de dor que sente cada vez que pensa nela. Ou seja, *o tempo todo*.

— Esta teoria é a pior de todas. Mas você precisa me escutar.
— Mal posso esperar — diz ele.
Ela mostra o brinquedo para ele. Seu pônei impossível que está ligado à impossível figurinha de beisebol com aquela mulher da Segunda Guerra Mundial, que de algum modo está ligada ao isqueiro e a uma fita cassete que Julia não teria ouvido. Ele luta para ocultar seu assombro crescente.
— É muito interessante — diz ele, cauteloso.
— Não faça isso.
— Não faça o quê?
— Não fique com *pena* de mim.
— Existe uma explicação sensata para tudo isso.
— Que se foda a sensatez.
— Olhe só. Tenho um plano. Acabei de passar seis horas e meia dentro de aeroportos e aviões. Estou cansado. Estou fedendo. Mas, por você, e você é realmente a única pessoa no mundo por quem eu faria isso, vou abrir mão de voltar para casa e desfrutar do simples e muito necessário prazer de tomar um banho. Vamos direto para a redação e eu ligarei para a fábrica desse brinquedo. Tiraremos isso a limpo.
—Você acha que eu já não fiz isso?
— Sim, mas não perguntou o que devia — responde ele com paciência. — Como, por exemplo, se houve um protótipo. Há algum vendedor que possa ter tido acesso a eles em 1974? É possível que o número "1982" se refira a uma edição limitada ou a um número de fabricação, e não a uma data?
Ela se cala por um bom tempo, olhando para os próprios pés. Está usando suas grandes botas pesadas, hoje. Os cadarços atados só até a metade.
— Nossa, que loucura! Meu Deus!
— Totalmente compreensível. Trata-se de um estranho conjunto de coincidências. É claro que você quer que elas façam sentido. E provavelmente chegou a algo importante com esse

pônei. Se por acaso houver um vendedor com o protótipo, isso poderá nos levar diretamente a ele, certo? Você está se saindo bem. Não se preocupe.

— É você que está preocupado — diz ela com um breve sorriso que não corresponde a seu olhar.

—Vamos resolver isso — retruca ele. E, até chegarem ao *Sun-Times*, Dan realmente acredita no que disse.

HARPER
13 de junho de 1993

Harper está sentado no canto de um restaurante grego sob um mural que representa uma igreja branca ao lado de um lago azul, diante de uma pilha de panquecas e de bacon crocante; observa os transeuntes pelo vidro e aguarda que o negro de ombros caídos acabe de ler o jornal. Ele toma goles cuidadosos de seu café, ainda bastante quente, e se pergunta se é por isso que a Casa só lhe permitiu vir até este ponto hoje. Porque ele nunca volta ao maldito lugar. Está se sentindo extraordinariamente calmo. Já se afastou de tudo em sua vida antes, mais vezes do que pode contar. Poderia muito bem ser um vagabundo nesta época, mesmo com toda a pressão, a fúria e o barulho. Pena não ter trazido mais dinheiro, mas sempre há modos e meios de conseguir uma grana, especialmente com uma faca no bolso.

O negro finalmente se levanta. Harper vai buscar outra embalagem de açúcar e pega também o jornal. Ainda é cedo demais para sair algo sobre Mysha, mas talvez haja alguma coisa sobre Catherine, e é esta pontada de curiosidade que lhe diz que ainda não acabou. Podia ficar ali, mas mais cedo ou mais tarde acabaria encontrando outras constelações. Ou inventaria sua própria.

É só porque o *Sun-Times* está dobrado na página de esportes que ele acaba vendo aquele nome. Não é sequer uma matéria de verdade, apenas uma lista do Prêmio Anual de Atletismo do Chicagoland High School.

Ele lê com atenção duas vezes, mexendo os lábios como se isso pudesse ajudá-lo a destravar aquela berrante obscenidade escrita no alto da matéria: *Kirby Mazrachi*.

Ele verifica a data. É o jornal de hoje. Levanta-se da mesa devagar. As mãos tremem.

— Já acabou de ler, camarada? — Um sujeito com uma barba que esconde seu pescoço adiposo lhe pergunta.

— Não — responde Harper, de modo ríspido.

— Tudo bem, cara. Relaxa. Só queria ver as manchetes. Quando você terminar.

Ele vai até o telefone do restaurante, ao lado do banheiro. O catálogo está pendurado por uma corrente imunda. Só existe um Mazrachi na lista. R. Em Oak Park. A mãe, ele pensa. Aquela piranha safada que mentiu para ele dizendo que Kirby estava morta. Ele arranca a página do catálogo.

Quando atravessa o restaurante até a porta, vê que o homem gordo acabou pegando o jornal. A fúria transborda. Ele caminha em sua direção, agarra o sujeito pela barba e bate sua cabeça contra a mesa. Ele o ergue novamente e vê o sangue escorrendo-lhe do nariz. O homem solta um gemido estranhamente agudo para uma criatura tão corpulenta. Todos ficam mudos no restaurante, observando Harper sair pela porta giratória.

O cozinheiro de bigode (grisalho, com entradas no cabelo) sai de trás do balcão, berrando:

— Fora daqui! Você! Fora daqui!

Mas Harper já está a caminho do endereço que consta na folha de papel amassada em sua mão.

Rachel
13 de junho de 1993

Cacos de vidro da janela estilhaçada estão caídos sobre o tapete do lado de dentro da casa, logo após a porta. As telas montadas, mas não emolduradas, expostas em uma parede ao longo do corredor foram laceradas com casual hostilidade; alguém as cortou com uma faca ao passar por ali.

Na cozinha, as réplicas das bailarinas de Degas e das moças das ilhas de Gauguin, pintadas numa estranha sobreposição sobre as portas do armário, olham com delicada indiferença para as caixas reviradas, seus conteúdos espalhados pelo chão.

O álbum de fotografias, aberto, se encontra sobre a bancada. Algumas fotos foram retiradas, rasgadas e largadas sobre os azulejos; parecem confetes. Uma mulher num maiô branco, os olhos cerrados diante do sol, o rosto recortado.

Na sala de estar, a mesa redonda dos anos 1970 está emborcada, com as pernas para o ar como uma tartaruga. As bugigangas, os livros de arte e as revistas que estavam sobre ela foram jogados ao chão. Uma mulher de bronze com um sino escondido sob a saia está deitada ao lado de um pássaro de porcelana sem cabeça, a ponta da cerâmica branca quebrada. A cabeça da ave olha vagamente para um editorial de moda de uma modelo muito rígida usando roupas horrendas.

O sofá foi cortado, lacerações longas e violentas que expõem o forro sintético e a armação.

No andar de cima, a porta do quarto está entreaberta. Sobre a mesa de desenho, a tinta derramada encharca as folhas de papel, apagando a ilustração de um patinho curioso e aborrecido interrogando o esqueleto de um guaxinim que está dentro da barriga de um urso. Algumas das letras escritas à mão ainda estão legíveis.

Isso é horrível. Estou tão infeliz.
Mas estou contente pelo que fiz.

Um copo colorido reflete a luz do sol que penetra pela janela, lançando estranhos círculos luminosos sobre o quarto devastado.

Os vizinhos não vieram investigar a causa do barulho.

KIRBY
13 de junho de 1993

— Oi — diz Chet, erguendo os olhos da revista em quadrinhos *Orquídea Negra*, com uma garota roxa na capa. — Eu descobri uma coisa muito, mas muito legal na mesma linha que aquela misteriosa figurinha de beisebol. Dê uma olhada. — Ele põe a revista de lado e apanha o impresso de um microfilme datado de 1951. — Isso provocou um tremendo escândalo. Um transexual pulou do alto do Congress Hotel, e ninguém soube que *ela* era de fato *ele* até a necropsia. Mas o melhor de tudo é o que aparece ao lado dela. — Ele aponta para a foto da mão inerte da mulher que aparece saindo do casaco que alguém jogou sobre o corpo. Há um disco de plástico desfocado ao lado. — Não parece uma embalagem de pílulas anticoncepcionais dos dias de hoje?

— Ou talvez um espelho de estojo de pó de arroz, um modelo enfeitado de contas — diz Dan com desdém. A última coisa de que precisa é que Anwar encoraje a loucura de Kirby. — Agora, veja se faz algo útil e encontre informações sobre a firma Hasbro e quando eles lançaram sua série de pôneis e patentes de brinquedos em geral.

— Acho que alguém acordou do lado errado da cama hoje.

— Do lado errado do fuso horário — resmunga Dan.

— Por favor, Chet — intervém Kirby. — A partir de 1974. É importantíssimo.

— Tudo bem, tudo bem. Vou começar com os anúncios publicitários e daí em diante. Por falar nisso, Kirby, você *quase* cruzou com um doido de pedra que esteve aqui procurando você.

— Por mim?

— Muito doido. Mas não trouxe biscoitos. Na próxima vez, peça a ele para trazer uns biscoitinhos. Eu não gosto de lidar com esse tipo de maluco, a menos que haja uma compensação calórica.

— Como ele era? — pergunta Dan.

— Não sei, o tipo genérico de maluco. Bem-vestido. Casaco de tweed escuro. Calça jeans. Meio magro. Olhos azuis intensos. Ele queria saber sobre aquela matéria de melhores atletas estudantis. E mancava.

— Merda — esbraveja Dan, muito embora ainda esteja processando a informação. Kirby é mais rápida para compreender tudo. Afinal, ela o está esperando há quatro anos.

— Quando ele saiu daqui? — Ela fica pálida, suas sardas se sobressaindo na lividez da pele.

— O que há com vocês dois?

— *Porra*, há quanto tempo ele saiu daqui, Chet?

— Faz cinco minutos.

— Kirby, espere. — Dan tenta agarrar seu braço, mas ela escapa, saindo correndo pela porta. — Porra!

— Uau! Que dramalhão! O que está acontecendo? — indaga Chet.

— Chame a polícia, Anwar. Peça para falar com Andy Diggs ou, merda, como ele se chama? Amato! O cara que está investigando o assassinato da coreana.

— E digo *o quê* para eles?
— Qualquer coisa que os traga até aqui!

Kirby desce voando as escadas e alcança a rua. Precisa escolher uma direção, então ela segue para North Wabash e fica parada no meio da ponte, procurando por *ele* em meio à multidão.

Hoje, o rio está com uma cor azul-esverdeada, como o Mediterrâneo, exatamente o mesmo tom que as coberturas dos barcos ligeiros cheios de turistas que navegam sobre seu leito. Uma vozinha sai do megafone, chama a atenção para os dois espigões gêmeos de Marina City.

Mais turistas passeiam ao longo do rio, identificáveis pelos chapéus e bermudas, assim como pelas câmeras penduradas ao pescoço. Um funcionário de escritório com as mangas do terno arregaçadas está sentado sobre a viga mestra vermelha da balaustrada, comendo seu sanduíche, agitando o pé para afastar as gaivotas carniceiras, cada vez mais próximas. As pessoas atravessam a rua em grupos cerrados, ao ritmo do sinal sonoro, e ficam embaçadas tão logo alcançam a outra calçada. É difícil identificar um só indivíduo no meio do rebanho. Ela ignora a multidão, fazendo uma triagem filtrada por etnia, gênero e compleição. Um homem negro. Mulher. Mulher. Um cara gordo. Homem com fones de ouvido. Um cara de cabelo comprido. Um sujeito de terno. Um homem de camiseta marrom. Mais um de terno. Deve ser a hora do almoço. Casaco de couro marrom. Camisa preta abotoada até o pescoço. Um está vestido com um macacão. Listras verdes. Camiseta preta. Camiseta preta. Cadeira de rodas. Terno. Ele não está em lugar algum. Ele se foi.

— Pooooorrrra! — grita ela para o céu, assustando o homem com o sanduíche. Uma gaivota revoa, queixando-se com um berro estridente.

O ônibus 124 surge a seu lado, tapando sua visão. É como se seu cérebro fosse zerado. Um segundo depois, ela o identifica. O movimento irregular de um boné de beisebol ondulando levemente, como se o homem mancasse. Ela sai correndo outra vez. Não ouve Dan chamar por ela.

Um táxi marrom e branco dá uma guinada para se desviar dela ao vê-la atravessar a Whacker Street sem olhar. O motorista para completamente no meio do cruzamento, abaixa o vidro e a xinga. Buzinas ansiosas disparam de ambos os lados.

—Você está doida? Quase foi atropelada. — Uma mulher de calças brilhantes a repreende, agarrando seu braço e a retirando da rua.

— Ei, me solta! — protesta Kirby, empurrando-a.

Ela avança pelo meio da multidão alvoroçada da hora do almoço, tentando não o perder de vista, passando por um casal com carrinho de bebê e correndo sob a sombra do trilho da ferrovia suspensa. A ofuscante escuridão no meio do dia a desorienta. Seus olhos não se adaptam imediatamente e, nessa fração de segundo, ela o perde.

Olhando ao redor, desesperada, cataloga mentalmente e depois ignora as pessoas, à medida que examina cada rosto. E então, o arrogante letreiro vermelho do McDonald's chama sua atenção, levando-a a observar mais acima, a escada que leva à estação de trem do outro lado da rua. Só consegue ver a calça jeans desaparecendo de vista, mas sua dificuldade para andar é mais visível na escadaria.

— Ei! — grita ela, mas sua voz se perde no ruído do trânsito.

Um trem se aproxima da estação, ela dispara escada acima, procurando o tíquete no bolso. Acaba saltando a roleta, avançando para outra escada que leva à plataforma, e consegue se enfiar entre as portas do trem que se fecham, sem sequer notar em que linha está.

Sua respiração é sôfrega. Ela olha para as próprias botas, com medo de olhar à frente e vê-lo ali, diante dela. Coragem, ela pensa, furiosa consigo mesma. Coragem, porra. Erguendo a cabeça num gesto desafiador, percorre com o olhar todo o vagão. Os demais passageiros parecem ignorá-la completamente, até mesmo os que estão sentados e a viram forçar o embarque no último instante. Um menino com um casaco azul camuflado a encara com uma expressão infantil e inquisidora. Um lutador de judô, ela pensa, quase achando graça por conta do alívio ou do choque.

Ele não está ali. Talvez ela tenha se enganado. Ou talvez ele esteja no outro trem, seguindo em direção oposta. Sua esperança mergulha em queda livre. Ela avança pelo vagão em movimento, tentando chegar até a porta de conexão entre os vagões, segurando-se quando o trem faz uma curva. O acrílico está arranhado, sem grafite algum, apenas marcas incrustadas na superfície, deixadas pelas centenas de viagens de pessoas diferentes com seus canivetes ou estiletes.

Com cautela, ela espia o vagão vizinho e de imediato recua. Ele está ao lado da porta, segurando-se numa barra de apoio. Os olhos escondidos pelo boné. Mas ela reconhece sua compleição, os ombros caídos, o ângulo do queixo e o perfil irregular, virado para o outro lado, olhando os telhados que desfilam pela janela do trem.

Ela dá um passo atrás, a mente em ebulição. Remexendo dentro da bolsa, apanha e veste o casaco de Dan para esconder seu rosto. Com a echarpe, cobre o cabelo, como se fosse um lenço. Não é um disfarce excelente, mas não tem escolha. Ela mantém a cabeça numa posição que lhe permite vê-lo com seu olhar periférico, para notar caso ele desembarque.

DAN
13 de junho de 1993

Dan a perde de vista em algum ponto da Randolph Street. Com o pânico instalado na sua mente, ele atravessa o trânsito mais uma vez, desencadeando outra rodada de buzinas enfurecidas, mas está no limite das forças. Ele se inclina sobre uma das latas de lixo verdes instaladas no ano anterior em Chicago, assim como os postes de iluminação com suas lâmpadas a gás que parecem preservativos inflados. Está ofegante. Sente uma fisgada nas costelas, como se alguém lhe tivesse desferido um chute no peito. Um trem passa chocalhando por cima, a vibração parece querer arrancar as obturações de seus dentes.

Se Kirby esteve aqui, não está mais.

Ele arrisca um palpite e se dirige à Michigan Avenue, a mão nas costelas, respirando entre os dentes. Patético. O medo e a raiva lhe provocam náuseas. Imagina-a morta, estendida num beco atrás de uma pilha de lixo. Pode até ter passado por ela. Eles nunca pegarão o sujeito. Esta cidade precisa de câmeras em cada esquina, como em postos de gasolina.

Pelo amor de Deus, ele precisa entrar em forma. Comerá legumes. Irá à missa se confessar e também visitará o túmulo da mãe. Não fumará mais escondido. Mas, por favor, que esteja tudo bem com Kirby. É pedir muito nas atuais circunstâncias?

De volta ao *Sun-Times*, a polícia ainda não chegou. Chet está tomado pelo pânico, tentando explicar o que aconteceu para Harrison. Richie aparece, pálido e angustiado, e lhes diz que uma garota foi assassinada pela manhã. Esfaqueada num laboratório farmacêutico no West Side. Aparentemente, trata-se do mesmo *modus operandi*. Pior. Os detalhes são ainda mais repulsivos. E uma mulher que participava do grupo de apoio frequentado pela garota viciada se apresentou para denunciar um homem com um problema na perna que veio perguntar sobre ela.

Dan percebe que ninguém sabe direito o que fazer. Talvez ela estivesse certa o tempo todo sobre o tal sujeito. Custa a crer que aquele *pendejo* safado tenha ido até ali, procurando por ela.

Ele desce, vai até a loja de produtos eletrônicos da esquina e compra um *pager*. Cor-de-rosa, porque é o que está exposto na vitrine e pronto para ser usado. Ele volta até Chet e lhe dá o número, assim como instruções severas de entrar em contato com ele se souberem de mais alguma coisa. Em particular, sobre Kirby. É preciso reprimir o medo. Enquanto estiver fazendo alguma coisa, ele não o sentirá.

Em seguida, vai buscar seu carro e apanhar alguma coisa em casa. Depois, se dirige para Wicker Park e arromba a porta do apartamento dela.

A bagunça é ainda maior que antes. Todo o conteúdo de seu armário parece ter migrado para a sala, cobrindo os móveis. Ele desvia o olhar de duas calcinhas vermelhas ao avesso sobre o encosto de uma cadeira.

Ela anda mesmo brincando de detetive, ele pode ver. Tudo o que havia dentro das caixas de provas está espalhado pelos cantos. Há um mapa da cidade colado à porta de um armário. Todos os esfaqueamentos fatais de mulheres nos últimos vinte anos estão assinalados com um círculo vermelho.

Há um bocado de círculos.

Ele folheia o arquivo na mesa improvisada sobre cavaletes. Está repleto de transcrições datilografadas, impecavelmente numeradas e datadas, grampeadas aos artigos originais da imprensa. A família das vítimas assassinadas, ele percebe. Uma grande quantidade de pessoas que ela procurou e entrevistou. Kirby disse que já estava fazendo isso havia um ano. Não estava de brincadeira.

Ele se deixa cair pesadamente sobre o banco, examinando os testemunhos.

Eu não a "perdi". Eu perco as chaves de casa. Ela foi tirada de mim.

Todos os dias eu fico pensando como vou reagir quando ele for preso. E cada dia é diferente, sabe? Às vezes, eu acho que gostaria de torturá-lo até a morte. Outras vezes, acho que o perdoaria. Porque isso seria ainda pior.

Roubaram meu investimento no futuro. Isso soa estranho para você?

Eles fazem isso parecer sexy nos filmes.

É a coisa mais terrível que se pode ouvir, mas, de certo modo, é também um alívio. Porque se você só tiver uma filha, sabe que nunca mais na vida receberá esse tipo de telefonema.

HARPER
13 de junho de 1993

Um ódio tenebroso invade a mente de Harper. Devia ter matado o rapaz do jornal. Arrastado-o até a janela e o jogado na rua. Ele tinha se mostrado esquivo. Tentara *distraí-lo*. Como se fosse algum doente de ala psiquiátrica, com o queixo coberto com a própria saliva e merda na calça.

Ele se sentiu obrigado a exercer todo o seu autocontrole para fazer as perguntas racionais. Nada do tipo ela ainda está viva ou onde está essa piranha? E sim: por acaso ela estaria na redação? Eu gostaria de trocar uma palavrinha com ela sobre *os prêmios*. Isso o interessa muito, os prêmios. Seria possível falar com ela, por favor? Ela está aqui?

Ele foi longe demais. Viu quando o rapaz passou de um desdém entediado para uma prudência alerta.

— Vou pedir ao segurança para chamá-la — disse ele, e Harper entendeu perfeitamente o recado.

— Não precisa. Diga-lhe somente que estive aqui à sua procura, está bem? Volto mais tarde.

Logo ficou evidente o imenso equívoco que fora dizer isso. Ele até comprou um boné de beisebol do White Sox na rua e abaixou a aba sobre os olhos, suspeitando que talvez o maldito garoto tenha chamado a polícia. Ele segue direto para a estação de trem. Precisa voltar para a Casa e refletir sobre tudo.

Será mais difícil encontrá-la se estiver assustada, mas ele não consegue conter a raiva. Agora ele a quer. Ela *pode* correr, *pode* se esconder. Ele a descobrirá como costumava fazer com os coelhos, arrancando-a de sua toca pelo pescoço, enquanto ela se debate e grita, antes de cortar sua garganta.

Observando a cidade desfilar pela janela do trem, ele começa a se tocar com o dorso da mão sobre a calça, mas sua consternação é opressora demais. Ela o derruba. Tudo está dando errado. Por causa *dela*. Deveria tê-la atacado quando não estava com o cachorro. Houve outras oportunidades.

Ele se sente terrivelmente só. Com vontade de enfiar sua faca na cara de alguém para aliviar a pressão que pulsa atrás de seus globos oculares. Precisa retornar à Casa. É preciso consertar isso. Depois voltará a procurá-la e tentará resolver o que antes deu errado. Os planetas precisam ser alinhados.

Ele não vê Kirby. Nem mesmo ao desembarcar do trem.

Kirby
13 de junho de 1993

Ela deveria sair dali e chamar a polícia. Tem absoluta certeza disso. Já o encontrou. Sabe onde ele está. Mas, e *se* — o pensamento a provoca — for uma armadilha? A casa, ao que parece, não passa de uma ruína abandonada. Uma entre várias outras no quarteirão. Ele pode ter entrado por estar ciente de que ela o está seguindo. Sua aparência não passa despercebida nessa área da cidade. O que significa que ele pode muito bem estar escondido, à espreita.

Suas mãos estão dormentes. Deixe de ser idiota e chame logo a polícia. O problema é deles. Você já passou por duas cabines telefônicas no caminho. Claro, ela pensa. E ambas estavam destruídas. Os vidros quebrados e os fones arrancados. Ela cruza os braços no peito, sentindo-se infeliz e insegura. Fica parada sob uma árvore, pois em Englewood, ao contrário do West Side, ainda há muitas. Tem quase certeza de que ele não pode vê-la, porque ela não consegue ver as janelas quebradas no andar de cima. Mas não dá para saber se ele não está espiando por uma brecha do tapume que cobre as janelas do andar inferior, ou, pior, se está sentado no degrau esperando por ela.

A verdade nua e crua é que, se sair dali, ela vai perdê-lo.

Merda-merda-merda-merda.

—Você quer entrar? — pergunta uma voz atrás dela.

— Meu Deus! — Ela dá um salto. Os olhos do sem-teto se arregalam um pouco, deixando-o com um ar inocente ou intensamente curioso.

A metade de seus dentes já se foram. Ele está usando uma velha camiseta do Kris Kross e um gorro vermelho, apesar do calor.

— Se fosse você, eu não entrava ali. Antes eu nem sabia qual era a casa. Mas fiquei de olho nele. Ele volta em horas estranhas, vestido de um jeito esquisito. Já entrei ali. Vendo de fora, não dá para saber, mas é tudo bem bacana lá dentro. Você quer entrar? Precisa de um tíquete para entrar. — Ele retira do bolso um monte de papel amassado. Passam-se alguns segundos até ela perceber que são cédulas de dinheiro. — Eu posso vender um para você por cem dólares. Senão, não funciona. Você não vai ver nada.

Ela se sente aliviada, confirmando que o sujeito é totalmente maluco.

— Dou vinte e você me diz por onde entrar.

Mas ele muda de ideia.

— Não. Nada disso. Já estive lá dentro e não é um lugar legal. É amaldiçoado, assombrado. Coisa do demônio. Melhor você não entrar. Pode me dar vinte por esse aviso e não entre lá, entendeu?

— Eu preciso entrar.

E que Deus a ajude.

Na carteira, ela só tem dezessete dólares e uns trocados. O rapaz não fica muito animado, mas, assim mesmo, a conduz em volta da casa e a ajuda a subir pela escada de madeira em zigue-zague, nos fundos.

— Você não vai enxergar merda nenhuma, de qualquer maneira. A menos que leve o tíquete. Acho que isso dá segurança. Depois, não diga que eu não avisei.

— Por favor, fique calado.

Ela usa o casaco de Dan para transpor o arame farpado que foi colocado na base da escada, exatamente para ninguém entrar. Sinto muito, Dan, ela pensa quando o arame rasga a manga. De qualquer forma, você está precisando comprar roupas novas.

A tinta está descascando na madeira. A escada está podre. Os degraus se queixam a cada passo seu, à medida que vai subindo até a janela do andar térreo, que está aberta como um buraco na cabeça. A borda está cheia de cacos de vidro, sujos e molhados pela chuva.

— Você quebrou essa janela? — sussurra ela para o maluco.

— É melhor você não me perguntar nada — diz ele, zangado. — Se quiser entrar, o problema é seu.

Merda. Está muito escuro no interior da casa, mas ela consegue enxergar através da janela que tudo se encontra fora do lugar. Os viciados destruíram tudo. As pranchas do assoalho foram arrancadas, assim como o encanamento, as paredes estão arrebentadas, deixando o forro exposto. Por uma porta, do outro lado, ela pode ver a porcelana quebrada de um vaso sanitário. O assento foi removido, a pia espatifada no chão e rachada ao meio. É um absurdo que ele venha se esconder ali. À sua espera. Ela hesita sobre a escada.

— Você pode chamar a polícia? — sussurra ela.

— Nada disso.

— No caso de ele me matar. — As palavras soam mais casuais do que ela teria preferido.

— Já tem gente morta aí dentro — responde Mal num murmúrio.

— Por favor, dê o endereço para a polícia.

— Tudo bem, tudo bem! — Ele desfere um golpe no ar, como se para confirmar sua palavra. — Mas eu não vou ficar mais por aqui.

— Claro — sussurra Kirby baixinho.

Ela não olha para trás. Colocando o casaco de Dan sobre a borda da janela, Kirby cobre os cacos de vidro. Há algo dentro de seu bolso. É o pônei, ela se dá conta. Em seguida, entra na casa.

KIRBY E HARPER
22 de novembro de 1931

O tempo cura todas as feridas. Em algum momento, o sangue coagula. E remendos fecham a pele.

Assim que atravessa a janela, ela se encontra em outro lugar. Sua impressão é a de estar enlouquecendo.

Talvez tenha estado morta todo esse tempo e isso não passe de um prolongamento de sua fantasia, sua última manifestação cerebral, enquanto sangra no santuário de pássaros com seu cão amarrado a uma árvore com um arame em volta do pescoço.

Ela precisa empurrar as pesadas cortinas que não estavam lá antes para entrar numa sala de estar antiquada, porém nova. O fogo crepita na lareira. Um decantador de uísque se encontra sobre uma mesinha, ao lado de uma poltrona de veludo.

O homem que ela seguiu até aquela casa já se foi. Harper partiu para 9 de setembro de 1980 a fim de vigiar a garota Kirby no estacionamento de um posto de gasolina, bebericando uma Coca-Cola, pois precisa se agarrar a alguma coisa para não atravessar a rua e agarrar a menina pelo pescoço com força suficiente para erguê-la e esfaqueá-la outra vez, e mais uma vez e outra mais, em frente à lanchonete.

Dentro da casa, Kirby encontra a escada e sobe até o quarto decorado com os artefatos tomados das garotas assassinadas, que ainda não estão mortas, que estão perpetuamente morrendo ou marcadas para morrer. Eles cintilam, parcialmente desfocados. Três deles lhe pertencem. Um pônei de plástico. Um isqueiro preto e prateado. Uma bola de tênis que faz sua cicatriz doer e sua cabeça girar.

Lá embaixo, o som de uma chave na porta. Ela entra em pânico. Não há por onde escapar. Tenta abrir a janela, que permanece inerte. Aterrorizada, ela entra no armário e se agacha ali, tentando não pensar. Tentando não gritar.

— *Co za wkurwiaja, ce gówno!*

Um engenheiro polonês, totalmente bêbado, entra desajeitadamente na cozinha. Ele tem a chave no bolso, mas não por muito tempo. A porta se abre atrás dele e Harper surge, mancando com sua muleta, vindo de 23 de março de 1989 com uma bola de tênis mordida no bolso e o sangue de Kirby ainda sobre a calça jeans.

Ele leva um bom tempo para espancar Bartek até a morte enquanto Kirby se esconde dentro do armário do quarto, tapando a própria boca. Quando começa a ouvir os berros, ela não aguenta mais e começa a soluçar.

Ele sobe claudicante pela escada, arrastando a perna, um degrau de cada vez. *Toc-toc.* Não importa que isso tenha acontecido antes, no passado dele, pois ele está sobreposto ao presente dela, como um origami.

Ele chega à porta do quarto e ela morde o lábio com tanta força que começa a sangrar. Por dentro, sua boca está completamente ressecada. Mas ele passa direto.

Ela se inclina para a frente, tentando ouvir alguma coisa. Está ali na companhia de um urso raivoso. Pode sentir sua respiração ofegante, hiperventilada. Precisa se acalmar. Precisa reassumir o controle de si mesma.

É possível ouvir distintamente o som de porcelana quando o tampo do vaso é levantado. Um jato de urina. A água correndo pela torneira quando ele lava as mãos. Parece blasfemar baixinho. Um sussurro. A fivela de um cinto caindo sobre os azulejos. Ele abre o chuveiro. A cortina é fechada com um gesto brusco.

É isso. Sua única chance, ela pensa. Deveria ir até o banheiro, pegar a muleta dele e acertá-lo no crânio. Deixá-lo desacordado. Amarrá-lo. Chamar a polícia. Mas ela sabe que, se ele não conseguir escapar, ela será incapaz de parar de bater, até que fique caído para sempre. As conexões entre seu cérebro e seu corpo parecem petrificadas. Sua mão não se mexe para abrir a porta do armário. Mexa-se, ela pensa.

A água vai parando de correr. Ela perdeu a oportunidade. Ele vai sair do banheiro e vir até o armário para pegar roupas limpas. Talvez, se ela empurrá-lo. Se empurrá-lo e sair correndo. Os azulejos molhados. Talvez tenha uma chance de lutar.

O barulho do chuveiro recomeça. Os canos estão meio entupidos. Ou então ele está de sacanagem com ela. *Agora. Ela precisa agir. Agora.* Com um chute, ela abre a porta do armário e acaba caindo no chão.

Precisa levar alguma coisa com ela. Algum tipo de prova. Ela pega o isqueiro sobre a prateleira. Exatamente o mesmo. Não faz a menor ideia de como isso é possível.

Kirby sai pelo corredor. A porta do banheiro está aberta. Pode ouvi-lo assobiar sob o som do chuveiro. Uma melodia suave e alegre. Se conseguisse respirar, ela estaria soluçando.

Passando rente ao papel de parede, ela segue em frente. Está agarrando o isqueiro com tanta força que sua mão dói. Mas ela nem nota. É um esforço dar cada passo. Um depois do outro. Não muito diferente da última vez. Mais um passo. Ela se empenha para apagar da mente aquele homem com o cérebro esmagado no chão, no final da escada.

O chuveiro é fechado quando já está quase no meio do caminho. Ela dispara na direção da porta da frente. Tenta passar por cima do corpo do polaco, mas, na pressa, acaba pisando em seu braço. A sensação é horrível, algo macio demais sob o salto da bota. Nãopensenãopensenãopense.

Ela alcança o trinco.

A porta se abre.

DAN
13 de junho de 1993

— Ei, é por aqui — diz o homem da delicatéssen Finmark, mostrando para Dan os fundos de sua loja. — Ela estava mal quando a encontrei.

Pelo vidro da porta, Dan pode ver Kirby sentada numa cadeira de rodinhas com encosto alto em couro artificial, diante de uma mesa em compensado de madeira e sob um calendário com ilustrações de quadros que mostra um Monet. Ou um Manet. Dan nunca conseguiu saber a diferença. A impressão de um gosto intelectual é desfeita pelo pôster da garota com os seios amassados sob as mãos montada numa moto Ducati, na parede oposta. Kirby parece pálida e está com os ombros arqueados, como se estivesse tentando se encolher. Seus punhos cerrados sobre o colo. Ela está falando calmamente ao telefone.

— Estou feliz em saber que você está bem, mãe. Não, por favor, não venha até aqui. Sério.

— Você acha que vai aparecer no noticiário da noite? — pergunta o homem da loja.

— O quê?

— Porque talvez eu devesse me barbear, se for o caso. Se quiserem me entrevistar.

—Você se incomoda? — Dan sente que vai lhe dar um soco se ele não calar a boca.

— De modo algum. É um dever cívico.

— Ele quer saber se você se incomoda em nos deixar a sós, por favor — diz Kirby, desligando o telefone.

— Tudo bem. Quer dizer, é meu escritório — reage ele, irritado.

— E nós estamos gratos por nos deixar usá-lo para ter um pouco de privacidade — diz Dan, meio que o empurrando para fora.

— Eu tive que implorar para ele me deixar usar o telefone. — A voz dela agora soa insegura.

— Nossa, eu estava preocupado. — Ele lhe dá um beijo na cabeça, sorrindo de alívio.

— Eu também. — Ela tenta sorrir, mas não consegue.

— Os policiais estão lá neste momento.

— Eu sei. — Ela assente com firmeza. — Acabei de falar com minha mãe. O filho da puta arrombou a casa dela.

— Cacete.

— Destruiu tudo lá dentro.

— Estava procurando alguma coisa?

— Estava me procurando. Mas eu estava com você. E Rachel estava visitando um velho amigo. Ela só ficou sabendo quando voltou para casa e viu tudo revirado. Agora, quer vir correndo para cá. Quer saber se já o pegaram.

— É o que todos queremos. Ela ama você.

— Não posso pensar nisso neste instante.

—Você sabe que vai precisar identificá-lo no distrito policial. Vai ser capaz de lidar com isso?

Ela assente novamente. Seu cabelo está lânguido e escurecido por causa do suor.

— Está com uma bela aparência — provoca ele, removendo os fios da nuca dela. — Deveria perseguir assassinos com mais frequência. Você se saiu bem.

— Não acabou. Ainda há o julgamento.

— Claro, você terá que se apresentar também. Mas podemos evitar o circo da mídia. Podemos fazer uma declaração oficial e marcar isso fora da cidade. Já esteve na Califórnia?

— Já.

— É verdade. Eu me esqueci.

— Melhor esquecer mesmo.

— Nossa, eu estava preocupado.

—Você já disse.

Desta vez, o sorriso dela é verdadeiro. Exausto, mas verdadeiro. Ele não aguenta, é incapaz de resistir. Então a beija. Tudo nela o atrai. Seus lábios são insuportavelmente macios e quentes. E receptivos.

Ela retribui o beijo.

— Ei — resmunga o dono da loja.

Kirby pousa o dorso da mão sobre a boca e se vira para o lado.

— *Por Dios!* Você não bate antes de entrar? — exclama Dan.

— É que... é... o detetive da polícia quer falar com vocês. — Ele olha com ansiedade de um lado para outro, tentando dizer algo cordial para concluir. — Eu vou ficar... vou ficar lá fora.

Kirby aperta com os dedos a pele sobre a clavícula e, distraidamente, roça a ponta do polegar na cicatriz.

— Dan.

O jeito como ela diz seu nome mexe com ele.

— Não diga nada. Não precisa. Por favor.

— Neste momento, não posso. Você entende?

— Claro que entendo. Sinto muito. Eu apenas... Merda. — Ele nem sequer é capaz de formular uma frase inteira. Que situação mais estúpida!

— Está tudo certo, então — diz ela sem olhar para ele. — Ei, estou feliz por você estar aqui.

Ela lhe dá um leve soco no braço, que passa raspando, mas alguma coisa dentro dele se rompe ante a graciosidade e a intenção do gesto.

Alguém bate forte na porta e, menos de um milésimo de segundo depois, o detetive Amato a abre.

— Srta. Mazrachi. Senhor...

—Velasquez. — Dan se encosta à parede, os braços cruzados, deixando claro que não vai sair dali.

—Vocês o pegaram? Onde ele está? — Kirby olha com medo para a tela em preto e branco conectada à câmera de vigilância da loja.

O detetive Amato senta-se na extremidade da mesa. Muito à vontade, pensa Dan. Como se ainda não a levasse a sério. Ele pigarreia.

— Que coisa horrível. Ele ir até o seu jornal assim.

— E a casa?

Ele parece constrangido.

— Ouça. Tudo isso foi muito estressante. Você agiu de maneira bem corajosa e estúpida ao ir atrás dele como fez.

— O que você está dizendo?

— É fácil se perder, quando não se conhece o bairro.

—Vocês não o acharam? — Kirby se levanta, pálida e furiosa. — Mas eu dei o endereço. Vocês querem também que eu o embrulhe num papel de presente e deixe sob a porra de uma árvore de Natal para vocês?

— Fique calma, mocinha.

— Eu estou perfeitamente calma — berra Kirby.

— Ok, pessoal — intervém Dan. — Estamos jogando no mesmo time, lembram?

— Não conseguimos achar o rapaz drogado com quem você conversou. Ainda tem uns policiais interrogando os vizinhos.

— E quanto à casa?

— O que eu posso dizer? Está abandonada. Em ruína. Canos foram arrancados, todo o cobre roubado, o piso destruído. Tudo que tinha algum valor foi levado, e o restante destruído por puro prazer. Certamente, não há ninguém vivendo lá. Mas os jovens do bairro entram lá para fumar ou fazer sexo. Achamos um colchão no andar superior.

— Vocês entraram lá mesmo? — pergunta Kirby, num tom de puro desafio.

— Claro que entramos. O que você está tentando dizer?

— E estava tudo em ruínas?

— Moça, por favor. Sei que isso é difícil para você. Não é culpa sua se ficou confusa. Tudo isso é bem traumatizante. A maioria das pessoas não é boa testemunha num dia normal. O que dizer então daquelas que viram o homem que tentou matá-las.

— Que voltou para concluir o trabalho.

— Então, o que vai acontecer, agora? — pergunta Dan.

— Estamos indo de porta em porta. Temos a descrição. Com sorte, encontraremos o viciado com quem você falou e ele poderá nos levar ao endereço.

— Ao endereço *certo* — diz ela, com amargura. — E depois?

— Todos os distritos já foram avisados. Vamos encontrá-lo e ele vai ser preso. Vocês precisam nos deixar cuidar do nosso trabalho.

— Porque vocês têm trabalhado muito bem até agora — dispara ela.

— Dá para você me ajudar com isso? — Amato pede a Dan.

— Kirby...

— Entendi. — Ela encolhe os ombros com a expressão enfurecida.

— Há algum lugar onde você possa passar esta noite? Posso destacar um policial.

— Ela pode ficar na minha casa. — Dan fica sem graça, ao ver Amato arquear as sobrancelhas. — Tenho um sofá-cama. Posso dormir nele. Óbvio.

—Vocês já o pegaram? Onde está ele? — Rachel quer saber ao entrar apressada no minúsculo escritório, como uma tempestade de nervos e patchuli.

— Mãe! Eu disse para você não vir aqui.

—Vou arrancar os olhos do safado. Ainda há pena de morte em Chicago? Faço questão de apertar a porra do botão.

Ela demonstra estar cheia de coragem, mas Dan percebe que está no limite. Os olhos ensandecidos. As mãos tremendo. E sua presença ali acaba deixando Kirby nervosa também.

— Sente-se, por favor, Sra. Mazrachi — diz ele, indicando uma cadeira.

— Pelo visto, os abutres já estão na área. — Ela dispara na direção dele. —Venha, Kirby, vamos para casa.

— Rachel!

O detetive cerra os lábios, vendo-se diante de outra mulher maluca.

— Minha senhora, ir para casa não é aconselhável. Não sabemos se ele vai retornar. Vocês deveriam ir para um hotel esta noite. E recorrer a algum grupo de apoio. Tudo isso tem sido traumático para as duas. Em Cook County há uma pessoa sempre de plantão. A qualquer hora. E aqui também. Ligue para este telefone. É um amigo. Trabalha com muitas vítimas de crimes.

— E quanto ao filho da puta que fez isso? — Kirby continua irritada.

— Deixe que nós nos preocupamos com isso. Você cuida da sua mãe. E pare de tentar fazer as coisas sozinha. — Ele franze a sobrancelha com certa solidariedade. — Agora, vou chamar o desenhista para fazer um retrato falado e vamos examinar algumas fotografias. Depois, você vai ver o orientador psicológico e tomar uns comprimidos para dormir. E *não* vai mais pensar nisso esta noite, entendeu?

— Sim, senhor — responde Kirby, sem acreditar em nenhuma daquelas palavras.

— Você está sendo uma boa moça — conclui Amato, tampouco acreditando no que ele próprio dizia.

— Que grande filho da puta! — esbraveja Rachel, sentando-se na cadeira vazia. — Ele está pensando o quê, porra? Não é sequer capaz de fazer seu trabalho.

— Mãe, você não pode ficar aqui. Você está me perturbando.

— Eu também estou perturbada!

— Mas você não precisa ser coerente com a polícia. Isso é muito importante. Tenho que fazer direito. Estou pedindo, mãe. Eu telefono quando tiver acabado.

— Eu tomo conta dela, Sra. Mazrachi — propõe Dan.

— Você? — resmunga Rachel.

— Mãe, por favor.

— O hotel Day's Inn tem quartos decentes — intervém Dan.

— Eu me hospedei lá quando estava me divorciando. É limpo e o preço é razoável. Com certeza um dos nossos policiais poderá acompanhá-la até lá.

— Tudo bem, está ótimo — cede ela. — Mas você vai direto para lá depois, Kirby.

— Claro, Rachel — responde a filha, empurrando-a para fora. — Por favor, não se preocupe. A gente se vê mais tarde.

Assim que Rachel vai embora, o clima no escritório muda. Ele quase pode sentir a queda da temperatura. Há agora uma espécie diferente de tensão, terrivelmente concentrada. E Dan sabe o que está por vir.

— Nem pense nisso — diz ele.

— Você vai me impedir? — pergunta Kirby, fria como ele nunca viu.

— Seja sensata. Está anoitecendo. Você não tem uma lanterna. Nem uma arma.

— É mesmo?

— E eu tenho os dois no carro.

Kirby ri, aliviada, e relaxa as mãos pela primeira vez desde que saiu daquela casa. Está segurando um isqueiro preto e prateado. Um Ronson Princess De-Light com um desenho *art déco*.

— É uma réplica?

Ela nega, balançando a cabeça.

—Você não o pegou no depósito de provas?

Ela balança a cabeça novamente e diz:

— É exatamente o mesmo. Eu não sei como explicar.

— E você não mostrou à polícia?

— Faria algum sentido? Nem *eu* acredito em mim. Porra, está tudo tão confuso, Dan. A casa não estava arruinada por dentro. Há algo errado. Estou com tanto medo de nós irmos até lá e você não ver nada.

Dan cobre a mão dela com a sua, segurando o isqueiro.

— Eu acredito em você, garota.

KIRBY E DAN
13 de junho de 1993

Ela está tensa dentro do carro. Não para de mexer no isqueiro. Flic. Flic-flic-flic. Dan não pode culpá-la. A pressão é insuportável. Flic. Como ser catapultado para algo inevitável. Um acidente de carro em câmera lenta. E não apenas uma batida boba de para-choques. É mais do tipo dez carros empilhados no meio da rodovia, com helicópteros, caminhões de bombeiro e gente chorando em estado de choque no acostamento. Flic. Flic. Flic.

— Você pode parar com isso? Ou pelo menos acender um cigarro? Eu gostaria de fumar um. — Ele tenta não se sentir culpado por causa de Rachel. Por levar a filha dela em direção ao perigo.

— Você tem um? — indaga ela, ansiosa.

— Olhe no porta-luvas.

Ela abre o compartimento, que cospe um monte de tralhas sobre suas pernas. Vários tipos de canetas, embalagens de tempero da lanchonete Al's Beef, um copo de refrigerante esmagado. Ela amassa o maço de Marlboro Lights.

— Nenhum. Sinto muito.

— Merda.

— Você sabia que essas versões light de cigarros contêm as mesmas substâncias cancerígenas?

— Nunca achei que eu fosse morrer de câncer.

— Onde está sua arma?

— Embaixo do banco.

— Como você sabe que não vai passar sobre um calombo e tomar um tiro no calcanhar?

— Normalmente eu não a trago comigo.

— Imagino que esta seja uma situação especial.

—Você pirou?

— É, estou perdendo a cabeça. Estou tão apavorada, Dan. Mas é assim mesmo. A vida toda foi assim. Não há escolha.

—Você está falando de livre-arbítrio, agora?

— Preciso voltar lá, só isso. Já que a polícia não vai.

— Acho que você quer dizer "nós", cara pálida. Você está me arrastando junto.

— Arrastando junto é uma expressão forte demais.

— Assim como "justiça com as próprias mãos".

— Você vai ser meu Robin? Meias amarelas vão lhe cair bem.

— Espere aí. Com certeza eu sou o Batman. O que faz de *você* o Robin.

— Sempre preferi o Coringa.

— É porque tem a ver com você. Ambos têm uma cabeleira horrível.

— Dan? — diz ela, vendo pela janela o crepúsculo se espalhar por terrenos baldios, casas interditadas com tapumes e pardieiros devastados. Seu rosto está refletido no vidro do carro com uma flama quando aciona o isqueiro novamente.

— O que é, garota? — pergunta ele, ternamente.

—Você é o Robin.

Kirby o leva por uma rua estreita e desolada até mesmo para os padrões do bairro, e, de repente, Dan começa a compreender melhor o detetive Amato.

— Pare aqui — diz ela.

Ele desliga o motor e deixa o carro deslizar até parar perto de uma velha cerca de madeira, inclinada como um bêbado.

— É esta? — pergunta Dan, espiando a fileira de casas abandonadas com as janelas cobertas de tapumes e um matagal denso, de onde brotam flores do lixo. Certamente faz um bom tempo que ninguém passa por ali, muito menos se instala num esconderijo repleto de antigas opulências. Ele tenta não demonstrar sua hesitação.

—Venha. — Kirby abre a porta e sai do carro.

— Espere um pouco.

Ele se inclina na porta aberta do lado do motorista, fingindo amarrar os sapatos, enquanto enfia a mão sobre o banco e apanha o revólver. É um modelo Dan Wesson. A coincidência o fez rir na época. Beatriz odiava aquela arma. Assim como a ideia de um dia terem que usá-la.

Quando ele volta a se sentar, sua visão é ofuscada pela luz no retrovisor, refletindo o sol, que começa a se esconder.

— Não podíamos fazer isso às onze da manhã num dia de sol?

—Venha *logo*. — Kirby avança, abrindo caminho pelo mato até os frágeis degraus de madeira em forma de Z, nos fundos da casa.

Dan mantém o revólver encostado ao corpo, fora da vista de um observador eventual. Ele se contentaria com qualquer observador. Aquela calmaria excessiva o deixa nervoso.

Ela retira o casaco e o põe sobre o arame farpado que bloqueia o acesso à escada.

— Deixe comigo — diz ele.

Pisando no casaco para entortar as pontas cortantes, ele lhe dá a mão, ajudando-a a entrar. Depois, ele a segue como pode e, tão logo atravessa a cerca, as pontas farpadas se erguem de novo e rasgam o tecido do casaco.

— Não faz mal, comprei numa liquidação. O primeiro que achei e coube em mim. — Ele se dá conta de que não consegue manter a boca fechada. Nunca pensou que pudesse ser uma pessoa verborrágica. Nunca pensou que um dia estaria arrombando casas abandonadas.

Eles estão no alpendre dos fundos. A visão através da janela é agourenta; luzes fracas criando sombras esverdeadas e lixo em todo canto. Parece que as paredes foram descascadas e a tinta lançada como confete pelo chão.

Ele pega de volta o casaco enquanto Kirby põe o primeiro pé no peitoril da janela.

— Não se assuste.

Depois ela se precipita pela passagem e some. Literalmente. Num segundo ela está ali, no seguinte desapareceu.

— Kirby! — Ele tenta alcançar a janela, pondo a mão sobre um pedaço do vidro que ainda se encontra miraculosamente intacto. — Puta merda!

Ela reaparece e segura seu braço. Ele entra tropeçando atrás dela. E tudo se transforma.

Ele fica ali parado, estarrecido, na sala de estar. Está perplexo. Kirby sabe o que ele está sentindo.

—Venha logo — sussurra ela.

—Você não para de dizer isso — responde ele, mas sua voz soa abafada, distante.

Seus olhos piscam sem parar. O sangue que escorre da palma da mão pinga em gotas abundantes no chão. Ele nem percebe. A lareira lança uma luminosidade irregular e alaranjada sobre o chão do corredor escuro. Não há sinal do homem morto que ela mencionou ter pisado em cima, quando fugiu na outra vez.

— Acorde, Dan. Estou precisando de você.

— O que é *isso*? — pergunta ele, baixinho.
— Não sei. Mas sei que é real. — Não é verdade. Ela está duvidando desde que entrou ali. Achando que todos estão certos e ela não passa de uma aberração delirante, e que o que ela realmente precisa é de uma droga antipsicótica e um leito no hospital com vista para os jardins através das barras. É um alívio muito grande que ele também esteja vendo. — E sei também que você está sangrando. É melhor me dar a arma.
— De jeito nenhum, você é instável — responde ele, provocador, mas sem olhar para ela. Está passando a mão sobre o papel de parede. Tentando ver se é real. — Você disse que ele está lá em cima?
— Estava. Três horas atrás. Espere. Dan.
— O quê? — Ele se vira para o pé da escada.
Ela hesita.
— Não posso subir novamente.
— Tudo bem — diz ele, e com mais determinação: — Tudo bem.
Ele entra na sala e ela sente uma pressão no peito. Meu Deus, e se *ele* estiver lá, sentado na cadeira, esperando? Mas Dan aparece com um pesado atiçador de lareira na mão. Ele lhe entrega o revólver.
— Fique aqui. Se ele aparecer, atire.
— Vamos subir — diz ela, como se agora fosse uma opção. O revólver é mais pesado do que pensava. Suas mãos tremem bastante.
— Fique atenta a todas as passagens. Segure a arma com as duas mãos. Não tem trava de segurança. Mire e dispare. Mas não atire em mim, ok?
— Tudo bem. — A voz dela soa trêmula.
Ele começa a subir a escada, o atiçador erguido como um taco de beisebol. Ela se encosta à parede. É como jogar sinuca. É preciso respirar, mirar e se soltar. Não tem problema, pensa ela num surto de raiva.

A chave gira na fechadura.

Ela aperta o gatilho no momento em que a porta é aberta.

O safado se esquiva e a bala atinge o umbral da porta, estilhaçando a madeira. (O projétil atravessa até 1980, perfura a janela da casa do outro lado da rua, se encravando ao lado de uma imagem da Virgem Maria.)

Aquele tiro em sua direção o deixa desnorteado.

— Minha querida! Eu a estava procurando. — Ele saca sua faca. — E aqui está você.

Ela olha rápido para o revólver, resta-lhe uma ínfima fração de segundo para ver se precisa recarregar ou se é só disparar novamente. Seis balas. Sobraram cinco. Dan já está no meio do caminho quando ela o vê. Bem na linha de tiro.

— Sai da frente!

Dan desfere um golpe forte com o atiçador, mas Harper, cuja experiência com a violência é bem maior que a do adversário, intercepta-o com o antebraço. Ainda assim, um osso é fraturado. Ele urra de dor e dá uma facada no peito de Dan. O sangue espirra. Os dois homens acabam se precipitando contra a porta, que não está trancada, e caem juntos, derrubando os tapumes lá fora, numa outra época. A porta se fecha atrás deles.

— Dan!

São apenas poucos metros, mas parece durar uma eternidade. O que talvez seja o caso. Quando Kirby abre a porta, desvenda-se a tarde de verão de onde ela veio. Nenhum sinal deles.

Dan
3 de dezembro de 1929

Eles estão agarrados como dois amantes, rolando pelos degraus da entrada da frente no amanhecer frio e escuro. A neve lhes dá um choque. Dan bate contra o chão com tanta força que fica sem ar. Erguendo os joelhos, ele empurra o maníaco e sai engatinhando pela rua, procurando ganhar distância.

Está tudo confuso. Novamente, outro lugar. Onde antes havia um terreno baldio surgiu um depósito com muros de tijolos. Ele pensa em bater à porta e pedir ajuda, mas está trancada com corrente e cadeado. As janelas estão cobertas com tapume. A pintura, porém, é mais recente. Nada faz o menor sentido; rolando sobre a neve, o sangue escorrendo, e no entanto estavam no mês de junho meia hora atrás.

A camisa de Dan está úmida. O frio a atravessa. O sangue corre por seu braço e goteja entre os dedos, fazendo florescer na neve fractais rosados e cristalinos. Ele já nem sabe mais de onde vem o sangue: de suas costelas ou do corte em sua mão. De qualquer maneira, tudo ficou entorpecido e cinzento. O assassino consegue ficar em pé, apoiando-se numa grade, a faca ainda na mão. Dan já está ficando cansado daquela maldita faca.

— Desista, amigo — diz o homem, mancando sobre a neve em sua direção. O sujeito tem uma faca e Dan não tem nada. Ele está agachado, seus dedos enterrados na neve. —Você quer dificultar as coisas? — A dicção dele é um pouco estranha. Como se falava antigamente.

—Você não vai machucá-la de novo — retruca Dan.

Olhando de perto, ele pode ver que o filho da mãe feriu um dos lábios ao cair. Seus dentes ficam vermelhos de sangue quando sorri.

— É um círculo que tem que ser fechado.

— Não faço a menor ideia do que você está falando. — Dan se reergue. — Mas você está me deixando com raiva.

Ele se apoia no pé direito, ignorando a dor nas costelas cada vez mais forte. O pedaço de neve compactada está bem seguro entre o polegar e dois dedos, como uma bola de beisebol. Ele ergue um joelho e toma impulso com o braço atrás do corpo, girando os quadris e se apoiando na perna da frente, e lança a bola de neve, sem que ela se desintegre, na direção do alvo.

— *Vete pa'l carajo, hijo'e puta!*

Ela faz um arco, um lançamento perfeito, digno de Mad Dog Maddux, e se estilhaça na cara do psicopata.

O assassino perde o equilíbrio com o choque, balançando a cabeça para se livrar da neve. É tempo suficiente. Dan avança correndo, reduzindo a distância entre eles, e salta sobre ele, enfiando-lhe um soco no nariz. Ele tenta acertá-lo um pouco mais baixo, esperando enterrar o septo no cérebro do safado. Entretanto, se fosse assim tão fácil, isso aconteceria o tempo todo. O sujeito gira a mandíbula ao receber o golpe e Dan sente o osso malar se quebrar sob os nós de seus dedos. *Puñeta*, isso dói.

Depois ele recua, esquivando-se dos golpes desordenados de faca, caindo de costas como um caranguejo. Voltando ao combate, ele ataca com o pé, que atinge algo sólido. Não foi a rótula do homem, ou seus testículos, o que teria sido mais útil. Seu fêmur, talvez.

O lunático ainda geme enquanto o sangue escorre do nariz. A faca em sua mão parece melada. Isso deixa Dan ainda mais enjoado e exausto, muito exausto. Talvez seja por conta do sangue que perdeu, é difícil avaliar os danos. Mas a situação está feia, é preciso admitir, a julgar pela cor vermelha da neve. Com dificuldade, Dan ergue-se outra vez. Ele não entende por que Kirby simplesmente não sai de casa e atira no safado.

Ele vê a faca na mão do outro. Talvez possa desarmá-lo com um chute. Como um mestre de kung fu. Mas quem você está enganando? Toma uma decisão. Avançando na direção do homem, ele agarra seu braço ferido, torcendo-o com força, tentando fazer seu corpo girar, enquanto desfere um soco bem no peito do canalha.

O assassino solta todo o ar dos pulmões, recuando um passo, e puxa Dan consigo. Mas o homem é mais forte e mais experiente, e ainda consegue desferir uma facada que atinge a barriga de Dan na direção de sua caixa torácica, produzindo um som de carne sendo rasgada.

Dan cai de joelhos, as mãos pressionando a barriga. Depois tomba para o lado. Sente o chão congelado contra o rosto. Há uma quantidade enorme de sangue se espalhando sobre a neve.

— A morte dela vai ser pior — diz o homem, sorrindo assustadoramente.

Ele chuta as costelas de Dan com a ponta do sapato. Dan geme e rola para o lado, ficando de costas e expondo a barriga. Tenta se proteger com as mãos, em vão. Há alguma coisa que o espeta nas costas, dentro do bolso do casaco. O maldito pônei.

Luzes de faróis varrem a rua e um carro antigo dobra a esquina. Partículas de neve rodopiam no foco dos faróis. O veículo desacelera quando os localiza, Dan caído e sangrando de um ferimento fatal e o homem com a faca mancando de volta para a casa o mais rápido que consegue. O dia nascendo no horizonte.

— Socorro! — grita Dan na direção do carro. Não é possível ver o rosto do motorista, ofuscado pelos círculos luminosos que parecem óculos. Tudo o que pode ver é a silhueta de um homem de chapéu. — Segure aquele homem!

O carro para a seu lado, o calor do cano de descarga criando pequenas nuvens de gás carbônico no ar frio. De repente, o motor ronca, as rodas giram, espalhando neve e cascalho, e passam por ele. Bem perto.

—Vá se foder! — Dan tenta continuar gritando: — Seu canalha! — Mas tudo o que sai é um soluço agudo.

Ele vira a cabeça e tenta ver o assassino. O homem já alcançou a escada da entrada e está tentando abrir a porta. É difícil distingui-lo com precisão, e não é só por conta das lufadas de neve.

A visão de Dan começa a escurecer nas extremidades, como numa catarata. Como se caísse dentro de um poço e a íris de luz fosse ficando cada vez mais distante.

Harper e Kirby
13 de junho de 1993

Ele arromba a porta com um chute, está coberto de sangue e traz um sorriso insano de ansiedade, apertando a faca e a chave nas mãos. Mas o sorriso some quando ele percebe o que ela está fazendo. Kirby está no meio da sala, sacudindo o isqueiro Ronson Princess De-Light para despejar seu fluido sobre um monte de coisas que juntou no meio do cômodo.

Ela arrancou as cortinas das janelas, molhou algumas partes, empilhou-as sobre o colchão que trouxe do quarto de hóspedes, do andar de cima. Algumas garrafas vazias estão jogadas ao redor. O querosene da cozinha. O uísque. Ela revirou uma cadeira e rasgou o tecido, extraindo seu estofamento branco. O gramofone está destruído. Farpas viscosas de madeira, notas de cem dólares e bilhetes de apostas enfiados dentro da trompa de latão amassada. Ela trouxe para baixo tudo o que estava no quarto. As asas de borboleta, a figurinha de beisebol, o pônei, a fita solta do cassete enrolada a uma pulseira com pingentes, o crachá de identificação do laboratório, um broche de protesto, um grampo em formato de coelho, uma cartela de anticoncepcionais, uma letra Z de linotipo. Uma bola de tênis toda mordida.

— Onde está Dan? — pergunta Kirby. A luz da lareira atrás dela se reflete em seu cabelo como uma profecia.

— Está morto — responde Harper. A nevasca de dezembro de 1929 uiva atrás dele pela porta aberta. — O que você está fazendo?

— O que acha? — diz ela com desdém. —Você não deixou nada para eu fazer, a não ser esperar que você voltasse.

— Não ouse fazer isso! — adverte Harper quando Kirby acende o isqueiro.

Uma chama regular e dourada se ilumina. Ela a lança sobre a pira. Um segundo depois, o fogo se inflama, uma fumaça preta e gordurosa sai em espiral dos papéis, cuspindo chamas alaranjadas.

Ele berra de agonia, avançando contra ela, a faca erguida, mas alguma coisa o interrompe de repente.

Ele cai com força no chão, largando a chave, quando Dan o agarra pelas pernas. Ainda está vivo, apesar da poça de sangue a seu redor, escura e espessa. Dan puxa Harper pela calça, arrastando-o para impedi-lo de se aproximar dela. Harper chuta sem parar. Seu calcanhar acerta a chave, que desliza sobre a poça de sangue até o batente da porta, no limite da Casa.

Ele consegue desferir um bom golpe, acertando com o sapato a parte inferior do queixo de Dan, que geme e solta a calça de Harper.

Livre, Harper se levanta com dificuldade, a faca ainda na mão, vitorioso. Vai matá-la, depois apagará o fogo e então vai cortar seu amigo em pedaços, bem devagar, por causa do problema que ele lhe causou.

Mas então seu olhar encontra o de Kirby, no momento em que ela aponta a arma na direção dele. As chamas ardem atrás dela. Ela abre a boca para dizer alguma coisa, mas muda de ideia. Soltando o ar bem devagar, aperta o gatilho.

HARPER
13 de junho de 1993

O flash é ofuscante. O impacto o atira contra a parede.

Harper toca no buraco em sua camisa onde uma mancha negra começa a congelar. Primeiro, sente-se vazio. Em seguida, uma dor percorre todos os nervos ao longo da trajetória que a bala perfurou, ao mesmo tempo iluminando-o. Ele tenta rir, mas sua respiração está instável e ofegante, e seu pulmão começa a se encher de sangue.

—Você não pode... — diz ele.

— É mesmo?

Ela está linda, pensa Harper, os lábios abertos, mostrando os dentes, os olhos brilhando, seu cabelo como uma auréola em volta da cabeça. Iluminada.

Ela atira outra vez, piscando involuntariamente com o estalo. E mais uma vez, e outra, e outra. Até o tambor esvaziar. Os disparos sobre o corpo servem apenas de registro, porque ele já não está ali.

Em seguida, ela lança a arma contra ele, frustrada, e cai ajoelhada, cobrindo o rosto com as mãos.

Deveria ter acabado comigo, sua piranha safada, ele pensa. Ainda tenta se mover na direção dela, mas seu corpo não lhe obedece mais.

Sua perspectiva é enviesada, distorcida pelo ângulo obtuso. A cena inteira exposta debaixo dele, como se ele se elevasse e se afastasse dali.

A garota tem os ombros trêmulos enquanto as chamas da fogueira feita de cortinas, estofamento de cadeira e totens se agitam, cuspindo uma fumaça negra e química.

O outro homem está deitado no chão, respirando com dificuldade, os olhos fechados, as mãos na barriga e no peito, o sangue vazando por entre seus dedos.

Harper pode ver a si mesmo em pé contra a parede. Como é possível ver-se de fora? Está olhando tudo do alto, como se estivesse colado ao teto, mas ainda acorrentado à massa de carne com seu rosto, ali embaixo.

Sente a conexão se dissolvendo. E então ela é interrompida.

Ele urra, incrédulo, esforçando-se para descer. Porém, não tem mais mãos com as quais se agarrar. Agora, ele é massa morta. Um bocado de carne no chão.

Ele se estica tentando se segurar em algo.

E encontra a Casa.

Tábuas do assoalho, em vez de ossos. Paredes, em vez de carne.

Ele pode puxá-la de volta. Começar de novo. Desfazer isso. O calor das chamas e a fumaça asfixiante, o urro do ódio.

É menos uma possessão do que uma infecção.

A Casa sempre foi sua.

Sempre foi ele.

KIRBY
13 de junho de 1993

A sala está ficando quente. A fumaça é absorvida através dos soluços, invadindo seus pulmões. Ela podia simplesmente morrer ali. Manter os olhos fechados. Não se levantar mais. Seria fácil. A asfixia a mataria antes de as chamas a alcançarem. Poderia respirar mais fundo. E deixar-se levar. Pronto.

Alguma coisa toca sua mão com insistência. Como a pata de um cão.

Ela não quer fazer isso, mas ao abrir os olhos vê Dan apertando sua mão. Ele está ajoelhado, inclinado sobre ela. Os dedos pegajosos de sangue.

— Pode dar uma ajudinha? — pergunta ele, com a voz rouca.

— Meu Deus. — Ela ainda está tremendo, chorando e tossindo. Ela joga os braços em volta dele, o abraça e ele se contrai.

— Ai.

— Espere. Preciso de seu casaco.

Ela o ajuda a tirá-lo e o amarra com força em torno da cintura dele, sobre o ferimento. O tecido começa a ficar encharcado antes mesmo que ela termine. Não pode pensar nisso. Ela passa os braços sob o corpo dele e tenta erguê-lo. É pesado demais, ela não consegue. Suas botas deslizam sobre o sangue.

— Cuidado, porra. — Ele está ficando terrivelmente pálido.

— Ok — diz ela. — Assim, então.

Ela curva os ombros de modo que eles sustentem a maior parte do peso dele, erguendo-o e o arrastando para fora. O fogo estala atrás deles, escalando depressa as paredes. O papel escurece e se contorce, espirais de fumaça evoluem pela sala.

E que Deus a ajude. Ela ainda pode sentir a presença *dele* ali.

Meio rastejando, meio tropeçando, eles se dirigem até a entrada. Ela tem dificuldade para manter o equilíbrio e estende o pé para fechar a porta com um chute, deixando lá fora a neve e o gelo.

— O que você está fazendo?

— Tentando voltar para casa. — Ela o ajuda a ficar de quatro. — Aguente mais um pouco. Só mais um segundo.

— Eu gostei de beijar você — diz Dan, com a voz definhando.

— Fique calado.

— Não sei se sou tão forte quanto você.

— Se quiser me beijar outra vez, feche a porra da boca e pare de sangrar desse jeito — diz ela com rispidez.

— Tudo bem — diz Dan, ofegante, tentando sorrir, e, em seguida, com mais firmeza: — Tudo bem.

Kirby toma fôlego e abre a porta, que dá para uma noite de verão repleta de sirenes da polícia e holofotes.

Epílogo

BARTEK
3 de dezembro de 1929

O engenheiro polonês estaciona o carro a dois quarteirões de distância e fica sentado, o motor ligado, pensando no que acabou de ver. Uma cena horrível, disso tem certeza. Ele não poderia discernir exatamente o que estava acontecendo. O homem caído no meio da rua, sangrando sobre a neve. Aquilo o assustou. Ele quase o atropelou. Não estava realmente concentrado na direção. Dirigia pelas ruas num processo rotineiro de Cicero até sua casa.

Está um pouco bêbado, Bartek admite para si mesmo. Bastante bêbado. Quando ele começa a apagar, o gim está bem ao alcance da mão. E Louis deixou a bebida rolar a noite toda, até as primeiras horas da manhã, bem depois de ele gastar seu último trocado. E ainda lhe deu um crédito. O suficiente para naufragar completamente. Agora ele deve dois mil dólares a Cowen.

A triste verdade é que teve sorte em conseguir pelo menos dirigir de volta. Eles virão buscar seu carro no domingo de manhã, logo antes da igreja, se não arrumar um jeito de levantar o dinheiro antes do fim de semana. Melhor do que virem atrás dele, mas isso acontecerá em seguida. Diamond Lou Cowen não brinca em serviço.

Apostar com gângsteres conhecidos. Fazer amizade com os amigos do Sr. Capone. O que estava esperando? Ele já tem problemas suficientes sem precisar se meter numa briga sangrenta às cinco da manhã.

Mas ainda está intrigado. Aquele brilho emanando da casa abandonada e alcançando a rua. E aquela improvável suntuosidade que notou pela porta aberta. Deveria voltar e tentar ajudar, ele diz a si mesmo. Ou apenas dar uma olhada. Se for sério mesmo, poderia chamar a polícia.

Seu carro dá meia-volta e segue para a casa.

A chave está à sua espera na varanda da frente, no limiar da porta fechada, coberta de neve e manchada de sangue.

AGRADECIMENTOS

Agradeço a todos que ajudaram a fazer deste livro o que ele é.

Contei com uma equipe excelente de pesquisadores que conseguiu obter informações, livros fora de catálogo, vídeos, fotografias e histórias pessoais sobre tudo, desde grupos de aborto ilegal até as verdadeiras dançarinas luminescentes, passando pela evolução das práticas forenses, dos restaurantes dos anos 1930 e pela história dos brinquedos nos anos 1980. Minha dedicada pesquisadora Zara Trafford, assim como Adam Maxwell e Chris Holtorf, da empresa de pesquisa e design de games SkywardStar, descobriram e me apresentaram coisas incríveis, elaboradas por Liam Kruger e Louisa Betteridge, e também Matthew Brown, que estava sempre disponível, porque é casado comigo. Obrigada.

Em Chicago, Katherine e Kendaa Fitzpatrick foram as melhores anfitriãs do mundo, embora fosse um pouco estranho levar a filha de dois anos de Katherine para ver uma cena de crime durante um passeio em Montrose Beach. O marido de Kate, Dr. Geoff Lowrey, contribuiu com conselhos médicos e verificação de autenticidade, assim como o cirurgião Simon Gane. Qualquer erro absurdo é de minha responsabilidade.

Meu amigo do Twitter Alan Nazerian (@gammacounter) me acompanhou em meus deslocamentos até Wrigley Field e me apresentou a pessoas muito prestativas, incluindo Ava George Stewart, que me deu uma dica valiosa sobre as leis criminais enquanto almoçávamos no melhor restaurante chinês da cidade, o Lao Hunan; e Claudia Mendelson, que me deu aulas básicas de arquitetura no café Intelligentsia. Claudia me apresentou a Ward Miller, que discorreu sobre os prédios mais surpreendentes da cidade durante um jantar no Buona Terra. (Chicago é uma cidade onde comer bem é essencial.)

Guia de excursões macabras, historiador e escritor de ficção para jovens adultos, Adam Selzer me levou aos lugares mais assustadores na cidade, incluindo os corredores dos fundos do Congress Hotel, e me instruiu sobre a intrigante história de Chicago, especialmente nos anos de 1920 e 1930. Grande parte desse material eu pude incluir no livro. Além disso, ele me apresentou a uma instituição de Chicago: o restaurante Al's Beef.

O detetive da polícia de Chicago veterano, comandante Joe O'Sullivan (@joethecop, agora aposentado), me mostrou os mecanismos internos do procedimento policial no distrito de Niles, onde me conduziu em meio a uma infinidade de caixas contendo provas antigas com fotografias perturbadoras. (E também me mostrou o coquetel *bacon and bourbon* de uns bares bem sinistros.)

Jim DeRogatis me passou uma percepção do *Chicago Sun-Times* visto por dentro, os bibliotecários do jornal, o cheiro de tinta, os editores, os excêntricos e as matérias de vanguarda. Tomei algumas liberdades. Ele também me forneceu informações aprofundadas sobre a cena musical dos anos 1990 e me enviou um exemplar de seu livro genial e hilariante, *Milk It: Collected Musings on the Alternative Music Explosion of the 90's*.

Agradeço ao repórter esportivo Keith Jackson e a Jimmy Greenfield, do *Tribune*, que me esclareceram sobre os prós e contras do jornalismo esportivo, assim como sobre as filosofias do beisebol.

Ed Swanson, um voluntário do Museu Histórico de Chicago, se ofereceu para ser o primeiro a ler minha história, checando a legitimidade histórica, a literatura sobre os Estados Unidos e o El, a ferrovia suspensa (ou L, como era antes conhecido), com seus olhos de águia. Qualquer equívoco terá sido meu, e os descuidos menores, como a data real do lançamento de *The Maxx*, ou a presença de *apenas* trabalhadores afro-americanos na Chicago Bridge and Iron Company, em Seneca, são pequenos artifícios a serviço da história.

A matéria no jornal sobre o assassinato de Jeanette Klara deve muito a uma verdadeira reportagem sobre a vida real de uma dançarina luminescente, "Em Nova York, ela dança até morrer", de Paul Harrison, publicada em 25 de julho de 1935 pelo *Milwaukee Journal*. Obrigada ao *Milwaukee Sentinel Journal* pela permissão para usar algumas de suas principais manchetes originais.

Pablo Defendini, Margaret Armstrong e TJ Tallie foram muito prestativos com os excelentes palavrões típicos de Porto Rico, ao passo que Tomek Suwalksi e Ania Rokita traduziram e revisaram os diálogos em polonês, também carregados de obscenidades.

O cientista Dr. Kerry Gordon da Universidade da Cidade do Cabo, especialista em mutações proteicas, me aconselhou em relação à pesquisa de Mysha Pathan.

Nell Taylor, da Read/Write Library, me forneceu uma história profunda dos fanzines de Chicago, enquanto Daniel X. O'Neil me falou sobre o movimento punk dos anos 1990 e as cenas de teatro alternativo, incluindo o Club Dreamerz, e me enviou várias filipetas originais. Agradeço também a Harper Reed e Adrian Holovaty pelos momentos passados no Green Mill, escutando a banda de jazz Swing Gitan, inspirada na música cigana dos anos 1930.

Helen Westcott me emprestou todos os seus textos sobre criminologia e assuntos ligados a assassinos em série; e Dale Halvorsen manteve-me abastecida com os genuínos e excelentes podcasts que ele encontrou.

Meus colegas do estúdio, Adam Hill, Emma Cook, Jordan Metcalf, Jade Klara e Daniel Ting Chong, me apresentaram vídeos engraçados no YouTube e impiedosas brincadeiras diárias. E agradeço a todos da empresa de animação Sea Monster por deixarem eu me esconder lá para trabalhar quando nosso prédio estava em obras.

Obrigada a meus amigos, minha família e os desconhecidos no Twitter que puderam me oferecer sugestões úteis, traduções, conselhos médicos e recomendações em relação a Chicago, e todos aqueles que me esqueci de mencionar.

Não relacionarei a bibliografia completa que utilizei em minhas pesquisas, mas algumas das obras mais úteis e divertidas de referência incluem: *Chicago Confidential*, de Jack Lait e Lee Mortimer, um surpreendente, sexy e divertido guia dos lugares e pessoas mais maltrapilhos da cidade, publicado em 1950; o maravilhosamente acessível *Chicago: A Biography*, de Dominic A. Pacyga; *Slumming: Sexual and Racial Encounters in American Nightlife 1885-1940*, de Chad Heap; *Girl Show: Into The Canvas World of Bump and Grind*, de AW Stencell; *Red Scare: Memories of the American Inquisition*, de Griffin Fariello; a Chicago Women's Liberation Union Herstory me forneceu as fontes sobre a associação Jane no site da Universidade de Illinois, incluindo transcrições de histórias pessoais; *Doomsday Men*, de PD Smith, sobre a história da bomba atômica (e trechos de seu novo livro que Peter me enviou por e-mail, *City: A Guidebook for the Urban Age*); *Perfect Victims*, de Bill James; *Whoever Fights Monsters*, de Robert K. Ressler e Tom Schachtman; *Gang Leader for a Day*, de Sudhir Venkatesh; *Nobody's Angel*, de Jack Clark; *The Wagon And Other Stories From The City*, de Martin Preib; a palestra de Wilson Miner sobre como os carros formataram o mundo de um modo tectônico, no Webstock de 2012; *Chicago Neighbourhoods and Suburbs*, de Ann Durkin Keating; assim como *The Lovely Bones*, de Alice Sebold; *I Have Life: Alison's Journey* conforme contado para Marianne Thamm; e *Fruit of a Poisoned Tree*, de Antony Altbeker. Todas essas leituras me deram uma imensa perspectiva de como as verdadeiras vítimas de violência e suas famílias enfrentam os fatos. Os relatos orais de Studs Terkel são valiosíssimos por transmitirem as histórias de pessoas reais com suas próprias vozes.

Meus primeiros leitores, Sarah Lotz, Helen Moffett, Anne Perry, Jared Shurin, Alan Nazerian, Laurent Philibert-Caillat, Ed Swanson, Oliver Munson e meu conselheiro para a trama de viagem no tempo, Sam Wilson, me deram ótimas sugestões, tornando o romance melhor e mais interessante.

Este livro não existiria sem meu superagente Oli Munson. Obrigado a todos da Blake Friedmann e seus coagentes internacionais. Sou particularmente grata aos editores que acreditaram nele desde o início, em especial John Schoenfelder, Josh Kendall, Julia Wisdom, Kate Elton, Shona Martyn, Anna Valdinger, Frederik de Jager, Fourie Botha, Michael Pietsch, Miriam Parker, Wes Miller e Emad Akhtar.

Eu não teria sido capaz de escrever este livro sem o amor e o apoio de meu marido, Matthew, que bancou o pai solteiro durante semanas seguidas para nossa filha quando eu estava fora, em viagens de pesquisa ou presa atrás da escrivaninha, escrevendo e revisando. Ele é sempre o primeiro entre meus primeiros leitores. Obrigada. Eu amo você.

intrinseca.com.br

@intrinseca

editoraintrinseca

@intrinseca

@editoraintrinseca

editoraintrinseca

1ª edição	ABRIL DE 2022
impressão	LIS
papel de miolo	AVENA 70G/M²
papel de capa	CARTÃO SUPREMO ALTA ALVURA 250G/M²
tipografia	BEMBO